文学语言中介论

（修订版）

王汶成　著

山东大学出版社

序

王汶成的博士论文《文学语言中介论》从酝酿到写作，再到付梓出版，前后经历了五个年头。论文的选题是1996年由已故狄其骢教授根据学科发展的要求为汶成确定的。但十分遗憾的是，狄老师于翌年6月不幸逝世。王汶成由我指导继续完成学业。从那时开始，汶成就一边学习，一边收集资料，写作论文。直到2000年4月，写成初稿，并顺利通过答辩，得到答辩委员会的高度评价。因论文质量较高，被学校评为优秀博士论文并获奖励。而论文的有关篇章也已在《文学评论》等重要刊物发表。在此基础上，汶成经过反复修改补充，特别是2001年暑假在酷暑中的艰苦工作，终于完成书稿。

我之所以详细叙述这样一个过程，意在说明，王汶成的《文学语言中介论》不是应时之作，更不是急就之章，而是在付出艰辛劳动后获得的学术成果。而特别值得提出的是，汶成的这部书稿在当前众多的文学语言研究论著中又有其独特的学术价值。20世纪80年代中期以来，随着西方当代“语言学转向”中大量成果的介绍，我国出现了不少相应的论著。其中不乏具有真知灼见者，但更多的仅是引介性质，有的则是生吞活剥，人云亦云。但汶成的《文学语言中介论》则是一部具有自己独特价值的有关文学语言的力作。其独特的价值就在于，他针对当前文学语言研究的实际，在流行的“载体论”“本体论”与“客体论”之外，运用综合研究的方法，着重提出并阐发了“中介论”的理论观点。汶成所论述的“文学语言中介论”，既克服了载体论、本体论与客体论的局限，又吸取其营养，并建构了语言作为世界—作者—读者之中介的崭新的文学语言理论体系。尤为可贵的是，汶成紧密结合中国传统文论中有关文学语言研究的理论资源，从而使其“文学语言中介论”具有深厚的中国特色。这也应该是汶成对文学语言理论研究的重要贡献之一。此外，作者还紧密结合创作实际，将他的“文学语言中介论”广泛运用于诗歌、小说、戏剧与散文的语言研究中，从而使其理论具有深厚的实证根据。

当然，“文学语言中介论”是汶成运用综合的方法而取得的科研成果，较之其他各论更加全面和深入了。但综合方法的运用也面临某种危险，即在综合的全面中有可能走向“中庸”，从而消弭有关研究的锋芒。如何既要做到“综合”，同时又保留其锋芒，实在是理论研究的永恒课题。这正是我们需要共同努力的目标。但无论如何，“综合”是一种方向，而汶成在“综合”之路的艰苦跋涉中又的确取得了重要成绩。我相信，汶成会继续努力，取得更加优异的成绩。

曾繁仁

2001 年 9 月 18 日

目　录

导论
走向文学语言的综合研究

文学是语言的艺术，文学与语言之间有着不解之缘。自古以来，研究文学必或多或少涉及语言问题，这本是文艺学、美学的学科范围中应有的论题，不足为怪。但是，进入 20 世纪以后，事情却发生了重大变化，对文学语言的研究突然加温，以至于成为西方文艺学、美学中最热门、最显要的问题。20 世纪初的俄国形式主义自不用说，它一开始就把矛头直指以认识论为特征的传统文论，试图以语言论的诗学来对抗和取代传统文论的权威地位。继起的“新批评”和结构主义文论紧步其后尘，把文本语言列为它们文学研究的核心议题。即使那些不以文本语言为核心议题的理论派别，诸如现象学、存在主义、解释学、接受美学，乃至解构主义、女权主义、新历史主义，等等，它们在谈论文学时，也无不给语言问题以优先的地位和特别的关注。可以说，在俄国形式主义以后，西方所出现的任何一个有影响的文艺学、美学流派，都要大谈语言问题，都是在对文本语言研究的基础上发表它们的文学观念的。这种对文学语言的异乎寻常的热情和关注，当作何解释？仅仅以文艺学、美学学科自身发展的需要为理据，恐怕难以彻底说清。这种热情和关注的必然产生，当有其更深的根源，这就是20世纪西方社会、思想、文化的新变化、新发展。

一、语言的时代

（一）

众所周知，20世纪以来，特别是“二战”以后，科学技术的突飞猛进，经济发展、政治合作、文化交流的全球化需要，使得知识信息的生产和传播，无论在数量、质量、规模还是效率方面都达到了前所未有的、令人惊异的高度。“信息”成为人类生存、发展的基本条件之一。人类社会进入了名副其实的信息社会。而信息的运行和交流无论采用何种传播手段，都主要是以语言的形态呈现和存在的，因而法国当代语言学家海然热(Claude Hagege)又称这个时代为“语言的时代”。他这样说：

> 不管2000年为人类准备的是怎样的未来——其开端倏忽间已经逼近——我们完全可以认为，本世纪最后这些年代堪称实实在在的语言时代，正如说这是一个在宇宙、机器人、原子或遗传学等方面均有重大发现的时代一样。从收录机、电视、无线电广播、新闻和书刊，到借助电缆进行的高峰会议或微不足道的私下闲谈、通讯手段的飞速进步、电脑技术的革命和社会接触的无限增加，即所有通过缩减空间达到相对地控制时间的过程，显然都使语言的运用通过口、笔和媒体传播无限地扩大了。本世纪最后二

十五年，人类已经没入词句的汪洋大海中。①

于是，在词句的海洋里，语言无限地膨胀起来，整个地卷裹了人类。人类从来没有像今天这样从语言获得利益，也从来没有像今天这样受到来自语言的危害，因为语言从来就是一个神秘的怪物，虽出自人手，但又令人难以把握。“语言也像呼吸、血液、性别和闪电等其他带有神秘性质的事物一样，从人类能够记录思想开始，人们就一直用迷信的眼光来看待它。”②在当今的世界上，到处充满了语言的魔力，也到处充满了语言的暴力；到处充满了对语言的崇拜，也到处充满了对语言的恐惧。语言这个万古之谜，直到今天才真正浮出了历史的表层，像一个难以挥去的巨大幻象缠绕着现代人的心灵，同时也成为一个无法回避的重大的时代课题，摆在人们的面前，迫使每一个有思想的人正视它、思索它，并要求给出确定的解答。

（二）

最先预感到这一世纪性课题并对之作出强有力反应的，是以语言为研究对象的语言学和作为时代精神象征的哲学。

就在 20 世纪的第一个十年里，瑞士的一个终生以教书为业的语言学教授一直在日内瓦大学讲授他的“普通语言学教程”，那时他所讲授的内容在这所大学之外无人知晓，这一切都是在肃静的讲坛上悄悄进行的。但谁能想到，他当时正在从事的工作却是对一个世纪难题的最初的也是最有创意的探索和解释。所以，在他去世后的第三年，即 1916 年，他的《普通语言学教程》一书在巴黎出版时，就使他骤然间驰

① [英]海然热：《语言人——论语言学对人文科学的贡献》，张祖建译，三联书店 1999 年版，第 3～4 页。

② [英]罗素：《人类的知识》，张金言译，商务印书馆 1983 年版，第 68 页。

名欧美，不仅成为20世纪最有影响的语言学家，还成为20世纪最有影响的思想家。这位不同寻常的语言学教授就是瑞士人索绪尔(Ferdinand de Saussure)。索绪尔的创造性突出地表现在，他第一个扬弃了在他之前的主流语言学派——历史比较语言学的基本观点和研究方法，把语言现象从与社会历史的错综复杂的关联中剥离出来，将其看作一个处于一定结构关系中的符号系统，并且描述和论证了这个系统的基本特征。这就是说，他提出了一种与传统语言学迥然有别的新的语言观念——“语言是一种表达观念的符号系统”和新的研究方法——“必须研究语言本身”①的结构主义方法。正是这一新的观念和方法，为整个20世纪的语言学确定了某种基调，而索绪尔本人也理所当然地占据了现代语言学奠基人的崇高地位。这正如英国当代语言学家莱昂斯(J. Lyons)说的：“如果有谁堪称近代语言学的奠基人的话，那一定是伟大的瑞士学者索绪尔……当代有许多不同的语言学派，但所有这些流派都直接或间接地受到索绪尔的《普通语言学教程》一书不同程度的影响。”②

不仅如此，后来的事实表明，索绪尔的影响还大大超出了语言学的范围，渗透到人文社会学科的广大领域。他的一般符号学构想和结构主义方法被广泛地应用于文化人类学、社会学、心理学的研究中，自然也被应用于文艺学、美学的研究中，并由此汇合成所谓的结构主义思潮。尽管这一思潮在70年代以后遭到后结构主义和解构主义的重创而势头大减，但作为一种现代思想方法，与传统的历史主义方法构成了对照和互补，至今仍在人文社会学科领域发挥着重要作用。由索绪尔引

---

① 参见[瑞士]费尔迪南·德·索绪尔：《普通语言学教程》，高名凯译，商务印书馆1980年版，第37～38页。

② 转引自杨承芳主编：《当代国外社会科学手册》，江苏人民出版社1985年版，第248页。

发的这一思想进程也使他在西方现代思想发展史上占有突出地位。

索绪尔语言理论所产生的这种跨学科的巨大影响，意味着在20世纪语言学已经跃居整个人文社会学科的前沿位置，并成为一门起着全局带动作用的领先学科。索绪尔之后，语言学所出现的每一次新进展，从布拉格学派的结构-功能语言观，到乔姆斯基（Avram Chomsky）的转换生成语法（Transformational-Generative Grammar），无不给予当时的诸多人文社会学科以重大影响。德国哲学家卡西尔（Ernst Cassirer）说："在整部科学史中也许没有一章比语言学这门新科学的出现更令人神往。这门科学的重要性完全可以跟17世纪伽利略改变了我们关于物质世界的整个观念的新科学媲美。"[①]戴维·罗比还特别提到语言学对文学理论的影响，他说："在对现代文学理论的发展作出贡献的许多学科中，语言学几乎可以肯定是最重要的。"[②]

那么，语言学何以能在20世纪获得如此重大的进展和取得如此重要的地位呢？这似乎不能归之于这个领域恰巧在这时出现了更多的天才人物，从根本上说，还是由语言问题在20世纪的迫切性和重要性决定的。正是特定的时代给了语言学以特殊的地位，同时也给了语言学最有利的发展机遇。

在感应"语言"这一时代课题上，语言学可以说捷足先登，哲学也不甘落后。稍加注意就不难发现，活跃在20世纪里的那些最重要的哲学家都对语言问题极为重视，都对语言问题提出过系统的意见。例如：罗素（B. Russell）把哲学的任务规定为对语言进行逻辑分析；维特根斯坦（L. Wittgenstein）认为全部哲学就是语言批判；卡西尔提出人

---

① 转引自伍铁平：《语言学是一门领先的科学》，北京语言学院出版社1994年版，第2页。

② ［英］安纳·杰弗森、戴维·罗比等：《西方现代文学理论概述与比较》，陈昭全等译，湖南文艺出版社1986年版，第31页。

是“符号的动物”；胡塞尔（F. Husserl）认为语言研究是建立纯粹逻辑和进行哲学思考的基础；海德格尔（M. Heidegger）从他的基础本体论出发提出语言是“存在的家园”；伽达默尔（H. Gadamer）强调解释学现象就是语言现象，语言就是我们在世存在的基本活动模式；德里达（J. Derrida）在语言问题上攻击传统的语音中心主义，力图消解言说与书写之间的二元对立。以上极为简略的列举已经足以说明，语言问题确实成为整个20世纪的哲学共同关心的最重要的议题。几乎每个哲学家都有一套语言哲学，而以罗素、维特根斯坦为代表的分析哲学家们则干脆把全部哲学问题归结为语言问题，语言哲学也就成为他们全部哲学理论的核心。伽达默尔在总结20世纪西方哲学时说：“毫无疑问，语言问题已在本世纪的哲学中处于中心地位。”[①]法国哲学家利科（P. Ricoeur）也认为，当今各种哲学都涉及语言这个共同的研究领域，无论是维特根斯坦还是英国语言哲学，无论是胡塞尔还是海德格尔，无论是结构主义还是精神分析，无不涉及对语言的研究。他指出：“这种对语言的兴趣，是今日哲学最主要的特征之一。”[②]西方20世纪哲学出现的这一重大变化就是通常所说的“语言论转向”（Linguistic Turn）。

据现有资料看，最早明确提出“语言论转向”这一说法的是德国哲学家石里克（M. Schlick）。他在1930年写的《哲学的转变》一文中说，“我确信我们正处在哲学上彻底的最后转变之中”，“思考表达和陈述的本质，即每一种可能的‘语言’（最广义的）的本质，代替了研究人类的认识能力”[③]。石里克所说的“转变”包含着两层意思：一是说，西方

① ［德］伽达默尔：《科学时代的理性》，薛华等译，国际文化出版公司1988年版，第6页。

② ［法］保罗·利科主编：《哲学主要趋向》，李幼蒸等译，商务印书馆1988年版，第33页。

③ ［德］石里克：《哲学的转变》，洪谦主编《逻辑经验主义》上卷，商务印书馆1982年版，第8页。

现代哲学已经形成了一个主流倾向，这个主流倾向不只是体现在石里克所属的分析哲学一个流派上，而是指包括现象学、存在主义、精神分析、文化哲学、结构主义、解释学等诸多学派和思潮所构成的一种哲学发展的总趋势；二是说，这种发展趋势表现为哲学研究的中心议题的变动，即由过去的以研究认识问题为中心转向了现今的以研究语言问题为中心。“语言论转向”应该说是一个显而易见的客观事实，问题在于如何解释它。多数论者是从西方哲学的整个发展过程来解释的，认为从古希腊开始的西方哲学史可以划分为三个时期，其间经历了两次转向。三个时期就是，从古希腊到近代的本体论时期，从近代到现代的认识论时期，从现代开始的语言论时期。两次转向就是，近代的从本体论向认识论的转向和现代的从认识论向语言论的转向。笛卡尔的怀疑论哲学揭开了第一次转向的序幕，现代分析哲学揭开了第二次转向的序幕。从第一次转向到第二次转向具有逻辑的必然性，这涉及实在、思想、语言三者之间的关系。从发生学的角度看，先有世界，后有能思想、会讲话的人，其历史顺序为实在—思想—语言，与这个顺序相应的哲学过程就是本体论—认识论—语言论。但从逻辑关系上看，人对世界的认识取决于他是怎样认识的，人的认识过程又取决于他是怎样运用语言进行言说和表达的。于是，哲学研究的重心由本体论向认识论再向语言论的转移就有了逻辑的必然性。

这样的解释不能说没有道理，但它无法讲清一个关键的问题，就是“语言论转向”为什么偏偏在20世纪发生了？要弄清这个问题，只是从哲学发展本身着眼恐怕不行，还是要回到哲学赖以存在和发展的具体的社会历史条件中去。说到底，哲学是时代精神的集中反映，哲学研究的主题随时代的变更而变更，不同的时代为哲学提出不同的问题。20世纪的哲学之所以由认识论转向语言论，归根结底，还是因为这个时代是一个语言的时代，语言问题成为这个时代突出的、迫切需要解决的问题。20世纪哲学的存在价值和进一步发展就取决于它对语言问题开掘和把握的程度。从这个角度看，“语言论转向”体现了20世纪哲学对“语言”这个时代课题的积极回应和主动承担，标志着哲学在20世纪的重大进展，尽管要解决的问题至今还远远没有解决。

有人对“语言论转向”提出异议，认为语言问题的强调将会导致人的主体地位的丧失。应该承认，在“语言论转向”中，有些哲学派别，如分析哲学、结构主义等，表现出极端的科学主义倾向。它们无限夸大了语言的客观性和本体性，或者把语言完全数理化和技术化，以冷冰冰的语言分析和逻辑演算来取代满含人文情怀的哲学沉思；或者把语言完全形式化和结构化，把丰富多彩的人的世界解释成一个被永恒不变的规则主宰着的符号世界。在他们的哲学观和语言观里确实没有了人的地位和作用，语言的存在就意味着人的死亡。但是，我们也要看到，还有更多的理论流派在突出语言问题的同时，不仅没有忽略人的主体性，还张扬了人的主体性。例如前面提到的卡西尔，他把人看作是创造和使用符号的动物，实际上是对人性和人的主体性的一种新阐发，用他的话说就是，只有“把人定义为符号的动物”，“才能指明人的独特之处，也才能理解对人开放的新路——通向文化之路”[①]。还有存在主义哲学家萨特(J. P. Sartre)，他把语言与人的存在联系起来理解，提出“我就是语言”的命题[②]，意思是说语言就是人的存在本身，语言制约着人的存在，但人对语言依然保持着自由的选择性。这不能不说是对人的主体性的一种存在主义的关护。

此外，“语言论转向”是就西方现代哲学的主要倾向而言的，“语

① 参见[德]恩斯特·卡西尔：《人论》，甘阳译，上海译文出版社1985年版，第34页。
② 参见[法]萨特：《存在与虚无》，陈宣良等译，三联书店1987年版，第482页。

言”是现代哲学的主要问题，但不是唯一的问题。语言之外的问题，诸如本体论问题、认识论问题、人的问题、宇宙的问题，依然作为重要问题处于现代哲学的理论视野之内，只不过对这些问题的探讨往往是同语言问题缠绕在一起罢了。从这个方面看，也不能说“语言论转向”必然导致人的主体性的失落。

最后，也是最重要的一点，如果结合语言问题赖以产生的社会历史根源看，更能说明“语言论转向”没有否定人的主体性，反而是人的主体性的一种发挥和体现。它实际上是以哲学的方式，反映了陷入语言困境的现代人试图挣脱和超越这一困境的努力。这就是说，“语言论转向”表面上指向于语言问题，实质上还是指向于人的问题，解决语言问题就是为了最终解决人的问题。现代人正在语言的汪洋大海中漂流，有两种可能的命运，一种是通过与大海的搏斗而成功地抵达彼岸，一种是终于被大海吞浸而遭到灭顶之灾。20 世纪的哲人们对语言问题的执著追问和不懈探寻，从客观上讲，正是为了提供一种哲学的理据，以帮助现代人更全面更准确地掌握这“大海”的脾性，使现代人不致被这大海淹没而能顺利地到达彼岸。这就是隐匿在“语言论转向”背后的真正的历史内涵和时代意义。

（三）

现在让我们再回到文学中的语言问题上来。既然在人类社会历史的发展中出现了一个语言的时代，在这个时代里，语言学以其划时代的空前进展而成为领先的学科，哲学中也发生了“语言论转向”，那么，受这一切的影响，在文艺学、美学领域里出现了对语言的前所未有的浓厚兴趣，出现了把语言问题作为中心议题的倾向，出现了文学语言的研究热潮，就不是什么难以理解的事情了。当然，最先发难的那些俄国形式主义者们，当初高举语言大旗向以别林斯基为代表的社会学的、认识论的诗学理论宣战之时，也许对他们的举动的历史内涵根本没有自觉的意识，他们只是对诗学理论有可能沦为社会学、政治学附庸的这种危机深有感触，企图通过对传统诗学理论范畴的批判和对语言形式的强调来争取诗学理论的独立地位，使之成为一门有着客观标准的真正的科学。从这方面看，他们推崇语言形式的直接动因来自对诗学理论发展本身的关注，反映了诗学理论本身辩证发展的必然趋向。但这只是一种表层的动因，更加深层的动因依然来自社会历史，尽管这种动因对他们来说还可能是无意识的。历史条件、时代氛围是一种客观的存在，无论我们意识到与否，它都在我们周围发生着作用。社会中的任何一个个体所从事的任何一种活动，都不可能完全超越这种作用而获得一种绝对的随意性和自由性。因此，只有站在社会历史发展的高度，从“语言的时代”这一基本事实出发，才能真正揭示这个时代里普遍存在的语言情结、语言焦虑和语言冲动的最深根源，才能真正认清这个时代里发生的语言学的兴盛、哲学的转向、文艺学美学的语言论倾向等思想文化运动的深层动因。也只有站在社会历史发展的高度，从语言的时代这一基本事实出发，才能以更广阔的视野和更开放的思路去认识这个时代的语言问题本身，才能获得对这个问题的较为全面而深刻的理解。

二、文学语言研究的现状及其发展趋势

（一）

在过去的一百多年里，西方现代文论在文学语言的研究方面所取得的进展和成就是有目共睹的，这主要体现在以下几个方面：

首先，西方现代文论以其对文学语言的全面而深入的研究弥补了传统文论中长期存在的薄弱环节，从而推动人类对文学艺术的认识迈出了极为关键的一步，并且使文学研究作为一门科学在人文社会学科领域中占有了更重要的地位。

西方传统文论，从亚里士多德到别林斯基，虽也多有对文学语言的探讨和论述，但总体上看达到的水平不高，与文学的其他方面的研究相比，不能不说是一个较为薄弱的环节。这是因为，西方传统文论是以模仿论为基础的，这种理论最重视的问题是作家的创作、作品的内容和文学的社会功能，至于文学语言，不过是传达作品内容的手段，是为内容服务的，属于次要的从属的方面。古希腊的亚里士多德分析悲剧的构成时提到了六个要素，把“语言”也列入其中，但排在“情节”“性格”“思想”等内容要素之后，可见在亚氏的心目中，语言在文学中的地位并不高。[①] 苏联文豪高尔基倒是说过“文学的第一要素是语言”，但在这句话之前他又附加了一段说明：“文学就是用语言来创造形象、典型和性格，用语言来反映事件、自然景物和思维过程。”[②]这就是说，他是在认定了语言是内容的表达工具的前提下谈语言的重要性的，他所说的语言的“第一”的位置，其实还是“第二”，排在内容之后，比亚里士多德的观点稍有进展，但无实质差别。

西方传统文论既然总体上把语言界定为内容的从属要素，就不会给予它太多的重视，对它的研究也不会太深入。传统文论对文学语言的研究主要是从如何更准确、更流畅地表达内容着眼，强调语言风格的朴素自然，选词造句的精练性和通俗性，语言描写的真实性和形象

---

① 参见[古希腊]亚里士多德：《诗学》，罗念生译，人民文学出版社 1962 年版，第 21～24 页。

② [苏]高尔基：《和青年作家谈话》，《高尔基选集·文学论文选》，孟昌、曹葆华译，人民出版社 1958 年版，第 294 页。

性，人物语言的性格化，文体格式的规范化，如此而已。从西方传统文论的文献中，我们很少发现有专论文学语言的著作，但丁的《论俗语》可说是一个例外。但丁主张文学作品使用“俗语”，反对通行的拉丁文，因为在他看来拉丁文矫揉造作，“只有少数人会用这种语言”，而俗语“就是我们模仿自己的保姆不用什么规则就学到的那种言语”，它比拉丁文“高贵”，就在于它“优美、清楚、完整、流畅”，能为大多数人民所理解。① 但丁的这种观点从政治上看有进步意义，但从学术上看没有多少新意，无非强调文学用语要通俗易懂，以便更好地表达内容，这与古代的亚里士多德、贺拉斯在基本点上没有多大的差别。

比较而言，在20世纪以前的文论中，给文学语言以更多重视的是19世纪的英国浪漫主义诗人们。华兹华斯在《抒情歌谣集》1800年版序言中，主张他的诗是为了表现“微贱”的人的生活和声音，在语言上就应该选用民间实际生活中的语言，这种语言更有激情，更能给人以刺激。他认为，有人故意用平时不一样的语言写诗是不自然的。柯勒律治认为诗歌语言应该是人类语言最好的部分，是一种具有“更高哲学意味”的语言，它所依据的应是“文法、逻辑、心理学原则”。雪莱甚至提出了这样的观点：“较为狭义的诗则表现为语言，特别是具有韵律的语言的种种安排。”②这些观点都比前人有了较大的进步。特别是雪莱的观点还具有了现代理论的某些特征。但即使是19世纪的浪漫主义诗人们，也还是没有完全脱开传统的文学语言工具论，因为他们的总体文学观依然是把诗歌视为诗人情感的自然流露，他们最看重的还是诗歌的情感内容，而不是语言。

---

① 参见[意]但丁：《论俗语》，《文艺理论译丛》1958年第3期。

② [英]雪莱：《诗辩》，伍蠡甫主编：《西方文论选》(下)，上海译文出版社1979年版，第52页。

总之，西方传统文论，在长达两千余年的时期内，由于受到再现论和表现论的影响，在文学语言研究方面一直处于较低的水平，成为文学研究中的一个明显的薄弱环节。这个薄弱环节的存在，越来越严重地阻碍着西方文论的进一步发展。于是，到了20世纪初，俄国形式主义就以彻底反传统的姿态揭竿而起了。

俄国形式主义是以全新的面目出现在西方文论史上的，他们在与以别林斯基为代表的俄国社会历史学派的论战中显示出极大的理论魄略，他们意欲翻转的事实上是整个西方传统文论的基础，即以内容主义为共同特征的再现论和表现论。他们指出，文学就是文学，与现实无关，与作者的思维和心理过程无关，文学只是表现为对语言材料进行加工和处理的一系列技巧和手法。所以，不是内容决定形式，而是形式就是内容，甚至形式决定内容。而文学形式不是别的，就是它的语言形式。毫无疑问，俄国形式主义的这种观点是相当偏激的，是一种“矫枉过正”。但是这种矫枉过正，在当时又具有推动理论发展的积极作用。在俄国形式主义之后，文学语言基本上摆脱了以往的附属地位，真正成为文学的第一要素。而且，在俄国形式主义及后来的“新批评”、结构主义那里，文学语言不只是第一要素，还是文学的“文学性”(Literariness)本身，研究文学就是研究文学语言。这样一来，一连串的新术语诸如“反常化”“文学性”“手法”“肌质”“构架”“结构”“文本”等等，就取代了传统的“再现”“表现”“主题”“形象”“灵感”“创作方法”“思想意义”等，而成为他们理论的主要范畴。受现代形式主义的影响，其他的理论流派也纷纷叛离了传统的文学语言观，给文学语言以重新定位，并从各自的角度提出了对文学语言的种种意见。至此，文学语言这个一向被冷落的“丑小鸭”却一跃而变为备受青睐的“白天鹅”，在文论史上第一次被当作一个显要问题而得到各家各派的关注和研究。

如果说文学语言研究是传统文论的弱项，而在现代文论中则明显地成为一个公认的强项，取得的成果也最突出、最引人注目。可以毫不夸张地说，西方 20 世纪文论是以文学语言的研究为其重要标志的，它所取得的每一步进展也是以文学语言研究的进展为根基为依托的。回想一下，60 年代由“文本中心主义”向“读者中心主义”的转变，其主要根据就是对文本语言结构的新认识，即不再把文本结构看成是自足的、封闭的，而是看成向读者开放的并在读者的阅读经验中实现的。同样，70 年代，解构主义向结构主义的权威地位发起挑战也是以对文本语言的新阐释开始的，如德里达对口头语和书写语、能指和所指等二元对立关系的消解。从这点看，我们完全有理由认为，20 世纪文论给予 21 世纪的最大奉献就是文学语言研究方面的一系列新突破。

与此相关的是，语言问题既然是一个时代性课题，而文学语言问题又是这个时代性课题的重要组成部分，因而西方现代文论在文学语言问题上的普遍关注和巨大收获，也使得它的学科影响力和学科地位大大提升。在古代，文学理论是隶属于哲学之下的，到了 20 世纪，文学理论不仅成为独立的学科，甚至还取得了与哲学并驾齐驱的地位。20 世纪许多有影响的文艺理论家往往同时也是有影响的哲学家和语言学家。这表明在当今的人文社会学科领域里，文学理论跟哲学、语言学等学科一样也处于前沿的位置，这些学科之间相互沟通，相互渗透，共同起着一种导引和带动其他人文学科的重要作用。应该看到，文学理论学科地位的提升是同它在文学语言研究上获得的重大成就分不开的。

（二）

其次，西方现代文论在文学语言研究方面的成就还体现在，各家各派分别从不同的角度，运用不同的方法，针对文学语言不同方面的问题，发表了各种不同的观点，真正形成了学术研究上的多元并举、多元竞争的局面。

例如，正当俄国形式主义从语言学角度，对文学语言与标准语言加以分辨，大谈文学语言的"反常化"特征和"创造性偏离"的时候，"新批评"又从严格文本中心主义的立场出发，开始对具体作品的语言形式进行细致的分析和客观的描述。同样，当结构主义文论家依照符号学原则正在起劲地为一切文学作品营造一个普适性的语言结构之时，接受美学家们又沓然而至，从读者的角度宣称这个结构并不具有抽象的性质，而是具体地存在于读者对文本语言的解读和接受之中。而接受美学家的高论还未落下，解构主义者们又匆匆登场，他们干脆颠覆了结构的存在本身，指出在文本语言里所谓的结构、中心、意义等，都分解为能指片断的无止境的"延异"（Defference），阅读变成了徜徉于文本的自由的写作和欣悦的语言游戏。伴随着解构主义对结构主义的这致命的一击，可以说，由俄国形式主义开出的文学语言的本体论的研究路向终于走到了尽头。于是，又出现了新的逆转，这就是以西方马克思主义、新历史主义、女权主义等为代表的新的研究路向，即把文学语言的研究重新与社会、历史、政治、伦理等外部因素相结合。这是一个意味深长而又值得注意的转变。就连解构主义者米勒（J. Hillis Miller）也不得不正视这个转变，他在 1986 年说：

事实上，自 1979 年以来，文学研究的兴趣已发生大规模的转移：从对文学作修辞式的内部研究，转为研究文学的"外部的"联系,确定它在心理学、历史或社会学背景中的位置。换言之,文学研究的兴趣已由解读(即集中注意研究语言本身及其性质的能力)转移到各种形式的阐释解释上(即注意语言同上帝、自然、社会、历史等被看作是语言之外的事物的关系)。①

由此看来,20 世纪文学语言的研究,的确出现了一个“八仙过海,各显其能”的真正的多元化格局,往往是一个流派产生之后还未能站稳脚跟,就被另一个与之抗衡的更新的流派取而代之,或者流派自身发生分化而趋向解体。没有一个流派能够长久地占据中心而不受到其他流派的攻击。这种情况至今仍在继续,且有愈演愈烈之势。正如美国哲学家 M. 怀特所总结的那样:“继一元的学科帝国主义之后,20 世纪则倾向于更加民主和多元化。”②

一般地说,多元化格局是学术繁荣的表征,在一定的限度内,可以促进学术的不断发展。就文学语言的研究来看,经过了一个长期的多元分化的过程,从采用的方法、提出的观点,到涉及的议题范围,可以说应有尽有,几近达到了饱和的程度。而且许多方面的议题都已得到较深入的开掘和阐述。如俄国形式主义对诗歌语言的反常化的研究,结构主义对叙事作品结构的研究,“新批评”对具体文本的细读分析等,在学术水平上,都达到了堪称典范的高度。毋庸置疑,这种多元化格局及其产生的多样化的研究成果,应是 20 世纪文学语言研究所取得的成就的一个重要方面。

(三)

再次,西方 20 世纪文学语言研究的成就还体现在:文学语言问题

---

① [美]希利斯·米勒:《文学理论在今天的功能》,[美]拉尔夫·科恩主编《文学理论的未来》,程锡麟等译,中国社会科学出版社 1993 年版,第 121～122 页。

② [美]M. 怀特:《分析的时代》,杜任之译,商务印书馆 1981 年版,第 243 页。

不仅成为文艺学、美学研究的最重要的议题，而且还引起了其他许多学科的重视，其中语言学和哲学在这方面表现得尤为突出。

文学语言是一种重要的语言现象，以语言为研究对象的语言学不可能不给予文学语言以应有的注意。早在古希腊罗马时代，古典的语文学家们就对文学作品中的语言作过音韵学和修辞学方面的探究。古希腊的赫拉克略多尔曾讲过，完美的诗就是声音的一种可愉悦性的排列，这种说法简直就是两千多年后俄国形式主义某些诗学主张的先声。[①] 古罗马的西塞马和昆提连在他们的修辞学著作中，从讲演术的角度，强调文学作品的语言表达应根据不同的题材和目的，在措词方面采用不同的策略和风格。[②] 中世纪的语文学者们，一般都把诗歌语言看作是“内在含义”的“外在修饰”，这种外在修饰一方面表现为纯粹声音的音乐性，另一方面表现为表达的方式，如比喻、隐喻等。[③]

如前所说，从索绪尔开始的现代语言学逐渐成为一门独立而显要的学科，并极大地扩张了它的研究领域，因而对文学语言投入了更大的热情。索绪尔的《普通语言学教程》有一节专门谈“文学语言和地方话”，尽管他说的文学语言是一种语言学上的界定，但也是包括文学作品的语言在内的。索绪尔在晚年时，还曾用很多时间研究拉丁诗歌中的“字谜”现象，并做了大量的笔记。他的这一研究揭示了诗歌用语中存在着的无意识的重复现象，诗歌中的押韵就与这种重复现象有着直接的联系。这种研究表明了索绪尔对诗歌语言特殊的审美效果的重视。[④] 另

---

① 参见[波]符・塔达基维奇：《西方美学概念史》，褚朔维译，学苑出版社 1990 年版，第 310 页。

② 参见[美]肯尼斯・博克等：《当代西方修辞学：演讲与话语批评》，常昌富等译，中国社会科学出版社 1998 年版，第 4 页。

③ 参见[波]符・塔达基维奇：《西方美学概念史》，褚朔维译，学苑出版社 1990 年版，第 310 页。

④ 参见[美]J. 卡勒：《索绪尔》，张景智译，中国社会科学出版社 1989 年版，第 144 页。

一位著名的语言学家萨丕尔(Edward Sapir)在他的《语言论》一书中,也列有专章谈到语言与文学的关系,提出了他对文学语言的极为深刻的见解。他指出,“语言不只是思想交流的系统而已”,当语言的表述“非常有意思的时候,我们就管它叫文学”。他还认为,文学语言“是分两层的,一是语言的潜在内容——我们经验的直接记录,一是某种语言的特殊构造——特殊的记录经验的方式”。[①] 萨丕尔的这些见解哪怕是对专业的文艺理论家和美学家来说都是极富启发性的。

总起来看,现代语言学对文学语言的研究主要体现在语体学和修辞学两个方面。语体学(Stylistics)是语言学中专门研究各种语言变体的一门学问,也称为“文体学”“风格学”。这门学问往往把注意力集中在有着更加显著变异特点的文学语言领域。对文学语言进行风格分析,一般采用两种方法:一种是首先识别作品在措词用语上的最微小的特征,即在语音、语法或词汇方面的最细微的差别,进而概括出整部作品的更为复杂的语言特征;另一种则相反,先说明整部作品的风格特点,然后再细致研究语言的个别方面。例如德国著名的文体学家斯皮策(Leo Spitzer),最早提出了风格特征与审美反应的联系,主张先应用我们的直觉识别风格特征,然后再分析这些特征并发现模式。[②] 斯皮策的语体学理论对文学语言的研究影响很大,他作为语言学家在文学理论和美学界也享有很高的知名度。

现代修辞学的研究范围相当广阔,远远超出了古典修辞学仅以讲演术为对象所限定的边界,可以说,任何依靠取悦和激发感情打动听众的言辞都属于修辞学研究的对象,其中当然也包括文学语言。对文

① [美]爱德华·萨丕尔:《语言论》,陆卓元译,商务印书馆 1997 年版,第 198 页、第 199 页。

② 参见[英]戴维·克里斯特尔:《剑桥语言百科全书》,中国社科学出版社 1995 年版,第 128 页。

学语言的修辞学研究主要是确立文学中特有的修辞手段及其功能。例如英国语言学家诺俄特尼(Winifred Nowottny)对诗歌的基本修辞手段“隐喻”的研究,就极有启发意义。他认为,“诗的措词在词汇上不同于日常生活的习语”,造成诗的语言的模糊性的“是对隐喻的全神贯注”,“诗的语言与诗之外的语言的主要差别在于,一种比另一种在结构上更高级,并且,建立在诗中的更为复杂的组织使诗人既可以调整、也可以开拓着普通语言的各种属性”。[①] 另一位语言学家里科尔(Paul Ricoeur)认为,隐喻的语言的特点就是不描写预先存在的现实,表述只有它才能表述的多层意境,只可意会不可言传。[②] 隐喻(Metaphor)问题可说是现代修辞学研究得最为深入的问题之一,这也从一个侧面反映了修辞学对文学语言的浓厚兴趣。

20 世纪哲学的“语言论转向”也使得哲学家们对文学语言的兴趣大增。最为显著的例子是海德格尔对“诗性语言”的探讨。海德格尔最为推崇所谓“诗化哲学”,他认为这种哲学的真理非逻辑语言所能达到,只能依赖于诗性语言,即一种“原初语言”。在他看来,思维是真理用以表现自身的诸多方式之一,而诗语则是这许多方式的基础。由此他得出了语言是“存在的家园”的论断。从这里可看出,诗语在海德格尔那里具有至高的地位,诗语接近哲语,诗作也接近哲思,因而“诗与思在照看语言这一点上极为相似,但它们同时又各有所思。思者道说存在,诗人命名神圣”[③]。

与海德格尔相反,分析哲学家塞尔(J. Searle)则对文学语言采取

① 参见[英]特伦斯·霍克斯:《论隐喻》,高丙中译,昆仑出版社 1992 年版,第 103 页、第 105 页。

② 参见[法]让-伊夫·塔迪埃:《20 世纪的文学批评》,史忠义译,百花文艺出版社 1998 年版,第 231 页。

③ [德]海德格尔:《人,诗意地安居》,郜元宝译,上海远东出版社 1995 年版,第 36 页。

了一种鄙视的态度，将其称为与真实语言相对的虚构语言。认为虚构语言是一种不严肃、不真实的言语行为，它寄生于真实语言之上，是一种只适用于诗歌小说之中的语言。他引证另一位分析哲学家奥斯汀的话说："我们有必要在回答关于严肃话语问题的逻辑前提之前，暂时把寄生性话语的问题搁置起来。"①

德里达站在解构主义的立场上反对塞尔的论点，他认为哲学和诗之间的对立是一切形而上学的一种最基本的对立。他致力于消解塞尔所设置的虚构语言与真实语言的对立，指出既然真实语言依赖于各种言语方式和习惯所形成的那些可以重复的规范和程序，那么在这种规范或程序的重复之中，也可以把真实语言看作是虚构语言活动的特殊形式。他认为只要消解了这两种语言的对立，也就消解了哲学与诗的对立。②

法国哲学家梅洛·庞蒂（Maurice Merleau-Ponty）从语言和"沉默"的关系的角度切入文学语言问题，他认为"沉默的世界"必须靠语言来表达，但语言的限度又使它难以表达这个世界。不同的表达式对于这种难于表达的领悟是各不相同的，科学语言很少意识到某种东西难于表达，因为它的对象完全是他自己构造出来的。相反，在艺术语言中，人们深深体会到许多东西是极其难以表达的。因此，艺术语言比科学语言更加接近于那个"沉默的世界"。③

利科则从词语的多义性入手来讨论科学语言与诗歌语言的区分。

① 参见涂纪亮《现代西方语言哲学比较研究》，中国社会科学出版社 1996 年版，第 218～219 页。

② 参见涂纪亮：《现代西方语言哲学比较研究》，中国社会科学出版社 1996 年版，第 218～219 页。

③ 参见涂纪亮：《现代西方语言哲学比较研究》，中国社会科学出版社 1996 年版，第 220～221 页。

他认为，一词多义具有双重功能，“一方面，它满足作为语言的基础的原则，由于上下文作用的灵活性，它允许从这种经济结构中造出多种意义效果。但是，从另一方面，它完全把语言变成一种从上下文出发碰运气的解释工作”。对这种一词多义的现象，科学语言和诗歌语言分别采取相反的态度。科学语言力求消除语言的歧义性，以便使语言能表达罕见的、新颖独特的因而也是非公众具有的经验。在诗歌语言中，“语言不再是通过它们的相互作用，构建单独一种意义系统，而是同时构建好几种意义系统。从这里就导出同一首诗的几种释读的可能性”。也正因如此，利科认为，隐喻、象征在诗歌语言中起着十分重要的作用。每一个隐喻都是一首微型的诗，而一首诗是一个巨大的、持久的、连续的隐喻。象征同隐喻一样，也是一个具有双重意义的表达式，因而都与“解释”这个概念相互关联。哪里有多种意义，哪里就需要解释。解释的任务就在于揭示隐蔽在字面意义后面的意义，显示出意义的各个层次。①

有必要指出，无论是文学语言的语言学研究还是哲学研究，都与文艺学、美学研究有着根本的区别。这几种研究分属不同的学科性质，服务于不同的学科目的。简单地说，文学语言的文艺学、美学研究主要研究文学语言的文学性，即作品中语言构成的艺术性和审美特征，属于文学理论的学科范畴。文学语言的语言学研究则是研究文学语言的语言性，它是出于某种语言学的目的把文学语言作为材料和例证来给以说明，其学科性质归属于语言学或语言学的某个分支，如音韵学、修辞学、语体学等。文学语言的哲学研究主要是研究文学语言的哲学性，这种研究是从某些哲学问题出发的，如语言的诗性与抽象

---

① 参见涂纪亮:《现代西方语言哲学比较研究》，中国社会科学出版社 1996 年版，第 221～222 页。

性的关系,诗性语言与客观实在、人的存在、人的生命活动的关系等,都是从哲学高度对文学语言的一种探究,隶属于哲学或语言哲学的学科范畴。这三种研究,由于存在着学科性质和研究意向的差别,相互之间必然产生一定的疏离和隔阂,甚至会出现彼此不认同、不服气的现象。美国著名文学理论家韦勒克(Rene Wellek)就曾站在文艺学、美学的立场上对文学语言的语言学研究提出异议。他认为,对文学语言可以进行语言学的研究,但同时又指出,这种研究“把文学作品仅仅作为语言史的文献记录”,“文学作品反被作为语言科学研究的材料”,因而不是真正的文学研究。真正的文学研究恰恰是研究“那些语言专家们通常忽略或者轻视的部分”。他强调说,文学语言研究“只有在服务于文学的目的时,只有当它研究语言的审美效果时,简言之,只有当它成为文体学(至少,这一术语的一个含义)时,才算得上文学研究”①。

但是,从另一方面看,无论三种研究有多大的区别,毕竟都是研究同一个对象,只不过是偏重于不同的学科角度而已,因而三种研究之间也存有相互关联、相互串通之处,它们的研究成果可以通过相互参照和补充而达到共享。戴维·罗比在谈到语言学的文学语言研究时曾正确地指出了这一点。他说:“现代语言模式,从索绪尔到现在,对语言学的解释要比传统语法更加全面和连贯,因此他们描写文本的语言特点就有可能比传统批评所采用的那些语法和比喻等零碎词汇做得大为精确。如果说,语言学在涉及文本的文学特性时应当服从于文学批评,那么,只要精确仍然是学术之一大美德,文学批评在涉及语言问题时也应当尊重语言学的主张。”②

---

① 参见[美]韦勒克、沃伦:《文学理论》,刘象愚等译,三联书店 1984 年版,第 188～189 页。

② [美]安纳·杰弗森、戴维·罗比等:《西方现代文学理论概述与比较》,陈昭全等译,湖南文艺出版社 1986 年版,第 66 页。

总之，文学语言研究吸引了众多学科的关注这一事实，表明了文学语言这个课题在20世纪具有重大的学术价值和理论意义。同时，文学语言研究的多学科的积极参与，也给了文学理论以更多的启示、借鉴和参照，促使它在文学语言的研究方面不断取得新的进展。

（四）

以上我们从三个方面论述了20世纪文论在文学语言研究上所取得的重大进展和成就。但是，事情总有两面性。其实在我们谈论这些进展和成就时，就已经透露出隐含在这些进展和成就背后的困境甚至危机。我们不能因为20世纪的文论家们谈了那么多的语言问题，提出了那么多的观点，就认为文学语言的问题已经被他们谈尽了，已经被他们彻底解决了。事实远非如此。在我们看来，到目前为止，文学的语言问题不仅没有解决，反而在某些方面越谈越纠缠不清，越谈越混乱了。几乎在任何一本西方现代文论著作中，我们都可以读到大量的有关文学语言的论述，这些论述大都很新颖别致，有吸引力，读后似乎知道了很多，但若问，文学语言到底是怎么回事？又感到各种不同的观点搅成一团，很难给出一个确切的、清楚的回答。每种观点都自认说清了问题，可是把各种观点叠加拢合在一起，问题又变得模糊了。这就是说，问题只是被提出并在各个向度上铺展开来，但问题本身依然如故，虽然已经出现了100个解答，可它依然等待着第101个解答。为什么会造成这种情况？问题出在哪里？让我们试着来分析一下。

前面说过，在正常条件下，多元化格局是有利于学术思想发展的，也是学术繁荣的标志。所谓“正常条件”，是指多元化格局的发展必须要以正常的学术规范和学术心态为基础，否则，多元化格局发展到一定的程度反而会阻碍学术思想的进步。我们知道，不仅是文艺学、美学,可以说整个西方20世纪的思想文化都是在多元化格局中发展的。我们认为,西方思想文化的这种多元化格局的形成有其特殊的根源。从主观方面看,它被一种“标新立异”的内心欲求所驱动,可以称之为“标异冲动”。这种标异冲动的思想根源,就是西方近代传统中的自由主义和个性主义思想的极度膨胀。但它的更为重要的根源还在于20世纪的社会现实。20世纪是一个急剧发展而又动荡不安的世纪。一方面,人们过分急切地、争先恐后地甚或有些贪婪地创造和享受着科技进步带来的巨大物质文明;另一方面,接连不断地发生的难以预料的“天灾人祸”,又使人的以理性为基础的预见性和自我信念屡遭挫折。这种现实造成了一种普遍的心态或“世纪病”,这就是焦虑、躁动的情绪和过度强烈的表现欲和言说欲,反映到学术研究上就形成了所谓的标异冲动。单就“标异”来说,它表现为不断地创新,历来是学术进步的必要条件。可以说,没有标异就没有学术的飞跃式发展。但是标异一旦成为一种“冲动”,就可能给学术发展带来一些麻烦和危害。因为学术的发展最需要理性的通盘考虑和深思熟虑,而标异冲动以满足自身为目的,并不或很少考虑学术发展的需要,这就可能干扰和阻碍学术的进步和发展。所以标异冲动实际上是一种学术上的非正常心态,在短时期内,它可以迅速造成多元化格局,使学术研究呈现出一种表面上的繁荣和热闹非凡的景象。但从长远来看,标异冲动总有一天会使学术研究陷入困境。

这种困境主要表现在两个方面:一个方面是,标异冲动的非理性的盲动性特征必将造成不可遏止的无限度的标新立异,各种问题和观点都被走马灯式地轮番提出,并且迅速地更迭和转换,往往是一个问题才刚刚展开,另一个更新的问题又被推出,一个观点还未及深入地阐述,另一个更新的观点又取而代之。这种情况发展到顶点就必然导致这样的后果：再也没有什么更新的问题和观点可以炮制和提出了，这就是多元化格局的饱和状态。学术研究一旦进入到这种状态，就很难在原有的轨道上周转下去了。另一方面的困境来自冲动本身固有的自我中心和唯我独尊的情结。所有的冲动都是以自我为基点的，标异冲动也不例外。各家各派都以自己研究的问题为核心，都以自己提出的观点为准则。尽管在客观上各派之间也存在着相互影响、相互渗透，也存在着因这种影响和渗透而发生的裂变和合流，但是在主观上它们是相互敌对的。每一派都有自己的一套，谁也不买谁的账，或者自说自话，不管别人怎么说。各派都有强烈的抢占中心的意识，一有机会，就试图吞并或取代对方，占据主流。在这样的学术氛围里，虽然该涉及的问题都涉及了，该提到的观点都提到了，但由于各派之间的相互隔离和排拒，涉及的那些问题又是散乱无序的，不能显示出它们之间的内在关联和整体布局，提到的那些观点也是各执一端，难以通融。这种人为造成的问题之间的断裂、分离和互不相关，观点之间的相互抗衡和无休无止的无谓争论，终究会将学术研究推入难以自拔的僵局之中。

种种迹象表明，从 20 世纪 70 年代或更早的时候开始，包括文学研究在内的西方学术研究已经陷入由标异冲动而造成的困境和危机之中。韦勒克甚至认为，是在第一次世界大战以后，“我们这个世界”，“就陷入了一种永久的危机状态之中”，“由于方法上的冲突，我们的文学研究也一直呈现出一种分崩离析的状态”，“我们的文学研究至今仍然处于一种不安全的状态之中”，“最近些年也不能是一种例外，文学研究的危机甚至也不能说是已到了可以获得解决或是得到缓和的时候了”。[①] 韦勒克说这些话的时间是 1963 年，他所注意的只是多元纷争所造成的僵局，还没有看到多元饱和所造成的另一方面的危机。事实上，多元饱和比多元纷争所造成的危机更加深重，它意味着受标异冲动支配的学术研究由于持续不断地推陈出新而进入了山穷水尽的境地，如果不摆脱标异冲动的阴影，不改辙易道寻求新的出路，就不可能出现新的转机。

（五）

令人欣慰的是，近二十年来，西方学术界出现的某些新动向说明人们已经对面临的危机有了自觉的意识，并且为如何克服危机提供了一些思路。比如，人们已经厌倦了无限的标新立异，而对一向被排斥的传统重新发生兴趣，甚至出现了回归传统的趋向。早在 20 世纪 60 年代出现的接受美学那里就已透露出这种意向。接受美学从读者的角度关注对文学史的研究，其实就是试图把传统的历史观点、主体性思想与现代的文本主义、语言本体论、结构主义等理论结合起来给以新的发挥。更晚近出现的新历史主义、女权主义等表现出更强烈的传统意识，它们在吸取现代形式主义研究成果的基础上重新强调历史方法，社会学方法的合理性和重要性。美国批评家海登·怀特（Hayden White）在评论新历史主义的特点时指出：“新历史主义……它更像是努力把一些历史学家在历史研究中视为‘形式主义’谬误的东西（文化主义和文本主义），与一些形式主义的文学理论家在文学研究中视为‘历史主义’谬误的东西（发生论和参指性）结合起来。”[②]在 80 年

---

① 参见［美］R. 韦勒克：《批评的诸种概念》，丁泓等译，四川文艺出版社 1988 年版，第 265 页。

② ［美］海登·怀特：《新历史主义：一则评论》，王逢振等编：《最新西方文论选》，漓江出版社 1991 年版，第 497 页。

代法国的理论界，重申传统的历史方法甚至被认为是一种时髦，其代表人物孔帕尼翁竟也成为当时学界“走红”的新秀，他认为，“应把新批评理解为多数，结构主义、心理分析都属新批评，它们都反对历史方法的研究，取消作品的内容。我们的工作则是如何把历史观念引入新的批评，因为新批评割断历史”，他认为新批评“走得太远了”，尽管它“使文学研究多元化了”[①]。还有，在最近的二十年里，以詹姆逊(Fredric Jameson)和伊格尔顿(Terry Eagleton)为代表的西方马克思主义以新的面目出现并再度风行于欧美，这一事实也体现出西方学术思想向传统回归的趋向。

再者，20世纪六七十年代兴起的解构主义思潮也是一个值得注意的新动向。这一思潮可以说既是标异冲动的极端表现，又是为了克服西方学术研究的危机而开出的另一种“处方”。解构主义的核心思想就是拆解中心和边缘的二元对立，它的目标是反对中心本身，即不承认有任何中心的存在。这种解构思想，从表面上看，好像是怀疑一切的虚无主义，但在深层里却隐含着解除一切对立，标举多元之间的平等、互补、兼容的精神。这正如伊格尔顿在公正地评价德里达时所说的那样，“德里达显然不想仅仅发展一种新的阅读方法”，“他并不是在荒诞地力图否定相对确定的真理、意义、同一性、意向和历史连续性，他是在力图把这些东西视为一个更加深广的历史——语言、潜意识、社会制度和习俗的历史——的结果”，“认为解构批评否认除话语以外的一切东西的存在……这种广为流传的看法只是对于德里达自己的工作和它所引出的最有创造性的工作的一种歪曲而已”[②]。解构主义

① 参见钱中文：《法国文艺理论流派印象谈》，《文艺研究》1985年第4期。

② [英]特雷·伊格尔顿：《二十世纪西方文学理论》，伍晓明译，陕西师范大学出版社1986年版，第185页。

的创造性和思想意义就在于，通过消解中心的途径争取摆脱西方学术所陷入的多元对立的僵局和多元饱和的困境。

如此看来，无论是传统思想的现代复归，还是解构主义的消解中心，都表现出一个共同的意向，这就是改变由标异冲动所造成的原有的学术套路，寻求多元之间相互接近、沟通、结合、互补、交融的可能性，以便克服危机、走出困境，使学术研究重新进入良性发展的轨道。简言之，这种意向就是从多元分化走向多元综合。

韦勒克在20世纪60年代初谈到后期结构主义文论家的成就时就说过，“他们把纯粹的形式主义研究与社会学和意识形态方法结合在一起”，“正是这种现代语言学和现代哲学的密切合作中，我们看到了具有远大前程的文学研究的萌芽”，“他们一方面反映了某种对综合研究，对大胆地思考，对深入的哲学探索的新的愿望；另一方面还反映出了某种从总体性和整体性上越来越贴近细致地分析文学作品的新的愿望”。[①] 韦勒克敏锐地察觉到的并预见其有“远大前程”的这种综合的“文学研究的萌芽”和“新的意愿”，到80年代终于汇集成一种颇有气势的学术发展的新趋向。

当今的西方学术界和文艺理论界，综合的呼声越来越高，综合的观点和实践得到了越来越广泛的重视和赞许，而原有的以满足标异冲动为目的的治学方式，则遭到了越来越多的质疑而受到抵制。就连一些过去在轮番的新潮更迭中享有盛名的理论家也肯定了最新的综合趋势，并改变了原先的学术态度。如著名的结构主义理论家托多洛夫(Tzvetan Todorov)在20世纪80年代中期回顾自己的学术生涯时说：

> 60年代，法国文学理论中出现了新的思潮，结构主义理论在这方面有所发现，同时我介绍了俄国形式主义者的著作，影响甚

① ［美］R. 韦勒克：《批评的诸种概念》，丁泓等译，四川文艺出版社1988年版，第263页。

大。60年代结构主义获得重大的发展,但目前就不好说了。现在是综合使用各种方法的时代,新的方法已不占统治地位,各种旧的方法也并未被否定,原因是各种方法的好的方面,都已被普遍接受,学校课堂上都介绍它们,并被文学研究者所使用。所以现代文艺理论研究,从方法论观点看,正走向综合。不存在单一的方法,大家使用各种方法进行研究,所以很难说哪种方法占主导地位。当然,所谓综合,并不是有这样一个专门的方法,而是在研究中采用各种不同的方法。综合是一个总的倾向。

托多洛夫还特别谈到他出版过的《批评之批评》一书,他指出:"我的观点和方法也有所改变,此书涉及了更带着普遍意义的观念,如人道、道德问题。结构主义方法要补充、要完善。在综合中,我使用了历史方法、语言学、哲学等不同的方法。文学永远是探索的。"[①]托多洛夫晚年发生的这种学术态度和立场的转变是耐人寻味的,也是很有代表性的,它充分证明了,在20世纪的最后二十年里,西方学术的总体态势确实出现了重大转折,从连续不断的突变式的新潮更迭,走向了建立在已有成果之上的多向度的整合和综合。因此,我们完全有理由这样说,从20世纪80年代开始,西方学术发展的多元分化时期趋于终结,一个新的多元综合的时代到来了。

三、文学语言的综合研究

(一)

通过以上对西方20世纪文学语言研究的现状和发展趋向的分

① 参见钱中文:《法国文艺理论流派印象谈》,《文艺研究》1985年第4期。

析,我们得到的结论就是:推动目前文学语言研究深化和突破的关键就在于综合。那么,如何进行综合呢?

首要的一点就是要从理论上认识到,综合在一切学术研究中的必要性和重要性。这主要体现在:综合是理论思维一般行程的高级阶段,也是学科发展成熟的重要标志。

马克思在《〈政治经济学批判〉导言》中论述过理论思维的一般行程,他以经济学为例说道:

> 如果我从人口着手,那么这就是一个混沌的关于整体的表象,经过更切近的规定之后,我就会在分析中达到越来越简单的概念;从表象中的具体达到越来越稀薄的抽象,直到我达到一些最简单的规定。于是行程又得从那里回过头来,直到我最后又回到人口,但是这回人口已不是一个混沌的关于整体的表象,而是一个具有许多规定和关系的丰富的总体了。……具体之所以具体,因为它是许多规定的综合,因而是多样性的统一。因此它在思维中表现为综合的过程,表现为结果,而不是表现为起点,虽然它是现实中的起点,因而也是直观和表象的起点。①

马克思的这段话揭示了理论思维行程的两个阶段:第一个阶段是从具体的表象到"稀薄的抽象",其特点是"完整的表象蒸发为抽象的规定",因而是分析的阶段;第二个阶段是从"稀薄的抽象"到"具有许多规定和关系的丰富的总体"或"多样性的统一",其特点是"抽象的规定在思维行程中导致具体的再现",因而是综合的阶段。在马克思看来,这两个阶段的辩证关系是,综合必须要以分析为基础,分析必然导向综合。综合只有分析达到了一定的程度之后才能开始,它包容和整合了分析中所取得的全部成果,即在分析中达到的那些"最简单的规

---

① 《马克思恩格斯选集》第2卷,人民出版社1995年版,第103页。

定”，它是“丰富的总体”，是“多样性的统一”，是“具体的再现”，因而也是思维过程中的最高级的阶段。因此，马克思认为，综合的阶段“显然是科学上正确的方法”，“经济学体系”就是经过综合的过程而“开始出现了”。①

我们认为，马克思的这个观点，是对人类学术研究和理论思维发展规律的科学总结和准确表述，理应引起我们的充分重视。当我们强调文学语言的研究必须走综合之路的时候，就是因为我们看到了这种研究已经经历了一个长期的分析抽象的过程，已经积累起了大量的“简单的规定”，这些规定是从各方面的单向度的抽象中产生，并且散乱地堆积在一起，已经达到了这样一个临界点，不经过综合就无法取得进一步的发展。而只有经过综合，才能使积累起来的许多抽象的规定和关系聚合成一个“丰富的总体”，才能实现对文学语言的真正的“具体的再现”。这样看来，文学语言的综合研究不仅是必然的，而且还是必需的。

可能有人会提出异议，认为所谓综合不过是学术上的折中主义、拼凑主义，是丧失了创造性的表现，将会重新导致“大一统”的一元化局面，如此等等。这些看法都是对综合研究的莫大误解。须知，综合研究并不盲从任何一派，也不站在任何一派的反面，它超越了各派的对立和纷争，致力于寻求各派的共通点和融合点，吸取各派的优势和长处，以便在更高的层次上达到对对象的具体的、系统的、总体的把握。真正的综合的过程绝不是一个拼凑的折中的过程，而是一个最有创造性的过程。试从更宽泛的意义上想一想，人类活动的最终目的不就是为了把诸种差别、矛盾和对立统一起来，实现“多样性的统一”，达到和谐完美的境界吗？这种过程不就是一个综合的过程吗？这个综

① 《马克思恩格斯选集》第2卷，人民出版社1995年版，第103页。

合的过程不就是人的创造性的最高体现吗？再者，从综合主体方面看，每个综合主体都有自己的独特的学术个性，这种学术个性必然会表现在他的综合活动的过程和结果中，这就使综合活动在总体上呈现出丰富多彩的多样性。所以，独创性和多元化并不为分析活动所专有，同样也体现在综合活动的千差万别之中。认为综合研究没有独创性、导致一元化的观点是没有根据的。

当然，我们强调文学语言的综合研究并不等于要排斥包括分析研究在内的其他研究方式。相反，我们认为，正是分析研究所取得的成就构成了综合研究的凭借和基础，没有这个凭借和基础，综合研究不仅没有了综合的材料和依据，而且也失去了综合的必要性和意义。分析研究发展得越充分，所取得的成果越丰富越多样化，综合研究的天地也就越广阔，越有作为。但同时也大大增强了综合研究的难度。从文学语言研究的目前情况看，各派所使用的方法、所涉及的问题、所提出的观点，加在一起，可以说已趋向于饱和状态，这就使综合的容量和难度达到了前人难以想象的程度。但这决不意味着综合是不可能的，这只是说明综合不是一件一蹴即就的事情，也不是一人一时所能完成的。综合需要一代甚至几代学人的共同参与和努力，综合是一个从各个不同的途径进行试验和探索的长期的过程。这个过程也许要经过几年、十几年甚或几十年，但有一点可以肯定，如果不开始这个过程，文学语言的研究就不会出现根本的转机，就不能获得更深入的进展。

（二）

要进行综合研究还必须弄清综合研究所遵循的基本原则。综合研究的具体途径虽然可以因人而异，但综合研究的基本原则却是大致相同的，这个基本原则概括起来说就是：以研究对象的整体存在为依据，以普遍联系的辩证观点为准则，以对对象的具体的、总体的、系统的把握为目的，对现有的彼此相异相对的各种理论、观点和研究方法进行整合，以便创造出一个以总体认识为标志的、具有系统形态的新理论。

从这个基本原则看，综合研究的关键和核心就是整合。整合就是使散乱无序的东西联结成一个有机的整体。依照系统论的观点，整体不是各部分相加之和，而是各部分经过有机化合而形成的一种新东西，就像氢氧化合成水一样。因此，整合不是机械的撮合、凑合、调和，而是按照事物之间固有的内在关联进行的结合、化合和融合。对整合来说，最重要的也是最困难的一点，就是寻找到事物之间的"内在联系"。而要做到这一点，又是以承认事物之间的普遍联系为前提的。不仅相同相似的事物之间存在着某种联系，就是相异相反的事物之间也存在着某种联系。如相异事物之间的相通性联系，相反事物之间的互补性联系。这就是恩格斯所说的世界是普遍联系的整体的辩证法原则："当我们深思熟虑地考察自然界或人类历史或我们自己的精神活动的时候，首先呈现在我们眼前的，是一幅由种种联系和相互作用无穷无尽地交织起来的画面，其中没有任何东西是不动的和不变的，而是一切都在运动、变化、产生和消失。"①

如此看来，综合研究的方法论基础就是辩证法，综合的观点就是辩证的观点。如果说综合研究的核心就是整合，那么整合的准则就是辩证法。现在需要进一步讨论的是，综合的基本原则，或者说按照事物的内在联系而进行的整合，在文学语言的研究中将如何贯彻和具体体现。让我们先从研究方法的层面上谈起。

20 世纪的各个文论流派分别运用过不同的方法研究文学语言。

① 《马克思恩格斯选集》第 3 卷，人民出版社 1995 年版，第 60 页。

俄国形式主义、“新批评”、结构主义主要运用语言学的方法。另外一些流派主要采用了非语言学的方法，如心理学的、符号学的、社会学的、文化学的、历史学的方法，等等。综合研究主张把语言学的方法与其他非语言学的方法结合起来运用。其理由在于：从研究对象方面看，文学语言是一种语言现象，但又不是一种孤立的语言现象，它与作者和读者的心理乃至整个社会历史、思想文化的外部语境有着密切的联系。正是文学语言的这样一种“多面体”的性质，决定了必须把多种研究方法结合起来使用。因为某一种方法只对应了文学语言的某一方面的性质，只有把各种方法结合起来，才能把握文学语言全面的性质和联系。韦勒克把这种方法的综合称之为“透视主义”（Perspectivism），这一术语“表明从各种不同的、可以被界定和批评的观点认识客体的过程”①。再从各派所运用的不同方法方面看，这些方法虽然来自不同的学科，但是它们又共同指向文艺学、美学研究范围内的同一个对象，这个共同点也提供了一种综合的可能性，就是仅仅选用各种方法与研究对象相适应的一些方面和内容，把它们统一起来，使各种方法都能够为文艺学、美学研究的总目标服务。这样一种综合避免了文学语言的研究由于单独使用某种方法而改变了文艺学、美学研究的性质。前苏联文艺理论家济斯谈到艺术的综合研究时说：“艺术的综合研究的现实意义在于，各种不同科学的方法和工具都消融在作为研究艺术现象的科学群体的核心的艺术学之中。”②在这里，济斯强调了各种方法的综合运用能够保证不偏离艺术研究的艺术学性质。

除了方法的综合，各派在文学语言研究中所涉及的问题也需要根据内在关联的原则进行综合的处理。由于研究方法的殊异，各派对有

---

① 参见[美]韦勒克、沃伦：《文学理论》，刘象愚等译，三联书店1984年版，第165页。

② [苏]A. 济斯：《论艺术的综合研究》，《国外社会科学》1987年第3期。

关文学语言的各个方面的问题也有所偏重，例如，俄国形式主义比较关心文学语言与日常语言的区别以及诗歌语言的反常性质，“新批评”热衷于研究文学语言的语义、语音和修辞方面的某些特征，结构主义着重揭示文学语言的一般构成规则，接受美学和文学解释学强调的是文学语言与读者的关系以及读者的阅读问题，传统的社会历史学派对文学语言与外部语境的关系及其表达思想内容的过程最感兴趣。其他的一些文论流派在文学语言研究中也都有自己特别关注的问题，各派都坚持认为自己研究的问题最重要，并或多或少地排斥其他流派所研究的问题。但是，各派所研究的问题都是从研究对象里抽象出来的，研究对象本身的各种性质和关系是不可分割地联结在一起的，因此，与之相对应的各个问题之间也必然有着一种内在的逻辑联系。就是说，从对象中抽出来的这些问题并不是各自独立、互不相关的，它们之间的逻辑关系和秩序，应该是由研究对象的各种性质和关系的整体存在和历时顺序规定好了的。综合研究的任务，就是打破这些问题之间人为造成的界线和分离，按照它们本身既有的内在联系，把它们组结成一个有序的逻辑系统。这实际上就是一个建构理论体系的过程，在这个理论体系里，各个问题都成为一个不可缺少的网结点，共同支撑起理论体系的基本构架。从这方面看，综合研究还是创建文学语言学科体系的必经之路，没有综合研究，就不可能有文学语言学的学科体系。

此外，还有一个观点层面的综合问题，这个层面的综合任务似乎更加麻烦、更加艰巨。因为在20世纪整整一百年的文学语言的研究中，产生的观点真可谓五花八门，无以计数。不仅各派的观点不一样，即使同一派的内部也存在各种不同的观点，即使同一个理论家的观点，前后也往往会发生许多变化，甚至最终会走向反面，后期的罗兰·

巴尔特就是这样的一个典型例证。综合研究必须要面对所有的这些观点，要“如饥似渴地吸收人们就一个主题所思考过和谈论过的一切”①。更为关键的是，对所有这些观点的综合依然要遵循以对象为依据、以“普遍联系”为准则的整合原则，即如阿布拉姆斯（M. H. Abrams）说的：“在研究中，不同观点的聚合是唯一能深入研究的方式。”②这里的“聚合”就是整合的意思。首先是对那些大量存在的虽相异但不相反的观点的整合。对这些观点的整合要坚持把研究对象作为客观的参照系，探查这些观点是否具有“相通点”或“交叉点”，只要找到了相通点和交叉点，就能够把它们在更高的水平上统一起来。例如俄国形式主义和“新批评”都谈论文学语言的特殊用法，但俄国形式主义强调“反常化”，新批评则更推重“复义性”。这两种观点虽不一样，但都是对文学语言特性的不同方面的揭示，而且这不同的方面又是相互关联的（反常化导致复义性，复义性又表现为反常化的形式）。从这一相通点上，我们就可以把这两种观点综合在一起。再如，接受美学和文学解释学都关心文学语言的阅读问题，但前者更为注重阅读的审美过程，后者更为注重阅读的释义过程。这两种不同的观点明显有相互交叉之处，即阅读中的审美过程和释义过程不是并列平行的，而是相互重合相互交汇的，从这个交叉点上，就有可能把这两种观点整合为一体。

在观点层面的综合中，最为难办的是对相反观点的整合。相反的观点，各执一端，互不相容，肯定一方就意味着否定另一方，确实很难统合。但是从辩证法的观点看，在对立的观点中也有相通之处。除去

① 芒罗语。转引自[美]赫伯特·舒勒尔：《托马斯·芒罗的美学著作》，中国社会科学院哲学研究所美学研究室编：《美学译文》第3辑，中国社会科学出版社1984年版，第214页。

② [美]M. H. 阿布拉姆斯：《解构主义的天使》，《文艺理论研究》1995年第5期。

对立的双方各自极端的一面，剩余的内容在一方为缺失者，在另一方恰恰成为优势；反之也一样，这就构成了对立双方的优势互补。如果着眼于这种优势互补的关系，相反的观点就有了综合的价值和可能性。而且，真正最有成就的理论建构往往产生于这种相反观点的综合之中。例如，内容主义者认为文学的内容决定文学的语言形式，而形式主义者则针锋相对地提出文学的语言形式决定文学的内容。如果把这两种观点的各自极端的一面（即决定与被决定的观念）丢掉，单取前者对文学内容的重要性的强调、后者对文学形式的重要性的强调，就找到了两种观点间的互补联系，在这种互补联系的基础上，就可能把这两种相反的观点整合成一种新的观点，即一种涵盖了对立双方各自合理性的更高的观点，比如内容和语言形式的有机统一论就是这样产生的。当然，实际的综合过程比上述的抽象说明要复杂得多，需要大量的论证和深入的分析，而且，也往往不是一次综合就能够完成的。但是，无论实际的综合过程多么复杂多样，贯穿于其中的基本原则应该是大致相同的。

（三）

最后的一点，也是极为重要的一点，就是综合研究的视野要尽可能地开阔，它所综合的材料范围应该包括古今中外人类所创造的全部有关的理论、观点和论述。这其中，西方20世纪文论提供的有关成果当然最丰富、最集中、最有创意，因而也最重要，构成了可供综合研究开发利用的主要资源库。此外，西方现代语言学和哲学领域里创造的相关成果也不可忽略，也是综合研究所要汲取的资料来源之一。然而，综合研究的视野绝不能仅限于西方现代的范围，还必须把目光伸展到中国古代这个极为广大而丰饶的领域中去。

我们知道，中国古代文学中诗歌最为发达，而诗歌创作又最讲究语言形式的创新和语音的抑扬顿挫，因而中国古代文论一方面强调"言志""宗经""载道"，另一方面又始终对诗歌语言问题相当重视，产生了大量的有关诗语的论述，其成果无论从数量和质量上都远远超过了西方古代文论。先秦时代的思想家们就曾从哲学、伦理学、美学等不同的角度论及文学语言的问题。孔子有"不学诗，无以言""言之无文，行之不远""情欲信，辞欲巧""文质彬彬"等议论[①]，老子有"大言希声""信言不美，美言不信"的说法[②]，庄子提出"言不尽意""得意忘言"[③]，墨子反对"以文害用"，强调"先质而后文"[④]，韩非子认为"好辩说而不求其用，滥于文丽而不顾其功者，可亡也"[⑤]，孟子主张"知言养气"[⑥]，荀子则断言，"凡言不合先王，不顺礼义，谓之奸言；虽辩，君子不听"[⑦]。先秦诸子们的这些言论，虽然有的并不专指文学语言，但对后世文学语言研究的影响无疑是极为深远的。

概略地说，中国古代的文学语言研究主要有五条路向。第一条路向是孔子开出的"文质论"。此论影响最大，论述也最多，几乎古代每个著名的文论家都谈到过这个问题。如：王充的"言事增实"说[⑧]，陆机的"辞达理举"和"尚巧贵妍"说[⑨]，刘勰的"情采"说[⑩]，韩愈的"陈言务

---

① 《论语》中的《泰伯》《雍也》篇以及《礼记·表记》。
② 《道德经》第四十一章、第十二章。
③ 《庄子》中的《天道》《外物》篇。
④ 《墨子·非命》。
⑤ 《韩非子·五蠹》。
⑥ 《孟子·公孙丑上》。
⑦ 《荀子·非相》。
⑧ 参见王充：《论衡·艺增》。
⑨ 参见陆机：《文赋》。
⑩ 参见刘勰：《文心雕龙·情采》。

去”和“气盛言宜”说[①]，柳宗元的“文以明道”说[②]，白居易的“系于意，不系于文”和“尚质抑淫”说[③]，欧阳修的“道盛文至”说[④]，程颐的“作文害道”说[⑤]，黄庭坚的“理得辞顺”说[⑥]，等等。“文质论”探讨的是语言形式与内容的关系，总的来看，重内容但又讲求文采的观点占上风。

第二条路向是以庄子的“得意忘言”和《周易》中的有关论述为发端的“言、象、意”理论。《易传·系辞》中谈到“卦象”的产生时说，“书不尽言，言不尽意”，“圣人立象以尽意”。魏代的王弼对《易传》的这一理论作过系统的阐发，他认为“言、象、意”三者的关系，从发生顺序上看，是“言生于象，象生于意”，从表达顺序上看，是“象者，出意者也；言者，明象者也”，由此他得出结论说：“意以象尽，象以言著。故言者所以明象，得象而忘言；象者所以存意，得意而忘象。”[⑦]这一原本是阐释《易经》的哲学理论，被后世的文论家所吸取，用来解说诗歌中“言与象”“象与意”的关系，从而产生了一系列有关诗语特点的论述。例如：陆机所说的“意不称物，文不逮意”[⑧]，皎然所说的“假象见意”[⑨]，司空图所说的“不著一字，尽得风流”[⑩]，叶梦得所说的“意与言会，言随意遣”[⑪]，严羽所说的“言有尽而意无穷”[⑫]，袁宗道所说的“学其意，不必泥

---

① 参见韩愈：《答李翊书》。

② 参见柳宗元：《报崔黯秀才论为文书》和《答韦中立论师道书》。

③ 参见白居易：《新乐府序》和《策林六十八》。

④ 参见欧阳修：《答吴充秀才书》。

⑤ 参见程颐：《河南程氏遗书》。

⑥ 参见黄庭坚：《与王观复第一书》。

⑦ 参见王弼：《周易略例·明象》。

⑧ 陆机：《文赋》。

⑨ 皎然：《诗式》。

⑩ 司空图：《二十四诗品》。

⑪ 叶梦得：《石林诗话》卷上。

⑫ 严羽：《沧浪诗话》。

其字句”[①]，陈延焯所说的“意在笔先，神余言外”[②]，都是这方面的有代表性的观点。值得注意的是，中国古代文论家的上述观点与西方“新批评”的“含混”“复义”等理论有异曲同工之妙，但它的出现至少要早于“新批评”一千年以上。

中国古代文论有关文学语言研究的第三条路向肇始于《诗大序》中的“赋、比、兴”理论。《诗大序》把“赋、比、兴”与“风、雅、颂”合称为《诗经》的“六义”，是对《诗经》的一种解释。从唐代的孔颖达开始，“赋、比、兴”被理解为诗歌特有的三种表达方式，“赋比兴者，诗文之异辞耳”，“赋比兴是诗之所用”[③]。以这个论点为基础，古代文论家重视诗语的“精巧”与创造性，由此形成了古代文学语言研究中的修辞学向度。例如：司马迁从语言表达的角度盛赞屈原的《离骚》，认为它“其文约，其辞微”，“其称文小，面其指极大，举类迩而见义远”[④]；扬雄对汉赋过度地铺陈事物、雕绘辞藻提出批评，认为汉赋“极丽靡之辞，闳侈巨衍”，如“童子雕虫篆刻”，“壮夫不为也”[⑤]；陆机比较重视文学表达的技巧和独创性，提出诗歌创作“其会意也尚巧，其遣言也贵妍”，“选文按部，考辞就班”，“立片言而居要，乃一篇之警策”的主张[⑥]；刘勰在《文心雕龙》的《熔裁》《夸饰》《比兴》《事类》《附会》等诸多篇章中，系统地论述了诗歌所运用的各种修辞手法，特别是对“夸饰”的论述，“因夸以成状，沿饰而得奇”，对“比兴”的论述，“比者，附也”，“写物以附意”，“兴者，起也”，“依微以拟议”，对后代的影响更大。其他如何景明提出的

① 袁宗道：《论文上》。
② 陈延焯：《白雨斋诗话》。
③ 孔颖达：《诗大序正义》。
④ 司马迁：《史记·屈原贾生列传》。
⑤ 扬雄：《法言·吾子》。
⑥ 陆机：《文赋》。

"辞断意属，联类比物"[①]，王骥德主张的"意常则造语贵新"[②]，袁宏道赞扬的"本色独造语"[③]，刘大櫆强调的"论文而至于字句，则文之能事尽矣"[④]，刘熙载推崇的"词眼"和"极炼如不炼"[⑤]，也都属于诗歌修辞学方面的论述。

中国古代文论中的文体学理论构成了文学语言研究的第四条路向。中国古代的文体学主要是研究文体的分类及其语言风格的。这种研究最早发源于曹丕的《典论·论文》，即"夫文本同而末异，盖奏议宜雅，书论宜理，铭诔尚实，诗赋欲丽"。随后陆机在《文赋》中把文体分为十类，并分别指出其风格特点。刘勰也在《文心雕龙》中用大量篇幅专门论述了各类文章的形式和写作特点，还从语言形式的差别着眼，把所有的文体概括为八种风格，即"一曰典雅，二曰远奥，三曰精约，四曰显附，五曰繁缛，六曰壮丽，七曰新奇，八曰轻靡"[⑥]。其他如李峤的《评诗格》、王昌龄的《诗格》、皎然的《诗式》、司空图的《二十四诗品》、陈骙的《文则》等，都是专论文体风格的著作。在中国古代文体研究史上，南朝的萧绎是一个值得重视的人物。他第一次以自觉的文学意识辨析了自古以来的"文笔"之争，明确指出，"善为奏章""善辑疏略"的论事说理实用之文，叫作"笔"，而"至如文者，惟须绮縠纷披，宫徵靡曼，唇吻遒会，情灵摇荡"，即具有华美的辞藻，协调的声律，精粹的语言，充沛的感情，有强烈感染力的文章，才能称为文学[⑦]。这种对文学文体和文学语言特性的自觉而深入的认识，在古代文论史上是有

① 何景明：《与司空图论诗书》。
② 王骥德：《曲律·论句法》。
③ 袁宏道：《叙小修诗》。
④ 刘大櫆：《论文偶记》。
⑤ 刘熙载：《艺概·词曲概》。
⑥ 刘勰：《文心雕龙·体性》。
⑦ 参见萧绎：《金楼子·立言》。

重大意义的。

中国古代文学语言研究的第五条路向是以“声律论”为主体的诗歌音韵学。声律理论的开创者是南齐的沈约等人。早在沈约之前，陆机在《文赋》中已对诗歌的音乐美有所描述，他说过：“暨音声之迭代，若五色之相宣。”沈约第一次对诗歌声律进行了专门系统的理论探讨，提出了所谓“四声八病”说，即用“平、上、去、入”四字标四声，并把诗歌创作中出现的使四声不和谐的病犯总结为“平头、上尾、蜂腰、鹤膝”[①]。他强调指出：“一简之内，音韵尽殊；两句之中，轻重悉异。妙达此旨，始可言文。”[②]沈约声律论的提出，直接促成了五言古诗向律诗的演变，同时也开启了诗歌语言研究的一个新领域，即诗歌音韵学。在沈约之后，宋代的李清照强调词“别是一家”，必须“协音律”，区分“五音”“五声”“六律”和“清浊轻重”，反对“句读不葺之诗”[③]；明代的李梦阳提倡作诗要“格古，调逸，气舒，句浑，音圆，思冲，情以发之”[④]；清代的沈德潜标榜格调说，提出“乐府之妙，全在繁音促节”，“诗中韵脚，如大厦之柱石，此处不牢，倾折立见”[⑤]。这几位诗论家都对中国古代诗韵学的发展做出了重要贡献。难能可贵的是，明代的王世贞在论述曲词的音韵时还谈到了声律的情感意味，提出了“声情”这一概念，并与“辞情”加以区别。他说：“凡曲，北字多而调促，促处见筋；南字少而调缓，缓处见眼。北则辞情多而声情少，南则辞情少而声情多。”[⑥]这种“声情”论与西方克莱夫·贝尔提出的“有意味的形式”理论有相近之处。

---

① 《南史·陆厥传》。

② 《宋书·谢灵运传论》。

③ 参见李清照：《词论》。

④ 参见李梦阳：《潜虬山人记》。

⑤ 参见沈德潜：《说诗晬语》。

⑥ 王世贞：《曲藻》。

以上的简略描述，挂一漏万，但也足以见出，中国古代文论中有关文学语言的论述是相当丰富多彩的，所论的问题也非常广泛和深入，有些论点也极富启迪性，确实是一个重要的理论资源宝库，应该尽量纳入我们的综合研究的视野之中。当然，毋庸讳言，这些论述和理论，也像中国古代文论中的其他理论一样，带有评点式、感受式的弱点，也受历史的局限，其中许多内容已经不能适应或不能完全适应现时代的要求，这就需要对之进行现代性的转换和提升。所谓现代性的转换和提升其实就是综合的工作，就是传统与现代之间的沟通和整合。综合的观点是与彻底反传统的观点截然相反的，它不仅不排斥传统，不与传统决裂，而且还认为现代是从传统发展而来的，现代与传统之间有着一种不可分割的内在联系，可以站在现代的高度上对传统作出新的阐释和评价，从而实现现代与传统间的综合。只有经过这种综合，现代的思想文化才能在原有的水平上获得深入的发展。

耐人寻味的是，西方现代的某些学者，不仅表现出向西方传统回归的倾向，而且还把探寻的目光转向了东方古代文化。海德格尔对道家思想的推崇，萨丕尔对汉语的审美特性的赞扬，德里达对汉字文化表现出的浓厚兴趣，都是这方面比较突出的事例。然而，相比之下，我国当代的某些学者们反而缺乏这种宽厚的学术胸襟，至今仍对本土传统文化的这份宝贵遗产熟视无睹，没有给以应有的重视，这实在令人大惑不解。

（四）

改革开放以来，我国的文艺学、美学获得了突飞猛进的发展，从反映论到主体论，从主体论到本体论，现在又有一些学者在大谈后现代主义、后殖民主义，所谓“后学”也已在中国学术界引起了一定的反响。

20世纪80年代后期以来，随着本体论的文学理论和批评的昌兴，文学语言的研究也迅速开展起来。一时间，一些有影响的理论家和批评家都不约而同地转向了文学的语言问题的研究，以至于在90年代中期有些论者认为我国的文艺学、美学出现了“语言论转向”，甚而认为这种转向标志着我国文艺学总体范式的必然转换。[①] 无论如何，有一点可以肯定，在文体和语言的研究热潮中，人们对文学与语言的关系以及文学语言的特性有了新的理解和认识，这种新的理解和认识必然影响到总体的文学观念的改变，从而弥补了原有理论的缺失和不足，并为我国新时期文论的发展确立起一个新的“增长点”，其重大的理论意义和现实意义是显而易见的，不能低估。[②]

但是，我国当前文学语言的研究也存在着一些明显的问题，为了推动这一具有重大意义的研究的正常发展，我们也不能不正视这些问题。在我们看来，有三个方面的问题应该引起注意：一是过分的西方化倾向。我国当代文学语言研究是从学习和借鉴西方的有关理论起步的，这原本是非常必要的。但是后来的发展却更多地表现为不顾中国具体语境的机械照搬和盲目“紧跟”，这就有些不太正常了。从目前情况看，为数不少的研究者，眼睛只是盯着西方，不是“跟着说”，就是“顺着说”“重复说”。这样的研究不能说没有价值，但有一个致命的问题，就是缺乏自己的创造性。二是我国文学语言研究更多地表现为批评的实践，即运用某种理论去解说具体的作品语言。理论理应与实际相结合，这本来无可厚非。但问题在于，这种批评实践往往缺乏总体

---

① 参见《艺术广角》1993年第6期一组题为《文艺学研究的语言论转向》的笔谈。

② 就笔者所知，我国新时期以来，在文学语言研究方面比较重要的成果有：俞建章、叶舒宪的《符号：语言和艺术》，鲁枢元的《超越语言》，赵毅衡的《文学符号学》，王岳川的《艺术本体论》，唐跃、谭学纯的《小说语言美学》，杨大春的《文本的世界》，南帆的《文学的维度》，张隆溪的《道与逻各斯》，王一川的《语言乌托邦》和《修辞论美学》，罗钢的《叙事学导论》等。

理论的指导，只是零碎片面地搬用某一种理论观点，并从这种观点出发进行具体作品的评论，这样，就使得这种批评的价值和意义大打折扣。因此，我们认为，当前的文学语言研究除了继续加强批评实践之外，更要在总体理论的建构上取得进展。三是与过分西方化倾向同时并生的对本土传统文论的冷落和忽略。尽管已有论者再三呼吁要重视古代文论的研究并在这方面做了大量的工作，但总的趋势依然未得到根本的扭转。一种根深蒂固的思想仍盘踞在某些研究者的脑子里，以为现代的、新的东西就一定是先进的、有价值的，而传统的、旧的东西就一定是保守的、落后的。其实，这种观点、态度本身就是一种非现代的、褊狭的、独断论的思想方式的表现。要知道，我国当代文论如果最终不能在辩证思维的基础上打通与古代文论的一脉相承的联系，就不能建成有中国特色的文论，而没有中国特色的文论也就不能在当今的世界文论中占有一席之地。

上述几方面问题的存在，愈加突显出综合研究的必要性和迫切性。综合研究不仅是世界学术发展的大趋势，也是中国当代文论和文学语言研究发展到现阶段而提出的必然要求。只有经过综合的途径，才能把现代的各派理论内在地联结为一体，才能把现代和传统内在地联结为一体，才能产生有中国特色的文学语言学的总体理论和学科体系。这就是说，综合研究实际上面临着双重使命，一重是现代范围内的整合，一重是现代与传统的整合。这两个使命都意义重大，但又都举步维艰。最后，我们想再次申明，综合是深化文学语言研究的必经之路，这条路注定将是艰难而又漫长的，但又有着远大前景，每个想有所作为的研究者都可以在这条路上施展才智，大显身手。

第一章
对象的界定及方法论、文学观、语言观前提

人们总是带着一定的方法论、文学观、语言观去研究文学语言的，而且在研究之前总要对他的研究对象有一个基本的外延界定。因此，对象的界定及方法论、文学观、语言观就成为文学语言研究的几个最重要的前提。在进入研究之前有必要按我们的理解对这几个前提给以大致的划定和确立。

一、对象的界定

文学语言研究的对象当然是文学语言。但是，什么是文学语言？如何确定文学语言的外延边界？对这些问题的解答，研究者们就并非一致了，也并非都是明确的。而研究和讨论中出现的混乱和纠缠不清，就往往出自这种对象界定上的不统一和不明确。

首要的一个问题，是分清语言学的文学语言概念与文艺学的文学

语言概念的不同。语言学中讲的文学语言是指一切标准化的书面语，强调的是语言的规范性。语言学只承认那种经过周密斟酌的、合乎语言规范的书面语言为文学语言，至于脱口而出的、不讲求标准化的口头语则不在此列。语言学的目的是通过文学语言的研究总结出民族共同语的范例和标本。文艺学中讲的文学语言也要求一定的规范性，但它强调的重心不是语言的规范性，而是语言的文学性，也就是语言在文学中的艺术性和审美性。因此，严格说来，凡是具有文学性的语言都是文学语言，不管是书面语，还是口头语，不管是规范语言，还是反常语言。这样看来，在文艺学的文学语言概念里，不仅包括了语言学所排斥的具有文学性的口头语和反常语，而且还清除了语言学所认可的那些非文学性的书面语。如纯学术著作、科学论文中的语言。

这就是说，文艺学讲的文学语言是指具有文学性的语言，而具有文学性的语言集中地、大量地存在于文学作品中。所以，文艺学讲的文学语言也可以说就是文学作品中的语言，尽管非文学作品中也可能出现文学性的语言，如某些文学性较强的哲学著作、历史著作。文学作品中的语言大部分是书面语，但也有口语，如以口头形式流传的民谣、民歌等。而且，在叙事文学作品中，一般都有三个说话者，即作者、叙述人和人物，其中人物的语言也是口语，虽然以书面的形式出现。口头的文学语言跟书面的文学语言不同，可以直接与听者进行面对面的交流，有当下语境的存在，有副语言特征（手势、表情、语调），可以通过直接对话完成信息交流。当然，口头的文学语言也往往是以书面的形式存在的，从这个意义上可以说，文学作品中的语言主要是书面语。

二、方法论

既然文学作品中的语言主要是书面语，那么，文学语言不仅有语音问题，还有字形问题，文字成为文学语言的外在标志。对表音文字来说，字形是语音的纯粹形式，两者之间没有太大的实质差别。但对表意文字来说，例如汉文字，字形就有了相对的独立性，因为字形本身就有一定的表意作用和审美价值。因此，在考虑类似于汉语的文学语言时，文字也是一个不可忽略的审美因素，不能仅仅把它看作是语音的外在符号。

上述对文学语言的界定还是从静态角度看的，若从动态角度看，情况就更加复杂。文学语言有一个生成和读解的过程，简单地说，这个过程就是作者使用某种语言，通过具体的言语活动，创造出言语成品，然后又经过读者的读解而被接受。研究文学语言以言语成品为中心，但也要涉及言语成品的生成过程和读解过程。此外，文学语言还有一个历史发展的过程，研究文学语言也应该注意到它的不同的历史形态，如古代的文学语言、现代的文学语言、唐代的文学语言、清代的文学语言、“五四”时期的文学语言，等等。需要指出的是，从目前情况看，多数论者只是更多地研究静态的文学语言，而对动态的文学语言重视不够，有的论者甚至还根本没有动态文学语言的概念。须知，只有把动态的研究与静态的研究结合起来，才能形成对文学语言的真正全面而深入的认识。

从文论史上看，文学语言研究的基本方法不外乎两种：一种是从文学外部研究文学语言，一种是从文学内部研究文学语言。传统的文学语言研究主要采用前一种方法，也就是一种社会学、心理学的方法，把文学语言与社会、作者联系起来，突出文学语言的再现性和表现性。现代的文学语言研究主要采用后一种方法，也就是一种本体论的方法，斩断文学语言的一切外部联系，孤立地研究文学语言本身，突出文学语言的客观性和自足性。例如：俄国形式主义把文学语言作为目的本身进行分析，认定文学语言是一种特殊的语言变体，其审美效果可以通过系统的技巧分析加以阐释；“新批评”断然否认文学语言与作者意图和读者反应有任何必然联系，以一种绝对文本中心主义的立场研究文学语言；结构主义主要搬用了现代语言学的观点，把寻求一种制约文学语言的共同结构作为其研究的中心任务。这些现代的文论流派尽管在具体的研究方法上各自有别，但其基本的方法论倾向则是一致的，即都属于一种本体论的研究方法。

传统的社会学、心理学的研究方法，揭示了文学语言与社会历史和作者心理的内在联系，探讨了文学语言在传达再现性内容和表现性内容时所起的作用及其运作规律，在这样一些问题的范围内，它不断推动着文学语言的研究向纵深发展，至今仍是文学语言研究中无可替代的、行之有效的方法。但是，传统的社会学、心理学方法在其长期的实践过程中也越来越暴露出一个致命的弊端：这种方法固有的规定性必然导向观念上突出和抬高文学的内容，而忽视和贬低文学的形式。在这样一个观念框架里，文学语言充其量只能是文学的形式要素，从属于文学的内容并为内容服务。对文学语言的这种总体定位就决定了文学语言的研究不可能受到太高的重视，也不可能获得充分的发展。传统的文学语言研究最关心的问题就是语言如何更好地表达内容，只是从内容谈语言，绝少脱开内容去单独地谈论语言。这就是传统的文学语言研究何以长期停滞在较低水平的根本原因。

正是针对这一弊端，现代的本体论研究方法应运而生，它从种种复杂的关联中把文学语言抽离出来，把研究的旨趣直接对准文学语言本身，从而开辟了文学语言研究的一个新天地。我们知道，西方 20 世纪文论在文学语言研究方面取得了空前的成就，诸如俄国形式主义对诗歌语言的反常化的研究、结构主义对叙事作品结构的研究、“新批评”对具体文本的细读分析等，可以说在学术水平上都达到了堪称典范的高度。而这些成就的获得则主要是得力于本体论的研究方法。我国新时期的文论也深受西方本体论的冲击和影响，从 20 世纪 80 年代后期开始，本体论的理论和批评勃然昌兴，许多有影响的理论家和批评家的研究旨趣都不约而同地转向了文学的语言问题，文学语言的研究也随之获得了突破性的进展。文学语言的研究热潮促使人们对文学与语言的关系以及文学语言的特性有了崭新的理解和认识，这种崭新的理解和认识又必然影响到总体文学观念的刷新和改变，其重大的理论意义和现实意义是显而易见的，是无可争议的。

然而，本体论的方法也绝非完美无缺，它在克服了传统的研究方法的弊端的同时，也明显地暴露出另一方面的弊端。如果说传统的方法易于导向片面的内容主义倾向，那么，现代的本体论方法则必然导向片面的形式主义倾向。因为本体论方法的核心和要旨就是把文学语言从其与社会语境、心理语境的关联中完全剥离出来，对之进行孤立的研究。这种研究的结果，必然是越来越倾向于排斥文学的内容，以形式消解和取代内容。完全抛开文学的社会和心理内容谈形式，在一定的限度内尚有可观可取之处，超出这一限度，所论就难免流于荒谬了。所以说，本体论的方法也决非万全之法，其效用其实是很有限度的。从目前情况看，无论国内国外，本体论的方法都因其自身缺陷的暴露无遗而遭到越来越多的质疑和非议，即使某些本体论者自己对此困境也有所觉察，试图在方法论上加以变化，以避免单纯使用本体论方法所招致的偏差。例如，法国著名的结构主义理论家托多洛夫在 20 世纪 80 年代中期谈到他新近出版的《批评之批评》一书时说：“我的观点和方法也有所改变，此书涉及了更带普遍意义的观念，如人道、道德问题。结构主义方法要补充、要完善。”[①]这一切迹象表明，本体论的研究方法事实上已走到尽头。

传统的社会学、心理学的方法和现代的本体论的方法，就其各自所暴露的弊端看，它们是相互对立的；就其各自所显示的优势看，它们又是互补的。因此，我们主张，研究者应该尽力把这两种方法论结合起来，综合地运用这两种方法论所代表的多种方法来研究文学语言。这是因为，文学语言虽是一种语言现象，但同时也是一种社会现象、文化现象、心理现象、艺术现象，它与作者和读者的心理乃至整个社会历史、思想文化的外部语境都有着不可分割的联系。文学语言的这种多面性就决定了必须把多种研究方法结合起来使用，使各种研究方法对应于研究对象的各方面的性质，只有这样，才能全面透视文学语言的总体性质及其联系。另外，从所运用的不同方法本身看，这些方法虽然来自不同的学科，但是它们又共同指向文学理论研究范围内的同一个对象。这种对象的同一性，也使得各种方法的综合成为可能，就是仅仅选用各种方法与研究对象相适应的那些方面和内容，把它们统合起来，使各种方法都始终能为文学理论研究这一总目标服务。否则，只是单独使用某一种方法，不仅容易导向对文学语言的片面认识，而且还很容易越出文学理论的学科范畴，而变成文学语言的社会学、心理学、语言学或其他学科的研究了。

三、文学观

文学语言的研究总要受一定文学观的支配，就一般情况看，有什么样的文学观，就有什么样的文学语言观。当然，新的文学语言观也

① 参见钱中文：《法国文艺理论流派印象谈》，《文艺研究》1985 年第 4 期。

能够改变人们的文学观。历史上曾有过各种各样的文学观。美国理论家艾布拉姆斯把这些文学观归纳为四类,即以作品与世界的关系为侧重点的模仿说,以作品与作者的关系为侧重点的表现说,以作品与读者的关系为侧重点的实用说,以作品本身为侧重点的客观说。[①] 如果进一步归纳,艾氏说的这四类文学观还可以合并为两大类:他说的第一类以及第二、三类中的部分理论,强调文学再现、认识客观世界的性质和功能,可称之为"反映论的文学观";他说的后三类,特别是第四类,尽管着眼点不同,但都强调文学的审美性质和功能,可称之为"审美论的文学观"。一般地说,反映论的文学观强调文学语言的反映特性,审美论的文学观强调文学语言的审美特性。那么,文学语言到底是用来反映社会现实的,还是仅具有某种审美的价值?这就是人们在文学语言观上一直争论不休的一个核心问题。看来,要想从根本上解决这个问题,还必须从作为文学语言观理论前提的文学观上入手,以寻求造成分歧的更深层的理论根源。

艾布拉姆斯认为,他说的四类文学观中,任何一种单独看来都不能令人满意,因为它们都是只强调文学的某一要素和关系。因而他提出文学是由四种要素(世界、艺术家、欣赏者、作品)构成的整体,以便建立一种更加全面的文学观。[②] 后来,另一位美国理论家刘若愚对艾氏的这一构想加以修正和改造,提出了文学是一个由四种要素相互作用而构成的四个阶段(从宇宙开始,到作家,到作品,到读者,再回到宇

① 参见[美]M. H. 艾布拉姆斯:《镜与灯》,郦稚牛等译,北京大学出版社 1989 年版,第 2～7 页。

② 参见[美]M. H. 艾布拉姆斯《镜与灯》,郦稚牛等译,北京大学出版社 1989 年版,第 2～7 页。

宙）相互联结的活动过程。[①] 把文学看作一个活动过程，这是艾布拉姆斯特别是刘若愚在文学观上的贡献，但是由于他们两人都没有指出联结整个文学活动的中介要素是什么，因而最终也没有说清文学活动到底是一种什么性质的活动。是一种反映活动？还是一种审美活动？

我们认为，贯穿和联结整个文学活动的中介要素正是语言，没有语言就没有四个阶段的贯通，也就没有完整的文学活动的过程。从这个意义上说，文学活动就是一种文学的话语活动。因为是一种话语活动，它就必然是一种交流活动（任何话语活动的基本性能都是为了交流某种思想感情的信息）；因为是一种文学活动，它又必然是一种审美活动（任何文学活动都是创造或欣赏艺术的审美对象）。文学通过语言实现审美，而语言又通过文学完成交流。换言之，由于语言的中介，文学的审美采取了话语交流的形式，而话语的交流又采取了审美的形式。这样一来，文学活动就具有两重性，而这种两重性又是交汇融合在同一个活动中的。因此，我们有理由认为，文学活动就是一种审美交流活动，这种活动的特点就在于，它在审美中传递着某种思想意义，它在交流中又创造和欣赏着某种美的对象。正如英国当代美学家 S. H. 奥尔森说的，“一部文学作品，不论是写出的还是说出的，都是一种语言的表达。它是一种‘表达’，由说话者发出，在时间中的某一点传给接受群。同其他表达一样，它包括词和句子的组合排列，形成有意义的传递形式”，“从另一方面看，文学作品也是艺术作品。它具有审美特性和审美价值。这使它与其他写出或说出的表达形式判然有别”，“文学作品是审美对象，或者具有审美尺度，同时也是一个语言学

① 参见[美]刘若愚：《中国的文学理论》，田守真等译，四川人民出版社 1987 年版，第 14～18 页。

事实”[①]。我们认为,这种较为辩证的文学观似应成为我们文学语言研究的一个基本的理论前提。在这一前提的规定下,文学语言是反映还是审美的问题就容易解决了。

四、语言观

文学语言不仅是一种文学现象,也是一种语言现象,研究它要涉及语言学的知识、理论和方法,这是不言而喻的。我们这里说的语言观是指对语言的一种总体的看法,即语言在人与世界和人与人的关系中到底起着什么作用,即一种语言哲学观。这种语言观无疑也是我们研究文学语言的基本前提之一。历史上的语言观主要有两大类:一类是把语言看作是人认识世界及人们之间进行思想交流的工具,而且认为这种工具具有“透义性”,人们只要合理地利用它,就可以直接达到对现实世界的认识并顺畅地与他人交流思想。这种工具论的主张是传统语言观的主要倾向,当然也有些例外,如中国道家的庄子认为人对世界的真正的体悟是无法用语言表达的,只能意会,“可以言论者,物之粗也;可以意致者,物之精也”[②]。近代英国的培根也指出:“虽然我们认为我们驾驭着我们的言词,然而实际上,是我们被它占有和驾驭着。词语强烈地影响着最聪慧的智者的理解活动,它们极容易搅乱和颠倒他的判断。”[③]另一类观点认为,语言是一种本体性存在,人只能在语言的规定和界限内认识世界和进行交流,人无法超越语言达到直接认识世界和与人交流,语言是人的本体,是世界的本体。这种观点

① [英]S. H. 奥尔森:《几种文学理论的分类及其检视》,《文艺理论研究》1993 年第 6 期。
② 《庄子・秋水》。
③ [英]培根:《新工具》,许宝骙译,商务印书馆 1984 年版,第 30～31 页。

是现代语言观的主要倾向。

现代本体论的语言观起始于现代语言学的开创者索绪尔。他指出，语言并不像人们通常认为的是一个标示外物存在的命名集，而是一个按照任意性原则组织起来的声音与概念的区别性系统，是一个自成一体的符号系统①。这种本体论语言观后来又得到进一步的阐发，它的最明确最极端的表述，在语言学中就是所谓的"萨丕尔一沃尔夫假说"，即认为各民族语言没有实质上的一致性，有多少种语言，就有多少种思维方式，就有多少种世界观念②；而在哲学中的体现，就是海德格尔断然否认语言是可供人支配的工具，反而认为支配人类最高存在的是语言。③

无论是工具论的语言观，还是本体论的语言观，显然都不能单独成为我们文学语言研究的语言观前提。原因在于，工具论过分低估了语言在人与世界之间、人与人之间的独立地位，以致把语言降为可以任人驱使的"奴仆"；而本体论又过分高估了语言的独立地位，以致把语言提升为可以反过来控制人们的"主人"。这两种理论都没有看到如下事实：语言虽然是人所创造的东西，但它一旦被创造出来就成为一个外在于人的客观的自在的符号系统；这个符号系统虽然可以标识着人的思想，但又不能等同于人的思想；而人的思想虽然是对客观世界的认识，但又不能与客观世界混为一谈。从人创造语言、语言标识思想、思想又是对世界的认识这方面看，语言把人与世界、人与人沟通

---

① 参见[瑞士]：索绪尔《普通语言学教程》，高名凯译，商务印书馆 1996 年版，第 157～159 页。

② 参见[英]戴维·克里斯特尔：《剑桥语言百科全书》，中国社会科学出版社 1995 年版，第 20～21 页。

③ 参见[德]海德格尔：《人，诗意地安居》，郜元宝译，上海远东出版社 1995 年版，第 111 页。

起来了(这是工具论所强调的一面);从语言对人的异在性、语言符号与思想内容的不完全对应性、思想认识与客观世界的一定的偏离性方面看,语言又把人与世界、人与人隔离开来(这是本体论所强调的方面)。这就是说,语言既有沟通作用,又有隔离作用,在沟通中有隔离,在隔离中又有沟通。我们可以把语言的这种作用恰当地称为"中介作用"。人只有通过语言(也可以是自然语言之外的语言形式)才能认识世界,才能进行交流,语言是人与世界、人与人之间的永恒的中介物。这个中介物就像人与天空之间的大气层一样,人只有透过大气才能仰望到天空,大气既遮蔽着天空,又显露着天空,人正是在大气的这种既遮蔽又显露的不断流动和变化中,逐渐了解到天空的状貌。

法国当代语言学家 E. 本维尼斯特认为,语言"这样一种象征系统的存在,揭示着人类状况的一个基本的也许是最基本的事实,即在人与世界之间或一个人与另一个人之间不存在自然的、无中介的和直接的关系。中介者是必不可少的,这种中介者就是使思想和语言得以成立的象征工具"①。这位语言学家正确地指出了语言的中介性质,但可惜他没有进一步揭示语言中介作用的实质。更能印证语言中介论的是波普尔(Karl Popper)的"三个世界"的理论。波普尔在一般所说的客观物质世界和主观精神世界之外,又提出了一个"第三世界"的存在,即"自在陈述的世界"。他指出,第三世界作为"书籍、杂志和书信"的客体世界,虽然出自作为心理过程的第二世界,但又与之判然不同。第三世界像第一世界一样是"实在的","有其自己固有的或自主的规律",但又"极大地改变了"第一世界。他说:"虽然只有第二世界能直接地作用于第一世界,但第三世界可以间接地作用于第一世界,因为

① 参见[法]保罗·利科:《哲学主要倾向》,李幼蒸等译,商务印书馆 1988 年版,第 354 页。

它影响第二世界。”又说:“第三世界是人类活动的产物,这个产物对我们的影响与自然环境对我们的影响一样大,甚至更大些。”[①]波普尔所说的三个世界其实就是物质世界、精神世界、语言世界,他对于这三个世界之间的辩证关系的表述可以作为语言中介论的有力的论据。

把语言看作中介的观点,既避免了工具论和本体论各自的缺陷,又综合了工具论和本体论各自的优点,现今已得到越来越多的论者的首肯。我们认为,应该把这种中介论的语言观作为我们文学语言研究的语言论前提。

五、研究的问题及其逻辑构成

文学语言的综合研究致力于总体理论的建构,因而在进入这种研究之前,除了上述几个前提外,还必须搞清需要研究的基本问题及其内在的逻辑关联。回顾文学语言研究史,我们不难发现,文学语言研究所涉及的问题可以归纳为语言在文学中的地位、文学语言的结构、文学语言的特性、文学语言的文体类型等几个基本的方面。首先,在这几个基本问题中,语言在文学中的地位问题关系到总体的文学语言观,决定着对其他问题的理解和认识,是文学语言研究中的最为核心的问题,应该给以头等的重视。其次,索绪尔把语言学的研究对象严格划分为“语言”和“言语”,参照这个划分,所谓文学语言的结构问题就是研究作为“语言”的文学语言,主要讨论文学语言的一般文本构成以及这种构成与文学写作和文学读解的关系;所谓文学语言的特性问题就是研究作为“言语”的文学语言,主要讨论文学语言在语言运用上

---

① [英]卡尔·波普尔:《波普尔思想自述》,赵月瑟译,上海译文出版社 1988 年版,第 254～264 页。

的特点及其与科学语言、日常语言等其他语体的区别性特征。这两个问题都是带有普遍性的问题，它们在不同的文学体裁中又有不同的体现，因而又产生出文学语言的文体类型问题，诸如诗歌语言、小说语言、戏剧语言、散文语言，等等。此外，文学语言的研究还必须要顾及本民族语言与本民族文学的关系及其特点的问题，但考虑到这是一个颇具特殊性的问题，作为一般理论的文学语言研究不可能给予这个问题以专门的阐述。但这并不意味着此问题不重要，相反，此问题关系到从汉语特点这个新角度对中国文学的一种新的理解和阐释。对这个问题的研究完全可以构成一门独立的新学科，即汉文学语言学。本书的整体构架以及理论表述的逻辑次序，即是以上述对文学语言研究的基本问题及其逻辑关联的理解为依据的。

第二章
语言在文学中的地位

在谈论文学起源时，人们可以舍弃任何因素，但有一个因素绝对不可忘掉，这就是语言。文学的发生可以在任何时候，但这个时刻必是在语言之后，顶多与语言同时。没有语言就没有言说，而没有言说就绝对不会有文学。文学与语言的这种休戚与共的关系，就必然促使人们思考这样一个问题：文学为什么如此倚重语言？语言到底在文学中居于什么地位？起着什么作用？尤其是研究文学语言的人，更要首先考虑这个问题。因为，对这个问题的思考和理解将作为总体的文学语言观，渗透和体现在他对文学语言的所有其他问题的研究之中，并且在某种程度上制约和决定着他对这些问题的解答。如果说语言在文学中的地位问题是个“纲”，其他的问题就是“目”，“纲举目张”，“纲”也规定着整个文学语言理论的基本形态和基本特色。

一、对已有的三种文学语言观的评析

(一)

作家要运用语言创造作品,作品以语言的方式呈现出来,而读者也要通过阅读作品的语言理解和欣赏作品,这些都是客观存在的事实,恐怕不会有人否认。但若让人们谈谈语言在文学中到底处于什么地位和发挥什么作用,大量的分歧意见就产生了。人们会从不同的文学观、语言观乃至世界观出发,给这个问题以各种不同的回答。总括起来说,历来人们对这个问题的解答可归纳为三大类,我们称之为"载体论""本体论"和"客体论"。

载体论就是把文学中的语言看作是传载、运载和装载某种思想内容的东西。这种东西有些像我们为了达到某种目的而使用的工具,如打鱼的网、捕兔子的夹、装运货物的舟和车;也有些像我们为了盛装酒和水而使用的瓶子或罐子;还有些像为了取暖和美观而穿在我们身上的衣服。总之,语言在文学中充当的角色类似于某种工具、容器、外在的装饰,也就是一种载体。载体不能说不重要,没有这个载体,被载物就无法传达,无处容身,也无法现身。但载体无论多么重要,与被载物比较起来总是第二位的、次要的。因为在载体和被载物的关系中,载体充其量只是手段,而被载物才是目的。手段永远是为目的服务的,受目的的支配,处在从属的、辅助的、次要的地位上。由此看,在载体论的背后总是隐含着这样的文学观念:文学是为了传达某种思想内容而存在的,这种思想内容可以是对外部世界或社会现实的再现和认识,也可以是对作家的主观精神世界的表现和流露。传达这种思想内容就是文学的目的和使命,舍弃了这一目的和使命,文学也就失去了它的严肃性和神圣性，也就失去了它赖以生存和发展的最基本的根据和理由。为了传达这种思想内容，文学必须使用语言，文学是利用语言来完成它的目的和使命的。在这种文学观念的支配下，语言就必然成为一种工具，一种载体，一种表达内容和显示内容的形式。因此，历史上所有的以内容为重的文学理论，无论是再现论的，还是表现论的，对语言的基本看法都不会超出载体论的范畴。它们对文学语言的重视和研究，也只能是在如何运用语言更好地表达内容这个限度之内，尽管它们的具体观点、关心的具体问题以及对语言的重视程度可能存在着种种差别，但在语言之于文学中的地位这个实质性问题上都可归结为载体论。

西方从古希腊开始直到近代，模仿自然、再现现实的文学观占统治地位，在语言的地位问题上，自然是以载体论为主导倾向的。柏拉图把艺术看作是模仿的模仿，因而对诗人的技艺极尽贬低之能事，认为诗人"借文字的帮助"，"而他的听众也只凭文字来判断"，"因为文字有了韵律，有了节奏和乐调，听众也就信以为真。诗中的这些成分本来有很大的迷惑力"[①]。在柏拉图看来，诗歌滋养了人的不良欲念，而诗歌中的语言作为这种不良内容的传达则起到了帮凶作用，但他同时也指出了诗歌语言有特殊的审美作用，即"很大的迷惑力"。亚里士多德把悲剧看作是人的行动的模仿，语言就是这种模仿所使用的媒介之一，它在悲剧中的位置只能处于被模仿的内容（情节、性格、思想）之后。他认为，在悲剧构成的六个成分中，"情节"最重要，"性格"和"思想"次之，而"言词"或"语言的表达"则占第四位，显然属于被模仿内容

① [古希腊]柏拉图：《理想国》，转引自伍蠡甫、胡经之主编：《西方文艺理论名著选编》上卷，北京大学出版社 1985 年版，第 30 页。

的载体或形式要素。[①] 为了使语言更好地发挥载体或形式的功能，亚氏要求语言要生动，切题，语言的生动性，是来自使用比拟的隐喻和描绘的能力，所谓切题，那就是说，既不要把重大的事说得很随便，也不要把琐碎的小事说得冠冕堂皇[②]。但丁提倡写诗要用俗语，“因为像这种语言这样激荡人心，使不愿的人愿意，使愿意的人不愿，还有什么比它有更大的力量呢”[③]？这也是从俗语能更有力地表达内容方面考虑的。19世纪现实主义的作家和理论家们在强调文学反映社会现实的同时，似乎对语言的运用有了更自觉的追求。莫泊桑说过，“不论一个作家所要描写的东西是什么，只有一个词可供他使用，用一个动词要使对象生动，一个形容词使对象的性质鲜明”，“为了要把思想中最细微的差异也明确地表现出来……必须以一种高度的敏锐性去区别由于一个词在文学中位置不同其价值所发生的一切变化”[④]。别林斯基也说：“在诗的作品里，每个字都应该求其尽力发挥为整个作品思想所需要的全部意义，以致在同一语言中没有任何其他的字可以代替它。”[⑤]同样的意思，在列夫·托尔斯泰那里得到了更确定无疑的强调：“任何一个思想都可以用各种不同的方法来表达，但是理想的方法却只有一个，也就是这样一种方法：没有比我们用来表达自己思想的这种方法还要更好、更有力、更明了和更美的方法。”[⑥]高尔基甚至提出了

---

① 参见[古希腊]亚里士多德：《诗学》，罗念生译，人民文学出版社1962年版，第21～24页。

② 参见[古希腊]亚里士多德：《修辞学》第1卷第3章、第3卷第11章，罗念生译，三联书店1991年版。

③ [意]但丁：《论俗语》，《文艺理论译丛》1958年第3期。

④ [法]莫泊桑：《“小说”》，《文艺理论译丛》1958年第3期。

⑤ [俄]别林斯基：《莱蒙托夫的诗》，《别林斯基论文学》，新文艺出版社1958年版，第225页。

⑥ 参见[苏]季莫菲耶夫主编：《俄罗斯古典作家论》下卷，人民文学出版社1958年版，第1129页。

这样的命题:“文学的第一要素是语言。”但他又附加了一个说明:“语言是一切事实和思想的外衣。”①所有的这些作家和理论家,无论他们对作品的语言如何地强调和重视,都是以语言再现现实和表达思想内容为前提的,在语言的地位和作用问题上,他们都是载体论者,他们都毫无例外地反对不以表达内容为目的的语言的修饰、雕琢,更反对单纯的语言技巧卖弄。

中国古代的文论家们由于深受“诗言志”“兴观群怨”“文以载道”等儒家诗教传统的影响,在语言的地位和功用问题上,也采取了较为谨慎的态度,其主流观点也是载体论的。尽管中国古代诗人们在语言表达方面确实下过极大的工夫,所谓“吟安一个字,捻碎半生心”“语不惊人死不休”,文论家们也对诗歌的修辞、文体、声律等作过极为深入的研究。但是,这些功夫和研究,究其最终目的还是为了“宗经”“征圣”“言志”“载道”。语言依然只是手段、形式、载体,只是为了更好地充当这种载体的角色,才去追求它的生动、新奇,使之更有文采、更具感染力。在中国文论史上,陆机可算是第一位给诗歌的语言运用以特别重视的文论家,但他在提出“其会意也尚巧,其遣言也贵妍”的同时,也警告诗人们别忘了要表达的内容和情感,避免出现“言寡情而鲜爱,词浮漂而不归”,“虽和而不悲”,“虽悲而不雅”②。刘勰在《文心雕龙》中用大量篇幅论述诗歌写作要重视选词炼句、修辞技巧、音律和谐,但最后还是要强调:“若能酌诗书之旷旨,翦扬马之甚泰,使夸而有节,饰而不诬,亦可谓之懿也。”③中国古代的诗人们,在诗歌创作中,最为担忧和焦虑的就是“言不尽意”“意不逮物”,最为企求和崇尚的就是能达

---

① [苏]高尔基:《和青年作家谈话》,《高尔基选集·文学论文选》,人民文学出版社1958年版,第294～296页。

② 陆机:《文赋》。

③ 刘勰:《文心雕龙·夸饰》。

到“言有尽而意无穷”的境地。这两种态度都体现出以“意”为重、以表达的内容为目的的观念。就是说，诗歌是用“言”来表“意”的，如果“言”不能表“意”，就不能算作好诗，如果用了有限的“言”而表达了无限的“意”，理所当然就是好诗了。还有从庄子以来流行的“得意忘言”的说法，也同样隐含着一种以“言”为工具、以“意”为目的的理念：既然已经传递了诗人的意思，“言”就是一种无关紧要的多余的东西，完全可以抛开不管了。当然，也应该看到由于中国古代诗歌较为发达，而诗歌本身对语言形式的审美要求较高，中国传统文论比西方传统文论似乎对文学语言的审美特征更敏感一些，关注得更多一些，以至于有些诗论家在语言的地位问题上多少突破了载体论的樊篱，江西诗派的代表人物黄庭坚就是这类诗论家中较为突出的一位。他论诗不是以“意”为重，而是以“文字”为重，这一点使他的诗论在古代诗学史上独树一帜。他一方面主张“无一字无来处”，另一方面又主张在古人诗语的基础上加以衍化，创造出新的诗语，即所谓“点铁成金”①。这种把诗歌创作看作是语言形式的借鉴和创新的观点，就偏离了“诗言志”和“文以载道”的正宗观点，当然也偏离了载体论的基本观点。在黄庭坚那里，语言不再是表达内容的手段，反而成了诗歌创作的目的。另一位金代诗人元好问是主张写诗要有内容的，他说过：“眼处心生句自神，暗中摸索总非真。”②但他在诗语问题上却提出过有违于载体论的观点，他说：“诗家圣处不离文字，不在文字。”③“不在文字”与载体论没有抵捂，但“不离文字”应该说是一种新理念，它强调了语言在传达了一定的内容之后仍然有它存在的价值和重要性，所以“不离”与“得意

① 参见黄庭坚：《答洪驹父书》。

② 元好问：《论诗绝句三十首》。

③ 元好问：《陶然集诗序》。

忘言”正好相悖。

（二）

现在我们再来讨论本体论的观点。本体论是直接针对载体论提出来的，在文学观上反对传统的内容决定形式的观点，尤其反对把文学视为现实生活的反映。它主张文学就是文学，与外部世界无关，文学的“文学性”(Literariness)就体现在语言形式上。按照这一见解，语言在文学中的地位就从“仆人”一下子提升到了“主人”，而原来的“主人”，即那些从外部获得的素材、题材、思想等，反倒成了被语言随意摆布的对象，成了语言显示自身的一种凭借和衬托。就是说，文学中的一切都是为了显示语言本身，语言的运作和某种效果的呈现就成为文学的目的，就成为文学之所以为文学的全部依据。一句话，语言不再是传达内容的工具，不再是盛纳内容的器皿，不再是装饰内容的衣服，语言成了文学本身，成了唯一标示着文学的存在和价值的本体。这种本体论的观点最先是由俄国形式主义发起，后来又得到了“新批评”派、结构主义文论以及符号论美学连续不断的推波助澜，终至取代了传统的载体论的主导地位而成为20世纪前半期最具影响力的理论话语，同时也使其他的理论流派都或多或少地受到了它的渗透和浸染。

俄国形式主义作为本体论的始作俑者，其矛头所向直接瞄准了传统文论的再现论基础。它断然否认文学与外部世界的内在联系，极力强调文学的独立性，认为在文学中起决定作用的因素不是要表达的内容，而是内容的表达方式，即特殊的语言运用的方式。它认为，文学中的语言表达与日常生活中的语言表达有着根本的不同，“在日常生活中，词语通常是传递消息的手段，即具有交际功能”，“文学作品则不然，它们全然由固定的表达方式来构成。作品具有特殊的表达艺术，特别注意词语的选择和配置。比起日常实用语言来，它更加重视表达本身。……表达在一定程度上具有本体价值”[①]。文学就是“具有自我价值并被记录下来的语言”[②]。俄国形式主义的本体论的特点，就是竭力贬低作品中的内容因素，用语言形式抵消或取代内容的存在。诗的内容就“包含在人类话语的材料自身，并从这些语言事实特殊的艺术使用中发展而成”[③]。因而语言形式，也就是对语言的某种艺术性的处理和操作或称“反常化”的手法，就上升为文学的本体。俄国形式主义的本体论可用雅各布森（Roman Jakobson）的一段话来概括：“诗歌的显著特征在于语词是作为语词被感知的，而不只是作为所指对象的代表或情感的发泄。词或词的排列，词的意义，词的外部和内部形式具有自身的分量和价值。”[④]这就是说，词语在文学中不只是作为表达思想的工具而存在，它本身就是客观的具体的实体，文学的存在和本质就全然建立在这个实体之上。

“新批评”的本体论与俄国形式主义不尽相同。“新批评”采取了一种严格的文本中心论的立场，认为作者写出的文本一旦脱离作者之手就成为一种客观存在物，这种客观存在物是自在自足的，既与作者的“意图”无关，也与读者的“感受”无关。“不论是意图谬见还是感受谬见，这种似是而非的理论，结果都会使诗本身作为批评判断的具体

---

① [俄]托马舍夫斯基：《艺术语与实用语》，[俄]什克洛夫斯基等：《俄国形式主义文论选》，方珊等译，第 83 页。

② [俄]托马舍夫斯基：《诗学的定义》，[俄]什克洛夫斯基等：《俄国形式主义文论选》，方珊等译，三联书店 1989 年版，第 77 页。

③ [俄]日尔蒙斯基：《诗学的任务》，[俄]什克洛夫斯基等：《俄国形式主义文论选》，方珊等译，《俄国形式主义文论选》，三联书店 1989 年版，第 231 页。

④ 转引自[英]特伦斯·霍克斯：《结构主义和符号学》，瞿铁鹏译，上海译文出版社 1987 年版，第 63 页。

对象趋于消失。”[①]所以，真正客观的科学的文学研究和批评，只能以“诗本身”即作品文本作为唯一的标准和依据。作品文本之所以是自在自足的，就在于它是一种语言的组织形式，它本身就包含着某种意义，批评家完全可以通过对文本特定语言形式的分析，达到对作品的合理的理解和解释，而无需从外部寻求意义的根源。这派的重要理论家兰色姆（John Crowe Ransom）在其《新批评》一书的结语中指出：“把语义特性与语音特性结合而为美妙的诗歌语言，似乎也就产生了一种极其高妙的‘相称’、和谐或者妥帖，甚至一种耐久的稳定性。这是我们大家都体会到的东西，我相信这也是我们应该在此进行探讨的事实。”[②]于是，在“新批评”那里，由于对文本的突出和强调，作为文本存在方式的语言再次上升为文学本体的地位，即“诗本身”的地位。语言的本体地位一旦确立下来，剩下的就是对文学语言特性的理解和对具体作品的特定语言形式的分析了。诸如瑞恰兹对语言的科学用法和表情用法的区分，燕卜荪对诗歌语言的“复义性”的研究，布鲁克斯（Cleanth Brooks）对“悖论（Paradox）语言”的研究，维姆萨特（W. K. Wimsatt）对“象征”和“隐喻”的研究以及这一派的许多批评家都曾作过的大量的对具体作品的细读式评论，如此等等，所有的这些研究和评论都是以文本的语言为对象，都体现了“新批评”以语言为文学本体的观点。

结构主义也主张语言在文学中具有本体地位，“语言是文学的生命，是文学生存的世界”[③]。但结构主义文论家对语言的本体性有其自

---

① ［美］威廉·K·维姆萨特、蒙罗·C·比尔兹利：《感受谬见》，赵毅衡编选：《“新批评”文集》，中国社会科学出版社 1988 年版，第 228 页。

② ［美］约翰·克娄·兰色姆：《征求本体论批评家》，赵毅衡编选：《“新批评”文集》，中国社会科学出版社 1988 年版，第 75 页。

③ ［法］R. 巴特：《符号学美学》，董学文等译，辽宁人民出版社 1987 年版，第 4 页。

己的理解,他们的理论基础来自索绪尔的语言学观念,即语言不是一堆指称事物的命名的集合,而是一个自成一体的符号系统。这个符号系统起始于人的任意性规定,同时又作为人们共同遵守的诸种规则支配着人的言语活动。所以,结构主义文论家所说的语言本体并不是指具体作品中的语言构成形式,而是指隐匿在所有的作品之中的普遍语言结构形式,具体的作品不过是这种普遍结构的种种变体和不同的体现。“语言结构像是一种抽象的真实领域,只是在它之外个别性语言的厚质才开始沉淀下来,语言结构包括着全部文学创作,差不多就像天空、大地、天地交接线为人类构成了一个熟悉的生态环境一样。”[①]这样一来,语言结构就成为文学的本体,而文学也就成为语言结构的显现和现身。因而,结构主义文论对于文学的探讨几乎都是围绕着“结构”(Structure)这一核心概念展开的,其中,以巴尔特对叙事作品结构的分析、弗莱(Northrop Frye)关于文学原型的模式系统的理论以及托多洛夫(Tzvetan Todorov)对小说文本的句法结构的研究最有代表性,最能体现结构主义文论的方法论和语言本体论的特点。

以卡西尔(Ernst Cassirer)和苏珊·朗格(Susanne K. Langer)为代表的符号论美学,注重从符号学的角度论述艺术的表现性特征,把艺术看作是人类情感符号的创造,这与主张自我情感表现的传统表现理论有着本质不同。后者强调的是情感表现的内容,而前者强调的是情感表现的符号形式。因此,符号论美学在语言在文学中的地位问题上是倾向于本体论的。朗格说过:

> 一个真正的符号,比如一个词,它仅仅是一个记号,在领会它的意义时,我们的兴趣就会超出这个词本身而指向它的概念。词

---

① [法]罗兰·巴尔特:《写作的零度》,《符号学原理——结构主义文学理论文选》,李幼蒸译,三联书店 1988 年版,第 67 页。

> 本身仅仅是一个工具，它的意义存在于它自身之外的地方，一旦我们把握了它的内涵或识别出某种属于它的处延的东西，我们便不再需要这个词了，然而一件艺术品便不相同了，它并不把欣赏者带往超出它自身之外的意义中去，如果它们表现的意味离开了表现这种意味的感性的或诗的形式，这就意味着无法被我们掌握。①

在这段话里，朗格把艺术符号与一般符号作了区分，指出艺术符号以自身为目的，而不仅仅是为了指向于外在的意义和内容，因而艺术符号在艺术中具有本体的地位，艺术就是有意味的感性的符号形式。

（三）

与语言在文学中的地位问题有关的第三类观点，是我们称之为客体论的观点。这种观点与本体论有着明显的不同。如果说本体论是对载体论的反动，那么，客体论则是对本体论的偏离。当然，客体论并没有因此而回到载体论，它与载体论也存在着本质的差别。载体论把语言视为运载内容的工具，为某种外在的目的服务。本体论把语言提升为文学的本体性存在，语言的本体性就在于它的自我指涉的自足性，无须与任何外在事物相关联。而客体论则把文学文本与读者的接受联系起来，把文本语言看作是为了读者的阅读而存在的客体。因此，在 20 世纪文论中，所有以读者为重、突出读者作用的理论流派，如阅读现象学、文学解释学、接受美学等，在语言在文学中的地位问题上都持有客体论的观点。当然，从某种意义上说，本体论也是把语言视

① [美]苏珊·朗格：《艺术问题》，滕守尧等译，中国社会科学出版社 1983 年版，第 128 页。

为客体的，但本体论所说的语言客体是一种为自身而存在的客体。这正如韦勒克说的，文学作品不是“一个经验的事实”，虽然它“可以成为一个经验的客体”，“但它又不等于任何经验”，“它有特别的本体论的地位”①。而客体论所说的语言客体并不是指纯粹物质性的客体，而是一种为了阅读经验而存在的客体，而且是一种只能在阅读经验中获得现实存在的客体。

对于语言客体的这种特殊的性质，尧斯（Hans Robert Jauss）作过如下隐喻式的说明：

> 文学作品不是一个为自身而存在并在任何时候为任何观察者提供同样面貌的客体。它不是一座独自在那里显示其永恒本质的纪念碑。相反，它倒像一份多重奏乐曲总谱，是为了得到阅读中不断变换的反响而写的。阅读把文本从词句的物质材料中解放出来，使它成为现实的存在。②

在尧斯看来，语言作为客体，它虽然具有物质的形式，但实质上却是一种特殊的精神性客体，这种客体有待于读者的阅读去实现它。

现象学美学家英加登（Roman Ingarden）曾用现象学方法对作品语言的客体性作过专门研究，他否认了关于作品语言的“实体性客体”“观念性客体”“想象性客体”等说法，提出了文学作品是一种纯粹“意向性客体”的论断。他说：“语词意义以及句子意义，一方面是某种客观的东西……另一方面语词意义是一个具有适应结构的心理经验的意向构成。”③“意向性”（Intentionality）原本是现象学哲学的基本概念，其涵义是指人所认识的一切客体的呈现都离不开人的先验的意识

---

① ［美］韦勒克、沃伦：《文学理论》，刘象愚等译，三联书店 1984 年版，第 162、164 页。

② ［德］尧斯：《作为向文学挑战的文学史》，《外国文学报道》1987 年第 1 期。

③ ［波兰］罗曼·英加登：《对文学的艺术作品的认识》，陈燕谷等译，中国文联出版公司 1988 年版，第 23 页。

和主观意向。英加登把这个概念应用到艺术品的语言上，说明艺术品的语言结构是一个纯粹的意向性客体，只有一部分表层的属性由客体自身呈现出来，更加深层的属性则必须由读者的想象力加以建构。因此，艺术品的语言结构不是自在自足的，只有与读者发生密切的联系，它才能在读者的阅读重构中成为真正现实的自足体。

应该看到，同样是客体论，在对客体的意象性的理解上也有较大的差异。比如，文学解释学侧重于释义方面，接受美学则侧重于审美方面；有些客体论者更强调客体的客观规定性，另一些客体论者更强调读者的主观创造性。至于解构主义者则把文本客体视为供他们解构的对象，这就把文本接受中的主观创造性扩大到极端，以致全然否定了文本语言的客观规定性。尽管存在着上述种种不同，但一切客体论者对语言在文学中的地位的基本认识上还是一致的，即都把作品语言理解为可供读者读解并在这种读解中获得现实存在的客体对象。

（四）

如果单独地看，上述三种观点各有各的理据，各有各的例证，很难指定哪一种就是错的。作品语言确实起着传递某种内容的作用，这可以拿任何一部作品来作证。作品中的语言也确实需要读者的阅读接受，否则它就失去了存在的价值和意义，这也是确凿无疑的事实。本体论的观点有些悖于一般的常识，但也不能说毫无道理。确实有一些作家，特别是现代作家，他们在创作中致力于语言形式的创新，更重视内容的表达而不是表达的内容，同样也写出了好作品。而且本体论的观点是针对过去的载体论的观点提出的，代表着人们对文学语言的一种新认识，标志着人们在文学语言观乃至文学观上取得的新进展。它的出现和发展无疑具有积极的学术价值和理论意义，这一点在我国新时期文论的发展变革中表现得尤为明显。

我们知道，从 1979 年开始的新时期文论要获得总体性推进的关键，就是突破旧有的而又根深蒂固的庸俗社会学和机械反映论模式。80 年代中期主体论的提出和 90 年代初本体论的盛行，就是这种突破意向的两次尝试，至于这两次尝试的实际效果和结果如何另当别论，但尝试本身体现了某种谋求改革和进步的期望和努力，有其难能可贵的一面。尤其是本体论的尝试更具有根本的性质，至少它使我们听到了一些与旧有的声音截然不同的另一种声音。例如，早在 70 年代，钱锺书先生就曾质疑古代文论中的“得意忘言”之说。他针锋相对地主张，在诗歌中“得意不能忘言”，“诗也者，有象之言，依象以成言；舍象忘言，是无诗矣，变象易言，是别为一诗甚且非诗矣”[①]。后来，在 80 年代中期，正值整个理论界大讲主体性理论的时候，黄子平则在一本小册子里发表了如下的议论：

> 文学语言，不是用来捞鱼的网，逮兔子的夹，它自身便是鱼和兔子。文学语言不是“意义”的衣服，它是“意思”的皮肤连着血肉和骨骼。文学语言不是“意义”歇息打尖的客栈，而是“意思”安居乐业生儿育女的家园。文学语言不是把你摆渡到“意义”的对岸去的桥或船，它自身就既是河又是岸。[②]

类似这样的观点在学理上当然可以商榷，但当时提出来，的确令人耳目一新，起到振聋发聩的启发作用。由此发展起来，到 90 年代初，就形成了大量引介国外语言论的文论和大谈作品语言形式的所谓本体论热潮，这对新时期文论的总体发展的确起着积极的推进作用。从这方面看，我们也应该承认本体论的观点有它的合理性，不能简单

① 钱锺书：《管锥篇》第 1 册，中华书局 1979 年版，第 12 页。

② 黄子平：《文学的“意思”》，浙江文艺出版社 1988 年版，第 40～41 页。

地予以否定。

所以，载体论、本体论、客体论这三种理论，就它们各自所强调的方面看，都有一定的合理性。但若把这三种理论放到一起加以对照，它们的各执一端的片面性马上就暴露无遗了。本体论一方面以它所坚持的语言自我指涉性与载体论构成尖锐的对立，另一方面又以它所坚持的语言自足性与客体论构成尖锐的对立。同样，载体论与客体论之间也具有不可兼容性，因为前者强调的是作家对语言的利用，后者强调的是读者对语言的接受，语言到底是被利用的工具还是被接受的对象，在这两种对立的理论里，这个问题是永远纠缠不清的。正是这种不相容的对立性，使这三种观点只能固着在各自的片面性上，无法达到对语言在文学中的地位问题的真正全面准确的理解。也许，正因为注意到这些理论各自的片面性，现象主义者杜夫海纳(Mikel Dufrenne)说道："总之，语言的地位完全是奇特的：它是工具，又是非工具；它在我之中，又在我之外。"[①]但是，这种人为的调和是无济于事的，要想真正克服这三种理论间绝对的对立性，必须首先找到造成这种对立性的认识论根源。

这三种理论虽然互不相容，但在文学观上却采取了同样的认识论原则，即都从某一种文学要素或关系出发，去界定文学的基本性质。"几乎所有的理论都只明显地倾向于一个要素"，"批评家往往只是根据其中的一个要素，就生发出他用来界定、划分和剖析艺术作品的主要范畴，生发出借以评判作品价值的主要标准"[②]。载体论主要是从作品与世界或作者的关系方面把文学界定为再现现实生活或表现内心

① [法]米盖尔·杜夫海纳：《美学与哲学》，孙非译，中国社会科学出版社 1985 年版，第 104 页。

② [美]M. H. 艾布拉姆斯：《镜与灯》，郦稚牛等译，北京大学出版社 1989 年版，第 6 页。

世界，客体论主要从作品与读者的关系方面认定文学的存在必须依赖于阅读和审美的经验，本体论则仅从作品这个单一要素出发将文学等同于作品存在本身。这种文学观上的孤立的、静止的、以偏概全的认识方法，势必造成它们的文学语言观的相互对立和各自的片面性。因此，要想从根本上克服这三种理论的片面性，就必须寻求一种全然不同的新的认识论原则，这就是从普遍联系的、对立统一的辩证思维出发，把文学理解成一个各种要素相互联结和相互转化的整体和过程，理解成一个系统性的完整的活动过程。这也是我们综合研究的方法论基础和文学观基础。当我们不再把文学理解为单一的要素和关系，而是理解为从作者认识世界开始直到读者接受作品并反过来影响世界为止的不断回返往复的完整的活动过程，并把语言放到这个完整的过程中去考察时，我们就会对语言在文学中的地位和作用产生新的认识。我们会发现，在完整的文学活动过程的背景中，载体论、本体论、客体论各自强调的那些语言的作用，实际上都可以统合为同一种作用，即一种中介的作用。无论是语言的传递内容的工具作用，还是语言的标识文学存在的本体作用，还是语言的引发审美经验的客体作用，从完整的文学活动的观点看，都是一种中介作用。这就是说，在文学的整体和过程中，语言成为中介，而语言作为中介又使文学成为一个整体和过程。这就是我们对语言在文学中的地位问题的基本理解和观点。下面我们将较为详细深入地解说和论证这个观点。

二、语言是文学活动中的中介

（一）

"中介"(intermediary)的词典意义是指使双方发生联系的人或

事，或指居间起调解、调和作用的人或事。黑格尔首次把它作为一个哲学概念广泛地应用于他的思辨哲学中。黑格尔认为中介与“直接性”相对，是指事物之间或者过程之间的间接联系。他指出，这种间接联系普遍地存在于现象世界之中，存在于事物或过程之间的相互联结和转化之中。“中介的环节……在一切地方、一切事物、每一概念中都可以找到。”他认为，正是中介作用的普遍存在，形成了世界的“无限的中介过程”，“这种无限的中介，同时也是一种自身联系的统一，而实际存在便因此发展成为一个现象的整体和世界，为一个自身回复了的有限性的整体和世界”。这就是说，由于一系列中介环节的存在，使世界构联成一个普遍联系的整体。黑格尔尤其重视中介在对立面的相互转化过程中的作用，认为对立面之间的联系“乃是一种直接的否定的自身联系，而且也可说是一种自身中介的过程”，通过这种自身中介的过程，对立面最终达到和解乃至融合。①

马克思主义的唯物辩证法也同样重视中介在事物的普遍联系和运动发展中的作用。恩格斯说：“一切差异都在中间阶段融合，一切对立都经过中间环节而互相过渡。”②列宁在研读黑格尔的《逻辑学》时，也对其中的中介理论极为赞赏，他指出，“一切都是经过中介联成一体，通过转化而联系的”，“关系的真理就是中介”，“需要有中介（联系），这就是在应用因果关系时所涉及的问题”③。

看来，中介的概念在所有的辩证论者那里都占有重要的位置，没有中介就没有世界万物之间的普遍联系，就没有差异和对立面的转化和统一，就没有事物的运动发展过程。而中介的存在和作用也是在事

---

① ［德］黑格尔：《小逻辑》，贺麟译，商务印书馆 1986 年版，第 278 页、第 283 页。

② 《马克思恩格斯选集》第 3 卷，人民出版社 1995 年版，第 535 页。

③ 列宁：《黑格尔〈逻辑学〉一书摘要》，人民出版社 1965 年版，第 23、82、92 页。

物的整体联系和运动过程中显示出来的。

根据以上对辩证法的中介概念的理解，我们认为，语言在文学中的中介地位的确立取决于三个问题的认识：一是文学是不是一个整体和过程？二是文学如果是一个整体和过程，那么它是一个什么性质的整体和过程？三是语言在文学的整体和过程中如何起着中介的作用？前两个问题涉及文学观的问题，我们已在第二章作过说明，总的观点就是认为文学是一个审美交流的活动过程。下面我们主要探讨第三个问题，这个问题的解决不仅确证着语言的中介地位，而且还可以反过来印证我们关于文学是一个审美交流的活动过程的总体文学观。

（二）

语言的中介作用首先体现在语言把构成文学的诸要素联结为一个整体。前面谈到过艾布拉姆斯的文学四要素理论，艾氏把这四个要素的关系用一个三角形的图式标示出来：

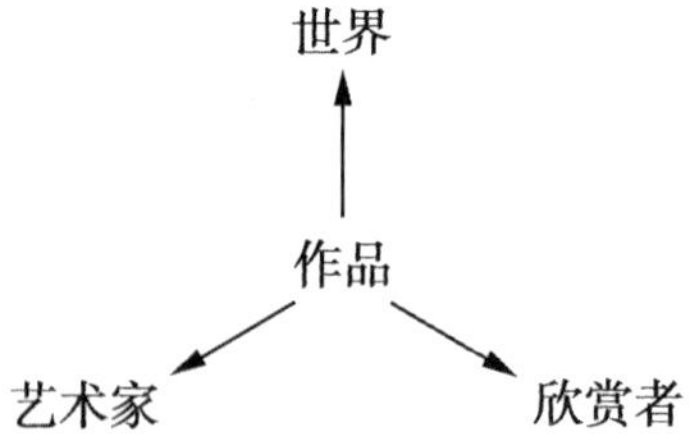

从这个图式可以看到，在艺术家与欣赏者之间、艺术家与世界之间、欣赏者与世界之间的联系，都不是直接的，都要通过作品这个中间环节的过渡才得以实现。所以，作品就成了其他三个要素之间发生联系的中介。这里说的作品，就是以书面形式存在的文本，也就是作为言语成品的文学语言。这就是说，文学中的其他三个要素中的任何一个要素都必须先与作品语言构成直接性关系，然后才能通过这种关系与其他的要素发生联系。

从艺术家与世界的联系看，我们可以说艺术家再现了这个世界，或者表达了他对世界的认识和体验。但是这种对世界的再现、认识、体验必须经过他的创作活动才能实现，也就是他必须创作出作品，我们才能说他反映、认识和体验了这个世界。这就是说，创作主体与创作客体的这种联系必须以作品的存在为中介。如果没有作品，那些所谓的反映、认识和体验只存在于作者的脑子里，并没有与他们所反映、认识和体验的世界结成现实的以作品语言体现出来的联系。因为任何读者只能通过作品才能发现和断定这种联系。比如说，我们认为曹雪芹再现了他那个时代的一个贵族大家庭的兴衰过程，并且表达了他内心的某些情感体验。我们这样说主要是依据《红楼梦》这部作品，如果曹雪芹并没有写这部作品，我们无论如何都不能说曹雪芹与他的世界发生了那样的联系。当然曹雪芹也与他的世界有联系，但那是一种心理性质的联系，而不是一种文学性质的联系。在文学中，一个作家与世界发生联系，必须要以他的作品为中介。这也正如曹雪芹自己说的“满纸荒唐言，一把辛酸泪”，他对社会现实的这种“辛酸泪”是用“荒唐言”来表达和体现的，所以，没有“荒唐言”这个中介，就没有他与世界的真正文学性质的联系。

在艺术家与欣赏者之间，以语言为中介的间接性则更容易被看到。无论艺术家还是欣赏者，与之直接发生关系的都是作品，艺术家把他要表达的所有的信息都灌注在有形的作品语言中，而欣赏者要了解和接受这些信息也是从对作品的阅读开始的。两者之间不可能发生面对面的直接接触和交往。也可能有这样的情况，一个欣赏者可以直接找到艺术家，跟他当面交换关于作品的见解。但这种行为已超出了常规的文学活动。即使算作常规的文学活动，双方的这种当面交流依然要通过语言，通过关于作品的议论和对话，就是说，还是要以语言为中介。但是通常的情况是，我们与作家之间的交流、了解乃至产生敬慕或厌恶之情，都是通过阅读他写的作品而实现的。而且，许多作家可能早已去世，可能远在别的国度，但我们仍可以通过阅读他的作品与他进行交流，或建立起某种精神上的联系。作家写出作品，并不像他平时说的话语，话音落后，瞬间就在空间中消失了。而他写的作品却可以超越时空而获得永久的存在。当然，这种超越的程度也取决于这部作品有多少流传价值以及所具有的流传条件。屈原虽然早已去世达两千多年之久，但他仍旧凭借着《离骚》文本的存在，在向我们诉说，在发出他那充满着无限幽怨而悲愤的声音。而我们，现代的人们，也同样可以通过《离骚》的阅读而与这位伟大诗人发生心灵上的联系，了解他那博大的胸怀以及他所生活的那个特定的时代。这就是以语言为中介的创作主体与接受主体之间的间接联系的特点，这种联系虽然失去了当下交谈的具体性和灵活性，但也因此获得了超时空的客观性和永久性。而且，由于语言中介的存在，由于双方联系的间接性，也使得意义的传达和交流表现出更多的曲折性和复杂性。一个作家向他的读者究竟传达了一些什么样的意义，并不完全取决于他的主观意图，还在很大程度上取决于作品特定的语言结构在客观上所蕴含的意义，这种意义也可能与作者想要表达的意义一致，也可能不完全一致，甚至也可能完全不一致。这种一致或不一致又取决于在特定历史语境中的读者对作品语言结构的特定的理解。这就是说，读者最终从作者那里得到了什么，既与作者的主观意图有关，也与读者的主观理解有关，但最重要的起客观规定作用的因素，还是作品的语言结构。因为无论是作者的主观意图还是读者的主观理解，都是直接与作品发生关系的，作者的意图要体现在作品里，读者的理解也要从作品开始。

作品的这种中介地位就使得意义的传达和交流出现了复杂的变化，同时也使得作品的语言结构本身在意义的传达和交流中成为客观的依据和标准。

再来看欣赏者与世界的关系。在文学活动中，欣赏者是通过作品与世界发生联系的。这种联系有两方面的含义：一是指读者通过作品的阅读了解到作品所反映的世界，比如通过《安娜・卡列尼娜》的阅读，了解到当时俄国在民主主义革命的背景中贵族社会所发生的一些变化，或者从更深的层面了解到人生在爱情和婚姻的冲突中所招致的必然的悲剧命运；二是指读者由于受到作品的影响，又反过来对他所生存的那个世界产生影响。这两种情况都是读者与世界之间以作品为中介而发生的间接联系，这种间接联系的特点就在于读者所面对的直接对象是作品而不是世界。一般说来，读者的原初动机并不是为了与世界发生联系而去阅读作品的。他之所以阅读作品只是为了阅读本身，阅读可以给他带来审美的愉悦。他选定一本作品阅读，只是认为这本作品对他具有可读性，这部作品也就成为他的直接的客体对象。他能否通过这个客体对象而与在其之外的另一个客体对象——世界发生联系，完全取决于这部作品所反映的内容以及他对这种内容的理解。作品所反映的内容越具现实性，读者对这内容的理解就越能激发他的直接的生活经验，他对外部世界的联系也就越密切越深入。否则，他只能滞留在由作品引发的纯粹想象的世界中难以自拔，无法对外部世界发生联系。正因如此，有人断言文学是对现实的逃避和遗忘这种说法显然是不全面的，因为他完全否认了作品在读者和世界之间的中介作用。当然，也应看到这种中介作用的复杂性，它既有连接的一面，也有隔离的一面。而且无论欣赏者和世界之间的联系多么密切，这种联系都是在欣赏者与作为他的直接客体的作品的审美关系中，潜移默化地实现的。

概言之，由于语言的居间连接作用，使其他三要素中的任何一个要素都与语言直接关联，并与其余的两个要素发生间接联系。这样，文学的四个要素就构连成了一个不可分割的有机的整体。在这个整体中，语言显然成为一个核心要素，成为全部关系的纽结点，这是由它在整体中的中介地位决定的。但是，本体论的观点由于不能从整体上看问题，因而也就看不到语言的中介性。只是把它的核心地位孤立地突出出来，加以无限夸大，终至把它抬升为文学的本体。载体论和客体论也是一样，都不能从整体着眼，都是仅仅抽取出整体中的某一种关系就作出结论，当然就难免片面性。比如，载体论偏重的是世界与作品的关系（再现论）或作者与作品的关系（表现论），其结论必然是把语言当作传递内容的工具。客体论偏重的是读者与作品的关系，其结论必然是把语言当作与读者经验有关的意向性客体。所以，只有把文学看成一个由诸多要素和关系构成的有机整体，才能克服载体论、本体论、客体论各自的片面性，才能把语言的载体性、本体性、客体性统合为中介性，而语言的中介性又把文学的诸种要素和关系联结成一个有机整体。

（三）

语言的中介作用还体现在沟通了文学活动的各个阶段，使之续接为一个完整的过程。文学不仅是一个有机的整体，它还是一个完整的过程，这两者都是文学系统性的表征，前者是从空间联系上说的，后者是从时间运动上说的。确立语言的中介地位，不仅要把语言放到文学整体中考察，还要把语言放到文学过程中考察。正如文学整体是由各个要素按其相互关系构合而成的，文学过程也是由各个阶段按其先后次序连接起来的。美国文艺理论家刘若愚(James J. Y. Liu)发展了艾布拉姆斯的文学四要素的观点,提出了文学四阶段的理论。他认为:

> 在艺术的过程的第一阶段,宇宙影响、感发作家,作家对之作出反应。由于这种反应,作家创作出作品,这就是艺术过程的第二阶段。作品与读者见面,立即对它产生影响,这是艺术过程的第三阶段。在艺术过程的最后阶段,读者因阅读作品的经验而对宇宙的反应有所调整改变。这样,整个过程就构成一个完整的圆圈。①

刘若愚对艺术过程的这种圆圈式的描述,既注意到文学的内部关系,又注意到文学内部与外部的关系,把文学四要素的相互关系和运动过程都包容进来,比较全面客观,可以作为我们把握文学过程的参照图式。依照这个图式,完整的文学过程就包括四个阶段,依次为:世界与作者相互作用的阶段,作者创作作品的阶段,读者接受作品的阶段,读者反作用于世界的阶段。显然,文学过程的这四个阶段,同宇宙中所有运动过程的发展阶段一样,都具有相对的独立性,否则就不能称为"阶段"了。这种过程中的阶段性和阶段之间的相对独立性,就决定了从一个阶段向另一个阶段的接续和过渡不具有自发的直接性,必须要有中介的沟通作用。如果没有中介及其沟通作用,一个过程的进展就会终止在过程中的某一阶段上,就不能得到完整的实现。按照马克思主义的观点,在人类历史的发展过程中,从一种社会形态向另一种社会形态的过渡和飞跃,必须经过社会革命,在这里,社会革命就是一个中介环节,起着沟通和接续两个不同的历史发展阶段的作用。同样,在文学活动的过程中,每两个阶段之间的过渡和衔接,也需要有中介环节的沟通作用。那么,这个中介环节是什么呢?正如联结文学整

---

① [美]刘若愚:《中国的文学理论》,田守真等译,四川人民出版社1987年版,第16页。

体中的各要素的中介是语言一样，沟通文学过程中的各阶段的中介也是语言。需要说明的是，这里说的语言不只是指作品语言，也包括言语活动，即作家的言语活动（语言的生成）和读者的言语活动（语言的读解）。这就是说，当把文学作为一个活动过程来看时，文学中的语言也必然表现为一个活动过程，这个过程就是：语言的生成→作品语言→语言的读解。这样看，文学过程中的语言就呈现为三种形态，即生成形态、作品形态、读解形态。在文学过程的各个阶段之间起着中介沟通作用的就是语言的这三种不同的形态。

先让我们来分析语言在文学过程中的第一阶段和第二阶段之间的中介作用。第一阶段是作者与世界相互作用的阶段，也就是我们常说的作家从生活中积累创作素材的阶段。第二阶段是作家创作作品的阶段。作家是如何从生活积累阶段进入到实际的创作阶段的呢？这中间涉及的因素固然很多，也很复杂，比如说，作家的创作动机、创作冲动，等等，这都是我们经常提到的。但是创作动机或创作冲动是一种内隐性的心理现象，它不可能成为外显性的创作活动的直接的中介。作为创作活动的直接中介也只能是一种外显性的活动，这就是作家的言语活动。作家的言语活动是一种外显性的物质活动，它体现为一连串的声音和字形，但它又是人类所特有的一种最主要最复杂的意指行为，因而同言语者的内在的精神活动紧密地交合在一起，实际上就是以外在的物质形式意指着内在的精神内容。正是言语活动的这种性质，使得它在文学过程的第一阶段和第二阶段之间充当了直接的中介环节，起到了直接的沟通作用。换言之，正是通过言语活动，精神内容外化为某种可感的物质形式，文学过程也就从生活积累阶段进入到作家对作品的创作和实际的写作阶段。

我们再来分析第二阶段是如何向第三阶段过渡的。第二阶段的结果就是作品的产生，而第三阶段是指读者对作品的接受，又是以作品的存在为前提的。这就是刘勰所说的："缀文者情动而辞发，观文者披文以入情。"[①]这里的"辞""文"都是指作品语言。这就是说，作品语言既是第二阶段的终点，又是第三阶段的起点，恰好处于两个阶段的交接点上。这就像接力赛跑一样，前一个赛者把接力棒递到下一个赛者的手中，下一个赛者才能接着前一个赛者继续跑下去。作品语言正是这两个阶段之间的"接力棒"，没有这个接力棒，下一个阶段无论如何是无法开始的。因此，作品语言就成为沟通两个阶段的中介，这种沟通作用主要体现为把第二阶段的结果和第三阶段的原因统合于自身。这就是说作品语言既是第二阶段的结果，又是第三阶段的原因。明白这一点，对于正确地理解两个阶段的关系是至关重要的。按照刘勰的说法，第三阶段是"沿波讨源，虽幽必显"，言外之意，即是说第三阶段是第二个阶段的逆向复现的过程。[②] 这个观点只能说对了一半。因为刘勰只是看到了作品语言是第二阶段的结果，就以此断定第三阶段就是从这个结果返回到产生这个结果的原因，如同寻找河源一样，溯流而上，就可以找到源头，也就是找到"情动而辞发"的那个"情"。而且刘勰相信，只要读者"目瞭""心敏"，就一定能把诗人隐藏在文辞中的幽深的情感显露出来，达到所谓"知音"。然而，作为两个阶段的中介的作品语言，不仅是第二阶段的结果，还是第三阶段的原因。如果从后一方面看，第三阶段的过程就不只是从第二阶段的结果回溯到产生这个结果的原因，同时还是从自身的原因为发端走向它所要达到的结果。即是说，第三个阶段的过程不只是"逆向复现"的过程，还是一个"顺向重构"的过程。在这个过程中，读者既可以"沿波讨源"，追

---

① 刘勰：《文心雕龙·知音》。

② 参见刘勰：《文心雕龙·知音》。

寻作者的原意，又可以“随波逐流”，或者“顺流而下”，达到自己对作品的创造性理解。所以，对第三阶段的全面的理解应该是把它看作“逆向复现”和“顺向重构”相互统一的过程，这个过程既有“复现”的被动性的一面，也有“重构”的创造性的一面，而且这两方面是相互包容的。如果这样理解问题，我们就不会对“一书多解”这一普遍存在的阅读现象感到奇怪了。我们承认，读者的这些不同的解释中有一些可能更接近作者的本意，但即使对那些与作者的本意有偏差甚至相抵牾的解释，我们也不能因此就否认或怀疑它们存在的价值和必要性。因为追寻作者的本意并不是读者接受作品的唯一目的，读者接受作品还有另一目的，也许这个目的更加重要，这就是在作品的重构和再创造活动中，获得审美的愉悦，实现自我人格和精神的升华。有的论者之所以把这两方面的目的分离开来或对立起来，皆是因为他们没能全面把握作品语言在作家创作和读者接受之间的中介性质及其特殊的沟通作用，即它既是上一阶段的结果，又是下一阶段的原因，具有结果和原因的双重性质，而这些论者们却把这种双重性质硬是掰开了，这样，出现观点的片面性就是不可避免的了。

现在再分析第三阶段和第四阶段的关系。正如我们已经知道的，第三阶段是作者与读者之间的相互影响，第四阶段则是文学过程的最后阶段，也就是“读者因阅读作品的经验而对宇宙的反应有所调整和改变”。从读者的内心活动方面看，第三阶段和第四阶段的连接是以某种心理过程为中介的，即由于受作品的影响引起读者的内心世界发生某种变化，从而又导致读者对客观世界的反应出现相应的改变。但是这种心理过程又是同某种外显行为交织在一起的，这种外显行为就是读者在读解作品时的言语活动。因此，从外显行为方面看，接续第三阶段和第四阶段的中介也是语言，即读者的言语活动。读者通过他的言语活动促使他从对作品的接受阶段进入到对世界的反应阶段，他的言语活动也就把这两个阶段勾连在一起了。例如，一个长期漂泊在外的游子，阅读了李白的《静夜思》之后，很容易引起内心的波动，他会由诗人描写的那种意境，联想到自己的现实处境，因而激起更强烈的思乡之情，也许正是通过这种阅读和感受，使他开始厌倦他目前的颠沛流离的生活，期盼着早日踏上回家的路程。在这里，这位游子作为一首诗歌的接受者，从他接受这首诗开始，到他内心发生的变化以及他对他的现实处境的一些新的反应，始终是以阅读行为作为中介的，他的阅读行为一旦中途终止，后来发生在他身上的种种变化，包括他对于现实处境的反应的改变，也就不会出现了。从这个例子可看出，读者的言语活动实际上是一种非常特殊的言语活动，它首先体现为对作品语言的阅读，因而是一种“倾听”，是对作者说出的话语的倾听，在倾听中揣度和琢磨着那话语的意思。与此同时，这种阅读又是一种“诉说”，是读者对作者发出的话语的反响和回应，在这反响和回应里，读者也吐露了他的心声，也表露了他的自我。这就是为什么在阅读中读者往往会陷入强烈的情感中而不能自拔，或哭，或笑，或悲，或怒，或拍案称奇，或掩卷长叹。所以，阅读作品的活动实际上是一种“先听后说”“听说交合”的特殊的言语活动，读者在倾听中了解别人，在诉说中回应别人和表现自己，因而这也是一种以特殊形式存在的多声部的“交谈”活动或“对话”活动。比较起来，阅读非文学作品就单纯多了，在这种阅读中，作品在“说”，读者只是“听”，或者理解了“所说”，或者曲解了“所说”，或者被说服，或者未被说服，如此而已。而在文学的阅读中，作品的语言不仅传达着某种意思，而且还制造着某种审美效果，读者一面领会着语言所表达的意义，一面又对语言的表达作出审美性的回应。以这样的阅读作为中介，读者的情感、思想乃至信念都会发生或多或少的改变，从而使他必然越出作品，对作品之外的世界发生某种影响。

由以上所述可知，语言作为中介贯穿和沟通了文学过程中的各个阶段，并且这种贯穿和沟通作用不仅制约着各个阶段的内容、性质和过渡方式，还决定了各个阶段之间的必然的递进关系，从而使整个文学活动连接成一个由各个阶段相继展开的完整过程。但是，载体论、本体论和客体论都无视文学的这一完整过程的存在，它们都只截取了文学过程的某一阶段，并且仅以这个阶段为依据，就对语言的地位作出判定，其结果必然导致以偏概全的结论。载体论所看重的只是文学过程的第一阶段（再现论）或第二阶段（表现论），因而把语言判定为运载某种内容的工具；本体论断然否认了作品与文学过程的第一阶段的必然联系（如俄国形式主义），甚或把作品与整个文学过程分隔开（如“新批评”），因而把作品语言视为文学的本体；客体论只是关心作品与读者相互影响的阶段，有的同时还注意到读者对世界的反应这个阶段，因而视文学语言为一种特殊的客体（审美客体、释义客体、解构客体、意识形态符号客体）。这三种理论的共同特点就是置文学活动的全过程于不顾，单方面地强调过程中的某个阶段和环节，所以也就不能看到语言的中介地位及其沟通过程中各个阶段的作用。事实上，从完整的文学过程的观点看，它们所强调的文学语言的载体、本体、客体等作用，都不过是中介作用的各个不同方面的体现。从这里也可看到，中介论具有较强的包容性和统合性，它可以对其他各种理论所强调的方面作出新的解释，并在此基础上达到各种理论之间的优势互补，达到对语言在文学中地位的更全面的认识。

（四）

除了联结文学整体和沟通文学过程之外，语言在文学中还表现出第三种中介作用，这种中介作用应该说更加重要，这就是，语言具有可以把文学活动中出现的对立关系加以整合使之实现统一的作用。黑格尔在谈到对立面的统一时，也非常重视中介的作用，但他所说的中介作用是指概念之间的辩证运动，是一个在主观中进行的过程。唯物辩证法则认为，对立面的相互转化和统一是宇宙中普遍存在的客观过程，因而实现这一过程的条件或中介也必须是客观实在的，而不能是主观臆想中的概念推演。基于这一认识，我们认为，文学活动中的诸多对立方面，必须经过某种客观实体性的中介因素的整合作用，才能获得真正现实的统一和融合，这种客观实体性的中介因素就是语言。

语言的这种中介作用首先体现在对文学活动中的基本对立关系的整合上。如前所说，文学是一种审美交流活动，就是说，一方面，文学活动是作者和读者之间的思想情感的交流活动；另一方面，文学活动又是一种审美性的活动，具体体现为作者的审美创造和读者的审美欣赏。这样说来，文学就具有了两种性能，一种是交流性能，一种是审美性能。在我们看来，正是文学的这两种性能构成了文学活动中的基本对立关系，文学活动中的其他对立关系都是由这一基本对立关系派生出来的。因此，古往今来的文艺家和美学家在说明文学活动的本质时，都在交流性能和审美性能两个对立面之间游移和摇摆不定。就一般倾向看，传统的理论家比较强调交流性能这一方面，由此形成了模仿论、再现论、表现论的文学观；现代的理论家比较强调审美性能这一方面，由此形成了唯美主义、形式主义等种种不同的审美论的文学观。然而，在实际的文学活动中，这两种性能总是客观地统一在一起的。任何一部具体的文学作品，我们既可以把它当作思想情感交流的媒介，从中或多或少地获得思想精神上的教益；也可以把它当作一个审美客体，从中或多或少地体验到审美的愉悦。而且，在接受它的思想影响时,也会同时感受到它所具有的审美效能;反之也一样,在感受它的审美效能时,也会接受到它所产生的思想影响。也许,正是这种客观事实的存在,使越来越多的理论家采取了一种中和的观点,即认为文学活动既是交流的,也是审美的。如美国理论家乔纳森·卡勒(Jonathan Caller)说:"一部文学作品就是一个审美对象,这正是因为文学具有最初使其得以定位,或者说使其得以存在的交流功能。"[①]卡勒的这个观点指出了文学的审美功能是以交流功能为基础的,但并没有说清这两种功能是如何现实地交融在一起的。其他取中间观点的理论家,在说明自己的论点时,也大致像卡勒一样,只是指出了两种性能相互结合这一客观事实,并没有对这一客观事实作出真正有说服力的理论阐释。之所以如此,皆是因为在思想方法上,他们都不能或不愿采用唯物辩证法的观点,即任何对立面的统一都是一个客观的过程,都是因为某种实体性的中介因素起着整合作用的结果。看来,要想真正从理论上说清文学活动中的两种性能是如何统一的,就必须找到在其中起整合作用的中介因素,我们认为,这个中介因素正是语言。

我们这样说的理由主要出于以下几点考虑:第一,既然语言是联结文学整体的中介,是贯通文学过程的中介,那么,文学活动在一定意义上可以理解为一种语言活动。第二,文学活动既然是一种语言活动,它就会像其他所有的语言活动一样必然具有交流的功能。人类最初创造语言,就是为了更有效地实现思想情感交流这一目的的,所以交流功能应该是语言赖以发生和存在的最原初、最基本的功能。在这一点上,文学语言也不会成为例外。奥地利学者G·弗赖认为:

> 艺术一直被理解为用技巧所从事的某种活动,它是由人产生

---

① [美]乔纳森·卡勒:《当代学术入门·文学理论》,李平译,辽宁教育出版社、牛津大学出版社1998年版,第35页。

> 并为他人而进行的。艺术就是这种居于艺术家和消费者之间的活动……艺术家和观赏者的关系，本质上就是一种彼此沟通的关系，因此，艺术与语言交流又极相似，艺术家就是用其特有的语言来表达其要传递给特定观众的东西的。[①]

弗赖说的是一般的艺术品都具有交流的性质，文学作品直接使用语言，理当更加具有交流的性质。第三，文学活动作为一种语言活动，虽然具有一般语言活动的交流性能，但它与一般的语言活动又有着明显的差别。文学的语言活动不像一般纯实用性的语言活动那样，只是为了交流的目的，它还有另外一个目的，这就是审美的目的。这种审美的目的对于文学的语言活动来说似乎更加重要，因为正是这种审美目的的存在和实现决定了语言活动的文学性或艺术性。判定一种语言活动是否具有文学性或艺术性的主要依据，就是看它是否追求审美的目的和具有审美的功能。交流功能是包括文学的语言活动在内的一切语言活动必有的功能，而审美功能则是文学的语言活动特有的功能，否则它就不能被称为文学的语言活动，而只能是一种纯实用的语言活动了。萨丕尔说：

> 对我们来说，语言不只是思想交流的系统而已。它是一件看不见的外衣，披挂在我们的精神上，预先决定了精神的一切符号表达的形式。当这种表达非常有意思的时候，我们就管它叫文学。

至于怎样才算表达得“非常有意思”，萨丕尔又专门在附注中作了一个说明：“我不能在这里确定地说哪样的表达才‘有意思’到足以叫做艺术或文学。再说，我也不确实知道。只能说文学就是文学。”[②]他

---

① [加]G. 弗赖：《艺术作品、语言游戏和生活方式》，《国外社会科学》1985 年第 2 期。

② [美]爱德华・萨丕尔：《语言论》，陆卓元译，商务印书馆 1997 年版，第 198 页。

的说法尽管语焉不详，但仍可使我们感到，他所说的“有意思”并不等于“有意义”，而是指在意义的传达交流之外还能产生某种效果，这就是审美的效果。这就是说，在萨丕尔看来，某种语言交流活动必须能够产生审美效果，才能被认为是艺术的或文学的。我国学者黄子平也说：

古人把“达”（通讯）作为语言的唯一功能。然而文学语言不只是一种通讯性的语言，更主要的，是一种表现性或造型性语言。因此，为了说“理”、传“道”而“立象”“立言”，与诗（文学作品）的使用语言，两者是有所区别的。①

黄子平在这里说的“达”“通讯性”就是指语言的交流性能，而“表现性”“造型性”则是指语言的审美性能。他更明确地指出，对文学语言来说，更为重要的是审美性能，正是这一点使文学语言与一般的实用性语言区别开来了。第四，既然文学活动在某种意义上说是语言活动，而文学的语言活动又是以交流目的为基础以审美目的为特征的，因而文学活动中的审美性能和交流性能就以语言为中介而被整合到语言中去了。这就是说，文学活动中的这一基本对立关系的统一，并不是主观概念中的统一，而是一种客观的现实的统一，这种客观的现实的统一正是通过语言这一实体性中介因素而实现和完成的。语言之所以能起到这种中介的整合作用，就因为它本身既可以是交流的媒介又可以成为审美的对象。在文学活动中，无论作者的主观动机如何，他只要进行使用语言的活动，那么他的语言活动所产生的结果，即作品语言，对读者来说，就一定既具有交流的价值，又具有审美的价值。因为作品语言首先是一种意指符号，表达一定的意义，任何阅读他的人都可从中获得它所传递的意义，在这种情况下，作品语言就成

① 黄子平：《得意莫忘言》，《上海文学》1985年第11期。

为作者和读者之间交流的媒介。但作品语言同时又是一种客观实体，它不仅体现为白纸黑字的物质形式，从最表层的具有可感特征的字形、语音，到较深层的语义、语象，再到最深层的意蕴，形成了一个多层次构联的结构性客体。更为重要的是，这种结构性客体又是作者出于某种审美的目的，按照某种审美的要求和规律创造出来的。这样，作品语言又是一个可供观赏的审美客体。作品语言的这种既是交流媒介、又是审美客体的双重性质，就决定了它在文学中的中介地位。它必然作为一个中介因素，把文学活动中的基本对立关系——审美和交流的关系整合和统一起来。这样，文学活动也就成为一种审美的交流活动了。

（五）

另外，语言作为中介的整合作用，还体现在由审美和交流这一基本对立关系派生出来的对立关系中。这些派生的对立关系主要是：创作中的手段和目的的对立，文本中的内容和形式的对立，接受中的释义和美感的对立。

先说手段和目的对立。自从康德提出了“无目的的目的性”这一美学命题之后，文学创作是手段还是目的，就成为一个长期争论不休的问题。有些论者强调，文学创作是为了再现现实或表现情感，这样文学创作就成了实现某个外在目的的手段；有些论者强调，文学创作是一种独立的审美创造活动，它不服从于任何外在的目的，完全是为了它自身而进行的活动，活动本身就是目的。事实上，文学创作的手段性和目的性并非截然对立，也并非全然不相容，两者之间完全可以通过创作中言语活动的整合作用而获得现实的统一。因为创作中的言语活动不仅有描述客观世界和表现主观世界的外在目的，而且还有一个内在目的，这就是通过它自身的活动而创造出一个具有审美价值的言语成品或文学文本。创作中言语活动的外在目的的存在，说明了这种活动是一种达到目的的手段；而创作中言语活动的内在目的的存在，又说明了这种活动是以自身为目的，或者说，它就是目的本身。而且，创作中言语活动的外在目的和内在目的又是相互关联的，即只有内在目的的完成才能导致外在目的的实现。所以，创作中言语活动既是目的的手段，又是目的本身，它的手段性和目的性是辩证地统一在一起的。譬如，一位诗人在写一首诗，他当然要考虑他写出的这些诗句是否能传达出他内心的所思所想，这些考虑都是指向于外在目的的。同时他还要考虑这些诗句的韵律和节奏、运用的词语及其排列组合、创造的意象和意境等是否符合诗歌文体的格式和要求，是否能产生某种特殊的审美意味和效果，这些考虑又是属于内在目的的。这表明，在这首诗的创作中，这位诗人一方面把他写出的诗句作为指向于外在目的的手段，另一方面又把他诗句的写作本身作为目的。这样，他的诗歌创作的手段性和目的性就以他的言语活动为中介并整合在这种活动之中了。

文学作品中的内容和形式的关系也是一个长期困扰着人的问题。把文学作品明确地划分为内容和形式两个方面起始于古希腊的亚里士多德。亚氏认为所有的"诗的艺术"的创作都是"模仿"。它们的不同只是"模仿所用的媒介不同，所取的对象不同，所采的方式不同"。模仿的对象构成了作品的内容要素（如悲剧中的情节、性格、思想），属于模仿的目的，因而是重要的；模仿的媒介和方式构成了作品的形式要素（如悲剧中的语言、歌曲、形象），这些要素是为内容服务的，因而是次要的。[①] 亚氏的这个思想影响深远，由此导致了西方古近代文论中的重内容、轻形式的内容主义倾向。

中国古代文论中的“文”“质”之分大致相当于形式和内容的区分。孔子讲“文质彬彬”，还是文质并重的。但是，中国古代文论是以“诗言志”“文以载道”为主导理念的，这一点决定了中国古代文论在内容和形式的关系上，必然偏向于内容，内容是最为重要的，形式只能是内容的陪衬和装饰，两者之间的关系类似于“主人”和“奴婢”的关系。清代的袁枚如下一段话很能代表这种观念：

> 虞舜教夔，曰“诗言志”。何今之人，多辞寡意？意似主人，辞如奴婢。主弱奴强，呼之不至。穿贯无绳，散钱委地。开千枝花，一本所系。[②]

这是说，“志”“意”等内容方面的东西是系木之本，是穿钱之绳，是所谓“主人”；“文”“辞”等形式方面的东西只能安于“奴婢”的地位，“服侍”好那位“主人”。这种重质轻文的观念与西方古近代文论中的内容主义倾向是一致的。

20 世纪初的俄国形式主义试图根本扭转西方传统的内容主义倾向，所采取的策略是从文学观上反对传统的模仿论，否认文学的再现性质和表现性质，主张文学是一种纯粹以自身活动为目的的语言形式的创造。“我们将把那种被特殊程序创造出来的事物称为艺术作品，而所谓特殊程序的目的在于，要使这些事物尽可能地被人们作为艺术品来感受。”[③]从这种观点看，作品中最根本最重要的就不再是内容，而

---

① 参见[古希腊]亚里士多德：《诗学》，罗念生译，人民文学出版社 1962 年版，第 1 章，第 6 章。

② 袁枚：《续诗品·崇意》，《清诗话》下册，中华书局 1963 年版，第 1029 页。

③ [俄]B. B. 斯克洛夫斯基：《作为程序的艺术》，伍蠡甫、胡经之主编：《西方文艺理论名著选编》下卷，北京大学出版社 1987 年版，第 380 页。

是形式，内容不过是形式借以完成和显现自身的材料或素材。“任何艺术都使用取自自然界的某种材料。艺术用其特有的程序对这一材料进行特殊的加工；结果是自然事实（材料）被提升到审美事实的地位，形成艺术作品。”[①]在俄国形式主义那里，内容不仅失去了往日的“主人”地位，而且连自身的独立性也没有了，它完全隶属于形式，甚至被形式所取代。“在艺术内部，这类所谓内容的事实，是不会脱离艺术创构的普遍规律而独立存在的；……如果说形式成分意味着审美成分，那么，艺术中的所有内容事实也都成为形式的现象。”[②]因此，俄国形式主义在反对传统的内容主义倾向的论争中，终于从一个极端走向了另一个极端。

“新批评”也强调形式的重要性，但似乎不像俄国形式主义那样极端，他们试图寻求某种途径来化解内容和形式的区分和对立。但是他们的“文本中心主义”，又使他们坚决反对对作品内容的任何心理学解释，否认作品内容与作者意图有必然的联系。因此，他们所说的内容就不是作家从外部世界获得的题材和主题，而是作品语言结构本身所内含的语义。韦勒克说：“内容与语言这个基础层面紧密相连，语言中包含了内容，而内容又以语言为基础。”他还以小说中的人物为例论证说：“小说中的人物只能从意义单元中生出，由形象所讲的话语或者别人讲有关这一形象的语句造成。”[③]“新批评”的“文本中心主义”是我们难以接受的，但他们试图从作品语言中寻求内容和形式统一的思路是富有启发性的。

---

① ［俄］B. M. 日尔蒙斯基：《诗学的任务》，［俄］什克洛夫斯基等：《俄国形式主义文论选》，方珊等译，三联书店 1989 年版，第 213 页。

② ［俄］B. M. 日尔蒙斯基《诗学的任务》，［俄］什克洛夫斯基等：《俄国形式主义文论选》，方珊等译，三联书店 1989 年版，第 212 页。

③ ［美］韦勒克、沃伦：《文学理论》，刘象愚等译，三联书店 1984 年版，第 161 页。

在我们看来，作品语言确实能起到整合作品内容和形式的作用，但这种作用是以作品语言的中介地位为前提的。就是说，作品语言是作为中介来显示出它的整合作用的。在作品语言这个中介里，作品的形式和内容就体现为语言结构的形式和语言结构的意义，这也就是索绪尔所说的语言的能指(Signifier)和所指(Signified)。索绪尔认为，在语言里，能指和所指是不可分割的。他说：

语言还可以比作一张纸：思想是正面，声音是反面。我们不能切开正面而不同时切开反面，同样，在语言里，我们不能使声音离开思想，也不能使思想离开声音。[①]

索绪尔所说的能指和所指的不可分割表现在作品语言里，就是字形、语音及其构成形式与它所描绘的形象以及形象所内含的深层意蕴的不可分割。如在小说《红楼梦》中，我们无法把作品所描绘的林黛玉这个形象以及这个形象的深层意蕴与用来描绘她的那些字形、语音以及语言结构形式分离开，我们正是通过这些字形、语音及语言形式来想象这个形象和领悟其中的含义，取消了这些语言构成形式，也就等于取消了这个人物形象，也就等于取消了《红楼梦》这部小说。既然作品语言的能指和所指是不可分割的，那么，作品的形式和内容也是不可分割的。传统的内容主义和俄国形式主义之所以都把内容和形式决然分离和对立起来，就是因为它们都把作品的内容理解为作品语言之外的东西，而把作品语言看作单纯的形式。它们的不同仅在于，在这种二元区分和对立中，它们各执一端而已。实际上，作品的内容不仅靠语言来表达，而且就在语言之中，就体现为语言中的语义。瑞士理论家凯塞尔(Wolfgang Kayser)把这种作品内容的语义化称为“内

① [瑞士]费尔迪南·德·索绪尔：《普通语言学教程》，高名凯译，商务印书馆1980年版，第158页。

容的客观性”。他说:“内容完全属于作品的客观性,我们认识到这种客观性是特殊的种类。因为这个缘故,内容的研究首先必须在作品的构造方面,在作品中已经变得生动的世界的构造方面确定自己的方向。”[①]需要说明的是,我们虽然主张作品内容体现为语言中的语义,但又不像索绪尔那样认为语言的所指只是纯粹的概念,因而独立于所指的外在事物;也不像“新批评”那样认为语言的意义是自在自足的,因而与作者意图和读者经验无关。相反,我们认为,语言中的语义来自外部的现实生活,来自作者的意图,并且又依赖于读者在阅读经验中的创造性理解。但同时我们又认为,外部的现实生活、作者的意图一旦进入作品被语符化之后,就转化为语言结构的语义,而读者对语义的理解也要受到语言结构客观性的制约。因此,我们也不赞同把语言结构中的语义与作品的意图完全等同起来,更不赞同解构主义者片面夸大作品接受中的解构意向,以为经过接受者的解构就可以消解掉语言结构中的意义。例如美国解构主义理论家阿特克斯借用索绪尔的符号任意性理论说:

> 因为符号、声音及其图像,是一种差异结构,符号通过声音之间的诸种差异才能存在,使用能指所指称之物永远不存在于能指之中,并且永远不是能指本身。这样一来,词与物,符号与意义绝不可能成为一体,索绪尔写道:“在语言里,只有没有确定的词语的差异。”[②]

最后一句话显然是对索绪尔的曲解。索绪尔所说的语言系统中语符之间的差异或区别性特征,恰恰是使语符能够成为意指符号的基

---

① [瑞士]沃尔夫冈·凯塞尔:《语言的艺术作品》,陈铨译,上海译文出版社1984年版,第312页。

② [美]G. D. 阿特克斯:《作为差异结构的符号》,《外国文学》1995年第2期。

本保证，而不是对意义的消解。所以，解构主义者从消解语言中能指和所指的二元对立出发，最后又重新回到了俄国形式主义的老路，即把作品语言看作是与内容相隔离的纯粹形式，即如他们所说的，文本就是一堆可以被人任意连缀的能指的碎片。这种企图取消任何内容和意义的极端观点，是我们不能苟同的。我们认为，文学中的语言不是单纯的形式，它还包含着内容，它本身就是形式和内容的统一。也正因如此，文学中的语言才能作为中介把作品中的形式和内容整合为一体了。

文学活动中还有一种对立关系，也是由审美性能和交流性能这一基本对立关系派生出来的，这就是接受中的意义理解和美感享受的关系。早在古希腊、罗马时期，人们就注意到这种关系，如贺拉斯说的那段为人熟知的话："寓教于乐，既劝谕读者，又使他喜爱，才能符合众望。"①这段话集中体现了西方古代理论家试图把这两方面的关系统一起来的愿望。到了 20 世纪以后，随着读者理论的兴起，文学接受究竟是意义的理解还是美感的享受，更成为一个焦点问题，引发了大量的争论和意见分歧，形成了相互对立的两派意见：一派是偏重于意义理解的释义派（如文学解释学），一派是偏重于美感享受的审美派（如接受美学）。前一派强调读者在接受中的理解力，后一派强调读者在接受中的审美创造力。此外，还有一派取中间立场的观点，力主接受活动中的释义和美感的协调统一，这一派中最有影响、最值得重视的是英加登的有关观点。英加登认为，文学的艺术作品的特点在于，它是一种"图式化"的构成，其中充满了诸多潜在因素和"不定点"，需要经过读者的"具体化"（Concretize），才能获得一种现实的确定的存在。在英加登看来，具体化最主要的作用是使艺术作品构成一个可能的审

① ［古罗马］贺拉斯：《诗艺》，杨周翰译，人民文学出版社 1962 年版，第 155 页。

美对象，并揭示出同艺术作品相应的审美价值。同时，具体化还作出一种显著的综合努力以达到对艺术作品的“观念”的洞察和把握。他说：

> 我们最初只是朦胧地意识到这种观念，一旦成功地体现了它并且使它在具体化中形象鲜明，我们就可以清晰而明确地理解它了。所以，审美经验是“适当的”，是说它构成的具体化恰好体现了其中包含的“观念”。①

英加登在这里说的“审美经验”恰好体现了“观念”，就是指接受活动中的意义理解和美感享受的协调和统一。使我们感兴趣的是，英加登所说的“具体化”，就是读者读解作品时的言语活动，这就是说，接受中的意义理解和美感享受首先被整合在读者的言语活动中，然后又在这种活动中获得了现实的协调和统一。在这种协调和统一中，读者的言语活动是作为中介在起作用的。

我们不妨这样来理解，读者的读解活动一开始就被作品语言的感性审美外观（字形、韵律、节奏、语调、形式意味等）吸引，随着向作品更深层次的深入（字面义、形象、意蕴等），与读解活动相伴而生的审美经验必然导向意义的理解，而对意义的理解又反过来激发和强化着审美经验。在此过程中，意义理解的难度和深度往往同审美享受所达到的强度和高度成正比，而对作品意义最终的彻底理解和把握，又往往意味着审美享受的急剧减弱乃至停息。这就像猜谜一样，猜谜的趣味和对谜底的探索是相互伴随、促动和交融的，一旦谜底被揭穿，趣味也就随即消失了。正因如此，真正好的文学作品，总是在最深的层次上包含着无限的意蕴，吸引着一代代读者去阅读它、理解它，又似乎永远不

---

① ［波兰］罗曼·英加登：《对文学的艺术作品的认识》，陈燕谷等译，中国文联出版公司1988年版，第403～404页。

可穷尽它，从而显示出它永久的审美价值和艺术魅力。这也从一个侧面印证了，读解作品的言语活动实际上就是一种意义的追寻活动，它的目的在于所追寻的意义，而追寻的过程本身又产生出审美的愉悦。所以，所谓意义的追寻活动，既是意义的理解，又是美感的享受。如此看来，文学接受中的释义和美感的对立关系也就在读者的言语活动作为中介的整合作用中获得了现实的协调和统一。

第三章
文学语言的结构

像所有的语言一样，文学语言也是由一系列字、词、句组合而成的构成物。那么，这是一个怎样的构成物呢？这就是文学语言的结构问题。毫无疑问，每一部文学作品的语言都有自己独特的结构方式，但是，我们要研究的不是某一作品具体的语言结构，而是所有的文学作品显示出来的语言结构的共同特点。这有点像索绪尔所说的“语言系统”。索绪尔为了确定语言学的研究对象，把一般笼统称之的“语言现象”区分为“语言”(Langue)和“言语”(Parole)。语言是已经形成的自成一体的符号系统，代表着人们说话时必须遵循的语言规则，而言语就是具体的说话行为，受语言系统的制约和决定。因而，索绪尔认为，语言系统应该是语言学主要的研究对象。① 把语言系统从语言现象中剥离出来给以单独的研究，从而开创了结构主义语言学，这是索绪尔

---

① 参见[瑞士]费尔迪南·德·索绪尔：《普通语言学教程》，高名凯译，商务印书馆1980年版，第35、42页。

的贡献。但不能因此以为真的就有一个外在于言语行为的先验的语言系统。事实上，索绪尔所说的语言和言语是不可分的，语言不过是从言语中概括和抽象出来的，它只能通过言语才能显现和体现出来。没有言语，就没有语言，当然没有语言，也不可能有真正意义上的言语。所以，巴尔特说："语言结构既是言语的产物，又是言语的工具，这一事实具有真正的辩证法的性质。"①就文学语言看，可以说它既是语言，也是言语。如果把文学语言看作是从具体作品的语言中抽象出来的共同结构原则，那么它就是语言；如果把文学语言看作是一般语言的一种变体，那么它就是对一般语言的一种特殊运用，也就是言语。这样，我们就有了作为语言的文学语言和作为言语的文学语言，对于前者的研究就是对文学语言结构的研究，对于后者的研究就是对文学语言特性的研究。后一种研究将是下一章的内容，而在这一章里，我们将探讨文学语言的结构。

所谓文学语言的结构首先是指作品语言的结构。作品语言是文学语言的书面形式，也就是一般所说的"文本"(text)。作品语言的结构也就是文本结构，这两种说法可以互换。但是，文学语言的结构并非仅指文本结构，依照我们对文学活动的系统性理解和对文学语言的外延界定，它还应该包括作者和读者的言语活动的结构。因而，我们所说的文学语言的结构就有了相互区别而又相互联系的三种形态，即文本结构、生成结构和读解结构。我们的研究将依照这三种形态的划分而展开。

---

① ［法］罗兰·巴尔特：《符号学原理》，李幼蒸译，三联书店1998年版，第118页。

一、文学语言的文本结构

（一）

在文学文本的构成问题上，一直存在着传统观点和现代观点的分歧。我们先来看传统观点。

西方古希腊、罗马主要持要素构成论，即把文学文本分析出一些要素，如情节、性格、思想、主题、措词、韵律等，其中有些要素起着更加重要的决定性作用，就划归为内容的方面，其他的一些要素则属于形式的方面，是为表现内容而存在的。这种观点以亚里士多德对悲剧六要素的分析为滥觞，后来又影响到文艺复兴时期的现实主义文论以及近代以后的浪漫主义和现实主义文论。尤其是以别林斯基为代表的一批俄国理论家和苏联的主流派理论家，更是把这一观点发展到完备的程度。哪些属于内容要素，哪些属于形式要素，都分得一清二楚，而且每一要素都有严格的定义，不容随意混淆。

然而，在西方传统文论中也存在着一种与要素分析全然不同的文本构成论，即把文本看成是由几个不同级次的层面构成的整体，可称之为层次构成论。层次论的产生最初与中世纪的神学家们对《圣经》文本的阐释有关。中世纪的神学家们相信，《圣经》里讲述的那些人物、情节、故事以及那些典型的意象，如诱引夏娃的蛇、耶稣受难时的血和十字架，都寓含着更高真理的启示和预言，因此应该尽力透过字句和形象把握其中的深意。这就是说，《圣经》文本有表层含义和深层含义的区别。受强烈的宗教意识的影响，中世纪的文学也普遍地具有寓意性、象征性、梦幻性的突出特征，这与宗教文本在语言表达上的特点是一致的，即都是通过隐喻和象征来比拟、暗示出某种深层的意蕴。

这样的文学文本是原有的要素论难以阐释的，于是就产生了层次论的观点。到了中世纪后期，文论家和美学家都普遍认为：一篇故事或一首诗包含着多层的意义，最表层的是字面义，中间层次是形象所寓含的意义，而最深层的则是一种无法言明的奥秘的神示。例如但丁在给友人的一封信中就反复申明，对他的《神曲》不可作简单的理解，这部作品包含着字面和寓意的双重主题，其中寓意性主题又可再分为喻义的、道德的和神秘的多层含义。[①] 这种层次论的观点在19世纪的象征主义诗论中又得到了进一步的阐发。象征主义主张用象征的方法来传达诗人对世界的某种神秘的感受和体验，因而特别关心诗歌文本中的词语与意象、意象与思想之间的关系，层次论的观点就自然成为他们分析诗歌文本构成的主要理据。

中国古代文论中也同样存在着要素论和层次论两种不同的文本构成论。要素论主要体现在“质”“志”“道”“言”“辞”“文”等这些广为流行的范畴中，而层次论则以中国特有的意境说为其代表。意境说的源头可以追溯到老庄和《易传》中有关言、象、意的理论。老庄和《易传》的作者都认为，“道”是难以用语言说明的，“道可道，非常道；名可名，非常名”[②]，“可以言论者，物之粗也；可以意致者，物之精也”[③]，“意有所随，意之所随者，不可以言传也”[④]，“书不尽言，言不尽意”[⑤]。那么，怎么办呢？他们认为，只有设置某种“象”才能把“道”的精义传达出来，因为“道之为物”原本就是“忽兮恍兮，其中有象”[⑥]，故而“圣人立

---

① 参见[美]M. H. 艾布拉姆斯：《欧美文学术语词典》，朱金鹏等译，北京大学出版社1990年版，第157～158页。

② 《道德经》第一章。

③ 《庄子·秋水》。

④ 《庄子·天道》。

⑤ 《周易·系辞上》。

⑥ 《道德经》第二十一章。

象以尽意,设卦以尽情伪,系辞焉以尽其言”[①],这就构成了由意生象、由象生言、以言表象、以象表意的言、象、意三层次间的递联关系。晋代的王弼对这一关系作过经典的表述。他说:

> 夫象者,出意者也。言者,明象者也。尽意莫若象,尽象莫若言。言生于象,故可寻言以观象;象生于意,故可寻象以观意。故言者所以明象,得象而忘言;象者所以存意,得意而忘象。犹蹄者所以在兔,得兔而忘蹄;筌者所以在鱼,得鱼而忘筌也。[②]

这段话的意思很明确,言、象、意三者中,意是目的,最重要,其次是象,再次是言,所以“得意”而可以“忘象”“忘言”,不能过分执著于象或言。从这里也可看出,“言、象、意”理论最初是用来解说哲学文本的层次构成的,只是到了唐代以后,才有些诗论家借用了这一理论来解说诗歌文本的层次构成,并由此形成了意境说。

意境说与原来的“言、象、意”理论,除了阐释的对象不同外,还有两点区别。一是意境说更侧重于“象”和“意”这两个层面,而对于“言”这个层面涉及不多,若有涉及也更多的是把“言”融进“象”里去,这大概是因为受了庄子以及王弼的“得意忘言”和“得象忘言”思想影响的缘故。二是意境说在“意”和“象”的关系上,虽也以“意”为目的,但同时也兼顾了“象”的重要性及其相对独立的审美价值,更多地强调两者之间不可分割的密切联系,主张所谓的“虚实相生”“情景交融”“意象合一”,以求得“象外之象”“景外之景”“味外之旨”“言有尽而意无穷”的审美效果。由此也可看出,意境说所强调的“意”与老庄所讲的“意”不尽相同,主要不是指那种统贯世界万有、体现世界精神本质的“道”,而是指内含在“象”之中并由“象”生发出来的一种悠长蕴藉的“意味”

---

① 《周易·系辞上》。

② 王弼:《周易略例·明象》。

“滋味”“趣味”“韵味”，而“理”“义”“情”“志”这些观念的东西就是从这种“味”中领悟出来的。

关于文学文本的构成问题，虽然西方和中国的传统文论中都有“要素论”和“层次论”两种观点并行，但从总的趋向看，要素论一直占着上风，尤其西方更是如此。要素论和层次论的主要区别在于，前者侧重于对文本整体的解析，把文本整体一分为二，一边是内容要素，一边是形式要素，而文本的语言则被归之为形式要素之一。后者则侧重于对文本的整体把握，它不像要素论那样从文本中肢解出各种成分，而是始终以文本的整体存在为出发点，从外向内地审视文本由表及里的几个层次是如何联结为一体的。毫无疑问，层次论所体现出的这种有机整体的观念更加贴近文本构成的本体状态。然而，古代的层次论，包括象征主义的层次论，都是在要素论的根基上生发出来的，它不可避免地深受要素论的影响，不可能将有机整体的观念贯彻到底。所以古代的层次论虽然较之要素论有所进步，如更具整体观念、更重审美价值，但从总体倾向上看，并没有完全脱出要素论的窠臼，即内容和形式的二元划分、语言的工具性地位，而这些恐怕就是传统文本构成论的主要症结之所在。

（二）

现代文本构成论就是针对传统文本构成论的症结而提出和发展起来的。俄国形式主义致力于抬高语言在文本构成中的重要性，认为文本的文学性取决于语言运用的技巧和手法，如反常化和形式创新。相对于语言运用的技巧和手法，文本中的一切都是被加工和利用的材料。这样，文本的构成就是由手法组织起来的材料，而文本的存在也就体现为语言形式的存在。“文学作品是一种纯粹的形式，它不是物，也不是材料，而是各种材料的关系。”[①]尽管俄国形式主义在文本构成上试图以手法与材料的区分来取代传统的内容和形式的区分，但它的文本构成论依然是一种要素论，只不过与传统的要素论的主张正好相反。传统的要素论是站在内容方面排斥形式，而俄国形式主义的要素论则是站在形式方面排斥内容。在俄国形式主义那里，文本构成的形式要素与内容要素依然处于分离状态。

“新批评”的文本构成论克服了俄国形式主义的某些缺陷而转向了层次论的观点。“新批评”在强调语言形式的同时，又力图把属于内容的题材和主题等因素统合进语言形式里，这样，语言形式就构成了文本的外显层面，而文本的内隐层面则是语言形式所描绘的诸种形象及其包含的思想内容，文本就是由这些相互联结的层面构合而成的有机整体。这派的后期代表人物韦勒克说：

> 在一部艺术作品之中，通常被称之为“内容”或“思想”的东西，作为经过形象化的意义“世界”的一部分，已经融入了作品的结构之中。……虽然我曾向俄国的形式主义和德国的文体学家学习过，但我并不想将文学研究限制在声音、韵文、写作技巧的范围内，或限制在语法成分或句法结构的范围内；我也并不希望将文学与语言等同起来。我认为，这些语言成分可说是构成了两个底层：即声音层和意义单位层。但是，从这两个层次上产生出一个由情景、人物和世界构成的“世界”，这个“世界”并不等同于任何单独的语言因素，尤其是等同于外在修饰形式的任何成分。我以为，唯一正确的概念无疑是“整体论”的概念，它将艺术品视为一个千差万别的整体，一个符号结构，然而却是一个隐含着并需

① ［俄］什克洛夫斯基：《罗扎洛夫》，中国艺术研究院外国文艺研究所《世界艺术与美学》编辑委员会编：《世界艺术与美学》第 7 辑，文化艺术出版社 1986 年版，第 21 页。

要意义和价值的符号结构。①

"新批评"的这种文本层次论比传统的层次论有一个明显的优越之处，就是把全部内容要素都融合进语言结构之中，使文本的构成真正达到了各个层面有机结合的整体。但"新批评"的层次构成论也暴露出一个致命的弱点，这就是，它在把文本结构看作一个整体的同时，又把这个整体同外部世界隔绝开来，甚至同作者的创作和读者的阅读隔绝开来，使之成为一个全然封闭的、自我满足的结构整体。这在我们看来，是有悖于文本在文学活动系统中的关联性和开放性特征的。例如，韦勒克虽然也承认文本结构与欣赏者个人的经验有关系，但他强调的却是"诗不仅是读者'诗的经验'的起因或潜在的起因，而且还是对读者经验的一个特殊的、高度组织起来的控制者"，"文学的多种价值是潜在地存在于文学结构之中的"，"真正的诗必然是由一些标准组成的一种结构，它只能在其许多读者的实际经验中部分地获得实现"②。

结构主义直接套用索绪尔语言学的方法来论说文本的构成，认为文学文本像语言一样也表现为语言符号的能指和所指两个层面的构成，而且这种构成又受着一个它本身特有的复杂关系系统的制约。所以，结构主义的文本构成论也是一种层次论，它运用符号学的原理，分析各个层次的结构，然后再阐明各个层次之间的整体结构，由此创建了独具特色的结构主义诗学和叙事学。比如，巴尔特提出过一个有关叙事作品的结构分析模式，认为所有的叙事作品都可划分为三个层次，一是功能层，即情节结构；二是行动层，即人物结构；三是叙述层，

---

①　[美]R.韦勒克：《批评的诸种概念》，丁泓等译，四川文艺出版社1987年版，第276～277页。

②　[美]韦勒克、沃伦：《文学理论》，刘象愚等译，三联书店1984年版，第287～288、158页。

即话语结构。他还特别提出:"我们一定要记住,这三层是按逐步结合的方式互相连接起来的:一种功能只有当它在一个行动者的全部行动中占有地位才具有意义,行动者的全部行动也由于被叙述并成为话语的一部分才获得最后的意义,而话语则有自己的代码。"①由此可见,结构主义的层次论更加突显了文本构成的整体性和系统性,正是这一点形成了它的特色和优势。但是,结构主义由于直接搬用语言学模式,也使它的文本构成论存在几个方面的问题:一是从语言系统的独立自足性引申出文本系统的独立自足性,认为文本的意义是由语言结构本身决定的,现实、作者和读者的影响和作用都不足以改变结构本身固有的含义。就这一点看,结构主义与"新批评"有相似之处。二是在文本系统内部,更偏重于对语言结构形式的研究,而对语言所指的内容的研究则相对忽略。巴尔特说:"我主要关心的是文本,也就是构成作品的能指的织体。"②托多洛夫(Tzvetan Todorov)也认为,文学就是"一个以语言形式出现的问题","作家所做的无非就是研究语言"③。就这些观点看,又是同俄国形式主义相呼应的。三是结构主义所确立的文本结构模式,是直接从语言学模式中演绎出来的,因而带有某种脱离具体文本的超验性。托多洛夫曾明确表示,"个别作品只是一种工具","每部作品只能看作是一种更加宽泛的抽象结构的具体体现,而这种体现又只是许多都可能的体现中的一种"④。我们知道,"新批评"也注重研究文本的语言结构,但他们所讲的文本结构大多是依据

① [法]罗兰·巴尔特:《叙事作品结构分析导论》,伍蠡甫、胡经之主编:《西方文艺理论名著选编》下卷,北京大学出版社1987年版,第478~479页。

② [法]罗兰·巴尔特:《符号学原理》,李幼蒸译,三联书店1988年版,第6页。

③ 参见[英]安纳·杰弗森、戴维·罗比:《西方现代文学理论概述与比较》,包华富等译,湖南文艺出版社1986年版,第98页。

④ 参见[英]安纳·杰弗森、戴维·罗比:《西方现代文学理论概述与比较》,包华富等译,湖南文艺出版社1986年版,第99页。

具体文本归纳出来的，比较有说服力，从这点看，结构主义比“新批评”退步了。主张某种超验的文本结构的存在，可说是结构主义的一个致命缺陷。后来的解构主义也正是利用这一缺陷攻垮了结构主义，而解构主义自己其实也没能逃出这一缺陷的阴影，因为它也是直接从索绪尔的语言学模式引申出自己的理论的，只不过它抛弃了索绪尔语言学中的“符号系统”“整体性”“结构性”这些为结构主义所热衷的概念，而采用了“任意性”“差异性”等另一些概念。于是，在解构主义那里，符号学就被“书写学”取代，语言结构就被无限“延异”的能指取代，而文本结构的整体性也就变成一些在空间和时间中展开的空洞无物的书写符号的任意堆积。如果把解构主义看作是结构主义的畸形发展的话，那么结构主义在文本构成问题上，以强调文本的整体性开始，又以文本整体的被消解而告终。这样的后果与结构主义坚持主张语言结构的抽象性和超验性不无关系。

相比之下，在现代的文本构成论中，现象学学者英加登的观点似乎更妥当一些，因而也产生了更大的影响，为更多的人所认同。英加登从现象学观点出发剖析文学文本，提出了四层次构成的理论。关于这一理论，他在《对文学的艺术作品的认识》一书中有集中系统的阐述，并在其他的著作中也反复提及。他所说的文本四层次大致如下：第一，“语词声音和语音构成以及一个更高级现象的层次”；第二，“意群层次：句子意义和全部句群意义的层次”；第三，“图式化外观层次，作品描绘的各种对象通过这些外观呈现出来”；第四，“在句子投射的意向事态中描绘的客体层次”[①]。按照韦勒克的解释，第四层次是指文本中包含的“观点”。另外，韦勒克认为英加登还提出了第五个层次，

---

① 参见[波兰]罗曼·英加登：《对文学的艺术作品的认识》，陈燕谷等译，中国文联出版公司1988年版，第10页。

即"形而上性质"的层次,"通过这一层面艺术可以引人深思。但这一层面也不是必不可少的,在某些文学作品中可以阙如"①。我们认为,英加登的这一四层次论的理论价值,不仅体现在它阐明了文本构成的四个层次,还体现在它强调了文本构成的整体性原则,即"从各个层次的材料和内容中产生了所有各个层次相互之间本质的内在的联系并因此产生了整个作品的形式统一性"②。更为重要的是,英加登还把文本的构成理解为一个完全开放的过程,即文本结构不是自在自足的,它既需要作者的创造,更有待于读者的"具体化"。他说:

> 这样,艺术作品是艺术家有目的活动的产品;作品的"具体化"不仅由于观赏者对作品有效描述事物所进行的鉴赏活动是一种"重建"活动,而且也是作品本身的完成及其潜在要素的实现。这样,在某一点上作品就是艺术家和观赏者共同的产品。③

英加登的文体构成论基本上克服了传统的和现代的有关理论的某些弊端,如极端的内容主义、极端的形式主义、文体构成的封闭性和超验性,等等,因而具有更多的合理性和优越性。

鉴于此,我们的文本构成论,在全面综合其他观点合理因素的基础上,将以英加登的层次论为主要参照系,同时我们也将借鉴中国古代的"言、象、意"理论,并采取言、象、意三层次划分的表述来替代英加登的四层次的表述。因为,在我们看来,这两种表述实质上没有太大的差别,前者的"言"对应于后者的第一、二层次,"象"和"意"分别对应于后者的第三、四层次,而前者却比后者显得更加精练和明确。这就是说,我们认为:文本结构是一个多层面有机构成的整体,这些层面可

---

① 参见[美]韦勒克、沃伦:《文学理论》,刘象愚等译,三联书店 1984 年版,第 159 页。

② 参见[波兰]罗曼·英加登:《对文学的艺术作品的认识》,陈燕谷等译,中国文联出版公司 1988 年版,第 10 页。

③ [波兰]罗曼·英加登:《艺术的和审美的价值》,《文艺理论研究》1985 年第 3 期。

进一步归纳为言、象、意三个大的层次，这三个层次各有其相对独立的价值，又因其内在关联而联结成一个统一整体，共同担负和体现着文本结构的整体性功能。文学文本结构的整体性功能也决定了它的非自足性和全面开放性，它的产生和存在有赖于作者的创造，它的实现和完成以及在历史中的发展变化也有待于读者的阅读和接受。下面我们就分几个要点来具体阐述这个观点。

（三）

首先是文学语言文本构成的整体性。

任何语言的文本都首先呈现为一种线性延展的状态，因为说出的话是以语音的形式作用于人的听觉的，总要按先后次序一个词一个词、一句话一句话地说，这样就形成了话语呈现的线性特征。对此，索绪尔说道："(a)它体现一个长度，(b)这个长度只能在一个向度上测定：它是一条线。"又说："它的要素相继出现，构成一个链条。"索绪尔还指出，语言的这个"显而易见"的、"常为人所忽略"的特征其实是非常重要的，"语言的整个机构都取决于它"[①]。为什么这样说呢？因为这种线性特征表现出语篇中词句之间的"横向组合关系"(Syntagmatic)，而这种关系则是语篇构成的最基本的关系。但是，语篇中的词句之间的横向组合并不是由说话者随意而为的，而是说话者依靠他对词汇的记忆和掌握并按照一定的语法规则加以组织排列的结果。这就是说，语篇中的词句间的横向组合关系，取决于这些词语在一定的语言系统中的地位和关系，索绪尔把这种关系称为"纵向的聚合关系"或"联想关系"(Paradigmatic)。他说，"一方面，在话语中，各个词，由于

---

① 参见[瑞士]费尔迪南·德·索绪尔：《普通语言学教程》，高名凯译，商务印书馆1980年版，第106页。

它们是连接在一起的，彼此结成了以语言的线条特性为基础的关系”，“另一方面，在话语之外，各个有某种共同点的词会在人们的记忆里联合起来，构成具有各种关系的集合”，“我们的记忆常保存着各种类型的句段，有的复杂些，有的不很复杂，不管是什么种类或长度如何，使用时就让各种联想集合参加进来，以便决定我们的选择”①。譬如，我们讲“我在家里读书”这句话，首先从我们脑子里记忆的各种代词中选择出“我”，又用同样的方式选出了其他的词，然后依照我们掌握的语法规则把这些词组合成一句意思完整的话说出来。当然，在实际的说话中，这个过程往往是瞬间完成的，不易察觉的，但又是确实存在的。这样看来，任何话语或语篇的构成都是在两根轴上展开的：一根是聚合轴，表现为一个词语在语言系统中与其他相关词语的关系，它是不“在场”的，是在说话者的脑子里进行的；一根是组合轴，表现为一系列词语的相继“出场”和呈现，组合轴的形成是说话者在聚合轴上进行检索和选择的结果。不仅如此，人们每讲一句话都表达着某种意思，这样，话语中词句的横向组合又是在两个层面上并列延展的，这两个层面就是索绪尔所说的语言的能指和所指。随着话语的能指由音到词、由词到句的组合延展，话语所指的意义也就显示出来了。这种意义的显示也是按照线性组合的关系进行的，即由字义连成词义，由词义连成句义，再由句义连成语段义、乃至语篇义。所以，对于一般语篇或语言文本的结构，我们可以作这样的理解：这种结构体现为词语的能指（语形）和所指（语义）两个层面上的线性组合关系，这种关系的构成受制于词语所处的聚合关系，是说话者在聚合轴上进行选择的结果。

文学文本的结构首先是一种语言的结构，当然也具有上述一般语

---

① 参见[瑞士]费尔迪南·德·索绪尔：《普通语言学教程》，高名凯译，商务印书馆1980年版，第170～171、179～180页。

言文本的结构形态。但是，又由于它是一种文学的语言文本，因而在结构上又有着与一般的语言文本不同的特点，这就是它的整体结构除了“言”这个层次外，还包括“象”和“意”两个更深的层次。而且，单就“言”这个层次看，它也跟一般的语言文本不同，不仅包括能指和所指两个次级的层面，在能指这个层面中还包括两个更次级的层面，即语音和字形。在一般的语言文本中，人们关心的只是能指与所指之间的意指关系，因而在能指这个层面上就只注意它的语音，因为只有语音的不同构成（音位）才具有区别意义的功能，至于字形不过是记录语音的符号，可以忽略不计。可能是受这种常识的影响，英加登在划分文学文本的层次时，只谈及了语音层，而对于字形的层面则只字未提。然而，在文学文本里，字形不只是表音的符号，它本身还显示出某种特殊的作用，特别是表意文字的字形就更起着直接表达意义的作用。例如汉语的“山”这个字，我们在未读其音只见其形之时，就可能在脑子里出现了关于山的概念或印象，这样，字形在能指的层面里就具有了相对独立的功用和价值。即使是表音文字的字形也不能说完全隶属于语音。字形可以通过书写活动把语音固定在文本中，使易逝的语音成为一种较为长久的存在。而且，书写活动还可能使字形在某种程度上超越语音而产生一种相对独立的审美效果。如在某些所谓的“图形诗”中，由于文字的特殊排列而造成的种种效果，以及在某些意识流小说里偶然可见的字母的杂乱排列和反常组合，虽已丧失了表音的功能，但仍可以传达某种特殊的意味。同样，在文学文本中，语音也不只是用来表达语意的，它经常要挣脱语意对它的束缚而达到自我表现，这就是语音以其自身的某种特殊组合而形成的韵律、节奏等音响效果。这种音响效果甚至还成为诗歌文本的主要标志之一。

当字形标示出语音、语音又传达出语意的时候，文学文本的构成就由“言”的层次深入到“象”的层次。“象”就是人、事、景、物的形象，这些形象在文学文本中是通过词语的描述而造成的，因而可称之为“语象”。语象与绘画艺术中的形象不同，它不能直接呈现，而是隐含在词语之中，只有通过读者的读解和想象才能浮现出来。所以，在文学文本的结构中，“言”这个层次是外显的、实在的，而“象”这个层次则是内隐的、潜在的。而且，“言”与“象”还有一点重要的差别，就是“言”是以字符的线性组合的样态呈现的，而“象”则是以图形的面状展开的样态呈现的。“言”之所以能造成“象”，不能靠其外在的样态，只能靠其特有的意指功能来实现。“象”就是“言”意指的结果。“言”在意指“象”时，主要采取两条途径：一是把“象”作为一个外在对象进行直接的摹写，即中国古代诗论中所谓的“赋”，而在西方文论中则称之为“叙述”“描写”；二是运用某些修辞手段使“象”呈现出来，目的是通过“象”来传达某种“意”，即中国古代诗论中所谓的“比”“兴”，而在西方文论中则称之为“比喻”和“象征”。这样，就产生了两种语象，第一种语象与外部世界的物象关系更为密切，第二种语象与作者创造的心象更有直接的联系。如杜甫的两句脍炙人口的诗：“两个黄鹂鸣翠柳，一行白鹭上青天”，属于第一种语象；“感时花溅泪，恨别鸟惊心”，则属于第二种语象。但无论哪种语象，都是包含着意义或一定的“意味”的。在文学文本中，“象”和“意”不可分，有“象”的地方必有“意”，其不同仅在于有的“象”更多地再现外部世界，有的“象”更多地表现内心世界，有的“象”内含的“意”比较浅露，有的则相反，比较深沉、蕴藉。这样就由“象”这个层次连带着引出了“意”这个层次。

如果说在文学文本中“象”这个层次是内隐的、潜在的，那么“意”这个层次就更是内隐的、潜在的，因为它内含在“象”之中，而“象”又是内含在“言”之中的。“意”是文本结构中最内在、最隐蔽的层次，按英加登的说法,就是“意向性”(intentional)程度最高的层次,比“象”这个层次更需要通过读者的阅读、想象和领悟来揭示和把握。“意”内含在“象”中并靠“象”表征出来,“意”的这种高度内隐性和潜在性决定了它必然是文本结构中最不确定、最不稳定、最含糊的一个层次。如果说“言”是单向的、线状的,“象”是两维的、面状的,那么,“意”则是多维的、立体状的。单从样态上看,“言”“象”“意”三个层欢之间绝无相互对应之可能,但“言”可以作为“象”的符号意指着“象”,“象”可以作为“意”的符号表征着“意”。这就是说,文学文本的整个结构就体现为以线状之“言”标示面状之“象”,以面状之“象”标示体状之“意”,从“言”到“象”再到“意”,呈现出一种由一维向多维不断发散和泛化的趋向。这样,到了“意”这个层次当然就会成为一个最不确定最不稳定的层次了。在文学文本里,“言”是最确定最稳定的,“白纸黑字”摆在那里,一般不会引起争议;但是同一句话可以产生不同的印象或表象,在这里争议就多起来了;而同一个表象又可以被理解成许多不同的意思,在这里争议就可能更多。在“意”这个层次上,虽然有“象”的依托和大致的规定,但又到处设置着意义的“陷阱”和“暗礁”,使读者随时都会遇到歧义、复义乃至悖论的麻烦。“新批评”派的燕卜逊曾专门研究过文学文本的复义现象,他之所以对这一现象特别关注,在很大程度上是为了维护“新批评”的文本自足性理论。因为他知道,正是文本中意义的不确定和不稳定性构成了对这一理论的最大威胁。但是,无论“新批评”理论家们如何辩解,在文本意义的不稳定和不确定这一事实面前,文本结构的绝对自足性理论是难以成立的。

总之,文学文本是一个由“言”“象”“意”三个层次构成的统一整体。清代的方苞说:“义,《易》所谓‘言有物也’;法,即《易》所谓‘言有序也’。义以为经而法纬之,然后成体之文。”[①]这里说的就是文本结构的经纬相间、纵横交错的整体性。但是,文本结构的整体性并不意味着它的自在自足性,相反,文本结构不是一个自我封闭的结构,它的整体性只有放到更广大的文学活动的系统中去考察,才能对之有更全面的认识和理解。

(四)

其次是文学语言文本结构的审美功能和意指功能的统一性。

任何结构在它所属的更大的系统中都表现出一定的功能性。那么,文本结构在文学活动的系统中具有什么功能呢?前面说过,传统的文本构成论,以“意”为主,更强调的是文本结构的意指功能;现代的文本构成论,以“言”为主,更强调的是文本结构的审美功能。这些观点都不同程度地把文本结构的两种功能对立起来了。我们认为,文学文本的结构既有意指功能,又有审美功能,这是由文学活动的基本性质决定的,即文学活动就是一种审美的交流活动。而文学文本审美功能和意指功能是统一在文本的总体结构之中的,这种统一性就在于:文学文本的审美功能的主要方面(除去纯形式的审美作用),就体现在文学文本所特有的意指功能中,或者说,就体现在文学文本意指功能的特殊性之中。所谓文学文本意指功能的特殊性是指与一般文本意指功能的不同之处。一般文本意指功能所追求的是:从词语到词语所表达的意思(或者说从词语的能指到所指)之间越直接、越简捷、越没有阻碍越好。在一般文本中,特别是在科学文本中,语言的一切手段都被用来为了更准确、更清楚地表达某种意义。所以,对这种文本来说,最有效率、最成功的语言表达的指标,就是设法使语言的能指恰如

① 方苞:《古文辞通义》卷十三。

一片透明的玻璃镜直接透照出所指的内容，尽管这个指标在实际的语言交流中很难完全达到。然而，文学文本的意指功能则与此截然不同，它所要求的不是语言表达的透明度，而是语言表达和要表达的意义之间的延宕和阻隔。就是说，一般文本结构的能指和所指两个层面之间没有间隔，是直接对应的，而文学文本结构则是由"言""象""意"三个层次构成的，从"言"到"意"必须经过一个"象"。"言"与"意"之间横隔着一个"象"。这样一来，文学的语言表达的过程就不再是快捷的、透明的，而是被延宕的、受阻碍的了。

巴尔特把文学文本的意指功能的这种特点概括为"两级符号系统""双重所指"。请看他下面的一段话：

> 我们记得，一切意指系统都包含一个表达平面(E)和一个内容平面(C)，意指作用则相当于两个平面之间的关系(R)，这样我们就有：ERC。现在我们假定，这样一个系统ERC本身也可变成另一系统中的单一成分，这个第二系统因而是第一系统的引申。……第一系统(ERC)变成表达平面或第二系统的能指……或者表示为(ERC)RC。……于是第一系统构成了直接意指平面，第二系统(按第一系统扩展而成的)构成了含蓄意指平面。于是可以说，一个被含蓄意指的系统是一个其表达面本身由一意指系统构成的系统。通常的含蓄意指显然是由复合系统构成的，后者的分节语言形成了第一个系统(例如，文学中的情况就是这样)。[①]

在这段引言里，巴尔特所说的"第一系统""第二系统""直接意指""含蓄意指"等等，都意在表明文学文本中的意指关系的复杂性、非畅达性、间隔性。不仅有"言"和"象"构成的第一级系统，还有"象"和

① [法]罗兰·巴尔特：《符号学原理》，李幼蒸译，三联书店1988年版，第169～170页。

“意”构成的第二级系统;不仅有从“言”到“象”的直接意指,还有从“象”到“意”的含蓄意指。这样,文学文本的意指功能就成为一个处处被拦挡、阻截、延宕的过程。

我们认为,正是在意指功能的这种被拦挡、被阻截、被延宕的过程里包含着审美功能的全部内涵。审美就是受阻碍的意指,就是被推迟、被延长的意指。有关审美的所有的说法,如“游戏”“有意味的形式”“反常化”“玩味”“兴会”“妙悟”“神与物游”“思与境偕”“言有尽而意无穷”,等等,仔细揣想一下,就会发现,这些说法其实都是从不同角度对意指功能受阻截这种情况的一种描述。意指功能可以被阻截在文本结构的任何一个层面上,都能同时产生审美功能。例如,被阻截在“语形”这个层面上,就会有对韵律、节奏、声调的审美感受;被阻截在“语象”这个层面上,就会滞留在虚构的文学世界里而流连忘返。而意指功能受阻最多、最烈之处还是在“象”和“意”之间,因为“言”与“象”之间的意指关系受约定俗成的语言规则的支配,只要懂得使用这种语言的人都比较容易从“言”进入“象”;但是,“象”与“意”之间意指关系的建立则往往是个人创造性的产物,其中的奥秘,并不是每个人都能看破的,因而也不是每个人都能从“象”进入“意”的。例如,鲁迅先生在《阿 Q 正传》中多处写到阿 Q 的“癞疮疤”,每个读者都可通过这些描写,想象出这个癞疮疤的样子,但若进一步问鲁迅先生为何花笔墨写这个癞疮疤?这个癞疮疤的形象有什么含义?这就不是每个读者都能看出来的了。所以,审美功能的发挥取决于意指功能是否受阻和受阻的程度,一旦意指功能的受阻程度超过一定的限度以至被阻断,审美功能也就随之停止在被阻断处,不可能再持续下去了。这就是说,意指功能的完全受阻和畅通无阻,其结果是一样的,都意味着审美功能的终结。由此也可看出,文学文本结构的审美功能和意指功能既不是并行无关的，更不是对立的，而是形影相随，须臾不可分离的。两种功能的统一性正是体现在两者之间的这种不可分割的关系之中。

（五）

再次是文学语言文本结构的开放性。

前面讲过，构成文学文本的三个层次虽然有着内在的关联性，但又有着明显的差别。“言”的层次是实在的，而“象”和“意”的层次都是潜在的。“言”的层次呈线状，而“象”和“意”的层次分别呈面状和立体状。这就是说，文学文本的结构实际上是一种“异质同构”(isomorphic)的、从实在到潜在的、从一维到多维的发散型结构。这种结构虽有其内在的整一体，但却不是一个超稳态的自在自足的结构。这种非自足性主要体现在，当它从实在进到潜在、从一维进到多维时，越来越显露出意义表达上的不确定性和含混性。英加登谈到文学的艺术作品的“象”(即他所说的“再现客体层”“外观层”)这个层次时，提出了著名的“图式化”和“不定点”的概念，以作为他“具体化”理论的主要依据。他认为作品以线状之“言”来标示面状之“象”，必然造成许多未定点和图式化方面的存在。作品“不可能用有限的语词和句子在作品描绘的各个对象中明确而详尽无遗地建立无限多的确定点”，因而“文学作品，特别是文学的艺术作品，是一个图式化构成”，“文学作品描绘的每一个对象、人物、事件等等，都包含着许多不定点，特别是对人和事物的遭遇的描绘”①。例如，鲁迅在《阿Q正传》中抓住阿Q这个人物的外貌特征作了一些描写，于是我们知道了阿Q头上长着个“癞疮疤”，还扎着根“小黄辫”，大概也戴着一顶绍兴乡下人常戴的那种小毡

---

① 参见[波兰]罗曼·英加登:《对文学的艺术作品的认识》，陈燕谷等译，中国文联出版公司1988年版，第49～50页。

帽。但是，阿Q的眼睛、嘴巴、耳朵如何就不太清楚了，至于他身材有多高，四肢长得什么样，就更不清楚了。这表明，阿Q这个形象在作品中只有一个大致的轮廓和图式，其中充满了许多不定点。这不是说作者对人物的描写不成功，而是说在文学文本中“象”的图式化存在是不可避免的。正如英加登说的：“不定点的出现不是偶然的、创作失误的结果。相反，在每一部文学的艺术作品中它都是必需的。”[①]至于文本结构中的“意”这个层次就更是充满了含混、不确定甚至自相矛盾之处。鲁迅的阿Q这个形象有些什么内涵，表达了什么思想，在作品里并没有明确的说明，读者只能根据自己的理解，作出各自的解释。白居易的《长恨歌》到底是爱情主题还是讽喻主题，这都是长期以来争执不休、难有定论的问题。即使在“言”这个较为确定的层面上，也时常有令人费解的情况发生，这是因为对一个句子的字面义的理解，既涉及语境问题，也涉及这个句子的表达方式和使用的词语。大多数词语本身都包含着多种意义，在这个句子里，这个语词采用了哪一种意义，有时就可能成为一个问题。

文学文本结构中的这一切不确定、含混、模糊、随语境而变动的现象的存在，都说明这个结构不是自在自足的，它无法仅仅通过自身达到自我确立和自我解释。它只有在与它之外的事物的相互影响、相互作用、相互交流中，即在一种信息的输出和输入的动态平衡的过程中，才能维护住自身的整体性和稳定性。总之，一句话，它不是一个自我封闭的系统，而是一个向着更大的系统全面开放的系统。特别是在意义问题上，文本结构只是起着意指的作用，即它指向于某种意义，但却不能单独地确定这个意义。要想确定这个意义，文本结构必须要向意

---

① ［波兰］罗曼·英加登：《对文学的艺术作品的认识》，陈燕谷译，中国文联出版公司1988年版，第50页。

义的创造者和意义的理解者开放，还要向作为意义最终根源的整个外部世界开放。因为决定意义的生成和变化的要素，除了文本结构之外，还有创作者、阅读者以及客观的外部世界。

俄国的巴赫金在研究陀思妥耶夫斯基的小说时，反复申明了他的"复调式"小说创作的"对话"原则。他指出，意义并不是在单方面的"独白"中出现的，意义的衍生出自人们之间"应答性"的交流及其具体的历史语境，唯有"对话交际才是语言生命的真正所在之处"①。巴赫金的这种"对话"理论，实际上就是强调文本结构的开放性，文本结构不能单方面地决定意义，只有把它放到对话交流的互动过程中去，它的意义才得以确立和昭示。

现象学美学家杜夫海纳也反对文本结构自足性的观点，主张文学作品要向意识开放，在意识中呈现。他指出，"语言构成一个系统和一种制度"，但这"丝毫不包含如下的意思：意义完全在它的围墙之内"。因而他提出了决定文学作品意义的三个条件：一是"作品自身的语言不要像手淫那样从自身上获得满足，作品多少要参照世界"，二是"整体的各要素自身也要是有意义的"，三是"要有人不仅用词去说出意义，而且还要在具有这种意义的事物或说出这种意义的词上去阅读它"②。可以说，杜夫海纳的这个三条件论涉及了有关意义产生的所有要素，是比较全面的，也很有启发性。

的确，文本中的话语的意义首先与话语本身有关，意义就是由这些话语指示出来的。但是这些话语又是被人说出来的，它的意义当然又与说话人有关。而话语又总是说给人听的，它的意义又与听话人的

---

① 参见[俄]M. 巴赫金：《陀思妥耶夫斯基诗学问题》，白春仁等译，三联书店 1988 年版，第 250 页。

② 参见[法]米盖尔·杜夫海纳：《美学与哲学》，孙非译，中国社会科学出版社 1985 年版，第 148～149 页。

理解有关。然而,话语的意义从根本上说是针对某种事物的,是关于事物的某种认识和感受,所以,话语的意义最终又与它所表示和说明的事物有关。话语意义的这种多方面的关联性,使文本结构的自足理论不攻自破。文学文本必是一个开放性的结构。正是因为这一点,我们在谈论文学语言的结构问题时,就不能仅仅局限在它的文本结构上,还应该研究这个文本结构是如何生成的以及它又是如何被读解的。

二、文学语言的生成结构

(一)

文学语言的文本结构虽是一个开放性结构,但就它的本体存在看则是一个静态的结构,是一个由“言”“象”“意”三个层次同时并存而又相互联结的共时态结构。而文学语言的生成结构却是一个在时间中展开的历时态结构,是由先后相继的几个阶段构成的。这就是说,文本结构是静态的层次性构成,生成结构是动态的阶段性构成。但是由于生成结构的目的是指向于文本结构的,因而与文本结构的三个层次相对应,生成结构也有三个阶段,这就是“意”的酝酿阶段、“象”的构思阶段和“言”的书写阶段。在这里,我们把“言”的书写放到第三阶段,并不是说作家的言语活动只是从第三阶段才开始的。其实整个生成过程都是言语活动的过程,都是作家为了创作出语言的作品而“言说”的过程,只不过在“意”的酝酿和“象”的构思中,这种“言说”是内在的,只是到了“言”的书写阶段,“言说”才成为外显的。现代心理语言学认为,人们在认知、想象和思维活动中,总是伴随着不出声、不易察觉的言语活动,这种言语活动被称为“心理语码”“内部语言”,它与外部语言（口头语和书面语）在形式上的差别就是“谓语化、发音的减少，意思比意义占优势，粘合法构词，等等”[①]。所以，无论“意”的酝酿还是“象”的构思，都是离不开言语活动的。语言作品的生成过程，就是言语活动由隐到显的过程。

（二）

尽管如此，我们依然认为，人在说话之前必须先有思想，言语活动总是从要说的意思开始的，因而把“意”的酝酿看作是生成结构的第一个阶段应该是合乎常识的。但是俄国形式主义者是反对这种常识性见解的，他们最初与之论争的对象就是别林斯基等人代表的形象思维论。他们认为文学创作不是形象思维而是语言写作的程序或手法，所写的对象和内容不过是这些程序和手法得以实现的材料而已。这样，语言文本的生成就不是从“意”的酝酿开始的，而是从“言”的书写开始的，只是由于“言”的书写才营造出了“象”和“意”。而德里达在这个问题上的观点就显得更加极端了，它把“言”的书写或写作活动完全绝对化，认为这种活动既与再现无关，也与表现无关，是一种纯粹的能指游戏。他在评论马拉美的作品时说：“没有任何东西先于他的手语式写作而存在。没有任何事先为他规定好了的东西。没有一个更高的东西来监督他的写作。”[②]德里达把写作说成是绝对自由的能指游戏，其直接目的是消解语言文本的结构，但他同时也斩断了写作活动与作者的思维活动、与作者所认识的外部对象的必然联系。俄国形式主义强调文学创作从写作开始，则是为了突出作品的形式，把形式摆到内容

① 参见[俄]列维·谢苗诺维奇·维果斯基：《思维与语言》，李维译，浙江教育出版社1997年版，第162页。

② 参见张隆溪：《道与逻各斯》，四川人民出版社1998年版，第177页。

之上，把作品与外部世界隔绝。但是，作者的写作或“言”的书写不可能与外部世界无关，这就像一个人说话，他不能为说而说，他之所以说，是因为有说的动机和意图，而说的动机和意图又来自于他对于客体世界的体认和他内心的诸多感受。恰如杜夫海纳说的：“意义在由说话的意识建立之前，已经由知觉的意识所收集。”[①]当然，我们承认文学话语的言说有其特殊性，但无论怎么特殊也不会失去作为言语活动的基本性质，即传达交流的性质。所以，我们坚持认为，作家的言语活动是从“意”的酝酿开始的。

朱熹有一段话这样说：

> 人生而静，天之性也；感于物而动，性之欲也。夫既有欲矣，则不能无思；既有思矣，则不能无言；既有言矣，则言之所不能尽，而发于咨嗟咏叹之余者，必有自然之音响节奏而不能已焉。此诗之所以作也。[②]

这段话比较全面地描述了诗语生成的整个过程，其间涉及了“天性”“感于物”“欲”“言”“音”等几个环节，其立论基础显然受了《诗大序》的“诗言志”以及《乐记》里的“心物感应”论的影响。引起我们注意的是，朱熹描述的这个诗语生成的过程也是由三个阶段构成的，即“感于物而动”的阶段、“思”的阶段、“言”的阶段，这与我们所说的三个阶段大体吻合。而且朱熹也同样认为诗歌起始于“感于物而动”，即“意”的酝酿。他还指出这种“意”的酝酿是由人心(欲)与外物的相互感应而引发的，也就是当人与现实世界中的人、事，景、物发生关系、相互碰撞、相互激荡时而产生的种种反应和感受。如果朱熹的这个看法大致

---

① [法]米盖尔·杜夫海纳：《美学与哲学》，孙非译，中国社会科学出版社 1985 年版，第 150 页。

② 朱熹：《诗集传序》。

不差的话，我们认为，所谓“意”的酝酿包含人对外物的反映认识，但又不能等同于这种反映认识。就其包含的主要内容来看，是人在现实中产生的种种经验、体验和情感，是渗透着情感的种种观念和表象，是在人的心灵深处激荡着的一种浑然的、混杂的、不断变动着的生命感受。

苏珊·朗格视艺术为人类情感的符号形式，艺术创作就是艺术家“内心生活”的符号化过程，艺术符号所传达的是一种极其复杂而又特殊的“内心生活”。她说：

> 这些东西在我们的感受中就像森林中的灯光那样变幻不定、互相交叉和重叠，当它们没有互相抵消和掩盖时，便又聚集成一定的形状，但这种形状又在时时地分解着，或是在激烈的冲突中爆发为激情。①

在这段论述里，朗格不得不采用了一种隐喻式语言，因为这种“内心生活”虽然人人都能感受到，但又是说不清、道不明的。因此，我们认为，“意”的酝酿，其核心内容是情感，但其中又交织混合着欲念、感知、想象和理解，是一种浑然一体的多因素、多维度、多样态的心理存在。它来自于现实生活，是一个人在现实生活中长期浸染、体验、感受和领悟的结果，但显然又不能归结为对现实生活的单纯的认识和反映。可以说，它是一个艺术家对现实生活的审美性的认识和反映，它产生于一个艺术家在现实生活中的长期的反复的审美观照、审美体验、审美感悟和审美发现。“满纸荒唐言，一把辛酸泪，都云作者痴，谁解书中味?”曹雪芹的这番自白充分说明了他在写作《红楼梦》时所怀抱的那个独特的内心世界，是多么的丰富、深厚、变幻多端和难以把握。

---

① [美]苏珊·朗格:《艺术问题》，滕守尧等译，中国社会科学出版社 1983 年版，第 21～22 页。

（三）

当“意”的酝酿达到一定的程度，就可能产生表达出来的意图和愿望，这样，文学语言的生成过程就进入了“象”的构思阶段。显然，“象”的构思是为了“意”的表达。那么，“意”为什么非要用“象”来表达呢？这是因为这种“意”在一开始产生时就不是一种逻辑的概念和命题，而是与“象”不可分割地交合在一起的，就在“象”里蕴含着“意”的内容，所以被称为“意象”。更为重要的一点还在于：文学家所要表达的这种“意”，尽管包含着理性的内容，但其核心是非逻辑的情感，因而也是难以用逻辑的语言直接说明的。对此，苏珊·朗格说：

> 这样一种对情感生活的认识，是不能用普通的语言表达出来的，之所以不可表达，原因并不在于所要表达的观念崇高之极、神圣之极或神秘之极，而是由于情感的存在形式与推理性语言所具有的形式在逻辑上互不对应，这种不对应性就使得任何一种精确无误的情感和情绪概念都不可能由文字语言的逻辑形式表现出来。[①]

既然“言不尽意”，就只能“立象以尽意”，“象”就是“意”的本然存在形式。而且，在苏珊·朗格看来，“象”和“意”之间有着一种“同构”关系。她说：

> 你愈是深入地研究艺术品的结构，你就会愈加清楚地发现艺术结构与生命结构的相似之处。这里所说的生命结构包括从低级生物的生命结构到人类情感和人类本性这样一些高级复杂的生命结构（情感和人性正是那些最高级的艺术所传达的意义）。[②]

---

① ［美］苏珊·朗格：《艺术问题》，滕守尧等译，中国社会科学出版社 1983 年版，第 87 页。

② ［美］苏珊·朗格：《艺术问题》，滕守尧等译，中国社会科学出版社 1983 年版，第 55 页。

因此，“象”作为一种艺术符号可以使艺术所表达的“意”得到确证和表现。海德格尔也认为：“形象作为外表使不可见者被看……诗只能在‘形象’中说话。如此，则诗意之形象乃是具有特殊意蕴的想象。”[①]在这里，海德格尔不仅指出了以“象”表“意”的必要性，而且还指明了“象”的构思过程是一个使形象灌注“诗意”的想象过程。这就是说，“象”的构思决非原有表象记忆的复写、重现，而是在原有表象记忆基础上对原有表象的重建、重组和重构。换言之，“象”的构思不是记忆的复活，不是单纯的“回忆录”，而是在表象记忆中展开的联想、想象乃至幻想，是包含着深厚意蕴的艺术幻象的产生过程，是一个真正的创造性过程。“枯藤、老树、昏鸦，小桥、流水、人家”，由这几个意象连缀而成的那种特殊的艺术境界，绝不是马致远脑中的既有表象的直接搬用，而是经由他的想象创造出来的艺术幻象。

苏珊·朗格把这种创造过程称为表象的抽象化和符号化过程。她说：

> 从错综复杂的现实生活和现实生活中的复杂利益中抽象出美的形象的最可靠的方法，就是创造出一种纯粹的视象……这就是幻象在艺术中起到的作用：立即有效地抽象出视觉形式并使人看到它的真正面目。[②]

朗格是从符号学的观点看艺术形象的，她把艺术形象的创造仅仅归结为从表象中抽象出艺术符号，这种观点是我们所不能赞同的，但她强调了艺术形象的创造性、幻象性则无疑是恰当的。因此，我们认为，“象”的构思过程不是单纯的外部世界的物象的再现过程，甚至也

---

① [德]海德格尔：《人，诗意地栖居》，刘小枫主编：《现代性中的审美精神》，学林出版社1997年版，第896页。

② [美]苏珊·朗格：《艺术问题》，滕守尧等译，中国社会科学出版社1983年版，第30页。

不是单纯的以“意”为目的的传达过程，从根本上看，这个过程是融再现与表现于一体的审美意象的创造过程。

（四）

文学语言生成结构的最后阶段是“言”的书写阶段。我们已经说过，作家的言语活动并不是从“言”的书写阶段才开始的，早在前两个阶段里就以内部语言的形式悄悄地进行着。但是在前两个阶段里，言语活动只是作为一个附带的过程“黏附”在主要过程之上的，其作用也只是作为一种辅助手段加强着主要过程的。比如，在“意”的酝酿阶段，言语活动只能“星星点点”地出现，因为这里的“意”本质上是不可言明的。之所以会有言词“闪现”于其间，是因为在“意”的酝酿过程的某些关节点上，依然需要言词的“聚合”和“提醒”作用，以帮助作者较为确定地把握住他内心里那种“变幻不定”的“意”。在“象”的构思阶段，言语活动可能会逐渐增多，但也只能是时断时续地以片断的形式出现。在这里，主要是作者的想象活动，是表象的运动，而言语的作用只是增强着作者对他的想象活动的意识程度和自觉性。当然，我们也不否认，有的作家在构思的过程中已经创作出某些令他满意的语句，甚至足以使他兴奋的“佳句妙语”，但这种情况只是表明“言”的书写阶段提前在构思阶段发生了，并与构思阶段交叉重叠在一起。所以，在前两个阶段里，言语活动只是作为一种隐蔽的、次要的、依附性的过程而存在着。然而，在“言”的书写阶段，言语活动从内部转向了外部，成为一个不依附于任何过程的真正独立的活动过程。所以，“言”的书写就是指一种外部的书面的言语活动。

“书写”(psychic writing)这个词，在德里达那里是表示与所指无关的纯粹的能指运动，是能指的“延异”“播撒”“踪迹”(trace)，是能指的“狂欢”和自由的游戏；在形式主义者那里，是指写作的技巧，即“技巧把事物内容拿过来，赋上韵律，并进行整理”①。但我们所说的“书写”却与它们全然不同，我们认为“书写”就是书面的言语活动，就是书面的意指行为，就是在能指和所指之间建立意指关系。所以“书写”不是文字游戏，也不是纯技巧，而首先就是用词语表达某种意思。所谓用词语表达某种意思，并不是简单地用词语达到它的直接意指，而是通过这直接意指进一步暗示出含蓄意指，也就是要用词语描绘出含有丰富意蕴的形象。正是在这里，作家们遭遇到写作中的最大困难，即作家们普遍抱怨的由于词不达意而造成的“语言的痛苦”。

“语言的痛苦”主要来自“言”与“象”之间的异质性和不对应性，即“言”是抽象的、线性的，而“象”是具体的、面状的。作家要做的就是用抽象的线性之“言”去表现具体的面状之“象”，或者说，把具体的面状之“象”投射到抽象的线性之“言”上，其难度是可想而知的。在某些艺术门类中，所运用的媒介本身即可显示出形象，因为这媒介与形象在物理特征上有相似之处，如绘画中使用的线条、颜料，雕塑中使用的泥块、大理石等。颜料按一定的形状涂抹就可以直接成为形象，大理石把多余的部分去掉也可以构成一定状貌的形象。但是语言在物质特性上与形象毫无共同之处，前者是作用于听觉的一连串声音，后者是作用于视觉的在空间中展开的图像，前者无法直接显示后者，只能作为符号并利用其意指功能描写出形象来。而且，作者在描写形象时也不能自创一套语言，他只能使用现成的通用语言，这种语言是与逻辑思维纠缠在一起并相互对应的。语言系统中的大部分词语都代表某种概念，具有一定的抽象性。所以，当作家使用语言描写形象时，他就

① ［美］兰色姆：《诗歌：本体论札记》，赵毅衡编选《“新批评”文集》，中国社会科学出版社 1988 年版，第 53 页。

需要克服词语的这种异质性和抽象性。

那么，作家的这种"克服"是否可能？巴尔特引用拉康的意思认为这是不可能的，"就是说这是不可达到的，话语无法捕捉的；或者用拓扑学术语说，我们不可能使一种多维系统（现实）与一种一维系统（语言）相互对应"。但他同时又指出，"文学认为对不可能之事的欲望是合理的"①。巴尔特的这个观点意在通过语言与形象的矛盾性割断文学与现实之间的联系。我们认为，作家用语言符号描写形象，虽是困难之事，但也决非不可能之事。首先，古往今来的一大批优秀的文学作品可以作证，它们都成功地通过语言塑造了各具特色的艺术形象。一想到莎士比亚，我们立即就想到他剧本里的哈姆雷特、麦克白等；一提到曹雪芹，《红楼梦》里的那些可歌可泣的人物也都浮现在我们脑海中，这些人物形象是那样的鲜活、生动、丰满，就像我们与之打交道的现实中的人物一样。这怎么能说语言不能描写形象呢？再者，在语言系统中，就某个单独的词来看可能具有一定的抽象性，但如果按某种方式把这些词连成句子，就可能构成对某种形象的赋写和描绘，就可能从这些句子中透露出形象来。如"花"这个词单独地看是抽象的，其他的词也都具有程度不同的抽象性。但是，假设我选用一些抽象的词说出这样一句话："一朵粉红色的、散发着芳香的很细小的花在绿色的草丛中盛开着。"很显然，"花"的形象就在这个句子里比较具体鲜明地显露出来了。况且，现代文化人类学和心理学表明，在人类的逻辑思维还没有获得充分发展之前，很可能存在着一个形象思维的阶段，与形象思维相对应，那时的语言是形象化的。尽管语言后来的发展越来越抽象化了，但从它起源中带来的那种形象化基因不可能荡然无存，即使是在现代的语言系统里，大部分词语也未必只是抽象的概念，仍

---

① 参见[法]罗兰·巴尔特：《符号学原理》，李幼蒸译，三联书店 1988 年版，第 9 页。

然或多或少地残留着形象的痕迹。譬如,听到“花”这个词,除了产生花的概念外,总会伴随着较具体的花的影像。从这方面看,我们也不能认为用语言描写形象没有可能性。

此外,更加重要的是,作家在描写形象时还可以创造性地运用一些特殊的表达技巧和手段,以强化语言的造型性和表现力。这正如卡西尔说的:“诗人不可能创造一种全新的语言。他必须使用现有词汇,必须遵循语言的基本规则。然而,诗人不仅使语言赋予新的语言特色,而且还注入了新的生命。”[1]诸如字形、音韵、声调、隐喻、叙事视角等技巧和手段的运用,都可以加强语言的形象表现力,给语言注入“新的生命”。在这方面,某些形式主义者的研究最值得重视。例如,什克洛夫斯基提出的“反常化”手法,其目的就是“使人感受到事物”,“使你对事物的感觉如同你所见的视象那样”,“使事物摆脱知觉的机械性”。所以他说:“凡是有形象的地方,几乎都存在反常化手法。”[2]“新批评”的先驱者休姆(T. E. Hume)则强调,在文学作品里,“每个词都必须是一个能见的形象,而不是一个筹码”,为了实现这一点,最需要的就是类比、隐喻手法的运用,他指出,不能离开“类比作为观念外衣的隐喻”,“任何时候都要运用类比,因为类比会使我感到,我是在透过镜子看另外一个世界,这也就是我所希望达到的效果”。他甚至认为,作家对于语言的创造性地运用,能够反过来影响语言的发展,他说:“诗歌永远是语言的先驱。语言发展的过程就是吸收新的比喻的过程。”[3]由

---

① 转引自[英]雷蒙德·查普曼:《语言学与文学》,王士跃等译,春风文艺出版社 1988 年版,第 47 页。

② [俄]什克洛夫斯基:《作为手法的艺术》,见《俄国形式主义文论选》,方珊等译,三联书店 1989 年版,第 6 页、第 7 页、第 8 页。

③ [英]休姆:《语言及风格笔记》,赵毅衡编选《“新批评”文集》,中国社会科学出版社 1988 年版,第 272 页、第 279 页、第 274 页。

此看来，要克服语言符号塑造形象时的异质性和抽象性，最关键的一点，就是作家要具有创造性地运用语言的能力。

乔姆斯基(Noam Chomsky)的“转换生成语法”(Transformational-Generative Grammar)理论认为，言语的生成是一个从“深层结构”(Deep Structure)转换到“表层结构”(Surface Structure)的过程。所谓深层结构就是说话者个人的语言能力，说话者正是靠了这种能力而说出一些他从未听到过的句子。在乔姆斯基看来，一个人的语言能力是先天既定的，是这个人的语言天赋的表现，后天的语言学习只是把这种天赋的潜力引发出来而已。他的这个说法是否妥当，我们姑且不论，但是，一个人在语言运用上的创造性取决于他的语言能力则应当是没有问题的。一位优秀的作家，常常被人称为“语言大师”，这表明作家的语言能力通常是高于一般人的。这种较高的语言能力一方面来自后天的习得，另一方面恐怕也与某种语言天赋不无关系。因为任何优秀的作家在语言风格上都显示出独特性，这种独特性绝非只是向其他作家模仿的结果，应该是他的独特个性的表现，也应该是他独特的语言天赋的表现。那么，语言天赋当作何解释呢？

现代脑科学已经探明，语言中枢存在于大脑左半球的额叶，被分为“布罗克区”(Broca's Area)和“维尔尼克区”(Wernicke's Area)两部分。布罗克区主要和句法有关，维尔尼克区主要和词汇有关。一个人的语言中枢受损将会引起说话困难和“失语症”(Alalia)。脑科学还发现，联想、想象等表象活动属于大脑右半球的功能。这就是说，语言中枢和表象中枢分别位于左右两半球，这也从生理上印证了言语活动与表象活动联系的困难性。但由于在两半球之间起沟通作用的“胼胝体”(Corpus Callosum)的存在，使得大脑两半球可以相互配合，协同运作，而分属于两半球的语言中枢和表象中枢自然也可以相互联结起来。上述脑科学的研究成果，完全可以作为我们解释作家语言天赋的生理依据。我们能否这样设想：作家所具有的较高的语言天赋和想象才能，除了来自后天的某些习得因素外，与语言中枢和表象中枢发育得比较健全也有密切关系，这就是说，一个优秀的作家由于它的语言中枢和表象中枢同时比较发达，因而显示出较高的语言创造力以及用语言塑造形象的能力。

作家在语言运用上的创造性主要体现在他们有超常的"语感"。就是说他们在语言知识和词汇量方面未必超出常人，但是他们都有一种敏锐的语言感觉，他们在选词造句的时候，能够既快速又准确地分辨出哪一个词、哪一种句式、哪一种语调、哪一种表达方式是他们最需要的。他们对新的语言形式也特别敏感，并且能乐此不疲地沉浸在新形式的探索和创造之中。由此也可看出，"书写"活动或书写的言语活动本身就是一种审美的创造活动，确实具有一定的游戏性。但是作为一种言语活动，总是"言之有物"的，无言说对象的言说是难以想象的。还是休姆说得好："一个人在写作时，倘若眼前不同时呈现出某种意义的形象，便会感到无从下笔。正是先有这种形象，然后才有作品；也正是这种形象使作品经得起推敲。"①

在"言"的书写阶段，还有一个问题有必要提及，就是越来越多的作家开始使用电脑进行写作，那么，电脑的运用对文学写作、对文学语言的生成会产生怎样的影响呢？这是一个新问题，需要专门的研究，在此我们只能约略一谈。我们认为，就目前情况看，电脑在写作中主要起着三种作用：一是作为新的书写方式，即把笔写的方式改变为键盘敲击的方式；二是作为新的传播方式，即作品在互联网中的传播；三

① ［英］休姆：《语言及风格笔记》，赵毅衡编选：《"新批评"文集》，中国社会科学出版社1988年版，第272页。

是作为新的创作方式，即以电脑代替人脑创作作品。第一种作用对写作的影响估计不会太大，最多致使某些个人的写作习惯发生改变。第二种作用的影响似见增强之势，目前有越来越多的作家和评论家加入了网络上的文学活动，所谓“网络文学”方兴未艾，网络传播到底将对文学造成何种影响，一时还难以预料。但有一点可以肯定，电脑网络作为现代最先进的传播手段，它以电子化、数字化的信息传输方式取代了过去以书籍为载体的信息传输方式，它以虚拟化的当下交流方式取代了过去由于书面文本的阻隔而造成的间接交流方式，这将促使创作主体之间、创作主体与接受主体之间的关系发生重大改变并大大加强他们之间的相互联系和交流。而且文学网站的出现，还会吸引众多民间的“网民”不仅作为读者也作为作者参与到文学交流中，当然也会吸引更多的专业作家和批评家甚至知名作家和批评家作为“网民”进行文学交流活动。如此发展下去，会不会在常规的文学系统之外，又出现一个新的文学系统，即网络文学系统？这种独具特色的网络文学系统会不会对常规文学系统构成某些严重的影响？这些，都是需要进一步观察和思考的重要问题。第三方面的作用是试图彻底改变文学写作的性质，即由作家的创造活动变成电脑的程序化、数字化操作。过去有计算机专家做过这方面的试验，出现过电脑“写”出的“诗歌”，并且随即遭到一些文艺家的激烈抨击，认为这根本不能被称为文学创作，不过是一种电脑游戏而已。现在的问题是，随着电脑技术的发展，随着网络文学的发展，这种程序化和游戏性的电脑“创作”会不会也有所发展？由此产生的“作品”应如何鉴别？依据什么标准把人的作品与电脑的“作品”区分开来？如此等等，可能都会成为一些急需解决的新问题。

总之，文学语言的生成过程就是由上述先后相继的三个阶段构成的，在实际的过程中，三个阶段可能有部分的交叉重合，但三阶段之间的界线还是分明的。这个过程，既是一个因“应物”而立“意”、为尽“意”而立“象”、为尽“象”而立“言”的传达、交流的过程，也是一个在“立意”“立象”“立言”三方而进行审美发现和审美创造的过程。这个过程的结果就是既有审美功能又有意指功能的由“言”“象”“意”三层次构成的文学文本的产生。因此，文本结构不是自我封闭的，它是文学语言生成过程的产物，同时又是文学语言读解过程的原因。

三、文学语言的读解结构

（一）

“读解”是指对文本语言的阅读理解，因而读解结构是与文本结构相对应的，可分为“言”的阅读、“象”的想象和“意”的感悟三个方面。如生成结构一样，读解结构也呈现为一个在时间中进行的过程。但读解结构作为过程是指循着文本语言的线性排列顺序，一句一句地、一段一段地阅读，而伴随着这种阅读也就逐次深入到了“象”的想象和“意”的感悟。所以，读解结构作为过程，是以“言”的阅读为基础的三方面的同时推进，这与生成结构的三阶段的先后继起的过程是不一样的。另外，读解结构作为过程，还具有回返往复、反复进行的特点。比如，一部作品读到中间，如果有必要可以回头再读前面的，也可以越过一些章节先读后面的，有些作品如果读者愿意还可以反复阅读几遍。这种随意性、可逆性的特点，也是跟生成结构的过程不一样的。

文学读解的具体过程首先是文字的阅读。文字的阅读包括“阅”和“读”两个方面，即字形的视觉识别和字音的听觉分辨。只要这两个方面不出现障碍，阅读就会一直持续下去而不至于中断。而阅读的持续进行必将深入到对文字意义的理解。对文字意义的理解也包括两个方面,即语流的切分和整合。就是说,当文字的读解由字形、字音的识辨深入到对字义的把握时,一方面要对所识辨的语流进行切分,即从语篇中切分出语段,从语段中切分出句子,从句子中切分出词。如果不能进行这种切分,阅读只能停留在对文字的"形"和"声"的纯物理特征的接受上,而不能把文字当作有意义的符号来把握,当然也就不能深入到对字义的理解。另一方面,文字意义的理解还需要与语流切分同时进行的语流整合。所谓语流整合就是把切分出来的词连接成句,把切分出来的句连接成段,把切分出来的段连接成篇。自然,这种整合与语流的切分一样都是依据一定的语法规则进行的。经过了切分和整合的相互作用之后,语流在读解者那里就具有了意义,然而这种意义还只是一种字面的意义。对文本的读解只达到字面的意义还不是最终的理解,因为文学文本是由"两级符号系统"和"双重意指"构成的。这样,对文学文本的读解还有待于通过对文字的理解进入更深层次的对含有丰富意蕴的形象的理解,即对意象的理解。

对意象的理解也包括两个相互联系着的方面,一是对"象"的想象,二是对"意"的感悟。对"象"的想象直接由对字义的理解引起,这里的关键是"字义"能够触发读解者的联想和想象。没有读解者的联想和想象,就不可能有形象的浮现和存在。因为在文学文本中,"象"这个层次是潜在的,它潜在于"言"的意指功能中,读解者不可能在文本中直接看到"象",只能在对文本字面意义的理解中想象出"象"来。而对"意"的感悟就是在对"象"的想象中发生的,因为"意"就蕴含在"象"之中,当读解者对"象"的想象和体验达到一定的广度和深度时,就自然而然地领悟到了其中的内蕴和含义,从而实现了对"意"的感悟。

通过以上简略分析，我们可以看到，文学读解活动结构形态的特点就在于：一方面是阅读活动的横向综合，另一方面是理解活动的纵向深化，这两个方面相互激发、相互推动，构成了读解活动的两根交叉的主轴，整个读解活动就是沿着这两根主轴展开的。从这种结构形态中，我们可以明显地看到文学读解活动的性质。首先，文学读解活动是对语言文本的解释和理解活动，即通过对文本的阅读而达到对意义的理解，因而具有“解释学”（Hermeneutics）的性质。其次，文学读解活动又是一种特殊的读解活动，其特殊性在于它是在审美欣赏中进行阅读理解的，因而又具有美学的性质。这就是说，文学读解活动具有双重性质，它既是理解活动又是审美活动，这两方面综合起来，可以把它界定为审美的读解活动。

（二）

让我们先来分析文学读解的解释学性质。从解释学的观点看，任何解释活动都离不开四个要素，即解释对象、解释主体、解释过程和解释的历史语境。任何解释学理论都是对这四个要素及其关系的一种阐述。因此，要解说文学读解的解释学性质，所涉及的主要问题就是：读解过程中部分和整体的关系问题、读解主体与读解客体的关系问题以及读解的客观性和历史性的关系问题。

第一个问题就是解释学中讲的“释义循环”（Hermeneutic Circle），即在解释过程中对部分的理解依赖于对整体的理解，而对整体的理解又依赖于对部分的理解，如此形成了部分和整体之间的互释循环。在文学读解中也同样存在着这个问题。如对一个诗句的理解，先要理解其中的每一个词，而要理解这个词必须等到理解了整个句子才有可能，因为这个词的意义是在句子的上下文的整体关系中被确定的。这个问题之所以产生，完全是由于文本语言的线性特征造成的，这种线性特征使读解者不可能在瞬间把握整体，读解者的视点只能沿着这条语流线一个词语一个词语地向前游移，每一个“当下”时刻，都只处于语流线的某一个词语上。那么，读解者在还没有把握整体之前，他是如何理解作为这个整体部分的每一个词语的呢？英加登把这个问题与读解者在读解对的某种心理过程联系起来理解。他认为，读解者在阅读文本中的某一个句子时，一方面保留着对先前句子的记忆，另一方面又生发出对未来句子的期待。他说：

> 对目前来说重要的是存在着一种对新句子的期待。前进的阅读只是使我们所期待的东西现实化并对我们呈现出来。在我们对即将来临的东西的期待以及把它们现实化的企图中，我们仍没有忘记我们已经读过的东西。[①]

这样，对先前句子的记忆和对未来句子的期待，就把当前的这个句子置放于上下文的整体联系中，从而使这个句子得以理解。当然，在具体的读解过程中，记忆可能变得模糊不清，这需要重新回指先前的句子来加以补救；预期也往往会出现偏差，这也需要对已经理解的意义加以补充和修正。接受美学家沃尔夫冈·伊塞尔也提出了类似的观点，认为“理解”建立在阅读的“游移视点”（Wandering Viewpoint）与“过去视野”和“未来视野”的融合的基础上。他说：

> 每一阅读瞬间都是延伸与记忆的辩证运动，并且与过去（正在消退的）视野一道，构成或唤起一个未来视野。游移视点同时通过二者开辟道路，前进中它们融汇为一。……审美对象正是通

① ［波兰］罗曼·英加登：《对文学的艺术作品的认识》，陈燕谷等译，中国文联出版公司1988年版，第33页。

过这一过程不断构成和重构的。①

我们认为,无论是英加登的“记忆”和“预期”,还是伊塞尔的“过去视野”和“未来视野”,其实都是人类心理的一种“完形规律”(Principle of Closure)的体现。“格式塔”心理学认为,人的知觉按照“整体大于部分之和”的原则,倾向于对事物感觉的整体把握,具有一种“完形”的能力。人的知觉经验越丰富,他的完形能力就越强。例如画一个圆在另一个圆之前,并部分地挡住了另一个圆,人们仍然会把被挡的那个圆看成一个圆形,而不会看成别的形状。人的这种完形能力同样也体现在读解活动中,人们总是倾向于把读到的语段的各个部分组成一个整体,如果遇到一个残缺的句子,人们就尽力把它补全。如《红楼梦》里林黛玉临终前对宝玉说的一句话,“你好……”,每个读者读到这里,都会自觉不自觉地依照自己的经验添补这句话的后半部分。我们认为,正是这种完形的心理倾向和能力使读解者在部分和整体的互释循环中不断地深化对文本的理解。

文学读解的解释学性质所涉及的第二个问题是读解主体与读解客体的关系问题。这个问题的意思是说,在文学读解中,读解主体在何种程度上受到文本的制约?是被动的,还是具有能动性和创造性的?古典释义学家大多主张,释义活动就是力图达到对文本的原义或本义的理解,释义者应忠实于文本,以文本为依据,不能穿凿附会,随意解说。现代哲学解释学倾向于认为完全恢复文本的原义是不可能的,解释者总是带着一定的成见走进文本的,因而在对文本的解释活动中必然带有解释者的创造性。例如伽达默尔提出的“理解”就是“视域融合”的理论。他认为,任何一个解释者都必然带有一定的“视域”,它是在给定的历史境遇中形成的。当解释者进入文本时,他的原有的

① [德]沃尔夫冈·伊塞尔:《本文与读者间的相互作用》,《文艺理论研究》1988年第6期。

视域就与文本中所包含的视域发生相互作用的关系，从而达到两个视域的相互汇合，而汇合的结果就是更高层次的、更普遍的视域的产生。这样，解释的过程就是不断改变解释者的视域并形成新视域的过程。因此，伽达默尔断言，“理解活动总是这些被设定为在自身中存在的视域的融合过程”，“理解并不是一种复制的过程，而总是一种创造的过程……完全可以说，只要人在理解，那么总是会产生不同的理解”[①]。

如果说在一般的解释活动中，解释主体对解释客体表现出如此的能动性和创造性，那么，在文学读解活动中，读解者的能动性和创造性作用似应显得更大一些、更充分一些。因为文学文本构成上的“双重意指”和潜在层次的存在，必然使它自身的结构具有更大的不稳定性和开放性。就如英加登所认定的，文学文本是一个“意向性”极为突出的客体，它不仅在“意”的层次上是多重的、含混不清的，而且蕴含着“意”的“象”这个层次也是一种“图式化”的存在，充满着细节上的“空白”和“不定点”，即使在“言”的层次上也有着许多“简略”和“不连贯”之处。这样的一种客体，它的现实性的“呈现”，就有待于读者创造性的“填充”和完成。所以，在英加登看来，读解主体是他所读解的作品之能现实地构成和实现的必不可少的重要因素。

接受美学家们是通过对“文本”(text)与“作品”(works)的区分来凸显读解主体的能动性和创造性的。他们认为，文本不过是一个“隐含读者”的客体，是一个“召唤结构”(appeal structure)，文本并不意味着作品的存在，而作品只能最终存在于读者建构性的读解活动中，所以作品是由作者和读者共同创造的。伊塞尔说：

文学作品具有两极，我们可以称之为艺术极和审美极。艺术

---

① 参见[德]加达默尔：《哲学解释学》，夏镇平等译，上海译文出版社 1994 年版，第 9 页、第 16 页。

极是作者写出来的本文,而审美极是读者对本文的实现。从这种两极化的观点看来,十分清楚,作品本身既不能等同于本文也不能等同于具体化,而必须是处于两者之间的某个地方。①

所谓文学作品的"两极",从读解活动角度看,一极就是读解客体,另一极是读解主体,文学作品就产生于两者相遇的时刻,也即"处于两者之间的某个地方"。在这里,读解主体显示出来的重要性是不言而喻的。关于读解主体的这种重要性和能动性,存在主义者萨特说得更加直截了当:

文学客体是一个只存在于运动中的特殊尖峰,要使它显现出来,就需要一个叫做阅读的具体行为,而这个行为能够持续多久,它也只能持续多久。超过这些,存在的只是白纸上的黑色符号而已。②

在萨特看来,文学作品的"存在"和"显现"是完全取决于读者的阅读行为的。

那么,读解者在读解过程中到底起着怎样的创造作用呢?英加登把这种创作作用概括为文学作品的"具体化"。他说:"如果要达到对作品的审美理解,读者在客观化再现客体的过程中往往要远远超出作品客体层次实际包含的东西,人们一定要至少在一定程度上,在作品本身的范围内'具体化'这些对象。"③文本结构中的"不定点"的存在,为"具体化"提供了客观依据,而"具体化"则是对"不定点"的"填补"和"确定"。于是:

① [德]沃·伊瑟尔:《阅读行为》,金惠敏等译,湖南文艺出版社1991年版,第25页。

② [法]让-保尔·萨特:《为何写作》,伍蠡甫、胡经之主编:《西方文艺理论名著选编》下卷,北京大学出版社1987年版,第94页。

③ [波兰]罗曼·英加登:《对文学的艺术作品的认识》,陈燕谷等译,中国文联出版公司1988年版,第49页。

在具体化中，读者进行着一种特殊的创造活动。他利用从许多可能的或可允许的要素中选择出来的要素(尽管所选择的要素从作品方面来说并不总是可能的)，主动地借助于想象“填补”了许多不定点。[①]

在这里，英加登提到了“选择”和“想象”。“选择”就是在读解者的经验中选取一些“新的要素”，使想象“摆脱羁绊”，以便更有效地“补充对象”[②]。而读解者的所有的创造性正是体现在这种选择和想象之中。同时英加登也强调了这种创造性的限度，它必须被限定在“可能的”“可允许的”“合乎需要”的范围内，不至于“同本文相冲突”，具体化可以是多种多样的，但却不能超出读解客体的客观规定性。[③]

接受美学家们则推出了“期待视野”(Horizon of Expectations)的概念，以证实读者在接受中的主观创造性的发挥。所谓期待视野，就是读者在读解一部作品之前就具有的一种先在的审美意识状态，这种审美意识状态是在他以往的全部审美经验中形成的，并且反映着他所在的那个历史时代的审美趣味和倾向。接受美学家认为，这种期待视野一旦形成，就在读者的接受活动中起着导向的作用，它决定着一部作品的接受过程并在这一过程中不断地被修正、被改变。姚斯指出：“一部文学作品在其出现的历史时刻，对它的第一读者的期待视野是满足、超越、失望或反驳，这种方法明显地提供了一个决定其审美价值

---

① [英]罗曼・英加登:《对文学的艺术作品的认识》，陈燕谷等译，中国文联出版公司1988年版，第52页。

② [英]罗曼・英加登:《对文学的艺术作品的认识》，陈燕谷等译，中国文联出版公司1988年版，第53页。

③ 参见[英]罗曼・英加登:《对文学的艺术作品的认识》，陈燕谷等译，中国文联出版公司1988年版，第54页。

的尺度。”[①]同时他又认为:“这一新的本文唤起了读者(听众)的期待视野和先前本文所形成的准则,而这一期待视野和这一准则则处在不断变化、修正、改变甚至再生产之中。”[②]由此可见,在接受美学家那里,正是期待视野的这种先在性,使得读者的接受活动成为一个真正意义上的创造过程,它创造着作品,而且也创造着文学史。当然,接受美学家在强调读者接受的创造性时,仍然承认这种创造性是有限度的,受到接受对象——作品的“客观化”的节制,即如姚斯所说:

> 在审美经验的主要视野中,接受一篇本文的心理过程,绝不仅仅是一种只凭主观印象的任意罗列,而是在感知定向过程中特殊指令的实现。感知定向可以根据其构成动机和触发信号得以理解,也能通过本文的语言学加以描述。[③]

但是,属于“读者反应批评”的学者费什(Stanley E. Fish)却把读者在阅读中的创造性夸大到极端。在他看来,阅读不是为了发现文本的涵义,而是读者个人的体验和反应过程,他甚至认为文本里面并没有意义,意义是读者附加进去的,他把那种认为意义是文本里固有的、等待读者把它揭示出来的想法斥之为“客观主义的幻想”。他说,“文本的客观性是个幻觉,而且是个非常危险的幻觉”,在读者的阅读反应中,“它不再是一个客体,一个独立存在事物,而变成了一个事件,一个由读者参与、发生在读者身上的事情。正是这一事件,这种发生的事

---

① [德]H. R. 姚斯:《走向接受美学》,《接受美学与接受理论》,周宁等译,辽宁人民出版社 1987 年版,第 29 页。

② [德]H. R. 姚斯:《走向接受美学》,《接受美学与接受理论》,周宁等译,辽宁人民出版社 1987 年版,第 31 页。

③ [德]H. R. 姚斯:《走向接受美学》,《接受美学与接受理论》,周宁等译,辽宁人民出版社 1987 年版,第 29 页。

情……才是这个句子的意义所在”[①]。照此一说，读解客体已不是读解主体的读解对象，反而成了完全由读解主体创造出来的一个产物，这显然是荒谬的。

与费什的观点构成另一个极端的是日内瓦学派的批评家普莱(George Poulet)的观点。普莱虽然也承认作品的“命运”和存在方式依赖于读者的阅读，但同时又认定读者在阅读中基本上是被动的，扮演了一个微不足道的角色，满足于把出现在他脑海中的作品的内在意识记录下来。他说道，“阅读就是这样一种方式：不仅屈从于大堆的外在语词、意象、观念，而且屈从于说出和容纳这些语词、意象、观念的那个异己的本源”，“作品在我之中过着它的生活”，“我被作品取代”[②]。这样一来，读者就全然沦为作品的“录音器”，他不是在读解这个作品，而是在“复制”这个作品，读者不再是一个有着自己个性的能动的生命，而变成了作品暂且栖居、逗留的“场所”。这显然也是不合情理的。

在我们看来，文学读解中的主客体之间的关系应该是一种相互影响、相互作用的关系，而读解活动也应该是一个主客体之间的“双向对逆”的过程，即客体刺激主体，引起主体的反应，同时主体的反应又反过来影响了客体。在这个过程中，诚如皮亚杰(Jean Piaget)的发生认识论所讲的，主体的“认知图式”一方面“同化”(Assimilation)着客体，把客体中的那些可认同的内容吸纳进来，以充实自身；另一方面又“顺应”(Accommodation)着客体，通过对自身的修正和改变以适应客体中的那些异己的内容。而作品的意义就在读解者的这种既“同化”又“顺应”的活动中被揭示和生产出来了。这样，文学解读活动既不是作

---

① [美]斯坦利·E.费什：《文学在读者中：感受文体学》，王逢振等编：《最新西方文论选》，漓江出版社1991年版，第57页、第68页。

② [比]乔治·普莱：《阅读的现象学》，王逢振等编：《最新西方文论选》，漓江出版社1991年版，第6、8页。

品本义的简单还原，也不是纯粹主观的随意发挥，而是读者的一种包含着“同化”和“顺应”两方面过程的特殊的创造活动。

文学读解的解释学性质涉及的第三个问题，就是客观性和历史性的关系问题。这个问题是由读解活动与读解客体的“时间差距”引起的。就是说，一部作品诞生之后，随着历史的发展，不同时代的读者对它的理解也在发生着变化。那么，如何解释这个现象呢？在对同一部作品的不同时代的不同理解中，有多少属于历史的因素？有多少属于作品本身的因素？在理解的历史性面前，作品的客观性还能不能得到承诺？诸如此类的问题，一直都是解释学极为关心的问题。一般来说，古典释义学比较强调理解的客观性，认为“时间差距”必将导致理解的巨大障碍，对文本的许多曲解和误解都是由于历史语境的变迁而造成的，解决这一问题的办法就是回到文本产生的时代背景中去，通过重新体验前人的经验获得解释的客观性。与古典释义学相反，现代哲学解释学家强调的是理解的历史性，他们认为历史语境的变化不仅不会给理解造成障碍，反而是理解得以形成的重要条件。之所以这样说，主要有两个理由：一是历史发展所形成的时间距离，可以使解释者摆脱与自身利害相关的不利影响，以较为客观的态度对待文本，从而达到对文本的更公正的理解；二是历史发展所形成的时间差距，还可以使解释者借助更多地在历史中积累起来的传统力量去解释文本，从而达到对文本的最充分的理解。因为正是传统的连续性使流传下来的东西向我们呈现出它的真面目。加达默尔说：“任何时代都必须以自己的方式理解流传下来的文本，因为文本附属于整个传统，正是在传统中文本具有一种物质的利益并力图理解自身。”①加达默尔在这里强调的“传统”，就是海德格尔所说的“前理解”（vorverstandnis）或“前

① ［德］加达默尔：《哲学解释学》，夏镇平等译，上海译文出版社1994年版，第16页。

结构”(vorstructer)。在海德格尔看来,历史是此在的一种“筹划”,就是把它“作为”(als)什么,“这个‘作为’造就着被理解的东西的明确性结构。‘作为’组建着解释”[①]。因为“作为”给定了解释者一些先行的文化习惯、概念系统和种种假设,解释正是以这些先行的“具有”、先行的“把握”构成了他的“前理解”的结构,并以这种“前理解”为前提去理解历史。所以,他说:“把某某东西作为某某东西加以解释,这在本质上是通过先行具有、先行看见与先行把握来起作用。解释从来不是对先行给定的东西所作的一种无前提的把握”[②]。这样,他就充分肯定了历史性解释的合理性,但同时也在某种意义上否定了客观性解释的可能性。

在文学读解中,同样也存在着客观性和历史性的关系问题。比如,文学史上经常出现这样的情况:有些作品发表之时,立即引起轰动效应,颇受读者的青睐,但是随着时代的变化,这些作品却逐渐不再被人看重,以致最终销声匿迹了。相反,有些作品在开始的时候,不被世人注意,没有多少人知道它的存在,但是事隔多年之后,这些被尘封在历史中的作品却可能被人们重新发现,重新给以评价,甚至被视为经典之作,引起一代代人的经久不衰的阅读兴趣。例如莎士比亚的剧作、《红楼梦》等作品都曾经受过这样的历史命运。那么,一部作品在它的读解史和接受史上的这种戏剧性变化说明了什么?对一部作品的接受和理解,在多大程度上取决于历史?又在多大程度上取决于作品本身的客观存在?接受美学家们曾对这些问题作过较为深入的探讨。姚斯认为,文学作品的存在价值仅在于等待人们对它的接受和理解,而文学作品的真正实现和被产生出来就取决于人们对它的接受和

① 参见[德]海德格尔:《存在与时间》,陈嘉映等译,三联书店 1987 年版,第 183 页。

② [德]海德格尔:《存在与时间》,陈嘉映等译,三联书店 1987 年版,第 184 页。

理解。人们对于一部作品的接受和理解不仅因人而异，而且也因时代的变化而有所不同，但是无论哪一种接受和理解都有其历史的合法性和合理性。因此，决定一部作品的意义、价值和本质的不是它自身的客观存在，而是它所产生的效果史和经历的接受史。姚斯指出，一部作品写出后，“第一个读者的理解将在一代又一代的接受之链上被充实和丰富，一部作品的历史意义就是在这种过程中得以确定，它的审美价值也是在这过程中得以证实。”[①]姚斯还由此提出了他的文学史理论，认为文学史的撰写不能像以往那样只是客观地描述作品及其创作过程，应该着重研究作品在接受中的历史变化。因为在他看来，文学史就是文学文本的接受史，有必要从读者接受的角度“重新撰写文学史”[②]。从姚斯的观点看，他把文学接受的历史性绝对化了，从而全然否定了对一部作品的接受和理解可能有任何客观的依据和标准，作品本身无所谓优劣高下，一切取决于人们的解释和评说。这样，就使他在思想方法上陷入了怀疑论和相对主义的泥淖。

与姚斯相比，英加登则在这个问题上采取了较为审慎的态度。他虽然肯定了“具体化”因人、因时而不断变动的必然性和必要性，但同时也对“具体化”的客体基础和客观依据坚信不疑。所以，在他看来，具体化的各种成果是具有不同的认识价值的，有的成果较为接近作品本身，有的成果偏离了作品的客观性，因而是“不忠实”的、“不适当”的具体化。文学研究者应该对这些成果给以认识价值上的鉴别和评价，这就“给自己提出了研究审美具体化的任务”。英加登认为这一任务实际上就是对公众的一种艺术教育，“这种教育的开端是认识具体的

① ［德］H. R. 姚斯：《走向接受美学》，《接受美学与接受理论》，周宁等译，辽宁人民出版社 1987 年版，第 25 页。

② ［德］H. R. 姚斯《走向接受美学》，《接受美学与接受理论》，周宁等译，辽宁人民出版社 1987 年版，第 25 页。

文学的艺术作品，通过一种正确进行的阅读和一种适当的富有成果的审美经验——它们导致忠实的和有价值的审美具体化”①。

如果说英加登的观点还多少偏向于文学读解的客观性的话，那么韦勒克在这个问题上的观点则显得更为辩证一些。作为“新批评”后期的代表人物，韦勒克依然坚持文本的独立性和本体地位。但与一般“新批评”理论家不同的是，韦勒克不再把文本看作绝对自在自足的客体。他指出，文本不是像三角形或数字那样的可以直接观察的、毫无变化的“理想的客体”，它虽然“不等同于任何经验”，但“只有通过个人经验才能接近它”。此外，它还“具有一种可以称为‘生命’的东西”，“它有一个可以描述的发展过程，这一过程不是别的，而是一种特定的艺术品在历史上的一系列的具体化”，“它在历史的进程中通过读者、批评家以及与他同时代的艺术家的头脑时发生变化”。但韦勒克又特别声明，“这种动态的观念并不意味着只是主观主义和相对主义。所有不同的观点绝不是同样正确的。人们总可能确定哪一种观点能够更完整、更深入地把握住这一题目”，因为文本结构虽然是“动态的”，但“这种结构的本质经历许多世纪仍旧不变”②。这样，在韦勒克那里，文学读解的客观性和历史性就辩证地统一起来了。我们认为，在这个问题上，韦勒克的观点较为中肯和有说服力。

（三）

现在我们再来讨论文学读解活动的美学性质。

文学读解活动与非文学的读解活动的根本不同就在于它的美学

---

① [波兰]罗曼·英加登：《对文学的艺术作品的认识》，陈燕谷等译，中国文联出版公司1988年版，第429页。

② [美]韦勒克、沃伦：《文学理论》，刘象愚等译，三联书店1984年版，第162～164页。

性质，就是说它不是一种纯然的解释性活动，而是一种审美的读解活动。加达默尔谈到美学和解释学的关系时认为，“解释学包括了美学”，因为在他看来，“艺术语言就是艺术品自己说话的语言”，“我们的任务就是去理解它所说的意义，并使这种意义对我们和他人都清楚明白”，自然“处于解释学任务的领域之中”。但是，另一方面，加达默尔又指出，“艺术语言指的是表现在作品本身之中的更多的意义”，它的“不可穷尽性就是以这种更多的意义为基础的”，因而“当我们在理解一部艺术品时不可能满足于备受宠爱的解释学规则”①。这就是说，加达默尔看到了艺术解释的特殊性，它不单是一个解释学的问题，也是一个美学的问题。姚斯作为一个文学史家和美学家当然更加注重文学阐释的审美特征，他承认“在审美感知中，理解也始终是在起作用的”，但他又接着强调说：“不是那样一种理解，即必须明确地探究文本以便把它理解成一个答案；更确切地说，这种理解就是在审美感知中，对某种向读者展示的世界图景含蓄的理解。”②

那么，审美的文学读解与非审美的一般读解的根本区别何在呢？我们可以用一句话来概括，这种区别就在于：文学读解是在语言形式和感性直观之中领悟意义，一般读解则是透过语言形式直达意义。为了便于理解这个说法，先让我们举个例子来说明。

假设有两个句子，一个是一条数学定理：“三角形的三个内角之和等于180度”；一个是一句诗：“当黄昏掩埋了白昼，死神便在暗中出没。”前一个句子也有它特定的措词用语和句法构成等语言形式，但我们在读解它时，这些语言形式仿佛并不存在，我们注意的是在这些形

---

①　[德]加达默尔：《哲学解释学》，夏镇平等译，上海译文出版社1994年版，第101页、第103页。

②　[德]H. R. 姚斯：《文学与阐释学》，《文艺理论研究》1986年第5期。

式背后的意义。我们仔细地读着这句话，只是因为我们要理解它的含义，一旦我们弄懂了这条定理的意义，这句话马上就被抛到一边。因为这句话本身已对我们毫无用处，我们已经掌握了这条定理，真正有用处的正是这条定理，而不是表述这定理的语言。这就是非审美的读解活动的主要特征，即透过语言形式直达意义。但是读解后一句话，情况就完全两样了。我们马上被这个诗句本身吸引，它的那些词语，它的那种情调，它所烘托的那种氛围，使我们久久沉迷于其中而不能脱出。“掩埋”是什么意思？黄昏怎能掩埋了白昼？为什么说死神在暗中出没？这些问题纷至沓来，盘旋在我们的脑中。我们在这句诗里模模糊糊地感到某种恐怖的气氛，某种不祥的预兆和种种昏暗朦胧的意象。但这句诗到底是什么意思，却可能仍然不甚明了。我们读这句诗好像总是被“阻截”在它的语言形式和直观表象之中不能自拔。即使是在小说、散文里这种情况也不能完全避免。如鲁迅的《秋夜》一开头：

在我的后园，可以看见墙外有两株树，一株是枣树，还有一株也是枣树。

这句话的字面意义并不难懂，无非是讲后园里有两株枣树，但我们在读它时，却为它这别致的“说法”所困惑，作者为什么不直接说有两株枣树，而要说“一株是……”“还有一株也是……”，我们会觉得这说法里别有一点意思。这就是文学读解的审美特征，即在语言形式和感性直观之中领悟意义。就是说，在文学读解里，对于意义的理解和把握永远不脱离具体的语言形式和直观形象，一旦脱离开它们，文学读解马上就变为非审美的一般读解了。

加达默尔在说明艺术解释的审美性时也特别指出了这种特征，他说：“艺术语言的独特标志在于：个别艺术作品集聚于自身并表达了

(用解释学的话说)属于一切存在物的象征特征。……艺术品与我们打交道时带有的亲近性同时却以谜一般的方式成为对熟悉的破坏和毁坏。”[①]姚斯对此也有更为明确的论述:“审美特征的考察——这一特征对于有别于神学、法律或语言本文的诗的文本来说是独特的——必须沿着为审美感知所提供的方向进行,这种感知过程是通过文本结构,节奏暗示,形式的渐次完成而构成的。”[②]在这里,姚斯强调的是:文学文本的理解和“释义”必须要通过“审美感知”,而审美感知又是在语言形式和直观意象中“渐次完成和构成的”。所谓“渐次”,其实就是说文学读解在理解意义方面由“言”的阅读到“象”的想象再到“意”的感悟的纵向深化的过程。文学读解一方面分别在各个层次里“回旋”和“驻留”,另一方面又不断地依次向更深的层次深入。文学读解的审美特征就体现在这种既滞留又深入的过程之中。比如,在“言”的阅读层次,读者可以感受到语句的韵律、节奏、形式意味给他带来的审美的愉悦,他停留在这里可以尽情地享受着这种愉悦。但语句的意指作用必然又引导他进入“象”的想象层次,在这个层次里,他又会在一个充满着表象、情感、意念的艺术世界里流连忘返。与此同时,他在对这个世界的想象、体验和玩味中又会深入到对意义的感悟。而在意义的感悟这个层次里,他的思绪又可以向各个方面和各个层面上追索和探寻,因为内含在“象”中的“意”本身就是多重的、含混的和不确定的。在这里,读者的理解活动实际上是处于不断地回复往返和无限深入的过程中的。但是,无论他深入得多么远、多么深,都始终不离开语言形式和感性形象,始终是在语言表达和形象直观之中进行的,即姚斯所说的“这种理解就是在审美感知中,对某种向读者展示的世界图景含蓄

---

① [德]加达默尔:《哲学解释学》,夏镇平等译,上海译文出版社 1994 年版,第 104 页。

② [德]H. R. 姚斯:《文学与阐释学》,《文艺理论研究》1986 年第 5 期。

的理解”。

让我们再举个例子来说明审美理解的这一特征。柳宗元的《江雪》：

千山鸟飞绝，
万径人踪灭。
孤舟蓑笠翁，
独钓寒江雪。

这首诗寥寥数语，但寓意颇深，可能有的诗评者会解释说，这首诗表现了一种清高孤傲的人格，或者说，表现了一种伟大的孤独的情怀。但是，什么是清高孤傲的人格？什么是伟大孤独的情怀？光听诗评者的解释，读者是永远体会不到的。这不像学习一个数学定理，只要有人给你讲明了这个定理的概念和其中的道理，只要你听懂了这些概念和道理，你就掌握了这个定理，至于这个定理的语言表达式，你不一定非读它不可。但是，理解一首诗就不能这样，无论别人如何解说，如果你自己不去接触这首诗、不去阅读这首诗，你就永远毫无所得。你阅读这首诗，就是在感知这诗的语言形式和描绘的图景、境界，你只有通过这种具体的感知，才可能把捉到这诗的内涵和意义。当我们阅读《江雪》这首诗时，首先是五言绝句的那种特有的语言格式给我们留下深刻的印象。从一、二两句的对仗语式，“绝”“天”“雪”三个韵脚的相继出现，平仄相间而造成的声响节奏等语言形式，我们感受到了一种深沉而又冷峻的语调，高阔幽远而又有些悲怆的韵味。随着这种感受我们潜入了诗的境界，这是一个“雪”的世界，在这个飞鸟绝迹、渺无人踪的“雪”的世界里，“山”“径”“江”的意象都是非常迷蒙的，唯独独钓翁的形象远远地凸现出来，却又相当清晰，他头戴笠帽，身披蓑衣，安然定坐于舟中，独自一人垂钓于江上。这样一个诗的境界将引发读者各式各样的想象和思索,也正是在这些想象和思索中,产生了对诗的各种各样的理解。所以,文学读解的审美特性就体现在,不是透过语言形式而是就在语言形式和感性直观里领悟意义。

需要进一步澄清的是,我们说的在形式“之中”领悟意义,显然不是指仅仅局限于纯形式的直觉观赏,更不是指德里达所说的那种消解中心、消解意义的能指的“剩余物”“替补物”的游戏,而是指一种审美地理解文学文本的特殊方式。这种方式离不开对形式和外观的审美感知,但又不能归结为纯形式的观赏和玩味,它在本质上仍然属于一种通过阅读而达到理解的活动,它的目的仍然是理解意义。既然这样,文学读解就不可能是一种纯然以自身为目的的无功利的行为,它必然通过审美地理解意义的过程而与意义的最初发现者——作者联系起来,也与意义的终极根源——现实世界联系起来。正是在这些不可避免的联系之中,读者与作者以文本的理解为中介进行着思想情感的交流。从这个意义上看,文学读解活动就是人与人之间的理解活动和交流活动,读者的精神境界在这种理解和交流中获得了充实、提高和升华,同时又反过来对他所生活于其中的那个世界产生或隐或显、或大或小的影响,尽管这一切的相互作用和相互影响都是在审美的方式中不知不觉地完成的。

第四章 文学语言的特性

与文学语言的结构问题不同，文学语言的特性问题不是研究文学语言作为一个"语言系统"的构成形态及其功能作用，而是研究文学语言作为"言语"的特点，也就是研究文学是如何运用语言的，或在文学活动中语言运用上有什么特点。但是，正如文学语言的结构不是指某一具体作品的语言结构，而是指所有的文学作品共同的语言结构一样；文学语言的特性也不是指某一具体作品在语言运用上的特点，而是指所有文学作品在语言运用上的共同特点。这就是说，我们是把文学活动中语言运用的方式作为一个总体与其他活动中语言运用方式加以比较而看到的特点，这其实是在寻求文学语言的基本特性，尽管这种基本特性也必然是从具体作品语言运用的特点中概括出来的。

一、文学语言的基本特性

（一）

要想知道文学如何运用语言，必先弄清语言能有些什么功能和作用。自不待说，我们每天都在用语言表情达意，与别人进行思想交流，这种表达和交流的功能，应该是语言最常见的功能。但语言除了这最常见的功能之外，还有其他一些功能。雅各布森曾提出语言有六种功能的理论。他发现任何语言交流活动都涉及六个因素：发话者、受话者、使用的代码、代码所传递的信息、交流采取的联系方式和交流所赖以进行的特定语境。与这六个因素相对应，语言就有了六种功能：指称功能（交流指向于语境）、表情功能（交流指向于发话者）、意动功能（交流指向于受话者）、交际功能（交流指向于联系方式）、元语言功能（交流指向于代码）、美学功能（交流指向于信息本身）。[①] 雅各布森讲的这六种功能，如果进一步归纳，实际上可以合并为两种功能：一种是把语言作为意指符号传达意义，可以称之为"意指功能"，即如雅各布森说的指称功能、表情功能、元语言功能；一种是指语言符号在传达意义的基础上又以自身的存在造成了某种效果或影响，可以称之为"符号的效果功能"，即如雅各布森所说的意动功能、交际功能和美学功能。英国语言学家克里斯特尔（D. Crystal）在更广泛的意义上总结了语言的功能，它指出语言可以有多种多样的功能，除交流思想这一基本功能外，它还列举了"情感表达""社交功能""声音的力量""控制现

---

① 参见[英]特伦斯·霍克斯《结构主义和符号学》，瞿铁鹏译，上海译文出版社 1987 年版，第 83～86 页。

实”“记录事实”“思维工具”“认同功能”等七种功能。[①] 就他谈的这些功能看,也是可以归纳为意指功能和效果功能两大类。英国哲学家J. L. 奥斯汀首先注意到了语言的“意指”和“效果”这两大功能的区别,在他的《怎样用词语做事?》一文中提出了言语行为(Speech Act)理论。他认为,描述世界或传递语义信息并不是话语的唯一功能,话语完成之后还可以产生某种效果,可称之为“成事性言语效果”。如有人对一位士兵说:“你可要多留点神,不然就会列入给上级的报告里!”这句话传达了某种信息,同时也起着“警醒”的效果,可能会使这个士兵以后的行为更加谨慎。[②] 这就是说,人们不仅可以以言表义,还可以以言行事,让说出的话产生某种效果,这种效果当然是多种多样的,取决于说话者的目的,可以是承诺、命令、恐吓,等等,也可以给听话者带来审美的愉悦,即美学的效果。因此,日本美学家川野洋指出,人们说出的话语可能会带有两种信息,用他的话说就是:

> 符号在再现自身之外的某种事物的同时,也通过这种再现表现自己本身。再现的东西是关于非现存的、非实体的世界的信息;表现的东西是关于现存的、实在的符号自身的信息。

他把前一种信息称为“语义信息”,把后一种信息称为“审美信息”。[③] 参照上述有关语言功能的理论,我们认为,文学在语言运用方面的主要特点是偏重于追求某种语言表现的效果,具体地说,就是追求语言表现的审美的效果,由此形成了文学语言的主要特性就是审美性。下面我们对这个观点作进一步的说明。

---

① 参见[英]戴维·克里斯特尔:《剑桥语言百科全书》,中国社会科学出版社1995年版,第14~17页。

② 参见阅桂诗春:《实验心理语言学纲要》,湖南教育出版社1991年版,第325~326页。

③ 参见[日]川野洋:《语义信息与审美信息》,《文艺研究》1985年第6期。

（二）

一方面，我们的观点不同于一般的传统观点。传统观点的主要倾向是把文学语言当作传递内容的载体来理解，因而它看重的是语言的意指功能，要求在运用语言时应该让词语尽量准确、清晰、顺畅地表达思想内容，至于所用词语的审美效果并不重要，甚至是可有可无的。这种观点在我国先秦的思想家那里表现得更为突出。比如，孔子虽主张"文质彬彬"，但却强调"辞达而已矣"，因而反对"巧言"，认为"巧言乱听"，"巧言令色，鲜矣仁"。老子更是把"信言"与"美言"对立起来，提出"信言不美，美言不信"的断语。韩非子则直接从政治角度提出："好辩说而不求其用，滥于文丽而不顾其功者，可亡也。"所以，在传统理论看来，文学语言的主要特性是指义性，而其审美性则遭到怀疑甚至排斥。我们的观点与此相反，我们认为在文学活动中所运用的语言偏重于审美的效果，其主要特性是审美性，而不是指义性。传统理论强调的那种以指义性为主的语言其实不是文学语言，而是哲学语言和科学语言的主要特性。

另一方面，我们的观点也与现代形式主义的观点不同。现代形式主义，特别是俄国形式主义，强调语言在文学中的本体地位，认为语言是文学之为文学的本质之所在。所以，语言在文学中运用的特点就在于以"反常化"的手法突显语言形式本身，产生所谓的"惊震效果"。文学活动就是语言突显自身的活动，与再现和认识现实没有必然的关系。这样，审美性就成为文学语言的唯一特性，而指义性则不属于文学语言的特性，因而也不是非有不可的。我们与形式主义者的区别在于：我们把语言看作是文学活动的中介，它不仅把构成文学的各种要素联结成一个整体，把构成文学的各个阶段沟通为一个过程，而且还把文学活动的审美性能和交流性能整合为一体。因此，在我们看来，审美性虽然是文学语言的主要特性，但不是唯一的特性，文学语言的特性还应该包括指义性。这是因为：第一，审美性是以指义性为前提的。我们说一首诗或一段文学话语具有审美的效果，必须是在大致理解了这首诗的基本含义之后才能感受到这种效果。如果这首诗并不表达任何意思，就不可能产生真正意义上的审美效果，我们也不可能获得真正意义上的审美享受。当然，我们也不否认，某种无意义的语音组合，如果包含着韵律和节奏，也可能会产生悦耳的效果。但是，这种单纯的感官享受绝不是真正的审美享受，真正的审美享受只有在更深的心理层面和精神层面上才能产生。而且这种无意义的语音组合也不是语言，因为凡是语言都必有意义。第二，在文学语言里，审美性就体现在指义性中。我们知道，文学语言意指功能的特点表现为直接意指和含蓄意指的双重构成，它的审美效果就是从这种双重意指的构成中显示出来的，而读者对这种审美效果的享受也是从对双重意指的感悟中获得的。所以，我们认为文学语言的审美性正是从它的指义性中体现出来的。

（三）

文学语言的审美性在指义性中的体现，可以从文学语言的三个层次上来具体分析。首先，从“言”到“象”，这是一个指义过程，即通过语言的意指功能来描写形象，同时在这个指义过程中又产生出一种审美效果，因为形象是有声有色的，它可以作用于我们的视听感觉而造成审美的快感。如杜甫的“两个黄鹂鸣翠柳，一行白鹭上青天”这两句诗，用了色彩词“黄”“翠”“白”“青”，音响词“鸣”，动态词“上”，形貌词“黄鹂”“翠柳”“白鹭”“青天”。这些词语的组合描绘出了一幅美妙的画面，制造出一种绘画美的效果。当我们读这两句诗时，通过对这些词语的语义的理解而激发起一连串的联想，在脑海中浮现出这幅图画，其中有形有色，有动有静，从而得到了美感享受。其次，从“象”到“意”，也是从指义中造成美感效果。如李白的诗句“孤帆远影碧空尽，唯见长江天际流”，其直接意指是一幅可视的动态图景：一片孤帆渐渐远去，消失在蓝天的尽头，只剩下浩瀚江水向前流去，水天相接，茫茫无际。但这两句诗还有更深的意指，就是寄托着诗人对挚友的一片依依惜别之情。诗句的更强烈的审美效果就存在于这一画面所包含的意蕴之中，读者由此产生的美感也是通过画面领悟其中的意蕴而得到的。最后，一段文学话语还往往附丽着特定的情调和格调，这就是通常称之为“意味”的东西。“意味”既有“意”也有“味”，从“意”中引申出“味”来，或者说，从话语所表达的意思中生发出审美效果。如高晓声《陈奂生进城》的开场白：“漏斗户主陈奂生，今日悠悠上城来。”这个句子的语义信息比较直露，没有难懂之处，但读着这句话，我们总感到一种“韵外之致”，即在字里行间洋溢着一种轻松幽默的情调，笼罩着浓重的喜剧氛围。这就是句子的“意”所产生的“味”，也就是在指义中体现出的审美效果。总之，上述由“言”“象”“意”三层次间的意指关系所构成的“意象”“意蕴”“意味”都离不开“意”，而“象”“蕴”“味”造成的审美效果都是在“意”中产生的。

因此，我们认为，文学语言的特性是以审美性为主，但也包括指义性，可以说，文学语言的基本特性就在于审美性和指义性的统一，这种统一性的含义就是：审美性以指义性为前提，指义性体现着审美性。如此界定文学语言的基本特性，就使得文学语言与非文学语言都具有了共同的语言“内核”，即传达某种思想观念的指义性。正如英国语言学家查普曼(R. Chapman)所说：“文学文体的力量来源于‘语言共核'，连最具'文学性'的特征也来源于'语言共核'。文学偏离常规并不会破坏它与'语言共核'使用者的交流。"①

既然包括文学语体在内的所有语体都具有"语言共核"，那么，文学语言与日常语言、科学语言等，就有了相通之处，它们之间的界线也不是严格分明的，经常出现相互渗透、相互交错的情况。韦勒克认为，把文学的、日常的和科学的这几种语言在用法上严格区分开来是非常困难的。"因为文学与其他艺术门类不同，它没有专门隶属于自己的媒介，在语言用法上无疑地存在着许多混合的形式和微妙的转折变化。"最后，他得出结论说："我们还必须认识到艺术与非艺术、文学与非文学的语言用法之间的区别是流动性的，没有绝对的界线。"②由此看来，那种试图把文学语言、日常语言、科学语言截然分开并认定它们各自都独具某一种特性的观点是不妥当的。正确的看法应该是：这几种语体都共有同一个语言内核，它们都有指涉意义，都可以运用语言所具有的全部功能来实现自己的传达目的。它们之间的区别，仅仅存在于它们各自对语言的某一种或几种功能的不同的偏向和侧重上。因为这几种语体都有它们各自特定的传达目的，因而对某种最适合他们传达目的的语言功能"情有独钟"，并将其摆在首位，由此就形成了他们各自的主要特性。日尔蒙斯基说："如果把语言形式当作'活动'去审查它的结构，那么我们就能发现，语言有多种目的意向，这些意向决定着词的选择和组词的基本原则。"③比如，科学活动是以对世界的

---

① [英]雷蒙德·查普曼：《语言学与文学》，王士跃等译，春风文艺出版社 1988 年版，第 16 页。

② 参见[美]韦勒克、沃伦：《文学理论》，刘象愚等译，三联书店 1984 年版，第 10 页、第 13 页。

③ [俄]日尔蒙斯基：《诗学的任务》，[俄]什克洛夫斯基等：《俄国形式主义文论选》，方珊等译，三联书店 1989 年版，第 218 页。

认知为目的的，科学语言就必须以突出语言的描述事实、阐述思想的意指功能为其主要特性；日常生活是以各种实用意图为目的的，日常语言就必然以突出语言的种种实用的效果功能为其主要特性；文学活动是以审美交流为目的的，文学语言就必然以突出语言的审美的效果功能为其主要特性。每一种语体都有与众不同的主要特性，但同时又都不能脱离“语言共核”，都包含着一些次要的特性，所有的这些特性按其重要性的程度结合、配搭起来，就构成了每一种语体的基本特征。

（四）

文学语言以审美性为主要特性，又以指义性为必不可缺的特性，所以，它的基本特性就体现在审美性与指义性之间的特定的依存关系及其相互结合之中，即审美性以指义性为前提并借助指义性或在指义过程中显示出来。苏联理论家赫拉普琴科曾对文学语言的审美性与指义性之间这种相互依存的关系作过论述，他指出：“语言里，每一种语体风格的确定，都要根据它的交流功能的性质，并且也只能依其交流的功能的特点来判定。然而，在文学语言里，不仅交际功能有着明显的表现，其审美功能也是如此的。”另一方面，他又指出：“文学语言的审美功能，绝不是一种补充的功能。它的出现，是立足于交际功能之上的。在诗歌的创作中，这一功能起着主导的作用。”[①]所以，我们在认识文学语言的基本特性时，不能把审美性与指义性分离开，更不能把两者对立起来，应该看到两者之间的依存关系和内在联系。同时也要看到文学语言与其他语体的相互渗透、相互重叠的关系，它们之间也不存在着绝对的界线。只有这样，才有可能准确地把握住文学语言

① ［俄］M. 赫拉普琴科：《文学语言的特点与功能》，《辽宁教育学院学报》1989 年第 2 期。

的基本特性。

当我们把文学语言的审美特性与指义特性联系起来考虑时，就会发现，所谓的文学语言的审美特性主要包含着三重含义：一重是指与语言的外部指涉性相对的自我指涉性（自指性），一重是指与语言的直接指涉性相对的间接指涉性（曲指性），一重是指与语言的真实指涉性相对的虚假指涉性（虚指性）。这样，对文学语言的特性的理解就涉及三个重要问题，即文学语言的自指性问题、曲指性问题、虚指性问题。要想更深入地了解文学语言的特征，必须进一步探讨与之密切相关的这三个问题。

二、文学语言的自指性

（一）

关于文学语言的自指性，最初明确提出这一问题的是象征主义诗人瓦莱里。他曾用一个很著名的比喻来说明文学语言的这一特征。他认为，非文学语言很像走路，而文学语言却像跳舞，尽管在这两种情况下都是脚的运动，但前者有一个外在目的，即走近一个目标，而后者的目的就在自身，它是为双脚的运动而运动的。这就是说，文学家用语言说出的话语是为了使这些话语突出和显示自身，这就是文学语言的自指性。① 但是，真正把文学语言的自指性作为一个重大理论问题提出来并加以全面深入研究的，是以俄国形式主义为代表的现代形式主义者。现代形式主义者为了排斥思想内容、抬高语言形式的地位，必然竭力强调和论证文学语言的自指性特征。穆卡洛夫斯基（Jan

---

① ［法］瓦莱里：《诗，语言和思想》，袁可嘉等编选：《现代主义文学研究》（下册），中国社会科学出版社1989年版，第847页。

Mukarovsky)这样说:“诗的语言的功能在于最大限度地把言辞‘突出’。……它不是用来为交流服务的,而是用来突出表达行为、语言行为本身。”①穆氏在这里说的“突出”(foregrounding),就是文学语言自指性的一个最重要的表征。雅各布森也说:“诗歌的显著特征在于,语词是作为语词被感知的,而不只是作为所指对象的代表或感情的发泄,词和词的排列、词的意义、词的外部和内部形式具有自身的分量和价值。”②这也是在讲文学语言的自指性。可以说,几乎所有的现代形式主义者都要大谈特谈文学语言的自指性的,有的论者甚至还为这种自指性寻求人性上的根源。例如法国语言学家海然热说:

> 除了表达的需要外,人自幼就有一种无法压抑的欲望:游戏于辞令之间。这一将人类区别于其他所有生命体的禀赋,怎么可能不会得到利用呢?责备别人“言之无物”,是因为不了解讲话的欲望在表达某一意思之外,完全可能还有其他目的。就像儿童拿着手中的玩具一样,言之无物的话语本身就可以是目的。③

毫无疑问,现代形式主义关于文学语言自指性的论述,像他们的其他论述一样,不可避免地带有形式主义的偏激性和片面性。但是,他们对于文学语言自指性的突出和强调,是针对传统的“重内容轻形式”的内容主义文论的缺陷而来的,因而有理论上的进步意义,而且他们就此问题提出的许多观点也极富启发性和借鉴价值。我们认为,自指性的确是文学语言的一个极为重要的特征,这个特征在现代形式主

---

① [俄]简·穆卡洛夫斯基:《标准语言与诗的语言》,伍蠡甫、胡经之主编:《西方文艺理论名著选编》下卷,北京大学出版社 1986 年版,第 416～417 页。

② 参见[英]特伦斯·霍克斯:《结构主义和符号学》,瞿铁鹏译,上海译文出版社 1987 年版,第 63 页。

③ [法]海然热:《语言人——论语言学对人文科学的贡献》,张祖建译,三联书店 1999 年版,第 352 页。

义出现之前，一直没有得到文论家们应有的重视和充分的理论阐述。但从文学创作实践中，许多作家、诗人都自觉不自觉地对这一特征有较强烈的意识。因为单凭经验他们知道，真正传世的好作品必须在语言表达上与众不同，要把话说得既“巧”又“妙”，一下子就能引起读者的注意和兴趣。否则，内容再好也无济于事，难以成为传世之作。所以，杜甫有“语不惊人死不休”的誓言，明代的徐渭也说，如果把一首诗拿来一读，“果能如冷水浇背，陡然一惊，便是兴观群怨之品，如其不然，便不是矣”①。这两位诗人说的诗句的“惊人”性质正是谈论文学语言的自指特征。

（二）

文学语言的自指性所涉及的理论问题主要有两个：一个是“何以能”的问题，即如何使文学语言具有自指性？一个是“何以为”的问题，即文学语言为什么追求自指性？让我们先谈前一个问题。

我们已经知道，文学语言的自指性就是语言在表达某个意思的同时又以表达本身为目的，尽力凸现自身以引起读者对它的注意。那么语言用什么办法实现这种自指性呢？它只有一个办法，就是设法让自己的表达方式显得奇特、奇异、与众不同。这即是穆卡洛夫斯基所说的“突出”，“所谓突出，就意味着把一次构成放在前景的显赫位置上，而所谓占据前景，也是跟留在背景上的另一个或另一些构成相对而言”，“有些语言现象虽然是语言的要素，在交流语言中却一向蛰伏着，突出活动把它们上升到了语言表层，带到了读者的眼前”，“诗的新语汇以美学为目标新形式出现，其基本特征是出人预料、标新立异、不同

① 徐渭：《徐文长集》卷十七《答许北口》。

凡响”[①]。这就是说,“突出”就是使词语在一般背景中突显出来,占据前景的位置。而一个作家要想使他写出的词语突出出来,唯一的办法就是打破常规,创造出新的语言表达方式,这也就是俄国形式主义一再强调的“反常化”(Defamilliarize,一译“陌生化”)的程序。最先提出“反常化”这一概念的什克洛夫斯基认为,艺术中的“反常化”语言与日常生活中的“自动化”语言的不同就在于,“反常化”语言可以增加“感觉的难度与范围”,“感觉被阻挡而达到自己力量的最大高度和最大延时性”[②]。总之,“反常化”可以使语言以其变异的形态呈现在读者面前,因而更能引起读者的阅读兴趣和注意力。“反常化”是使语言得以突显自身而达到自我指涉性的基本途径。

文学语言的反常化程序主要体现为对一般语言规范的偏离和触犯,体现为某种变异的语言表达方式,这在文学作品里确实是随处可见的,诚如什克洛夫斯基所说的:“我个人认为,反常化几乎到处都存在,只要那儿有形象。”[③]

首先,从语音上看,文学语言特别讲究发音的悦耳动听,要有韵律和节奏,尤其是诗歌语言,更能运用叠韵、双声、平仄相间等手段,尽力创造出一种语音上的音乐感。这显然与人们平时说话不同,日常说话最关心的是意思的表达,至于发音如何,都是顺其自然比较随便的。在文学语言里,还常常利用“谐音”“飞白”等语音现象制造某种艺术效果,如把“妻管严”说成“气管炎”之类,这也属于对正常语音的有意违犯。

---

① 参见[俄]简・穆卡洛夫斯基《标准语言与诗的语言》,伍蠡甫、胡经之主编:《西方文艺理论名著选编》下卷,北京大学出版社 1986 年版,第 417、第 426～427 页。

② [俄]B. B. 什克洛夫斯基:《作为程序的艺术》,伍蠡甫、胡经之主编:《西方文艺理论名著选编》下卷,北京大学出版社 1986 年版,第 338、385 页。

③ [俄]B. B. 什克洛夫斯基:《作为程序的艺术》,伍蠡甫、胡经之主编:《西方文艺理论名著选编》下卷,北京大学出版社 1986 年版,第 384 页。

其次，从语法上看，文学语言可以对语法常规进行大规模的“反叛”，如语序的必要调整，语链的自由切分，词性的有意变换，等等。这方面最著名的例子是杜甫的诗句：“香稻啄余鹦鹉粒，碧梧栖老凤凰枝。”这是对词序的大颠倒，正常语序应是：“鹦鹉啄余香稻粒，凤凰栖老碧梧枝。”但没有经过反常化的正常语序显然不如原句更像“诗家语”。再如，陆文夫的小说《美食家》里有一段话：“十年动乱以后乱是停止了，可那动却是大面积的！人们到处走动，纷纷接上关系。”在这里，作者故意违犯了构词的常规，采用了一种“析词”的手法，把“动乱”析为“乱”和“动”，又把“动”和“走动”联系起来，使这句话说得别有一番风趣。又如何立伟小说《一夕三逝》中的一句：“他一张脸便是感激的脸，浮雕在这旷漠夜天里。”把名词“浮雕”用作动词，带上了补语，词性被转换了，但这句话所描绘的形象却更生动地突显出来。这种词性的反常化，在文学语言里是时常出现的。

再次，从语义上看，文学语言往往借助特定语境或上下文的作用，积极地促使词语的正常含义在语流中发生扭曲和变异，以造成某种特殊的表达效果。如，鲁迅杂文中的一段话：“中国的老先生们——连二十岁上下的老先生们都算在内——不知怎的，总有一种矛盾的意见。”这句话里，后一个“老先生”由于受上文“二十岁上下”的修饰和限定，其含义已由原来的“年龄大”临时转而指“思想的陈腐”，这就是在语流中词义发生了变异。再如，老舍的《茶馆》里有一段话，是秦二爷在工厂破产后说的：“我劝天下的人，你们有了钱，应该去干坏事，去吃喝嫖赌，但是千万别去办什么实业。”这段话由于受到特定语境的挤压，语义也发生了严重扭曲，语言所表达的意思同语言字面上的意思正好相反。又如，臧克家的诗句：“有的人活着，但他已经死了；有的人死了，但他还活着。”从字面上看，这句诗的语义是自相矛盾的，有悖常理，但诗人故意这样说，另有一层更深的含义，即人的肉体存在是短暂的，人的精神生命却可以长存。这也属于在特定语境中对词语意义的反常化处理。

此外，文学语言的反常化程序还表现在语体甚至文字书写的方面。文学语言往往有意逾越本语体的常规体式，而"侵入"到他语体的范围内，从而造成一种语体的变异和混淆。例如，美国有个诗人写过这样一首诗：

我吃了
放在
冰箱里的
梅子
它们
大概是你
留着
早餐吃的
请原谅
它们太可口了
那么甜
那么凉

这其实是一首用应用文体写的诗，如果给这首诗加上相应的标点，不分行连起来写，就是一张地道的"便条"，无怪乎作者给这首诗加的标题就叫《便条》。这种语体的混用强化了文学语言的反常化特征。文字书写的变异可举《儒林外史》中的一个例子。小说里写了个老者常喜欢说："不必言身寸。"意思是说"不必谢"。"谢"字被拆成三个字，一个字形变成了三个字形，这样的语句就让人感到很有趣。再如某篇小说有这样一个句子:“会场的气氛可以用‘!’来形容。”直接用标点符号代替了文字符号,这种文字书写的变异也能起到简洁醒目的效果。总而言之,文学语言的自指性就是由上述种种反常化程序实现的。正是反常化使文学语言突显自身而成为自我指涉的语言。

(三)

与此相关的另一个问题是,文学语言何以需要自我指涉?或文学语言自指性的目的是什么?提出这个问题,可能是某些极端的形式主义者不以为然的。因为,在他们看来,自指性本身就是目的,不能再有其他的外在目的,文学创作不过是一种纯粹的文字游戏,其动机甚至根源于人的某种天性的禀赋,即如前面引述的海然热的观点,“言之无物的话语本身就可以是目的”。然而,人说出某句话总是有所为的,或者传达某个意思,或者制造某种效果,或者两者兼有。即使一个人独处时的自言自语也不是毫无所为的,它有时是人的心理活动的自发的外露,有时是人的某种情绪的发泄。如失手打碎了一个杯子,有人会随口发出一句咒骂,这骂语就起着发泄懊恼情绪的作用。总之,人说出的话语总要有个目的,文学语言也不例外。当然,我们也不否认,有的作家在创作中是以“游戏于辞令之间”为乐趣的,主观上可能不怀有其他的目的,但客观上只要有人在听,他说的这些话就可能产生某些效果。这就像跳舞一样,跳舞对舞者来说可能是一种自娱行为,是一种自我陶醉,但对观者却可能会造成影响。这大概就是所谓的无目的的目的性。所以,文学语言的自指性也必然是有所为的,有目的的。

这目的之一就是运用自我指涉的强化作用而增强它所产生的审美效果,使它更容易打动和感染读者,更容易激发起读者的审美感知和审美情感,也就是我们前面讲的从意象、意蕴、意味三方面给予读者以更强烈的审美感受。正是因为自指性是服务于审美效果的，我们才把它归之为文学语言的审美特性的三重内涵之一。作为“新批评”先驱的瑞恰兹(I. A. Richards)，曾把文学语言由于自指作用而造成的审美效果概括为语言的“情感用法”。他认为语言的陈述可以区分为两种用法：

> 我们可以为了陈述所引起的联想，不论真联想或假联想，而用陈述。这就是语言的科学用法。但我们也可以为了陈述引起的联想所产生的感情和态度方面的效果而用陈述。这就是语言的情感用法。……我们可以为了文字引起的联想而运用文字，我们也可以为了随之而来的态度与情感而运用文字。①

瑞恰兹在这里说的“情感用法”，不是指运用语言表达或宣泄情感，而是指设法使语言陈述本身产生审美效果或唤起审美情感。瑞恰兹认为，诗歌运用语言的目的就是为了使诗语达到这种审美效果和审美情感，但他对怎样达到审美效果没有更深入的论述。我们可以把他的这个观点与俄国形式主义的“反常化”理论联系起来。就是说，俄国形式主义解决了这个问题的前半部分，即自指性何以能的问题，瑞恰兹解决了这个问题的后半部分，即自指性何以为的问题。而对文学语言自指性问题的较全面的解释，似应把这两方面的理论结合起来，即通过反常化实现自指性，又通过自指性造成审美效果。在这个过程里，反常化是自指性的手段，审美效果是自指性的目的。

文学语言自指性的另一个目的，是为了更有力地传达语言所要传达的再现或表现的内容。这种说法可能会遭到更多的极端形式主义者的反对。如果说自指性以审美效果为目的，他们或许还能接受，但

---

① [英]艾·阿·瑞恰兹：《语言的两种用法》，伍蠡甫、胡经之主编：《西方文艺理论名著选编》下卷，北京大学出版社 1986 年版，第 67 页。

是，如果说自指性以外部指涉的内容为目的，他们就难以容许了。因为，极端的形式主义者之所以强调自指性，就是为了彻底否认文学语言的外部指涉性及其指涉的内容，在他们那里，作品的形式和内容，作品语言的自指性和外指性，都是相互对立和排斥的。但事实上，文学语言是不可能没有外指内容的，尽管这种外指内容进入作品语言之后，已转换成语言的所指意义。我们很难想象，一种没有任何表达内容的语言表达方式是什么样子，我们更难想象这样的语言表达方式如何能引起我们对它的审美兴趣。譬如，前面提到的杜甫的那句诗，如果它毫无外指性内容，或者我们无法理解它的外指性内容，那么，我们怎么能感受到这句诗的自指性的特点和巧妙呢？从这里也可看到，文学语言的自指性是以它的外指性为基础的，不仅如此，它的自指性也是以它的外指性为目的的。一段文学话语，本身被说得生动有趣，具有显著的自指功能，必然会产生强烈的吸引力，诱使读者反复地阅读它、咀嚼它，从而得以更全面更深入地理解它的外指性内容。这一点，就连某些俄国形式主义者也是认可的。例如托马舍夫斯基，他一方面极力强调文学语言是以表达自身为目的的，认为文学语言是“包含着表达意向的话语”，另一方面又不得不承认，这种表达意向有助于作品思想内容的表达。他说：“不要以为，‘表达意向’会有损于思想，会使我们只注意表达而忘记了思想。其实更相反，注重表达自身，更能活跃我们的思想，并迫使思想去思考所听到的东西。”[①]这段话，本意是为“表达意向”辩护的，但无意中也道出了问题的实质：文学语言的自指性特征也是与它的外指内容有关系的，它可以更有力地诱导我们思考作品的外指内容。这与什克洛夫斯基的观点也是一致的，什氏虽然否

① ［俄］鲍里斯·托马合夫斯基：《艺术语与实用语》，［俄］什克洛夫斯基等：《俄国形式主义文论选》，方珊等译，三联书店 1989 年版，第 84 页。

认艺术是一种认识，是形象思维，但同时又强调“艺术的目的是提供作为一种幻象的事物的感觉”，而“反常化”就是作为达到这一目的的程序而存在的。[①] 看来，即使是形式主义者也不是把文学语言的自指性与外指性决然对立起来的。所以，我们在认识文学语言的自指性问题时，必须把自指性与“反常化”“情感用法”“审美效果”“他指性内容”等因素联系起来思考，只有这样，才能真正理解和把握这一问题。

三、文学语言的曲指性

（一）

文学语言的曲指性可从与科学语言的对照中见出。科学语言在表达上要求所表达的意思越清楚越显露越好，就是说，要求语符与语义之间的对应是直接的、明快的。正如韦勒克说的：“理想的科学语言仍纯然是‘直指式的’；它要求语言符号与指称对象一一吻合……语言符号又是简捷明了的，即不假思索就可以告诉我们它所指称的对象。”[②]而文学语言的语符与语义之间的对应关系却不那么直接、不那么确定。文学作者经常采用一些曲折迂回的表达手法表达他的意思，使他所表达的意思不费一番思索和揣测就很难被读者把握到。这就是文学语言的曲指性。

鲁迅先生在小说《祝福》的末尾写道：

> 我给那些因为在近旁而极响的爆竹声惊醒，看见豆一般大的黄色灯光，接着又听得毕毕剥剥的鞭炮，是四叔家正在“祝福”了；

---

① ［俄］B. B. 什克洛夫斯基：《作为程序的艺术》，伍蠡甫、胡经之主编：《西方文艺理论名著选编》下卷，北京大学出版社 1986 年版，第 383 页。

② ［美］韦勒克、沃伦：《文学理论》，刘象愚等译，三联书店 1984 年版，第 10 页。

知道已是五更时候。我在朦胧中，又隐约听到远远的爆竹声连绵不断，似乎合成一天音响的浓云，夹着团团飞舞的雪花，拥抱了全市镇。我在这繁响的拥抱中，也懒散而且舒适，从白天以至初夜的疑虑全给祝福的空气一扫而空了，只觉得天地圣众歆享了牲礼和香烟，都醉醺醺地在空气中蹒跚，预备给鲁镇的人以无限的幸福。

小说的这段结束语描写出了过年时的喜庆祥和的气氛，与前面叙述祥林嫂一生悲惨遭遇的那种沉郁凝重的笔调形成了鲜明的对照。正是在这种反衬中，透露出了这段话更深层的含义：一个弱小而无辜的乡村妇女受尽了种种戕害之后，就在这一片祝福声中悄然死去了，这是一个多么荒谬而又残忍的世界啊！从这段描写里，我们可以清楚地看到文学语言的间接表义的曲指性特征。

中国古典诗词追求"意境"的创造，因而也最讲究诗意表达的曲指性。在中国古代诗论中，是以"含蓄"这个概念来谈论文学语言的曲指性的。刘勰称含蓄为"隐"，"隐也者，文外之重旨也"，"隐之为体，义生文外，秘响傍通，伏采潜发"，要求作诗要"深文隐蔚，余味曲包"[①]。司空图在《二十四诗品》中将"含蓄"列为专品加以探讨，提出"不著一字，尽得风流"的说法。南宋诗人姜夔更是明确提出诗歌要"语贵含蓄"，认为"句中有余味，篇中有余意，善之善者也"[②]。这些论述说明，中国古代文论家对文学语言的曲指性问题一直是非常重视的，而且有较深入的理论阐释，似应引起我们的格外重视。

---

① 刘勰：《文心雕龙·隐秀》。

② 姜夔：《白石道人诗说》。

（二）

造成文学语言曲指性的原因可从两方面分析：一方面文学语言所指涉的内容具有某种不可穷尽性。这些内容不像科学那样是些确定的概念和合逻辑的思想，而是作者对社会人生的某些复杂的感受和感悟，还连带着大量纷杂的情绪、情感的体验和感性的印象、表象。它本身是混杂的、流动的、易变的，像天空中的云气一样处于不断的凝聚、迸散和快速的变化之中，因而这样的内容是现有的语言难以直接表达清楚的。这也就是作家、诗人经常讲的，他们的某些感受和体验只能意会，难以言传。例如，《诗经·采薇》、柳宗元的《江雪》等诗中所表达的内容，对于这样的内容，作家、诗人们只能采取一种间接的途径，即"立象以尽意"的途径，来暗示它、表征它、显现它，这就使文学语言必然成为一种曲指性的语言。清代小说家叶燮说：

> 可言之理，人人能言之，又安在诗人之言之？可征之事，人人能述之，又安在诗人之述之？必有不可言之理，不可述之事，遇之于默会意象之表，而理与事无不灿然于前者也。[①]

因为诗人要言述的是一些不可言述的事理，必须采取一种曲折的方式，即"遇之于默会意象之表"，才能使之"灿然于前"。这样，文学语言就必然具有了曲指性的特点。

另一方面，文学语言的曲指性也与读者的审美要求有关。读者在阅读文学作品时，总希望作品能够给他们提供更多的想象和回味的余地，以便较长久地保持他们的阅读兴趣。为了满足读者的这种审美要求，文学作者在写作作品时就不能把话说死说尽，更不能把话说得过于直露，应尽量用较少的词语表达出更多的意思，即古人所说的"言近

---

① 叶燮：《原诗·外篇》。

旨远”“言在此意在彼”“言有尽而意无穷”，这也使文学语言必须是含蓄的或曲指性的。例如，冯骥才的小说《高女人和他的矮丈夫》里面写到，高女人活着的时候，下雨天，她的矮丈夫总是高擎着一只手为她打伞，后来高女人死了，人们看到，矮丈夫逢到雨天上班，可能由于习惯，依然高高地举着伞。小说在结尾处写道：

> 这时，人们有种奇妙的感觉，觉得那伞下好像有长长一大块空间，空空的，世界上任何什么东西也填补不上。

作者在这里并没有详细述说“人们”看到那情形时的感觉，而是寥寥数语写了伞下的“一大块空间”，这也同时给读者留下了一大块艺术空间，使读者感到这空间里并非空空如也，而是似乎包含着无限的所指，任何一位读者都可以从中体会出点什么。比如依稀感到高女人那凄凄的身影，矮男人那绵绵无期的思念，邻人的那隐隐的悔恨，等等，甚至还会咀嚼到人生的某种淡淡的、无法排遣的哀愁。这种曲指性的含蓄描写，确实产生出了“曲径通幽”之妙。

（三）

从以上两方面原因的分析，我们可以看到，所谓文学语言的曲指性其实包含着两个意思：一个意思是说通过形象间接地指涉意义，一个意思是说形象所指涉的意义是多重的。这两个意思相互联系，但又有区别。第一个意思涉及文学语言的比喻和象征的特征，第二个意思涉及文学语言的复义性。

文学语言的比喻和象征的特征，即中国传统文论中讲的比、兴。比、兴虽然都是指用形象间接抒情达意，但又稍有不同。刘勰说“比显而兴隐”，可谓一语中的。“比者，附也”，“写物以附意”，着眼于物与意之外在的相似性，其意指较为直观明显。而“兴者，起也”，“依微以拟议”，即选用微妙的事物来寄托思想感情，因为用意隐微，故而不容易看出。[①] 例如，“姑娘美如一朵花”，这是比喻，姑娘之美与花之美有相似之处，比较好理解；而“五星红旗高高飘扬”，则是象征，其含义就比较隐蔽，因为“五星红旗”与“中华人民共和国”并没有外在的相似性，前者之所以能代表后者是出于人的一种规定，并且与一定的文化传统有关，不了解这文化传统的人就很难理解其中的含义。所以，唐代的皎然说：“取象曰比，取义曰兴。义即象下之意。凡禽鱼草、木、人物、名数，万象之中义类同者，尽入比兴。”[②]在这里，皎然既指出了比和兴的不同之处，即前者偏重于“象”，后者偏重于“义”，因而前者较显露，后者较隐晦；又指出了两者的共同之处，无论比或兴，都是“立象以尽意”，都是求得“象下之意”。因此，比喻和象征实质上就是文学作者用以曲折地表情达意的两种手法。

既然文学语言的曲指性要求通过形象间接地指涉意义，那么所指涉的意义就必然是含混的、不确定的，这就造成了文学语言的复义性。“新批评”派的著名批评家燕卜逊（William Empson）在其《复义七型》一书中，专门研究了诗歌语言中的复义现象。他认为：“‘复义’本身可以意味着有意说几种意义，意味着可能指二者之一或二者皆指，意味着一项陈述有多种意义。”他举例说，莎士比亚的一句十四行诗，“荒凉的唱诗坛不再有百鸟歌唱”，就包含着复杂的意蕴：可能是说先前的修道院的唱诗坛现在已成废墟；也可能指唱诗坛已无人涉足，只得以铅灰色的四壁为伴；也可能含有与男童歌唱队所流露的那种淡漠凄苦与顾影自怜的情感的对照；还可能根本就不是在讲唱诗坛，而是表示各种社会的历史的意义，如新教徒捣毁修道院，对清教主义的恐怖，等等。燕卜逊认为，复义现象在诗歌中是普遍存在的，正是各种含义的

---

① 参见刘勰：《文心雕龙·比兴》。

② 皎然：《诗式》。

混合和交织赋予诗歌以美感，而“复义的作用”也就构成了“诗歌的基本要素之一”①。燕卜逊把复义性视为诗歌的“基本要素”自当有值得商榷之处，可是他所指出的诗歌语言的复义性及其美感作用，却是难以否认的客观事实。在中国的传统诗论中，诸如“言外之意”“象外之象”“韵外之致”“味外之旨”等说法，其实都是在谈论文学语言的复义性，只不过在理论表述上呈现出传统文论所特有的直观感受的特点而已。

（四）

在我们看来，无论是“立象以尽意”的比喻和象征，还是复义性，都是文学语言曲指性衍生出来的一些特征，这些特征的作用就在于强化和深化了文学语言的审美效果和艺术感染力。正是因为这个缘故，我们把曲指性看作是文学语言审美特性的三重内涵之一。布鲁克斯曾指出：

> 诗人想要“说些”什么，那么他为什么不开门见山地说呢？为什么他只愿意通过隐喻来说？通过隐喻，他就冒片面或晦涩之险，甚至冒什么也没说之险。但这种险是必须冒的。因为直接陈述导向抽象化，它威胁着要使我们根本离开诗歌。②

这就是说，只有间接陈述或曲折的表达方式，才能保证诗歌语言的形象化和多重含义，从而也才能保证它的审美的价值和效果。因此，曲指性是文学语言的审美特性所必需的，是它的题中应有之义。但是，正如布鲁克斯所指出的，文学语言在追求曲折的表达方式时是

---

① 参见[英]威廉·燕卜逊：《复义七型》，赵毅衡编选：《“新批评”文集》，中国社会科学出版社 1988 年版，第 306 页、第 307 页、第 310 页。

② [美]克林思·布鲁克斯：《反讽——一种结构原则》，赵毅衡编选：《“新批评”文集》，中国社会科学出版社 1988 年版，第 334 页。

要冒“晦涩”或“什么也没说”之险的。这意思是说，文学语言的曲指性很容易流于晦涩和混乱，但又与晦涩和混乱有着根本的不同。因为晦涩和混乱是“什么也没说”，而“曲指”尽管是曲折地指涉，但总要指涉点什么内容，否则就失去了文学语言作为语言的最基本的指义功能。如果没有指义功能，也就谈不上文学语言的“立象以尽意”的比喻、象征、复义性和审美效果了。

所以，要正确地认识文学语言的曲指性，还需要注意将其与语言的混乱和晦涩区别开来。语言的混乱或者是根源于思想和逻辑的混乱，或者是由于表达上的错误而造成的词不达意，这两种情况都同“曲指性”风马牛不相及。语言的曲指性不是思想和逻辑的混乱，更不是表达上的错误，而是表达上的特殊需要，是一种艺术上或审美上的追求。“曲指性”与“晦涩”也有本质的区别，尽管两者都易造成费解和歧解，但晦涩是以貌似艰深的词汇来掩盖内容上的贫乏和空洞，而曲指的语言未必使用生僻的词语，但它所表达的内容却必须是丰富的充实的，其中弥漫着无限的所指。这就是说，曲指的语言留给读者的意义空白，并不是真的空寂无所有，而是可能无所不有的。因而，曲指的语言是耐人寻味的，而晦涩的语言则令人厌恶。

四、文学语言的虚指性

（一）

当代德国美学家卡·斯蒂尔勒在谈到语言的用法时曾指出，语言除了有传递经验、知识和思想的外部指涉性用法外，还有一种被他称为“伪指”(pseudo refers to)的用法。他认为，一切虚构文本都是伪指性地使用语言的文本，因而“我们应该超越准实用式的接受，方能认知虚构作品中语言的伪指作用”[①]。在这里，斯蒂尔勒指出了文学语言的又一个重要特征，即虚指性特征。所谓虚指性，是与实指性相对而言的，就是说，文学语言所指涉的内容不是外部世界中已经存在的实事，而是一些虚构的、假想的情景。文学语言的这种虚指性是由文学创作活动的想象和虚构的特性所决定的。所有的文学作品都带有或多或少的想象的、虚构的性质，这确实是不容争辩的事实。韦勒克在界定文学的本质时，甚至把“虚构性”(fictionality)看作是文学的“核心性质”。他说：“文学的本质最清楚地显现于文学所涉猎的范畴中。文学艺术的中心显然是在抒情诗、史诗和戏剧等传统的文学类型上。它们处理的都是一个虚构的世界、想象的世界。”又说：“小说，诗歌或戏剧所陈述的，从字面上说都不是真实的；它们不是逻辑上的命题。”[②]对文学作品里的这种指涉着虚构情景的陈述，有的语言学家称为“虚假陈述”“伪陈述”“模拟陈述”等，以此与描述客观事实或实事的“真实陈述”区别开来。正是文学活动的想象和虚构的性质决定了文学语言必是一种虚假陈述，也就是一种虚指性地使用语言的陈述。

按照现实主义和浪漫主义的区别，《红楼梦》应该算是一部现实主义的小说。但是，作者在这部小说的开篇就一再申明，他所描写的是“梦”，是“幻”，“故将真事隐去”，“用假语村言，敷演出来”。就是说，他写的不是“真事”，是他虚构出来的故事，尽管这些故事也有他“历过一番梦幻之后”的往事的依据和参照。所以，“敷演”这些故事的言语也只能是“假语村言”“荒唐言”而已。在这里，曹雪芹以其对小说文体的丰富的创作经验和深刻的体会，无意中透露出了文学所讲述的内容的虚构性以及这种讲述的“假语”性，即虚指性特点。

---

① ［德］卡·斯蒂尔勒：《虚构文本的阅读》，《文艺理论研究》1989年第1期。

② ［美］韦勒克、沃伦：《文学理论》，刘象愚等译，三联书店1984年版，第13页。

虽说文学语言所指涉的内容都是虚构的情景，但体现在具体的文本里，这种虚构的情景又有诸多的差别，从与现实情景接近的程度看，可以区分为三大类。第一类是相似情景。这类情景，虽然也是虚构的，但这种虚构是以现实情景为参照的，就是说是按照现实生活的本来样子虚构出来的，因而，这类虚构情景就与现实情景十分相似，如同真的一样。大多数以现实生活为题材的叙事作品中的情景，都属此类。某些非现实性的叙事作品中也往往包含着相似情景片断。如乔依斯的《尤利西斯》一开头写道：

仪表堂堂、富态结实的牡鹿马利根从楼梯口走了上来，手里端着一碗肥皂水，碗上十字交叉地架着一面小镜子和一把剃须刀。

这段情景的描写，无论是从人物的动态、神态看，还是从涉及的场景、物品看，都让我们感到同现实中发生的事态没有多少差别。许多诗歌中单纯写景的片断也属于相似情景。如刘长卿的五绝《逢雪宿芙蓉山主人》：

日暮苍山远，
天寒白屋贫。
柴门闻犬吠，
风雪夜归人。

这首诗基本上是如实描写景物，描写的图景与实际的景物非常接近，诗人的虚构只是表现在取景和构图上。第二类是可能情景。作品里的虚构情景虽在当下现实中并不存在，但在将来有可能发生，即亚里士多德说的“按照可然律和必然律可能发生的事情”。如表现社会理想的作品以及政治幻想小说和科学幻想小说中所设想的带有预言性的情景，都属于可能情景。第三类是不可能情景，即所构想的情景在人类生活中，无论过去、现在或将来，都是不可能出现的。之所以不可能出现，是因为这类情景都是荒诞不经的、不合情理的、过分夸张的、混乱无序的。诗歌作品里大量存在的那些经过了拟人化、隐喻化、梦幻化的情景，都属于这类不可能的情景。如艾略特的名句："黄昏在天空中延展，像一个被麻醉的病人，躺在手术台上。"李白的名句："白发三千丈，缘愁似个长。"这些诗句所描述的情景，可以被想象，但永远不可能在现实中出现。还有现代主义叙事作品里的那些荒诞的、畸形的人物和情节也都是不可能情景。如卡夫卡《变形记》开头第一句话：

> 一天早晨，格里高尔·萨姆莎从不安的睡梦中醒来，发现自己躺在床上变成了一只巨大的甲虫。

读着这样的句子，我们肯定会惊悚万分，因为我们知道，无论在何种情况下，人都不可能变成大甲虫。此外，童话、寓言、神话小说中的情景统统都属于不可能情景。

总之，在文学作品里，被设想的情景是各式各样的，从最接近现实的情景到与现实完全相反的情景都可能出现。但是，这些情景又有一个共同特点，这就是虚构性，尽管虚构的程度和方式不同。它们都是虚构的，都是对可能的或不可能的事态的构想，而不是对已然事态的纪实。如果是对已然事态的纪实，就成为新闻报道或历史记载了。正是从这个意义上，我们把文学陈述看作是伪陈述或虚指性的陈述。

（二）

用"伪""虚假"这些一向被认为带有贬义的词去界定文学陈述的性质，可能会引起一些误解。按照一般的理解，虚假陈述就是对事实的错误判断和命题。如果文学陈述是虚假陈述，那不就意味着文学是在用一些错误判断和命题欺骗读者吗？但是，这种一般的理解只适合于以对已然事实的认知为目的的陈述，而不适合于文学陈述。因为文学陈述不是以对已然事实的认知为目的，而是别有所图。文学作者讲述那些被构想得曲折离奇的故事，就其主观动机来说，显然不是要告诉人们现实中何时何地发生了什么事情，更不是有意用谎言欺骗别人，而是为了用这些虚构的陈述在读者那里制造出某种审美的效果，使读者在精神上有所收获。贺拉斯早在一千多年前就说过："虚构的目的在引人喜欢。"[①]曹雪芹在《红楼梦》开篇也谈到，他之所以用"假语村言""敷演"这些如"梦"如"幻"的故事，皆是为了"使闺阁昭传，复可破一时之闷，醒同人之目，不亦宜乎?"所以，文学中的陈述是为了让陈述产生审美效果，而不是像历史陈述那样为了说明已发生的历史事实。既然这样，判定文学陈述价值的高低，就不能以是否符合已存的事实为标准，而应以是否产生审美效果为标准。否则，就会得出老子"信言不美，美言不信"的极端结论，从而以判定"信言"的标准全然否定了"美言"的价值。

按照奥斯汀(J. L. Austin)的言语行为理论，语言不仅"以言指义"，还可以"以言行事"。美国理论家乔纳森·卡勒(Jonathan Culler)据此提出了"述行语"概念。"述行言语不是描述而是实行它所指的行为。"这就是说，述行语不仅作为言语而有所指谓，而且还可以作为行为而制造出某种效果和影响。卡勒认为，"述行语"这个概念，"有助于描述文学话语的特点"，"文学言语像述行语一样并不指先前事态"，"文学语言也是制造它所指的事态的"，"面对莎士比亚十四行诗的开头'我心爱的姑娘的眼睛绝不像那太阳'，我们并不去问此话是真是假，而是问它做了什么，它和这首诗里其他的句子是怎样协调的，以及他与其他行之间的配合是否愉快(给人以快感)"，所以，"把文学作为

---

① 参见[古希腊]亚里士多德:《诗学》，罗念生译，人民文学出版社 1962 年版，第 155 页。

述行语的看法为文学提供了一种辩护:文学不是轻浮、虚假的描述,而是在语言改变世界以及使其列举的事物得以存在的活动中占据自己的一席之地”①。卡勒的这一述行语理论对准确地理解文学语言的虚指性特征是有启发作用的。

因此,文学语言的虚指性只是说陈述所指涉的内容是虚构的,并不意味着“说谎”和有意的“弄虚作假”。相反,文学语言正是通过它的虚指性,或者说通过“弄虚作假”,来实现它所特有的审美价值和功用。从这个意义上看,巴尔特下面的一段话无疑具有一定的合理性:

> 但对我们这些既非信仰的骑士又非超人的凡夫俗子来说,唯一可做的选择仍然是(如果我可以这样说的话)用语言来弄虚作假和对语言弄虚作假。这种有益的弄虚作假,这种躲躲闪闪,这种辉煌的欺骗使我们得以在权势之外来理解语言,在语言永久革命的光辉灿烂之中来理解语言。我愿把这种弄虚作假称作文学。②

在这段话里,巴尔特充分肯定了文学语言的虚指性特征,认为它是一种“有益的弄虚作假”“辉煌的欺骗”,可以起到其他的言语方式所不能起到的特殊作用。

(三)

文学语言作为一种虚指性的陈述,它的审美效能主要体现在两个方面:一是通过所描述的虚构情景激起读者的惊奇和喜怒哀乐的情感,使之获得审美的愉快;二是在审美的愉快中进而给读者以思想上

---

① 参见[美]乔纳森·卡勒:《当代学术入门·文学理论》,李平译,辽宁教育出版社、牛津大学出版社 1998 年版,第 100～102 页。

② [法]罗兰·巴尔特:《符号学原理》,李幼蒸译,三联书店 1988 年版,第 6 页。

和精神上的教益。前一方面的效能要求文学语言必须具有可信性的基础。就是说，文学语言虽然描述的是虚构情景，但又要设法使读者觉得好像是“真”的一样，只有这样，读者才能接受这种描述并投入到所描述的情景中去，激发起种种情感而获得审美愉快。描述的明明是虚构情景，但又要能让别人觉得可信，这就涉及如何增强描述的可信度的各种技巧和手段。最常见的手段就是“逼真”，即力求提供细节上的真实。细节上的真实可以造成极高的可信度，诱使读者进入描述的情景，即使这情景在整体上可能是极为荒诞的。如前面提到的卡夫卡《变形记》开头的一句话，里面就有让人感到相当真实的细节描写，有具体的时间、地点，有人物的具体活动，如“从不安的睡梦中醒来”，“躺在床上”。尽管每个读者在读这句话时都知道整句话所讲的事件是根本不可能发生的，但由于有细节的逼真作为衬托，读者将被诱引着一步步进入情景，甚至还可能不由自主地体验到主人公变成大甲虫的恐惧和苦痛。由此可看到“逼真”手法的作用，它可能使最不可信的东西变得似乎可信。此外，作者还可以使用其他多种手段强化他所描述的虚构情景的可信度，如依靠被描绘情景的浑然一体的连贯性和整一性来维持读者的信任，使用一种纯真的、可亲近的叙述语调来消除读者随时可能产生的疑心，甚至故意通过动摇读者对所述情景的信任感，诱使读者相信情景的描述者是唯一可信赖的人，从而加强了描述的可信度。比如，有些小说家在叙述故事的过程中反复声明故事情节纯属虚构，这种有意的坦白，反而增强了故事的可信性，使读者更加投入。简言之，很难想象一种文学陈述没有一定程度的可信性，就能具有使读者产生审美愉快的效能。

后一方面的审美效能，即随审美愉悦而生的思想和精神上的教益，则要求文学语言必须具有一定的观念性内涵。就是说，文学语言所描述的虚构情景虽不必与现实中的已然事实相符，但又不能认为与现实世界无关。作品中的某种情景之所以被如此这般地设置和构想，并非只是出于审美的考虑，更多的是作者对现实世界深层本质体悟的一种反映和折射，其中寓含或凝结着一定深度的观念性内涵。在卡夫卡所构想的人变成甲虫的情景里，就暗含着作者对现代社会的深刻理解，即人被物化和异化的苦状和困境。同样，曹雪芹的“荒唐言”里也是饱含着他的“辛酸泪”的。乔纳森·卡勒在谈论小说中讲述的故事的功能时，曾提到它的两种功能：一种是“故事给人们带来快乐和满足”，一种“就是教我们认识世界，向我们展现世界是如何运转的，通过不同的视点调节方法，让我们从别的角度观察事情，并且了解其他人的动机，而我们通常是很难看清这些的”[①]。后一种功能的发挥显然是以故事中暗示着的观念性内涵为根据的。甚至在有些作品里，这些观念性内涵还会被作者迫不及待地直接点出。如托尔斯泰在《战争与和平》的结尾处，大段地陈述他的历史哲学观念。哈代的《德伯家的苔丝》的最后一句话是：“……那个众神的主宰对于苔丝的戏弄也就完结了。”在诗歌中也有这种情况，如马致远《天净沙》的最后一句“断肠人在天涯”，直接挑明了诗的主题思想。这说明，有些作品的观念性内涵已经丰富到饱和的程度，以至于最终溢出了情景之外，而被直截了当地说出来了。当然，有些概念化图解式的作品，也喜欢直接点出主题，但这往往是思想贫乏的表现，与观念性内涵因丰富而溢出的情况不是一回事，不能混为一谈。总之，文学语言所描述的虚构情景，绝不是一些毫无意义的表象的杂乱组合，而是贯穿和浸透着丰富的观念性内涵。正因为这样，读者才能在审美愉悦中获得思想和精神上的提升。

① [美]乔纳森·卡勒：《当代学术入门·文学理论》，李平译，辽宁教育出版社、牛津大学出版社1998年版，第95页、第96页。

（四）

由于文学语言所指涉的虚构情景，必须依靠可信性和反映现实世界本质真实的观念性内涵的支持，才能充分地发挥它的审美效能，所以，文学语言的虚指性不仅不排斥真值性，而且是容含着真值性的。王宁说，它的虚指性特点恰恰在于虚而不假、虚中有实、幻中有真。但是，有些论者在文学语言的虚指性问题上，只看到“虚”的一面，看不到“真”的一面：或者宣称文学语言不存在真值性问题，无所谓真伪对错；或者用一般逻辑语言的真值性来衡量文学语言，彻底否定其特有的审美价值和功用，将其斥之为无意义的、浮夸的、寄生性的语言。例如英国分析哲学家塞尔就认为，虚构语言是一种不严肃的、不真实的言语行为，它寄生于真实语言之上，是一种只适用于诗歌小说之中的语言。因此，他宣布：“我们有必要在回答关于‘严肃话语’问题的逻辑前提之前，暂时把寄生性话语的问题搁置起来。”[①]诸如此类的观点都是我们不能认同的。

值得注意的是，我国传统文论虽然深受老子的“美言不信，信言不美”思想的影响，但在诗文中的虚与实、幻与真的关系问题上，却依然有着深刻的见解。如刘勰早在一千多年前就提出了，文学的用语应该“夸而有节，饰而不诬”，应该“酌奇而不失其贞，玩华而不坠其实”[②]。明代的王骥德在谈到戏曲创作时也说：“戏曲之道，出之贵实而用之贵虚。”[③]明末的文论家袁于令在评论《西游记》时甚至提出了“极幻”才是“极真”的理论，他说：“文不幻不文，幻不极不幻，是知天下极幻之事乃

① 参见涂纪亮：《现代西方语言哲学比较》，中国社会科学出版社 1996 年版，第 218 页。

② 刘勰《文心雕龙・夸饰》。

③ 王骥德：《曲律・杂论》。

极真之事，极幻之理乃极真之理，故言真不如言幻，言佛不如言魔。”①袁于令的观点可能有些偏激，但他充分肯定了“幻”在文学中的价值，指出小说语言可以是“极幻”的，并且认为，在文学里，“极幻”往往就是达到“极真”的一个途径。这种把“幻”和“真”紧密联系起来的辩证观点，还是我们应该借鉴的。我们不能把文学语言的虚指性简单理解为绝对的虚假性，实际上在文学语言的虚指性中就包含着真值性，或者说，文学语言正是通过其虚指性而达到其真值性的。

---

① 袁于令:《西游记题辞》。

第五章 文学语言的文体类型

本书第三章讲文学语言的结构，是就所有文学作品的语言而言的，是指所有文学作品语言的共同结构；第五章讲文学语言的特性也是就所有的文学作品语言的特性而言的，是指所有的文学作品语言的共同特性。但是，所有的文学作品语言是可以划分为不同的文体类型的；而不同的文体类型，它们的语言结构和特性除了具有共同性之外，还有各自的特异之处。因此，要想真正搞清一部具体作品的语言结构和特性，只是知道所有作品语言的共同结构和特性还不行，还必须进一步探讨各种文体类型的语言结构和特性。从哲学上讲，这里体现了一般、特殊、具体三者之间的关系。从一般到具体，中间隔着特殊，所以特殊是连接一般和具体的桥梁。而研究文学语言的文体类型，也就是研究文学语言的处于一般性和具体性之间的特殊性。

一、关于文学文体

（一）

文体(style)一词，原本来自语言学的学科范畴，是语言学研究中的一个重要方面。在语言学里，研究文体现象的学问被称为“文体学”(Stylistics)。那么，什么是文体？人们说话、写文章(用语言交流)，总在一定的场合和情境中进行，并且涉及一定的交流目的、交流信息和交流对象。交流的场景、目的、信息、对象不同，说出的话也就不一样，有着不同的风格和体式，由此就形成了不同的语体或文体。譬如同一个人，当众演说时说一种话，跟朋友私下聊天时又说另一种话。写作也是一样，起草一个官方文件是一种文本，写一首诗歌或者写一篇学术论文，又构成其他的文本。这些话语和文本在语言风格和体式上都有着明显的不同，分属种种不同的文体。因此，所谓文体大约可以这样概括：特定的言语主体，在特定的境况下，出于某种特定的交际目的，面对特定的交流对象而发出的具有某种特定内容和结构形态的话语或文本的风格和体式。或者，简单地说，文体就是文章风格。在英语中，文体和风格就是一个词，是可以通用的。

对文体概念的这种理解，显然涉及文体形成的六个重要因素，也就是“谁何时对谁说何种语言”(Who speaks what language to whom and when)，这就是说，某种文体及其与其他文体区别性特征的形成，都离不开这六个要素，即“谁说”(言语主体)、“谁听”(言语受体)、“何时说”(言语环境)、“为什么说”(言语目的)、“说什么”(言语内容)、“怎么说”(言语构建)。其中，头一个要素、第四个要素以及第六个要素都属于主观因素，其余的要素属于客观因素。作为主观因素的言语主体，在文体形成中是最能动的因素，言语主体按照传达和交流的需要，主动地选择、构建出一定的语言体式。当然，整个语言体式选择和组建的过程又受着其他各种客观因素的制约。这六个因素在文体形成中的作用并不总是平衡的，对某种文体来说，某个或某些因素可能起着更加决定性的作用，而对另一文体，其他一个或一些因素的作用可能显得更为关键，由此产生了有关文体形成的各种理论，如变异说（强调言语主体的创新）、选择说（强调言语主体的动机和目的）、个性说（强调言语主体的内在气质和品性）、功能说（强调对言语受体的作用和影响）、特指说（强调言语内容对言语形式的限定），等等。然而，显而易见的是，无论对哪种文体，都离不开这六个因素的协同作用，都是这六个因素综合作用的结果。因而，更为准确的说法应该是，某种文体的结构特征正是在这六种因素相互制约的综合作用下形成的。

（二）

上述六因素都是可变因素，都是作为文体形成的变量而存在的。六因素中只要有一个因素发生变化，就会引起文体特征的相应改变。在一定的区间限度内，这种改变只是微小的、数量上的，还不致引起质的变化。因此，在这个限度之内，这些变化着的文体尚具有一种家族相似性，而在这个限度之外，就变化为不同种类的文体了。为了更好地把握文体之间的这种家族相似性特征以及由此而形成的文体种类之间的区别性特征，文体学还需要对文体进行分类研究。

文体类型的划分一向比较麻烦，关键在于分类标准。分类所依据的标准不同，区分出的类别也就不一样。一般而言，文体研究中较为通行的分类方法，一是依照交际方式的不同进行划分。人们通过语言交流信息所取的基本方式大致有两种，一种是口说，一种是书写。这两种基本方式，由于在交流时的客观条件、环境、氛围不一样，因而所形成的文体也呈现出根本不同的特点。比如，口语交际，交际的双方都在现场，可以互相倾听和观看，这种情况使得双方的发言必是轮番进行，并且可多方面利用所谓副语言特征（表情、手势、体态等）以补充单纯语言传达的不足，因而在措辞、句式、语法、语义等各方面都必然是简约的、默契的、相互诱发的、不一定很规范的。而在书写交际中，交际的对象或接受者并不在场，完全凭单方面的书写文本传递信息，许多语境因素必须交代清楚，所以在用语和行文的体式上就表现出力求规范的、相对完整详尽的、经过了用心筹划的特点。在这两种交际方式下构成的文体显然有着本质的差别。前者实际上是一种直接对话的、会话的文体，语言学里一般称之为“口语文体”（The Spoken Style）。后者则是一种独白的文体，一般称为“书面文体”（The Written Style）。这就是以交际方式为主要依据划分的文体类型。

第二种常见的文体分类是从交际场合以及交际双方的关系方面划分的。人们进行信息交流所处的交际场合是千差万别的，有时这种交流是在庄重、严肃、认真的氛围中展开的，交流者之间的关系也存有一定的间距，其中往往包含着政治的、经济的、道德的内容和含义，例如上下级之间、长幼之间、尊卑之间、不同利益集团之间的关系，等等。有时，交流又是在比较轻松、随便的状态里进行的，交流双方的关系一般都是私人性的，较为亲密甚至是亲密无间的，例如家庭成员之间、夫妻之间、情人之间的关系就是这样。在这两种情况下，所产生的文体显然是不一样的。前者被称为“正式文体”（The Formal Style），后者则称为“非正式文体”（The Informal Style）。试想一个人在课堂上讲的话与在家里讲的话有什么不同，就不难明白上述两种文体类型之间的区别了。

再一种文体分类是从地域条件和社会地位的不同着眼的。语言是民族特性的最重要的表现，民族与民族之间的不同主要是语言的不同，而民族与民族之间的沟通也主要依赖于语言的沟通。所以，即使在现代条件下，各民族之间的政治、经济、文化的往来和交流也必须建立在语言的互译和转换上。所以，迄今为止，要谈共同语也只能是民族共同语，只有在同一民族的范围内，才有所谓的共同语言的存在。超出民族的界限，就只有各民族语言之间的影响和渗透。至于这种影响和渗透能否最终产生出一种世界共同语，这就取决于世界一体化进程的未来发展能否推动这样一种需要以及这种需要有没有条件得到满足了。至少就当今景况看，语言还是以民族划线的，所谓世界范围内的共同语言，只能是一个遥遥无期的奢望。现在只有民族共同语，而民族共同语并不是说同一民族的人所操持的语言完全相同，而是说同一民族的语言总是有着某种程度的一致性和同一性。正是以这种一致性和同一性为基准，每个民族都会选定一种这个民族最有代表性的方言系统，并将这个方言系统确认为这个民族的标准语(Standard Language)。这就是说，在一个民族内部，虽然存在着共同的语言内核，但由于民族成员的居住地域和所处的社会地位的不同，民族共同语也就分化为种种不同的变体，语言学中称之为“区域性变体”(Regional Varieties)。一般说来，处于中心区域和社会上层的语言变体被确立为标准语，而其他居住区域的语言变体则称为“方言”(Local Dialect)。这样，在民族语言内部，按照居住地域和社会分层的不同区分，可区分出标准语和方言两大类型的语体或文体，而方言还可进一步区分为种种不同的类别。例如汉民族语言，其现行的标准语是以北京地区的方言为基础建立起来的，而汉民族居住区域的广大和地理条件的多变，使得汉民族方言的分布极为复杂和细碎。仅大的方言系统就有北方话、吴语、粤语、闽南话、客家话，等等，小的方言就更不计其数了。这些方言都各有其发音、词汇、句法上的特点，有的差别还很大，甚至无法听懂。但无论差别多大，这些方言都共有一个大致相同的本民族语言的内核。正是从这个意义上，我们把方言（包括标准语）理解为民族语言的种种不同的变体，理解为从民族语言里区分出来的种种不同的语体或文体。当然这种语体或文体主要是依据居住地域的不同划分的。

我们要谈的最后一种常见的文体分类法是按照文章风格的不同而划分的。文章就是用文字写出的话语篇章，所有的书面语体应该说都属于文章的范围。人们写文章总是在不同的情况下、出于不同的目的、面对不同的对象去写的，由此写出的文章在措辞用语、章法格式等诸多方面都不一样，这就形成了各种不同的文章风格。前面说过，在英文里风格与文体是一个词，文章风格其实就是狭义的文体。曹丕在其《典论·论文》中讲的“文”就是指所有的文章，他根据文章风格的不同区分了文体的类型，提出了著名的“本同而末异”的理论。他说：“夫文本同而末异，盖奏议宜雅，书论宜理，铭诔尚实，诗赋欲丽。”曹丕把文章区分为四类八体，他的分类及其对各文类风格特点的概括未必妥当，但他提出的理论则具有开创的价值，他开了中国古代文体分类和文体风格论的先河。在曹丕之后，陆机、刘勰等人又提出了更加成熟的文体分类理论，从而使文体分类研究成为中国古代文论中最有建树的几个分支学科之一。中国古代文体分类研究的特色，集中体现在开始于六朝时期的“文笔”之争上。南朝宋人颜延之最先把文章划分为“文”与“笔”两大类，其后，文论家们就“何者为文”“何者为笔”展开了争论，提出了各种各样的观点。刘勰主要是从文章的形式上解释“文”

与“笔”的区别，认为“今之常言，有文有笔，以为无韵者笔也，有韵者文也”[①]。稍后于刘勰的萧绎，主要从文章的性质上划分“文”“笔”，认为“惟须绮縠纷披，宫徵靡曼，唇吻遒会，情灵摇荡”的文章，也就是能够打动人的情感、讲究词采和音乐美的文章，才可以称为“文”，而“善为奏章”“善辑疏略”的论事说理实用之文，则叫作“笔”[②]。对于“文”“笔”的辨识，后人仍聚讼纷纭，但基本上仍为上述两种观点的继续。中国古代文论家把文章区分为“文”与“笔”两大类的观点，应该说是极有见地的，基本上抓住了从文章风格的角度划分文类的要领。西方现代文体学家对文章风格的分类与中国古代有不谋而合之处，他们也主要是从文章有无艺术性、审美性着眼来辨别文类的。他们认为在所有的书面文字中，有一些文字是专门用来叙事说理、说明情况、传递信息的，或者是出于某种功利性目的而写的，并不特意追求用语的艺术性和审美性；而另一些文字则与此相异，无论是描写、叙述、议论、抒情，都必须以用语的巧妙、别致、富于创造性和审美感染力为己任。前者被称为科学文体和应用文体，如科学论文、调查报告、新闻报道、法律文书、公文等等。后者就被叫作所谓的“文学文体”(Literary Style)，如诗、小说、剧本、文艺性散文，等等。所以，文学文体与非文学文体的根本区别，就在于对审美性的追求，就在于以审美性而不是以功利性为目的。而非文学文体追求一种实用的效果，是以实用性为目的的。例如，一首抒情诗和一篇通知的区别就是这样。

上述四种文体分类的方法，都是文体研究中最常用的方法。同一篇文章运用不同的方法，可以划归为不同的类型。但只有第四种分类方法才涉及文学文体。

---

① 刘勰:《文心雕龙·总术》。

② 萧绎:《金楼子·立言》。

（三）

文学文体可以是语言学的研究对象，也可以是文艺学的研究对象，不过这两种研究有着性质上的差别。语言学研究文学文体，是把文学文体作为语言系统的一个特例或者作为运用语言系统的一个特例来看待的，最终还是为了印证这个语言系统的某些特征。文艺学研究文学文体，则是从语言方面研究文学，或者说，就是研究文学的语言，目的是为了揭示文学语言的审美特性。文艺学对文学文体的研究当然可以借鉴语言学中有关的理论和方法，但其研究的目的和任务，是与语言学的相关研究截然不同的。文艺学的文学文体研究最终要落实到对文学语言的结构特性、语用特性及其作为一种文体的审美特性的研究，也就是文学语言与诸如科学语言、日常语言、实用语言等相比较而见出的特殊性。语言学也可能研究文学文体的审美特性，但这种研究最终要归结为一般语言学理论。就是说，这两种研究虽然研究的对象是一样的，但又分属于不同的学科领域，服从于不同的学科使命，一种是把文学语言研究放到文学研究中去，一种则把文学语言研究归之为语言学研究。在进行文学文体的研究时，这两种不同性质的研究是需要首先加以分辨和区别的。

既然文艺学对文学文体的研究实际上就是对文学语言的结构特性和语用特性的研究，从这个意义上看，前面两章的内容（文学语言的结构、文学语言的特性）都属于对文学文体的研究。我们已经知道，文学语言一直是西方 20 世纪文论普遍关注的论题，因而对文学的文体学研究，在整个的文艺学研究中也获得了突出的地位。韦勒克认为，文体分析“将成为文学研究的主要部分，因为只有文体学的方法才能界定一件文学作品的特质”①。是否只有文体学的方法才能界定文学作品的特质,可以存疑,但文体学研究是文艺学研究的一个重要组成部分,则应该是不成问题的。

过去,我们的文艺学研究偏重于文学的外部研究,而对于文学的内部研究特别是对于文学文体的研究重视不足,这不能不说是我们文艺学研究中的一个重大缺失。须知,文艺学研究无论如何是不能缺少文体分析这一重要环节的。文学作为一种语言艺术,如果不能从语言方面认清它的特质,也就不能真正地认清它与外部世界的联系,因为正是它的语言特质,在某种程度上决定了它在外部世界系统中的地位和功用。所以,文学的外部研究必须要与内部研究特别是要与文体学研究结合起来才行。20 世纪 80 年代以来,随着本体论思潮的引入与风行,我国文艺学也在文体研究方面取得了较大的进展,文体分析日益成为文学研究和批评的基本方法之一。但是,我国文艺学的文体研究总体上看尚处于借鉴积累阶段,要达到成熟的地步还有待时日。这正如韦勒克所说,“如果没有一般语言学的全面的基础训练,文体学的探讨就不可能取得成功,因为文体学的核心内容之一正是将文学作品的语言与当时语言的一般用法相对照”②。因此,我国文艺学的文体研究的进一步发展的关键在于一般语言学的理论素养和分析技术的训练和提高。

(四)

正如语言学的研究可以区分为一般语言的研究和文体分类的研究一样,文艺学的文体研究也可区分为一般文学语言研究和文学语言

① [美]韦勒克、沃伦:《文学理论》,刘象愚等译,三联书店 1984 年版,第 193 页。
② [美]韦勒克、沃伦:《文学理论》,刘象愚等译,三联书店 1984 年版,第 189 页。

的文体分类研究。一般文学语言研究主要是把文学语言作为一个整体来研究,主要研究文学语言的与众不同的结构形态和语言运用的方法。文学语言的文体类型研究,主要是对文学语言的分类研究,把文学语言区分为各种类型,分别研究它们各自的审美特性。这两种研究是相互配合的,后一种研究是前一种研究的基础,因而也是相当重要的。当代波兰学者在谈到文类研究的重要性时说:

> 当研究人员把言语作为分析对象时,他们开始借助更广泛的文类来描述言语的文类情况,他们知道,言语有自己的参照范式,即使具体实现过程中具有鲜明个性的个性化语言,并不因此而减少对这些范式的并不和谐的指令的服从。①

这段话告诉我们,文学语言的一般结构和语用特征应该是从它的各种文体类型中概括出来的,而各种文体类型的特征又应该是从具体作品的语言形式中概括出来的。这样一来,文体类型就成为联系一般文学语言与具体作品语言的中介环节。对这个中介环节的研究在整个文学语言研究中无疑占有举足轻重的地位,它既是对具体现象的总结,又是对一般特质的印证。

探讨文学语言的文体类型,首先碰到的一个难题就是如何对文学语言的文体进行分类。正如前面已经讲到的,一般语言的文体分类可以依据不同的标准,文学语言的文体分类当然也可以依据不同的标准。例如,我们可以按照概括范围的大小变化将文学文体依次划分为个人文体、流派文体、时代文体,直至民族文体。正像韦勒克说的:

> 假如我们能够描述一部作品或一个作家的文体风格,我们也就无疑能描述一组作品和一个文学类别的文体风格、哥特式小

① [加拿大]马克·昂热诺等主编:《问题与观点——20世纪文学理论综论》,史忠义等译,百花文艺出版社2000年版,第100页。

说、伊丽莎白时代的戏剧、玄学派诗歌；我们也能够分析像十七世纪散文中的巴洛克风格的文体种类。我们甚至还能进一步总括一个时代或一个文学运动的风格。①

当然，再进一步，我们还可以总括一个民族的文体风格。从个人文体风格到民族文体风格，概括的范围在不断扩大，最终将形成一个民族的文体风格学。这种研究对于辨识和鉴别一个作家、一个流派乃至一个民族的文体风格特点无疑是极为重要的。

此外，我们还可以按照审美风格范畴的不同来区分文学文体。我们说过，所有的文学文本都具有审美特性，但这种审美特性又体现为不同的风格类型，如优美的、壮美的、悲剧性的、喜剧性的、写实的、浪漫的、幽默的、讽刺的、怪诞的，等等，由此我们可以区分出优美的文体、壮美的文体、幽默的文体、怪诞的文体等类型。对具有各种不同审美风格的文体进行分类研究，不仅可以更深入地了解文学语言的各种审美风格的特点，而且还可以丰富和充实我们对于文学语言的一般审美特性的认识。

更为常见的文学文体的分类研究，是依照文学体裁的不同而划分的。文学体裁是指文学作品的不同的样式和格式。这种样式和格式既可以从作品的形式辨出，也可以从作品的内容辨出。例如，中国古代习惯上把文学作品分为韵文和散文两大类，有韵之文谓之韵文，无韵之文谓之散文，这就是从作品的形式方面区分的。而西方古代则主要是从作品内容划分体裁的，把文学作品区分为抒情的、叙事的、戏剧的三大类。其实戏剧作品也是叙事的（有抒情因素，但不占主要地位），若将其归之于叙事类，也是两大类。只是西方从古希腊开始，戏剧一直很发达，戏剧作品也早已在内容和形式上形成了一些自身独具

① ［美］韦勒克、沃伦：《文学理论》，刘象愚等译，三联书店 1984 年版，第 199 页。

的特点和创作模式，因而在体裁划分上也就单列为一类了。无论中国的“二分法”，还是西方的“三分法”，都是传统的文学体裁分类法，都已显然不太适合现今文学作品写作的新变化、新发展了。我国现今最为流行的体裁分类方法，采取了一种比较综合的分类标准，既照顾到作品的内容，又照顾到作品的形式，这就是所谓的“四分法”，即把文学作品分为诗歌、小说、散文、戏剧四大类。这种“四分法”不能说没有缺陷，但总起来看，具有较大的包容性和普适性，与“二分法”“三分法”相比，是有明显优势的。

以上我们介绍了三种对文学文体分类的方法，一是按概括的范围大小分，二是按审美风格分，三是按作品体裁分。对文学语言文体类型的研究来说，这三种分类方法都很重要，都有借鉴和采用的价值。但比较起来，笔者认为按作品体裁划分的方法似乎更加重要、更有价值一些。因为按体裁分类，特别是“四分法”的分类，归根结底还是以作品本身为着眼点的，具体地说，是以作品语言格式的特点为着眼点的。诗歌、小说、散文、戏剧，这四种不同的体裁种类，其最突出的区别性特征就体现在它们各自的语言格式上，也就是诗歌有诗歌的语言，小说有小说的语言，散文有散文的语言，戏剧有戏剧的语言。各种体裁的作品，一看其语言格式就能即刻分辨出来。但是，按概括的范围大小分类，主要是从创作主体的独特性着眼的；按审美风格分类，主要是从接受主体的感受着眼的。依照这两种分类方法，都与作品语言形式的特征隔了一层。我们无法根据一位作家的作品风格而确定一种文学体裁的风格，因为一位作家的风格可以体现在不同的文学体裁中。同样，我们也无法根据一种作品的审美风格而确定一种文学体裁的风格，因为同一种审美风格可以在不同的文学体裁中体现出来。也正是因为这一点，我们认为，所谓文学语言的文体类型主要是指文学体裁的类型，研究文学语言的文体类型，也主要是研究文学体裁的类型，也就是研究诗歌的语言、小说的语言、散文的语言、戏剧的语言。米哈伊·格洛文斯基在《文学体裁》一文中指出：

> 体裁变成了文学语言的原型……分析这些原型有助于提炼出真正或从内在角度把文学语言与其他言语类型区别的因素。……分析也可以揭示任何言语类型所共有的本质的东西。[①]

揭示任何言语类型的共同本质应该是语言学的任务，而文学语言学研究体裁，则确实要把体裁作为文学语言的“原型”，通过研究各个“原型”的特点，上升到对文学语言的一般认识。“体裁变成了文学语言的原型”，这个说法应该说是准确的，研究文学语言不能不研究它的“原型”，而研究它的“原型”也就是我们说的研究它的文体类型。

（五）

如上所说，研究文学语言的文体类型主要是以体裁来划分的，我们将按照“四分法”的分类原则分别研究小说语言、诗歌语言、戏剧语言、散文语言。但是在进入这种研究之前，仍有一个问题需要辨明。我们知道，“体裁”这一概念除了标识某一类作品的文体特征外，它还带有为这类作品确立体式和范型的意思。体裁在某种意义上就是对文学作品的一种约定，有了这种约定，无论是作者的创作还是读者的接受，就有了共同遵守的游戏规则。否则，毫无约束的文学活动是无法进行下去的，因为文学活动是一种需要邀请众多人参与的活动，凡是需要众人参与的活动都是要制定规则的。托马舍夫斯基说：“体裁的本质在于，每种体裁的程序都有该体裁特有的程序聚合，这种聚合

---

① [加拿大]马克·昂热诺等主编：《问题与观点——20世纪文学理论综论》，史忠义等译，百花文艺出版社2000年版，第101页。

以那些可察程序或者说体裁特征为其中心。”[①]托氏在这里说的“程序聚合”就是指体裁的规则和范式。但是，从另一方面看，文学写作活动又是一种个体性很强的活动，它不仅不排斥个体创造性，而且它还要以这种个体创造性为动力，才能不断推动自身的进步。前面我们讲到的文学语言的“反常化”特点，就是文学活动的个体创造性在语言运用上的突出体现。同样在体裁的使用上，创作主体也不是绝对服从这种体裁的常规惯例，而是一有机会，就要试图突破这些已定的常规惯例，竭力表现出自己的独创性来。这样就产生了一个问题，这就是文学体裁的常规(norm)与变异(deviation)的关系问题。

按照辩证法的思考，文学体裁的常规和变异的关系不过是对立统一的关系，这种关系的统一性就在于，常规必然导致变异，而变异又可以转化为常规。何谓常规？常规是由习惯造成的。譬如写小说，大家都这样写，并且认为就应该这样写才是小说，于是就逐渐形成了写小说的规矩(常规)，随后也就建立起了小说这种体裁。小说的体裁一旦形成，对每一个写小说的人就成为一种客观的规定和约束，每个写小说的人都会自觉不自觉地遵守这种规定和约束，以便让自己写出来的东西像一篇小说。但是，又由于每个写小说的人都有自己的创作个性，这种创作个性在实际的创作中虽然受到已形成的体裁范式的约束，但不可能完全被压抑，总要或多或少地有所表露。这种表露有时可能是不自觉的，但若达到一定的限度，就势必会引起对体裁规范的某种偏离。这时，他写出的小说就不完全像过去的小说，在某些方面出现了一些变化，这就是体裁的变异。如果这种变异比较突出，是引人注目的，并被许多人仿效，就有可能转变成新的体裁规范，补充到原

① [俄]什克洛夫斯基等:《俄国形式主义文论选》，方珊等译，三联书店 1989 年版，第 144 页。

有的规范体系中去。这样变异又转化为常规了。例如，意识流小说的写法，一开始只是小说体裁的一种变异，但后来这样写的人多了，又渐渐形成一种新的小说规范了。文学体裁的常规和变异相互转化的辩证运动大致如此，总之，常规和变异的对立并不是绝对的，这两方面之间存在着某种内在的统一性。这正如王佐良先生说的：

> 不论常规和变异都只有一种大致的范围，其边缘常是模糊的、交叉的（例如常规过甚变成了老套，而变异过甚又变成了怪诞，界限是不易分清的；在局部是常规的，在全局可能是变异，反之亦然；同时还有时间因素，在昨天是变异的，在今天可能成了常规）。[①]

这就是说，常规和变异随范围和时间的变化而互转，两者之间并无绝对的界限，不能将它们截然对立起来。

当然，在范围和时间一定的情况下，常规和变异的区别还是确定无疑的，不可以混为一谈。尽管在一定的条件下常规和变异可以互转，但常规毕竟是对变异的约束，而变异毕竟是对常规的冲犯，这两者在体裁形成和发展中的作用和意义是不一样的。由于常规的存在和作用，任何文学体裁都有其较为恒定的一面，都有一套能被多数人认可的、较为通行的规则和规范的系统。作为一种文学体裁，如果丧失了一套较为稳定的规范系统，自然就会陷入分崩离析的状态，它能否继续发展下去也就会成为一个问题。如中国古代格律诗的命运就是如此。同样，又由于变异的存在和作用，任何文学体裁又都有其变动不居的一面。变异在突破了旧规范的同时往往又建立起新的规范，从而推动体裁处于不断的运动和流变之中。从历时态的角度研究体裁的流变史，应该是文学史科学的任务。而从共时态的角度研究体裁的较为稳定的规范体系，则显然属于

① 王佐良：《英语文体学论文集》，外语教学与研究出版社 1980 年版，第 158 页。

文学语言的文体类型的研究范围。当然，所谓体裁的历时态和共时态研究事实上是不能截然分开的，历时中有共时，共时中也有历时，这两种研究之间完全应该相互参照和互为依托。

但是，有些体裁史的研究者轻视甚而排斥对体裁的共时性研究，认为这种研究强化了体裁的规范性和恒定性，不利于创作主体的文体革新与创造。我们并不否认，有些文体类型的研究者片面强调体裁规范的权威性和不可逾越性，试图把体裁规范作为一种教条式的法规强加给作者和读者，压制主体的任何个人的创造和发挥，这种专制主义的文类研究确实应该反对。但是，我们所主张的共时性研究是以承认体裁的历时性变化为前提的，我们要从体裁的不断流变中发现某些不变的因素，给以阐发和论证，以便确立起体裁规范的相对稳定的一面。因为在我们看来，某种体裁的变化不论多么剧烈，总还包含着一些相对稳定的、不变的因素，而且这些因素的存在对于这一体裁的进一步发展是至关重要的。企图彻底推翻传统的惯例和规范，必将使体裁的分界陷入全面混乱，而这种全面混乱的出现，正是某一体裁系统面临解体危机的先兆。“新批评”派的兰色姆在评价某些现代派的诗人时指出，“这些人对传统极为尊重，但是为了他们自己的诗歌，他们故意大踏步地背离了它”，“他们觉得老一套的诗法已经陈腐，从本体上说已不适于他们。但是新的诗法究竟可能是什么，他们又没有始终如一的看法，而一种够激进的新诗法又似乎是不可能做到的，因而他们作诗时便毫不考虑旧的诗法，化其规则为不规则，变其系统为不系统，对此他们毫不隐讳”。兰色姆从本体论的批评原则出发，认为这些诗人都存在着做诗不讲章法的问题，而过分不讲章法将危害到诗本身，因为诗歌语言的结构，在他看来，是存在着一种“耐久的稳定性”的。[①] 由

---

① 参见赵毅衡编选:《“新批评”文集》，中国社会科学出版社 1988 年版，第 78～80 页。

此可见，我们所主张的共时性研究，不仅不压制体裁创新，而且还为正常的体裁创新提供有力的理论支撑，以保证正常的体裁创新不致脱离原有的轨道而陷入混乱。

韦勒克曾把文体类型的研究区分为"古典的"和"现代的"两种。他认为，"古典理论是规则性的和命令性的"，"古典主义理论不但相信类型与类型之间有性质上和光彩上的区别，而且相信他们必须各自独立，不得相混"。而"现代的类型理论明显的是说明性的。它并不限定可能有的文学种类的数目，也不给作者们规定规则。它假定传统的种类可以被'混合'起来从而产生一个新的种类(例如悲喜剧)。它认为类型可以在'纯粹'的基础上构成，也可在包容或'丰富'的基础上构成，既可以用缩减也可以用扩大的方法构成"①。从古典类型理论到现代类型理论的这种变化，反映了现代文学作品在语言的操作上越来越倾向于无定性和随意性，越来越倾向于反既定格式和争先恐后的求新变异。如诗歌创作中的超现实主义派、小说创作中的意识流和新小说、戏剧创作中的荒诞派，即这种倾向的突出代表。这种倾向有其彻底反传统、反规范的过激的一面，但其表现出的强烈的创新意识和可贵的文体实验精神是不能轻易给以全面否定的。

按照韦勒克的这种"古典"和"现代"划分，我们的文体类型研究显然是认同现代类型理论的，我们将坚决地摈弃"命令性"的研究原则，而始终坚持一种"说明性"的研究原则。这就是说，一方面我们将从已有的文学作品和体裁种类出发，总结出各类体裁的语言结构和语用特征，并以这些特征为核心，从中概括出各种体裁的较为稳定的规范体系。另一方面，我们又不认为这些规范体系是永恒不变的，牢不可破

① [美]韦勒克、沃伦:《文学理论》，刘象愚等译，三联书店 1984 年版，第 266～267 页、第 268 页。

的。各种文学体裁都是在不断发展变化的,旧的规范不断地被打破,新的规范不断地被建立,而且各种体裁之间也总是处于相互影响、相互渗透之中,它们之间的分界也并非绝对泾渭分明。因而,我们所概括的各种体裁规范就只能是描述性的,而不是规定性的。这些规范可以作为一种约定、一种建议、或者一种参照提供给文学活动的主体,但不可以作为一种强制性的法规和条令强加给文学活动的主体。这些规范可以作为一种体裁创新所依托的"平台"而对体裁创新构成一定的制约,但不可以作为体裁创新不可逾越的清规戒律而对体裁创新构成一种阻碍和压制。这就是说,我们的文体研究既强调体裁的规范,又包容体裁的创新,并为体裁创新留有余地的。这样,我们的文体研究将反对两种倾向:一种是只讲规范,不讲创新;一种是只讲创新,不讲规范。这两种倾向体现在创作中就是"墨守成规"和"随意翻新",也就是韦勒克说的,"文学作品给予人的快乐中混合有新奇的感觉和熟知的感觉","整个作品都是熟识的和旧的样式的重复,那是令人厌烦的;但是那种彻头彻尾是新奇形式的作品会使人难以理解,实际上是不可理解的"①。让我们再次重申一下,我们的文类研究的原则是:在重视体裁规范的前提下支持一切体裁的创新,但也不因为支持一切体裁创新而放弃体裁的规范。

二、叙事的小说语言

(一)

叙事(narrative),从字面上讲,就是"讲故事"。凡小说都必有一个

---

① [美]韦勒克、沃伦:《文学理论》,刘象愚等译,三联书店1984年版,第268页。

故事，尽管这故事是各式各样的，可大，可小，可复杂，可简单，可实在，可玄虚，可有一个完整的线索，也可以只是一个或数个小小的片断……无论如何，小说总得有一个故事，没有故事就不好被称为小说。因为任何小说，无论是中国的还是西方的，究其最初源头，都是从上古的纪事和史传文体生发变化而来的，离开了叙事，也就等于失去了小说存在和发展的根基。现代主义小说的某些流派，如意识流、荒诞派、“新小说”等，不太讲究小说的故事性，多少背离了古典小说的故事性规范，但仔细分析他们的作品，仍可看出还是有点故事性在里面的，只不过这种故事的线索不太清楚、不太完整，有着更多的象征意味罢了。而当代小说的更加新近的发展，却又使得小说的故事性特征重新凸显出来。这既可以从当代严肃小说的纪实性和写实性倾向见出，也可以从当代流行小说的追求趣味性、娱乐性、消遣性的功能见出。当代小说的最新发展表明，故事性依然是小说的不可动摇的根基。小说是以故事为最切近的指归，小说的一切功能、魅力和效果都是通过故事以及故事的讲述实现的。从这个意义上看，我们把小说文体的语言特征界定为叙事的语言，应该说是妥当的。下面我们论述小说的语言特征就是紧紧围绕着叙事性展开的，也就是小说是如何讲述故事的。

顺便说一句，以叙事性为核心阐述小说语言的特征也是西方现代小说理论的主要特点。我们知道，诗歌在各民族的文学发展中都是最早产生的文学种类，相比诗歌，小说的兴起和发达则晚得多。因此，在一个很长的时期内，关于小说的理论都是远远落后于甚至依附于诗学理论之中的。但是，近代以后小说作为一种文学样式获得了长足的发展，特别是到了 19～20 世纪，小说的发展变化更是日新月异，在诸种文学体裁中已经取代诗歌据有了独占鳌头的地位，成为吸引读者最多的一种文学样式。在 20 世纪，伴随着小说创作的繁荣，小说理论也摆脱了长期停滞不前的状态而迅猛发展起来。现代小说理论的特点在于，冲破了传统小说理论的情节、人物、背景的惯用分析模式，从侧重研究小说的内容转向了侧重研究小说文体的语言构成，认定这种语言构成的本质就是故事及对故事的叙述。这样，叙事性就成为现代小说理论的核心范畴，对叙事性的研究也就成为现代小说理论的核心议题。不能否认，现代小说理论仍有诸多偏颇之处，尤其是其极端的形式主义倾向，更是我们所难以赞同的。但是，现代小说理论对叙事性的强调，确实抓住了小说之所以为小说的最为根本的问题，只有抓住了这个问题，才能把小说与诗歌以及其他种类的文学作品彻底区别开来，也才能使小说理论摆脱对诗歌理论的依附性而获得真正独立的发展。正是在这一点上，我们的观点与现代本体论的小说理论是一致的。我们认为，小说之所以为小说的根本之处，并不仅仅在于它具有情节、人物、环境三个方面的内容，而在于它总是包含着一个故事，总是体现为对这个故事的独具特色的叙述之中。研究小说语言的文体特征，就必须以其叙事性为逻辑起点，研究小说如何运用语言讲述故事以及这种讲述将会产生什么样的审美效果。

（二）

让我们再回到“叙事”这一概念。“叙事”从字面上讲既然就是“讲述故事”的意思，那么这一概念的内涵就可以区分为两个部分，一部分是指“故事”，一部分是指“讲述”。先看“故事”这一部分。何谓故事？简单说，故事就是人做过的事。这里首先强调的是“人”做过的事，只有人做过的事才能称为“故事”。大自然中发生的事是不是故事？不是。但是如果大自然中发生的事与人有关，与人构成了利害关系，则可以成为故事的一个组成部分。譬如，某某地区爆发了大地震，给当地人们的生命财产造成了重大损失，从而引起了一场英勇悲壮的抗震救灾运动。在这种情况下，"大地震"这一纯粹自然中发生的事就具有了明显的故事功能，成为一个故事的不可缺少的重要起因。同样，单纯动物做的事也不是故事，一只狗咬死了一只鸡，就这件事本身看不是故事。但是如果这件事严重地影响到人，例如因鸡的死亡而导致鸡的主人也命归黄泉，或者将这件事比拟为人的所作所为，像《伊索寓言》中所做的那样，那么这件事也无疑具有了故事的功能。总之，一切已经发生的人做过的事、与人有关的事、可以比拟为人的所作所为的事都叫作故事。

知道了何谓故事，必然会发生另一个问题，人为什么要做事？这个问题若从根本上回答，不能不说是因为人有欲望。人有欲望，就有行为，有行为就有行为的结果，就有欲望的满足和不满足，就有事遂心愿或者事与愿违。这就是人做的事，也就是故事。所以，从另一个角度看，所谓故事也可看作是人的欲望在现实中的遭遇和命运。乔纳森·卡勒认为："情节讲述的是欲望和欲望的命运。"[①]按现代心理学的观点，应该说生存的欲望（包括食欲、性欲、安全欲等）是人类最基本的欲望，由此升华而成为人的种种意愿、意图、志向和理想。一切推动人类行动的心理动力，无论多么高级，其最原始的根底都是建立在生存欲望之上的。人的类本质特征并不是体现在人可以消灭他的肉体所固有的生存欲望，而是体现在人的一种特殊能力上，即人能够在生存欲望的基础上升华出更高级的需求，从而达到对生存欲望的超越。这种升华和超越的特殊能力，马克思主义称之为人的主观能动性。这就是说，一方面人与动物一样，也有肉体的存在和种种生理的欲求，因为

① ［美］乔纳森·卡勒：《当代学术入门·文学理论》，李平译，辽宁教育出版社、牛津大学出版社 1998 年版，第 96 页。

人最初也是从自然界生出的，也是从动物界脱胎而来的，人无论如何也无法彻底消除这些肉体的欲望。但是更为重要的一方面是，人不是靠肉体的本能欲望生存的，而是靠他特有的理性生存的，人靠了理性之光的照耀和导引能够在起码的肉体需求满足之后，又踏上一条不断向上的道路，由此生发出诸多的精神追求。正是人的这一本质特性把人与动物从根本上区别开来了。所以，人的欲望较之动物的欲望虽然有着共同的根基，但又有着本质的不同，不可同日而语。人的欲望除了生存的欲望之外，还包括一种更高级的欲望，这就是发展的欲望。动物受本能的支配，只能存活，不知发展。而人在自觉理性的导引下，不仅存活着，还自觉要求不断地发展。这种主观精神上的能动性以及由此产生的奋发向上的欲求，就是人性绝对超出动物性的主要标志之所在。

人所特有的欲求也规定着人的活动的基本内容，也就是人到底做些什么样的事？人是受欲求的激发而活动而做事的，人所特有的欲求是生存和发展，这种欲求所激起的活动也必是一种求生存、争发展的活动。这种活动通常是在三个方面的关系中展开的，这就是人与自然的关系、人与人的关系、人与自我的关系。此外，人的活动虽是由欲求激起的，但由于人有自觉理性的判断，有自由意志的选择，因而人的活动就必是一种有自觉筹划和自觉目的的活动，而不是一种受纯粹欲望冲动支配的盲目自发的活动。上述在三个方面的关系中展开的自由自觉的求生存、争发展的活动，就构成了所谓人的生活的基本内容。换句话说，所谓人的生活就是为满足生存和发展的需求而进行的自由自觉的活动。如此看来，与其说“故事”是人的欲望在现实中的遭遇和命运，毋宁说“故事”就是人所特有的生活，就是人对它所特有的生活的一种回顾和总结的方式。《红楼梦》里的故事，一桩桩，一件件，无非讲述了小说中一个个人物的生活，讲述了这些男女主人公们受了怎样的欲望的驱使而谋划着、行动着、冲突着，又是受了怎样的不可抗拒的阻碍或者可怕的命运的捉弄而一步步走向覆灭和死亡的，以致最终“落了个白茫茫大地真干净”。这就是《红楼梦》里的故事，这些故事虽然无不演示了各个人物的种种欲求及其命运或悲剧性结局，但在实质上却是对于他们或她们的作为人的生活的写照、总结和理解。

（三）

以上我们分析了故事的基本内涵，我们认为故事就是人做过的事，而人做过的事又总是与人所特有的欲望、能动性、生命活动有着密切的关联。所以，所谓故事就其本质而言就是依照人的特性而对人的生命活动的过程和结果的某种描述和解释。明白了故事的基本内涵，紧接着的一个问题就是故事是如何构成的。简单地说，故事是由事件构成的。首先故事必须要有多个事件，至少有两个以上的事件；其次是事件与事件之间要有一种内在的联系，要能够显示出一个有着逻辑关联的过程和一个结局。单独一个事件不能成为故事，例如，“玛丽到医院探视病危的父亲”，这只是说出了一个孤立的信息，这个信息只是告诉我们玛丽今天没有做别的事，而是到医院看父亲，那么，她看到了父亲没有？怎么看的？看的结果如何？这一切我们无从得知。所以单一的事件构不成故事。多个事件机械地罗列在一起是不是故事呢？也不是。假如我这样叙述：“玛丽到医院看父亲”，“玛丽的车出了故障”，“玛丽的父亲死了”，“玛丽抱憾终生”。这几件事并列地加在一起，各自分别说出来，我们难以确定这几件事的内在联系，也难以确定事情的过程和结局。因而把多个事件叠加在一起也不是故事。多个事件要构成故事，必须要在多个事件之间建立一种逻辑的关联，一个事件必然导引出另一个事件，而且各个事件在整个故事的发展进程中（起始、进展、高潮、结局）都分别处在某一不可缺少的关节点上。还是上面的例子，如果我们这样讲述：

> 今天早上，玛丽急着去医院探视病危的父亲，但车子开到半路抛锚了，玛丽心急如焚，等到玛丽终于赶到医院的时候，父亲已经去世了。对此玛丽抱憾终生。

这就显然是一个故事了，尽管这个故事很单纯。当然这个故事还可以有其他许多种讲述方法，譬如可以先说玛丽有一件事抱憾终生，然后再讲这件事的过程。但无论采用何种讲法，只要能把这几个单独的事件依照其内在联系串联起来，讲清了这个事情的来龙去脉、变化、转折以及结局的全部过程，我们就得承认这是一个故事。如此看来，构成故事的要素除了事件之外，还需要一个要素，这就是“情节”（Plot）。乔纳森·卡勒说：“仅仅是一系列事件不能形成一个故事。必须要有一个与开头相关联的结局——根据某些理论家的观点，这个结局要能够说明引出故事中一系列事件的最初欲望的结果。”他又说：“情节是一种把事件设计成一个真正的故事的方法。”①在这里，卡勒很正确地强调了，构成一个故事的条件，不仅要有事件，还必须要有情节，这两个条件缺一不可。所以，故事就是事件与情节的合成，或者说，故事就是放到情节中去的事件。

“情节”是小说理论中最常用的概念之一。情节从空间上讲是指事件之间的内在联系，从时间上讲是指事件之间的接续所显示出来的从开头到结局的整个过程。情节就是事件的有序化、合理化、一体化，简言之，就是事件的故事化。正是情节使事件成为故事的。无论事件

---

① [美]乔纳森·卡勒：《当代学术入门·文学理论》，李平译，辽宁教育出版社、牛津大学出版社1998年版，第88页、第89页。

和情节,其最初的原型都是包含在现实的人的生命活动中的。如果说事件在人的活动中是显在的,是具体可感的,仅仅需要故事讲述者从中去筛选和收集就可以得到,那么情节在人的活动中则是潜在的,隐蔽在具体可感的事件背后,有待于故事的讲述者运用理性的透视力去发现和揭示。因此,构成故事的最为关键之处,并不在于事件的搜集,而在于情节的发现。这种发现取决于讲述者对现实生活的感受力和理解力。讲述者对现实生活的感受力、理解力越强,他就越能在更深的层次上揭示事件之间的联系,揭示情节的思想意义。《红楼梦》里讲述的宝黛之间的爱情故事,我们尽可以从社会历史的层面去理解,说明这个爱情故事的悲剧结局是由当时特定的社会环境造成的,而《红楼梦》的作者则显然是在人生层面上解释这一爱情悲剧的,认为人生原本就是一场梦幻,不管是“烈火烹油”,还是穷愁潦倒,到头来都是过眼烟云,很快就会化为乌有,这就是小说中反复渲染的所谓“色空”观念。对这种“色空”观念我们不一定相信,但小说作者在理解他所讲述的故事时所触及的这一人生层面,应该说是一种超越了社会历史层面的更普遍更深邃的层面,因而按照他的理解所设置的故事情节也必然蕴含着更丰富、更深厚的思想内涵。

(四)

虽然所有被讲述的故事从其本原的形态看都来自人的现实的生命活动,都是人对一定社会历史条件下的现实生活的直观形式的理解,但由于文学活动作为审美活动的特殊性,小说中的故事与非文学文体中的故事又有着根本的不同。非文学文体,如回忆录、日记、传记、编年史、纪实作品、新闻报道等,也都是叙事性文体,而且从时间上说,这些文体中的大部分,其产生发展的年代都远远早于小说文体,史传文体是人类最古老的叙事性文体，早在小说文体产生和兴起的几千年之前，就已经出现并臻于成熟。无论东方或是西方，在古代流传下来的那些最重要的典籍中，都包括不少的史传著作，如中国先秦时代的《春秋》，西方古希腊的《希腊波斯战争史》等。所以，从叙事性作品的传承关系方面看，小说与古代的史传著作无疑有着极为密切的渊源关系，两者之间的一脉相承之处也是显而易见的。但小说中讲述的故事与史传、新闻等叙事文体比起来又有自己极为不同的特殊性质。史传、新闻等文体中的故事是严格按照已经发生的事件如实记载下来的，其中虽也有些选择和突出的重点，某些细节也要少加润色，但故事的总体面貌不允许失实，更不允许有超限度的夸张和虚构。由于史见和编写方法的不同，有些历史学家的著作文学性可能更强一些，例如中国的司马迁等。但历史著作中的文学性说到底是依附于历史叙事的，是为历史叙事增光添彩的，其宗旨和目的还是不能脱离历史叙事的基本原则——无条件地忠实于史实，也正是这一点把历史叙事和历史演义中的叙事彻底区分开来了，这种区分只要比较一下《三国志》和《三国演义》的不同就能即刻见出。而历史叙事和历史演义的这种区别和不同，也就是一切纪实性作品中的故事与小说中的故事的根本分野之所在，即纪实性作品中的故事是追求实事实录，而小说中的故事则倾向于想象和虚构的创造。

这就是说有两种故事，一种是如实记载的故事，一种是虚构的故事。小说中的故事属于后一种。“小说”一词的英文是“fiction”，这个词在英文中就含有杜撰、想象、虚构的意思。我们并不否认，许多小说中的故事是有实际生活和历史的原型作为依据的，有些小说创作流派，如经典的现实主义、自然主义，还公然宣称自己的小说是绝对忠实于现实和历史的，是现实和历史的如实的写照和记录。某些现实主义的小说——诚如恩格斯对巴尔扎克所评价的那样——也确实描写出了一个时代的真实面貌和某些本质方面，“他在《人间喜剧》里给我们提供了一部法国‘社会’特别是巴黎‘上流社会’的卓越的现实主义历史，他用编年史的方式几乎逐年地把上升的资产阶级在 1816 年至 1848 年这一时期对贵族社会日甚一日的冲击描写出来，这一贵族社会在 1815 年以后又重整旗鼓，尽力重新恢复旧日法国生活方式的标准”[①]。恩格斯站在现实主义的立场上，给予巴尔扎克的小说以极高的评价。他最为推崇的就是巴尔扎克小说反映历史的真实性，甚至认为巴尔扎克采用了“编年史的方式”写出了他的小说。但是，恩格斯并没有因为巴尔扎克小说的“编年史方式”而否认其小说性质，也没有因为巴尔扎克小说的历史真实性而否认其小说的虚构性。事实上，小说故事的虚构性与反映历史的真实性并不矛盾，虚构的故事完全可以反映历史的真实性，而反映历史真实性的作品，只要还是小说，就一定包含着一定程度的虚构性。我们承认巴尔扎克的小说反映了法国复辟王朝时期的历史真实性，但是巴尔扎克小说中的故事都是实事实录吗？显然不是。他的小说中的人物都确有其人吗？显然没有。在 19 世纪三四十年代的法国，确实产生了一批伺机向上爬的外省人集结在巴黎，也确实形成了这批人的独特的生活环境和生活习性。但是像巴尔扎克的《高老头》中所描写的伏盖公寓以及拉斯蒂涅之类的人物却是独一无二的，他们都是巴尔扎克的创造，是他运用他的想象能力虚构出来的，尽管这种创造和虚构都可能有现实中的原型为根据。因为巴尔扎克终归是小说家，而不是史学家，也不是新闻记者。总之，凡是小说中的故事都是虚构的，不同仅在于，有的小说故事现实感强一些，有的小说故事更表现出主观化、理想化。这种差别我们尽可以从《红楼

① 《马克思恩格斯选集》第 4 卷，人民出版社 1995 年版，第 462～463 页。

梦》和《西游记》的比较中看出。首先这两部小说的故事都不是实事实录，都是虚构的。《西游记》是神魔小说，讲述了神魔世界的故事，是典型的想象性、虚构性作品。《红楼梦》虽然描写的是现实世界和现实的人生，但其中的人物及其故事有的纯粹是虚构，有的至少加上了一定程度的想象、夸张、虚构和理想化，即如作者在开篇中说的，“曾历过一番梦幻之后，故将真事隐去，而借‘通灵’说此《石头记》一书也”①。既然“将真事隐去”，那就只好另行虚构和编排，才能敷演出一段有头有尾的故事来。其次，《红楼梦》和《西游记》虽然都是虚构，但两部小说的虚构又有明显的差别。《红楼梦》的虚构显然有“真事”的依据，并且是按照现实固有的样式想象出来的，“其间离合悲欢，兴衰际遇，俱是按迹循踪，不敢稍加穿凿，至失其真”②，因而所讲述的故事，虽然不是现实中实际发生的，却是现实中可能发生的。而《西游记》中的虚构则远离了“真事”的依据和约束，远离了现实本来的模样，极尽人的想象力之能事，上天入地，呼风唤雨，必要时山可让路，水可倒流……其构想出的人物及其故事不仅是现实中不曾有的，也是现实中永远不可能发生的。最后，无论是《红楼梦》中的离现实较近的虚构故事，还是《西游记》中的离现实较远的虚构故事，都能够反映现实和历史的真实性。一部小说有没有真实性，并不取决于有没有虚构，也不取决于有没有描写“实事”，关键在于作者是否看出和抓住了现实和历史的内在本质或某些本质方面，只要作者通过他的故事烘托或暗示出现实和历史的本质或某些本质方面，则无论他的故事虚构得多么缥缈玄远，都应该说反映了现实和历史的真实性。即如《西游记》的故事如此之玄虚，鲁迅却认为，其中的“神魔皆有人情，精魅亦通世故”，而且“讽刺揶揄则

---

① 曹雪芹、高鹗：《红楼梦》，人民文学出版社 1964 年版，第 1 页。

② 曹雪芹、高鹗：《红楼梦》，人民文学出版社 1964 年版，第 3 页。

取当时事态，加以铺张描写”①。这就是说，《西游记》的故事虽然玄虚到荒诞不经，但由于与“当时事态”相通，揭示了“人情”“世故”的本质，因而也同样反映出了现实和历史的真实性。

既然小说中的故事总体上看都是虚构的，对此许多小说家，尤其是现代小说家，也是供认不讳的，那么，人们理应对小说这种专讲“假事”的文体敬而远之了。可事实上，小说总是拥有众多的读者，其中的奥秘当如何解释？这主要是因为小说家在虚构他的故事时，运用了一种特殊的手段，使得读者虽然知道小说讲的不是“实事”，但又处处感到好像是真的，于是被吸引着一直读下去，直到读完全篇。这种特殊的手段就是，利用逼真的细节描写，给读者造成一种身临其境的真实感，造成一种好像是“实事”的幻觉。英国启蒙运动时期的作家斯威夫特创作的《格列佛游记》可谓一部纯粹幻想型小说，描述了主人公漫游小人国、大人国、飞岛等地的神奇经历，整个故事都是虚构的，充满了荒诞至极的情节，但一系列细节的描写却极为逼真，极为合乎情理，使得读者暂时忘记了整个故事的荒诞不经，而不知不觉地进入到小说描写的境地之中。对此，韦勒克评论道：

> 细节的逼真是制造幻觉的手段，但正如在《格列佛游记》中一样，它常被作为套圈用以引诱读者进入一些不可能或不能置信的情境之中，这样的情境比起那偶然意义的真实来具有更深一层的“现实的真实”。②

明明是虚构的，却要利用细节的逼真制造虚幻的真实感，以“引诱”读者相信是真的，对于小说家的这种做法，韦勒克从艺术的角度给予了充分的肯定，认为小说利用幻觉创造了一种更深层的“现实的真实”。

---

① 参见《鲁迅全集》第8卷，人民文学出版社1981年版，第130、134页。

② ［美］韦勒克、沃伦：《文学理论》，刘象愚等译，三联书店1984年版，第238页。

但是，正如我们都知道的，古希腊的大哲柏拉图及其后来的追随者们却对史诗讲述者利用幻觉讲述虚构的故事，从道德上给予了严厉抨击。柏拉图认为，以荷马为代表的诗人们，“他们做了一些虚构的故事，过去讲给人听，现在还讲给人听”，这实际上就是“说谎”，他们“应该指责的最严重的毛病是说谎，而且谎还说得不好”。他指出，诗人们讲述虚构的故事，还哄骗人们信以为真，这不仅是撒“言语上的谎”，而是在撒一种“真谎”，“真谎就是在自己性格中最高贵的方面，对于最重大的事情所撒的谎”，“所以凡是受迷惑的人在心灵里的蒙昧无知，就恰是我所谓真谎”。在柏拉图看来，诗人们所犯的是一种道德上非常严重的罪，因而他宣布，“我们不能让母亲们受诗人的影响，拿些坏故事来吓唬儿童”，“这类故事在我们的城邦里就必须禁止”①。柏拉图的这种对虚构文学的过激的控诉，显然来自他那众所周知的关于文艺的基本意见，即文艺作品是一种模仿的模仿，与真理“隔着三层”，“所以我们可以说，从荷马起，一切诗人都只是模仿者，无论是模仿德行，或是模仿他们所写的一切题材，都只得到影像，并不曾抓住真理”②。这样一来，荷马等诗人们所讲的那些故事，也就毫无真实性可言，他们的所谓“技艺”不过是用谎言欺瞒听众，是一种欺骗行为，不仅毫无价值，而且十分有害，需要加以防范。柏拉图就是这样通过抽去虚构性文学作品的真实性基础，彻底否定了虚构性文学作品存在的合理性和合法性。

柏拉图的这种彻底反文艺的思想无疑是过于极端化了，因而理所当然地遭到了他的“吾爱吾师，吾更爱真理”的弟子亚里士多德的有力

---

① 参见[古希腊]柏拉图:《文艺对话集》，朱光潜译，人民文学出版社 1983 年版，第 21～31 页。

② [古希腊]柏拉图:《文艺对话集》，朱光潜译，人民文学出版社 1983 年版，第 76 页。

回击。亚氏决心为文艺作品重新正名，为文艺家恢复应得的名誉。亚氏首先承认史诗、悲剧等叙事作品确实都是“模仿”，是模仿“人的行动”，但是这种模仿并不远离真理，更不是与真理“隔着三层”，而是与真理相当接近，至少比“历史”更接近真理。亚氏认为，历史只是“叙述已发生的事”，而“诗人的职责不在于描述已发生的事，而在于描述可能发生的事，即按照可然律或必然律可能发生的事”，“因此，写诗这种活动比写历史更富于哲学意味，更被严肃的对待；因为诗所描述的事带有普遍性，历史则叙述个别的事”[①]。在亚里士多德看来，有两种真实必须加以区分，一种是狭义的历史的真实，一种是哲学的真实。狭义的历史真实因为只叙述已发生的个别的事，因而是一种事实上的真实，是一种只适合于特定的事件、地点的有限定的真实。历史叙事就属于这样一种有限定的真实。而哲学的真实则是一种超越了个别事物的更具永久性、更具普遍性的、更高层次的真实，文学叙事描述“按照可然律或必然律可能发生的事”，因而更加靠近这种哲学的真实。亚里士多德就是这样以两种真实的区分和比较为依据，为文学叙事的合法存在作了最有说服力的辩护。而且，亚氏还进一步论证了文学叙事的虚构性不仅不是“说谎”和“欺骗”，恰恰是文学叙事通向更高真实性的必要途径。亚氏指出，史诗、悲剧等并不追求狭义的历史真实，因而不能像历史那样照抄已发生的个别的事，有些悲剧“只有一两个是熟悉的人物，其余都是虚构的”，“有些悲剧甚至没有一个熟悉的人物……其中的事件和人物都是虚构的”。但是，文学叙事的这种虚构不是叙事者任意而为的，而是“按照可然律和必然律布置情节”。因此，“与其说诗的创造者是‘韵文’的创造者，毋宁说是情节的创造者”，

---

① 参见[古希腊]亚里士多德：《诗学》，罗念生译，人民文学出版社 1962 年版，第 28～29 页。

而这种情节的创造又完全是为了超越个别事实的真实而达到更高的普遍真实。[1] 亚里士多德正是通过这样的论证把文学叙事的虚构性与真实性统一起来了。

总之，上述柏拉图和亚里士多德之间的这个影响深远的分歧和争论，主要是由叙事文学的虚构性引起的，分歧和争论的焦点在于，虚构性是否就是“说谎”？能否达到与真实性的统一？如前所说，我们的观点明显倾向于亚里士多德的。我们认为，文学叙事或者小说叙事较之历史叙事、新闻叙事等的根本不同就在于，小说叙事的最高目的不是要与已经发生的个别事件相似，而是追求所讲述的故事总体上符合一种更具概括力、更带普遍性的本质的真实，为了达到这一目的，小说中的故事就不能是“实事实录”，必须对其中的人物和事件给以全新的编排和虚构，不通过这种全新的编排和虚构，就不可能达到那种更高的“具有哲学意味”的真实。我们的观点也有与亚里士多德的不同之处，其一是，我们不认为小说的虚构性只是体现在“按照可然律或必然律可能发生的事”上，我们认为这种虚构性也可以是按照“心理的”可然律或必然律设置不可能发生的事件和情节，即如《西游记》那种极端幻想型的小说就是这样，虽然讲述的都是不可能发生的事，但同样可以反映现实和历史的更高的真实。其二是，无论虚构的是可能发生的事或是不可能发生的事，都应该尽量运用“逼真”的细节描写，制造一种好像是“实事实录”的幻觉，以便“诱引”读者暂时忘却整个故事的虚构性而进入到故事所描述的情境中。我们认为，“逼真”的细节描写是由虚构走向真实的必要环节和有效方法，不仅古典的小说重视这个方法，就是现代的小说，如乔依斯的《尤利西斯》、卡夫卡的《变形记》、马

---

① 参见[古希腊]亚里士多德:《诗学》，罗念生译，人民文学出版社 1962 年版，第 29～30 页。

尔克斯的《百年孤独》等，也都充分利用“逼真”的细节描写，尽管这些小说的整个故事往往是荒诞不经的，但具体的场景和情境却描写得细致入微、真实可信，给人以如同亲历之感。如《变形记》开头的一段：

> 一天早晨，格里高尔·萨姆沙从不安的睡梦中醒来，发现自己躺在床上变成了一只巨大的甲虫。他仰卧着，那坚硬得像铁甲一般的背贴着床。他稍稍抬了抬头，便看见自己那穹顶似的棕色肚子分成了好多块弧形的硬片，被子几乎盖不住肚子尖，都快滑下来了。比起偌大的身躯来，他那许多只腿真是细得可怜，都在他眼前无可奈何地舞动着。

一个人突然变成了一只大甲虫，这样的事谁也不会信，但由于作者把主人公变成甲虫后的所感所见描写得很具体、很生动，使我们不由自主地进入了所描写的情境，甚至产生了与主人公同样的感觉，我们感到强烈的惊惧，好像我们自己也变成了一只大甲虫。正是这种不断产生的幻觉，把我们一步步带进故事里去，使这个荒谬得难以置信的故事也仿佛变得可信起来。这就是细节的“逼真”在虚构故事中所起到的不可思议的重要作用——明知虚构，却还相信。从这个意义上看，我们完全赞同鲁迅先生如下的一段话：“艺术的真实非即历史上的真实，我们是听到过的，因为后者须有其事，而创作则可以缀合、抒写，只要逼真，不必实有其事也。”[①]我们也部分地、有条件地赞同美国当代文学理论家华莱士·马丁(Wallace Martin)的如下所论：

> 毕竟，当我们宣称我们确从文学中学到某些重要东西的时候，这个由我们提出而别人认可的主张是以我们乐于承认下述一点为基础的：我们知道事实与虚构、叙事与真理之间的(公认)区

---

① 《鲁迅全集》第10卷，人民文学出版社1981年版，第198页。

别。后者（真理）也许能凭细心和想象而从叙事中被抽取出来。[①]

（五）

如前所说，凡小说必讲故事，小说语言就是一种叙事语言，我们对小说语言的研究就是从叙事入手的。叙事这一概念可以分为“叙”和“事”两部分来理解，前面我们着重讲了“事”这一部分，已经论述了小说所讲的故事是一种什么故事，小说中的故事与历史著作以及新闻报道中的故事有什么不同。从这节开始，我们将转向“叙”这一部分，也就是小说是怎样讲述故事的。

“故事”和“讲述”，或者“讲什么”和“怎样讲”，按照传统小说理论的理解，这两方面的关系就是小说的内容和形式的关系。传统小说理论侧重于小说的内容，最关心“讲什么”的问题，主要研究小说中故事的构成要素，即著名的情节、人物、环境三要素的分析。至于“怎样讲”的问题，传统小说理论认为是一个如何表现内容的问题，是一个取决于内容的问题，因而是一个次要问题，无须给以特别的关注。现代的小说理论由单纯的故事内容分析转向了“叙事”，主要研究“怎样讲故事”的问题，研究小说叙事的规则和方法以及叙事话语的结构和特点。现代小说理论以其对小说叙事语言的精细而深入的探讨，弥补了传统小说理论长期存在的缺陷，但因此也可能暴露出另一方面的问题，即对小说内容方面的研究显得相对薄弱和不足。但无论如何，现代小说叙事理论的建立是在传统小说理论的基础上的一个重大的进步和突破。

的确，对于小说理论来说，“讲什么”固然重要，“怎样讲”也同样重要。传统小说理论一直存在一个很大的误解，就是认为“讲什么”决定

---

① [美]华莱士·马丁:《当代叙事学》，伍晓明译，北京大学出版社 1990 年版，第 241 页。

着“怎样讲”，特定的“故事”决定着特定的“讲述”，每一故事都有一种最适合它、最能充分表达它的讲述方式，小说家的任务就是设法为他的故事寻找到这种最适合它、最能充分表达它的讲述方式。事实上，讲述方式并不是完全取决于所讲述的故事，一个故事也并不是只有一种最佳的讲述方式，讲述方式在某种程度上是独立于所讲述的故事的。同样一个故事，采用不同的讲述方式，就可以产生不同的讲述效果，而不同的讲述效果又反过来使这一故事增生出不同的新的意义。例如我们前面提到的玛丽的故事，这个故事的主要内容可概括为：玛丽因汽车故障而耽误了与垂死的父亲见上一面的机会，从而造成了她终生的遗憾。很显然，这个故事并不决定我们非要用某一种方式去讲述它，因为故事的内容本身是外在的，对任何人都是一样的，它不会强迫我们去讲述它，更不会强迫我们采用某一种讲述的方法。讲述不讲述这个故事，如何讲述这个故事，运用何种话语讲述这个故事，完全取决于我们的意愿和选择，而我们的意愿和选择又取决于我们对这个故事的特定感受和理解。这就是说，当我们面对一个故事时，我们总是根据我们对这个故事的不同感受和理解而选用各种不同讲述方式的。譬如，对玛丽这个故事，我们既可以选用顺叙的方式，也可以选用倒叙的方式以及其他的一些方式，这些不同的讲述方式所产生的效果和蕴含的思想和意味是不一样的。如果我们选择了顺叙的方式，那很可能是因为我们对这个故事的因果联系比较感兴趣，我们很想通过我们的讲述把我们所理解的这个故事的前因后果揭示出来。如果我们选择了倒叙的方式，那说明我们对这个故事的结果更感兴趣，我们被玛丽的遗恨终生所体现出来的父女深情打动，意欲把这种情感作为这个故事的重点加以突出；或者也可能我们仅仅出于一种艺术上的需要，通过先讲结局的方法制造悬念，以强化读者的阅读兴趣。此外，我们还可以就叙述人称、叙述视角、叙述句式等诸多方面选择各种不同的方式，表现出不同的叙事效果和叙事意味。从这个例子我们可以清楚地看到，讲述的方式对于所讲述的故事多么重要，讲述的方式在某种程度上决定着故事的价值和意义。“故事”并不必然地生出“讲述”，而“讲述”却必然地生出“故事”。小说里的故事都是已被讲述的故事，严格地说，讲述之外的故事还不是故事，只能算作可供讲述的故事的素材。

从强调“讲什么”到强调“怎么讲”，不仅意味着小说研究重心的改变，还标志着小说观念的总体改观。强调“讲什么”，必然更看重小说的内容，把小说看作是情节、人物、环境三要素的构成物。而强调“怎么讲”，则把注意的重心转到小说的叙事上，这样一来，小说也就被理解成一种叙事的过程。如果进一步分析，我们还会发现，这种叙事过程的起点是将要叙述的故事，终点是叙事文本或叙事话语的产生，连接起点和终点的是叙事行为。这样我们又有了一个小说构成的三要素，即故事(story)、叙事行为(narration)、叙事话语(narrative discourse)。当代法国著名的叙事学家热奈特(G. Genette)也是这样理解小说叙事的。他在细致地分析了小说叙事的三层含义后指出：

> 我建议用故事表示所指或叙述内容(即使有的时候叙述内容并不具有强烈的戏剧性或跌宕起伏的情节性)；沿用叙事一词表示能指，文字、话语或叙述文本本身；而以叙述表示创造性的叙述动作，广而言之，也包括叙述动作在如实叙述与虚构叙述中的作用。①

热奈特在这里说的“叙事”就是指的叙事话语或叙述文本。他认为，在叙事概念的三重含义中叙述话语最重要，因为叙事话语既是叙

① [法]热拉尔·热奈特：《叙述语式》，《外国文学报道》1985年第5期。

述行为的结果，又是故事内容的能指，无论是批评家还是读者，都是首先通过叙事话语而探知到叙事行为和故事内容的。对小说叙事的研究主要就是对叙述话语的分析：

> 我所说的叙述话语分析，时而涉及话语和所述事件（第二层含义的故事）关系的探讨，时而又是对话语与创造话语的叙述动作——即第三层含义的叙事，包括如实叙述（如荷马）和虚构叙述（如尤利西斯）——两者关系的研究。①

这就是说，小说既然是一种叙事过程，那么对小说的研究就要紧紧抓住叙述话语，从叙述话语出发，研究叙述话语与故事、与叙述行为之间的关系，这就是小说研究的主要对象和范围。这种对小说文体的新理解（小说是一种叙事过程，这种叙事过程可以分析为叙述话语、叙述行为、故事三个层面），尽管颇有形式主义之嫌，但比起旧的理解（把小说仅仅理解为现实的模仿、再现，因而是由情节、人物、环境三要素构成的）显然更加接近小说的本体存在。

（六）

那么，小说作为一种叙事话语是如何讲述故事的呢？

我们先讲小说话语的言说方式。任何一个有小说阅读经验的人都可以轻易地觉察到，小说话语有两种基本的言说方式，一种是叙述（Narrate），一种是描写（Describe）。几乎所有的小说都交叉使用这两种言说方式，单纯使用某一种言说方式的小说可以说绝无仅有。这两种言说方式的差别是显而易见的，试比较下面的两段话，一段是："老刘头吃完饭后，给老伴打声招呼，就出去散步了。"另一段是："老刘头放下筷子，折了一根细细的扫帚苗，一边用它剔着牙，一边对收拾碗筷

① ［法］热拉尔·热奈特：《叙述语式》，《外国文学报道》1985年第5期。

的老伴说:‘出去遛遛。’话音未落,他已经悠悠地走出了门。”前一段是叙述,只是告诉了我们一件事,老刘头吃饭后去散步,至于老刘头如何吃完饭,如何给老伴打招呼,如何走出门,从这段话中我们得不到这些信息,我们只是被告知发生了一件事,这就是叙述。后一段是描写,读过这段话,我们不仅得知了一件事,还看到了这件事发生的具体情境和过程,好像不是叙事人在说什么,而是像舞台上表演的戏剧,一幅动态的画面自动地呈现在我们面前。这两种言说方式的根本差别在于,叙述是事件的告知(telling),描写则是场景的展示(showing)。毫无疑问,讲故事必须要运用叙述,讲述者要尽可能连续地把一个个事件及其因果联系告知听者,直到把这个故事讲完。叙述可以说是叙事话语最常见、最自然的言说方式。但问题是,小说叙事为什么还要运用描写的方式?描写的方式在小说叙事中到底起了什么作用?

早在古希腊时期,柏拉图在谈论荷马史诗时就已经注意到了叙事的两种不同的言说方式。他首先指出,他在荷马史诗里发现了两种讲述故事的方式:一种是诗人“以自己的身份在说话”,称之为“单纯叙述”;一种是“诗人站在当事人的地位说话”,也就是让故事中的人物直接出面表演和说话,这种方式称为“模仿叙述”。例如《伊利亚特》开头讲到阿波罗神的祭司克律塞斯时说:“他怀揣巨额赎金,手执神箭手阿波罗头戴的金棒,来到阿凯安家族性能良好的船上赎自己的女儿;他恳求阿凯安全家,特别恳求阿特雷亚的儿子,那两个善于调解纠纷的战士……”这一段在柏拉图看来基本上属于“单纯叙述”,而在接下去的一段里,荷马开始让克律塞斯本人讲话,按柏拉图的说法,他佯装变成了克律塞斯,并“尽一切可能使我们产生不是荷马,而是那位老人,阿波罗的祭司在讲话的错觉”,而这一段就是所谓的“模仿叙述”了。请看克律塞斯说的这段话:

阿德里德们，还有你们，绑着护腿铠甲的阿凯安们，但愿奥林匹斯诸神帮助你们摧毁普里亚姆斯的城池，然后安全返回家园。但也请你们把我的女儿还给我！为此，请看在宙斯之子、神箭手阿波罗的份上，接收这笔赎金吧。

柏拉图认为，“模仿叙述”原本是悲剧、喜剧所特有的方式，被诗人们借用到史诗里去了。随即柏拉图提出了一个问题，“我们应该决定是否准许诗人们用模仿来叙述，如果可以用模仿，还是通篇用或部分用，在什么情形才应该用那个形式，还是完全禁止用模仿的形式”。柏拉图的结论是，基本禁止使用模仿的叙述。他的理由，其一是“每个人只能做好一件事，不能同时做好许多事”，也“不可能把许多事都模仿得好”，因而模仿总是与“模仿的蓝本”差得很远，是很不真实的；其二是模仿各种各样的事必然也包括卑劣的事和坏人，而模仿卑劣的事和坏人是不道德的。所以，柏拉图主张，史诗的写作应尽量多用单纯叙述，非用模仿叙述不可，也只能模仿好人，而不要模仿坏人。①

柏拉图所讲的“单纯叙述”和“模仿叙述”的区分，大致与我们说的“叙述”与“描写”相同，他在谈到两者的区别时说：“如果诗人永远不隐藏自己，不用旁人名义说话，他的诗就是单纯叙述，不是模仿。”②他的意思是说，单纯叙述是诗人直接出面说话，而模仿叙述则是诗人有意隐蔽自身而让作品中的人物出面说话，或让场景自己显示出来。这个意思显然就是指叙事的两种言说方式：叙述和描写。柏拉图最早发现了文学叙事中的两种言说方式，并准确地指出了两者之间的本质差别，这不能不说是柏拉图对早期叙事理论的贡献。但他对两种言说方

---

① 参见［古希腊］柏拉图：《文艺对话集》，朱光潜译，人民文学出版社 1983 年版，第 47～56 页。

② ［古希腊］柏拉图：《文艺对话集》，朱光潜译，人民文学出版社 1983 年版，第 49 页。

式的评价（主要是贬低模仿叙述在叙事中的作用，认为这种方式是不必要的，甚至是有害的），则由于明显偏离文学叙事学的立场而站到了哲学、政治学、伦理学的立场看问题，从而遭到了后世某些流派小说家的越来越强烈的反对和抵制。从批判现实主义的小说里，我们已经看到了对于“描写”（柏拉图说的模仿叙述）的格外重视和推崇，特别是所谓“细节描写”更是大量地充斥在司汤达、巴尔扎克、福楼拜、列夫·托尔斯泰的作品中。这些作家为了达到一种现实主义的真实性，尽可能避免作者直接出面干预故事的进程（如果非要干预，也应该做到不留痕迹），希望通过一系列的细节描写，让场面、人物、情节自动地演示出来。当然，他们的作品里也不可避免地存在着大量的“叙述”（就是柏拉图说的单纯叙述），但两者之中，他们更偏爱描写则是毫无疑义的。而随后的自然主义的小说创作在这方面走得更远。自然主义追求的是绝对的客观性，所以在理论上干脆完全禁止了作者对故事的任何干预，即使现实主义认可的那种隐蔽的、不留痕迹的干预也不行，作者所做的只是冷静地、不加选择地记录下眼前所发生的一切事实。所以，准确地说，自然主义小说家不是在“叙述”故事，而是在“记录”故事，这种记录故事的任务显然只有选用描写的方式才能承担。正因如此，毫无选择的、冗长的、琐细的描写的大量存在，就成为自然主义小说叙事的主要特征。而且，“描写”在自然主义小说里不只是一般的叙事技巧，而是作为基本的创作方法被使用的，即如左拉所说的：

自然主义小说家们着重描写，那倒不是像人们所责备他们的那样只是为了从描写中获得乐趣而去描写，而是因为他们投身于详情的描写加上以环境来补足人物的公式的缘故。……为了达到绝对完备，为了使他的调查达于整个世界并展现全部现实，他只不过每时每刻地记下人所活动并产生事实的物质环境罢了。①

以罗布-格里耶为代表的“新小说”又在自然主义小说理念的基础上继续迈进，将描写在小说叙事中的地位和作用推向极致。“新小说”相信事物是一种不能被人任意摆布的纯然存在物，“动作和物体在成为某种东西之前就存在那儿了；它们以后仍然存在那儿，坚实，经久不变，始终是实在的，藐视自身的意义——因为这种意义要叫他们担当起介于模糊的过去和未定的将来之间某些虚幻的玩意的角色，然而这是办不到的”②。因此，“新小说”竭力反对包括现实主义在内的传统小说中所经常出现的那种无所不知的叙述者。罗布一格里耶反问道：

> 在巴尔扎克的小说中是谁在描述这客观世界？这位无所不知、无所不在的叙述者又是谁？他同时出现在一切地方，同时看到事物的正反两面，同时掌握着人的面部表情和他内心意识的变化，他既了解一切事件的现在，又知道过去和未来。这只能是上帝。③

罗布一格里耶认为这种叙述者的存在是根本不合理的，是全然荒谬的，应该代之以一个如同凡人一样的具体的、有限的叙述者，以便让事物依照它的本然状态不受限制地显露出来，用格里耶自己的话说就是：“新小说”的叙述者应该“是‘一个人’是这个人在看、在感觉、在想象，而且是一个置身于一定的空间和事件之中的人，受着他的感情欲望支配，一个和你们、和我一样的人。书只是在叙述他的有限的、不确

---

① ［法］左拉：《戏剧中的自然主义》，伍蠡甫、胡经之主编：《西方文艺理论名著选编》中卷，北京大学出版社1986年版，第221页。

② ［法］阿兰·罗布一格里耶：《未来小说之路》，伍蠡甫、胡经之主编：《西方文艺理论名著选编》下卷，北京大学出版社1986年版，第254页。

③ ［法］阿兰·罗布一格里耶：《新小说》，伍蠡甫、胡经之主编：《西方文艺理论名著选编》下卷，北京大学出版社1986年版，第260页。

定的经验。他就是在这里的一个人,在现在的一个人,总之,他就是他自己的叙述者”[①]。这样的叙述者决定了他的主要的言说方式只能是描写,他所知很少,他无力驾驭事物,他之所以描写就是想让事物自己展示自己。因而,“新小说”的作品也往往是由大段大段细致入微的物象和心象的描写构成的,充满了外部世界和内部世界的赤裸裸的自我袒露。

从小说叙事的角度看,描写的方式确实是极其重要的,决不如柏拉图所说描写是可有可无甚至是有害无益的。热奈特甚而认为,一篇小说的叙事可以没有“修饰成分”,但不可能不使用动词,而“动词也因其赋予行动场面不同的准确程度而可以多少带点描写性(只需比较‘抓起一把刀’和‘拿起一把刀’便会对此深信不疑),因而任何动词都很难完全不产生描写后果”。于是他下结论道:“描写可以说比叙述更必不可少,因为不带叙述的描写比不带描写的叙述更容易做到(或许因为物品不运动也可存在,而运动不能脱离物品而存在)。”[②]很难想象一篇由毫无描写成分的单纯叙述写成的小说将会是什么样子,但完全用描写构成的小说却是时时可见的,尤其是在现代小说的范围内更是屡见不鲜的。

但是,我们也不认为描写可以超脱于叙述之外而单独存在,就像自然主义和“新小说”所竭力主张的那样。因为这种主张实际上已经彻底否定了小说之所以为小说的根本性质,即讲故事的叙事性,而把小说视为一种可以超越语言的纯粹戏剧性的演示,而这对小说来说是永远不可能的。小说只要还运用语言做媒介,它就必然是一种“讲

---

① [法]阿兰·罗布一格里耶:《新小说》,伍蠡甫、胡经之主编:《西方文艺理论名著选编》下卷,北京大学出版社 1986 年版,第 260～261 页。

② [法]热拉尔·热奈特:《叙事的界限》,《外国文学报道》1985 年第 5 期。

述”，小说总是在讲述着什么，所谓描写也只能是讲述中的描写，是讲述的一种言说方式。而且在讲述的两种方式中，叙述是主要的，描写是辅助性的，尽管在某些小说中，例如在自然主义小说和“新小说”中，描写可以占有远远超出叙述的篇幅。归根结底，描写是为叙述服务的，描写从表面上看是叙述的中断，但事实上描写是叙述的中介、过渡或者说就是叙述的一个异在的组成部分。关于此点，热奈特说得更清楚：

> 描写可独立于叙述进行构思，但实际上它可以说从不处于自由状态；叙述不能脱离描写而存在，但这种依赖并不妨碍它总扮演主角。描写自然是 ancilla narrationis（拉丁文，叙述的奴隶，引者注），须臾不可缺少，但始终服服帖帖，永远不得自由。有一些叙述体裁……描写可在其中占据极大位置，但按其使命依然只对叙事起辅助作用。①

即使像罗布一格里耶的那种小说，热奈特认为，也是“几乎完全用页页变化极微的描写构成叙事（故事）的一种努力，这既可看作描写功能的大幅度提高，又可视为描写万变不离其宗，始终以叙述为目的的鲜明印证”②。因而我们不能仅仅以篇幅大小为标准评判描写的重要程度，应该根据小说的叙事本性确立描写的总体地位。从小说的叙事本性看，描写与叙述一样都是讲述故事的方式，只不过描写始终以叙述为目的，也可以看作是叙述的一种特殊形态。但是这种特殊形态要求比纯粹叙述更精细，包含更多的信息量，同时又尽可能不露出叙述者的痕迹，也就是造成一种不是叙述者在说话的假象，使人忘记是叙述者在叙述。所以，从这方面看，我们赞同热奈特给描写下的定义，即

---

① [法]热拉尔·热奈特：《叙事的界限》，《外国文学报道》1985 年第 5 期。
② [法]热拉尔·热奈特：《叙事的界限》，《外国文学报道》1985 年第 5 期。

描写是“最大的信息量和最少出现的信息传递者”，而叙述则“正好相反”[①]，因而可以被看作是叙事的两种基本的言说方式。

描写与叙述的关系即如上述(描写和叙述是叙事的两种基本的言说方式，但前者始终以后者为目的)，紧接着的问题就是：描写具有怎样的叙述功能？也就是描写在叙事的整体结构中起着何种作用？总起来说，描写既然是“最大的信息量和最少出现的信息传递者”，那么，描写就可以理解成一种“展现”(showing)，就是场面和情境像图画一样从描写的言语中展示和呈现出来。当然，用词语描写的图画还不是用彩笔勾画出的图画，也不是舞台上表演出的场景，这种画面不能直接呈现，而是潜在地存在于描写的词语里面，需要通过特定读者的阅读和理解而获得“具体化”(concreteniz)，最终在特定读者的想象和幻想中浮现出来。因此，描写的叙述功能集中在一点，就是造成了一种图式化的画面感和身临其境的幻觉。这样一种总的功能体现在具体的作品中，可能会发挥出各种不同的具体作用，但大致说来，无非表现为两种作用。一种是穿插、点缀在纯粹叙述之中，使叙事更加具体、生动、逼真，以弥补单纯叙述所造成的单调乏味，以增强虚构故事的可信度。热奈特把描写的这种作用称为“装饰性的”作用，“长篇详尽的描写在此好像是叙事中间的休息和消遣，纯粹起美学作用，正如古典建筑中雕塑的作用一样”[②]。鲁迅的小说《孔乙己》全篇基本上都是娓娓道来的叙述，但其间也不断地插入了一些描写段落，譬如开头讲了鲁镇的咸亨酒店的一般情况之后，提到了“孔乙己是站着喝酒而穿长衫的唯一的人”，接下来就是一段描写，详细刻画了孔乙己的相貌、穿着、买酒时说的话、店里喝酒的人对他的取笑以及他的引起众人哄笑的有

① [法]热拉尔·热奈特：《叙事的界限》，《外国文学报道》1985年第5期。

② [法]热拉尔·热奈特：《叙事的界限》，《外国文学报道》1985年第5期。

趣的反应。随后又是对孔乙己身世的一般讲述，再下面接着又有几个片断的精彩描写，如孔乙己怎样写茴香豆的“茴”字，怎样对孩子们说“多乎哉？不多也”，以及讲述者最后一次见到孔乙己的情形。最后一段是对孔乙己故事结局的叙述。小说中的这些夹杂在叙述中的描写性段落，其艺术的审美作用当然是多方面的，比如在塑造人物、揭示主题等方面。但其主要作用显然就是所谓“装饰性的”，因为它们有力地强化了叙事的实在性、生动性、可信性和艺术感染力，如果抽去了这些描写段落，仅用纯叙述连缀成故事，这篇小说曾给予人的那些特有的审美效果就会立即消失殆尽，小说本身也会立即变得索然无趣了。

小说中描写的另一种作用被热奈特概括为“解释性和象征性”的作用，他特别指出：“在巴尔扎克及其现实主义后继者们的作品中，对相貌、衣着和室内陈设的描绘带有透露并揭示人物心理的征象，又有其前因后果。”[①]所有小说中的那些含有深意或意味深长的描写都属于这类描写，或者通过其外在现象的描写揭露其内在精神，或者让某种形象的描写中寓含和表征着某种思想情感的意义。而这种内在精神和思想情感意义又不是哪一种单纯的叙述所能够有效地表达出来的，必须要靠某种带有“解释性”的或者带有“象征性”的描写。前者的例子比比皆是，都是大家所熟知的，毋庸赘述。后者的例子可以举出欧·亨利的《最后一片叶子》。正如这篇小说的标题所预示的那样，这是一篇极具诗意的象征性的小说，小说中多次描写到窗外的常春藤以及虽经寒风的猛烈摧击仍顽强地附着在藤干上的最后一片叶子。如“一棵老极了的常春藤，枯萎的根纠结在一起，枝干攀在砖墙的半腰上。秋天的寒风把藤上的叶子差不多全部吹掉了，只有几乎光秃的枝条还缠附在剥落的砖块上”，“经过了漫长一夜的风吹雨打，在砖墙上

---

① [法]热拉尔·热奈特：《叙事的界限》，《外国文学报道》1985年第5期。

还挂着一片藤叶。它是常春藤上最后的一片叶子了。靠近茎部仍然是深绿色，可是锯齿形的叶子边缘已经枯萎发黄，他傲然挂在一根离地二十多英尺的藤枝上”。另外小说中还有不少类似的描写，我们就不一一列举了。从中可以清楚地看出，这几段描写都不是单纯地介绍故事发生的场景，而是别有一番深意在其中的。小说的作者对最后一片叶子的不厌其烦地反复描写，显然带有明确的象征意义，它们象征着一个垂死的病人对生命的无限留恋和渴望，象征着人的生命的可贵和至高无上的价值。

（七）

从叙事话语出发，我们可以发现小说讲述故事时有叙述和描写两种言说方式，那么，接下来我们要问的问题是到底谁在小说里讲述故事？这个问题初看起来似乎非常简单，甚至根本不成为一个问题，一般读者会马上回答当然是作者在讲述故事了，每篇小说都署有作者的名字，说明这篇小说是这位作者写出来、编出来的，小说中的故事当然也是他讲述的了。这种常识性的回答表面看来好像很有道理，但仔细揣摩一下却又是很成问题的。首先“作者”(writer)这个概念就有必要认真辨析一番。

“作者”这个概念应该是与“读者”(reader)相对提出来的，没有读者就无所谓作者，反之也一样。所以要准确地把握作者这一概念就不能离开读者，需要与读者联系起来理解。那么，读者是如何认识作者的？一般说来(特殊情况除外)，读者并不认识“现实中的作者”，他对某某作者的印象和了解都是通过阅读这位作者的作品而获得的。所以，若要确切地界定作者这一概念，似乎应该这样说，作者就是由他所写的作品体现和显露出来的作品写作者的形象，或者说，是读者通过对作品的解读从作品中推想和建构出来的作品写作者的形象。由读者从作品中推知的作者当然与现实中的作者有着密切的关联,但显然又不能等同于现实中的作者。前一个作者与后一个作者可能一致(有些理论支持这种一致,如中国古代的“文如其人”说、“文气说”等),也可能不一致(有些理论认为这两种作者往往是不一致甚至是相反的,这也可以从读者的某些经验中见出,如某一读者读了某一作家的小说,对这位作家产生了某一印象,待到实际上结识了这位作家后,才知与原来的印象大相径庭),到底一致不一致,读者并不知道,似乎也没有必要知道。读者所知道的只是由作品体现出的并由他从作品中推想出的作者,当代美国著名小说理论家布斯(Wayne C. Booth)把这种作品中的作者称为“隐含的作者”(persona),以便与作品外的作者,即现实中的作者相区别。布斯认为,隐含的作者不过是现实中的作者进入作品之后而形成的“第二自我”,是现实中的作者体现在作品中的各式各样的“替身”,是戴上了各种“假面具”的现实中的作者。布斯所用的标识这一概念的英文词“persona”,其本意就是指古希腊戏剧表演中的面具,也就是指一种所谓“人格面具”。布斯说:

> 即使那种叙述者未被戏剧化的小说,也创造了一个置于场景之后的作者的化身,不论他是作为舞台监督,木偶操纵人,或是默不作声修整指甲而无动于衷的神。这个隐含的作者始终与“真实的人”不同——不管我们把他当作什么——当他创造自己的作品时,他也就创造了一种自己的优越的替身,一个“第二自我”。①

这意思是说,作者原本就是在现实中生活的人,但他一旦以作者的身份创作作品,也就意味着将自己化身于作品之中了,成为隐含在作品中的作者。这个隐含的作者固然来自那个在现实中生活的人,但

---

① [美]W. C. 布斯:《小说修辞学》,华明等译,北京大学出版社 1986 年版,第 169 页。

已经或多或少地变化了面目，变成了另外一个样子了，只能把他视为后者在小说创作条件下的化身、替身和变体。这就像在化装舞会上，一个人一旦跳起舞来就马上变成了一个蒙着假面的跳舞者，这个跳舞者当然与他未进入舞场之前是同一个人，但他在跳舞时却已经变得面目全非了。可以说，隐含的作者就是这种戴着面具的跳舞者。

毋庸置疑，把隐含的作者与现实中的作者区分开来，在理论上具有重大意义。长期以来，一般读者往往出于常识的成见而意识不到隐含作者的存在，把隐含的作者与现实中的作者不加区分地混为一谈，从而导致了文学读解中的一些错误和混乱，如离开对作品本身的具体阅读和感受，仅仅依据现实中作者的生平和思想理解和评价作品。而现代的小说理论中，如我们前面提到的自然主义理论，则又因为竭力排拒作品外的作者对作品叙事的介入与干涉，以致连隐含的作者的存在也统统否认了，这同样也造成了小说读解中的一些问题以及对小说叙事性的某种误解。布斯提出了“隐含的作者”的概念，从理论上划清了作品外的作者和作品内的作者的界限，这对于纠正上述两种偏向无疑具有重要的理论参考价值。

让我们再回到前面的问题，谁是小说故事的讲述者？笼统地说作者是小说故事的讲述者显然是不正确的。那么，能不能说作品中隐含的作者就是故事的讲述者呢？答曰：也不能。因为隐含的作者是指小说的写作者，而故事的讲述者是指小说里的叙述人（narrator），这是两个不同的概念，分别回答了两个不同的问题，即谁在写？谁在讲？毫无疑问，写作者是公开地或潜在地存在于小说中的至高无上的决策人，他是小说叙事的真正的组织者和调控者，他担负着从布局谋篇直到遣词造句的全部的创作任务，他直接地或间接地创造着小说中的一切。布斯认为，隐含的作者在小说叙事的任何地方和任何时候都顽强地存在着，这种存在是任何力量也挥之不去、抹杀不掉的。他说："隐含的作者的感情和判断，正是伟大作品的构成的材料。"他还直接引用了现代小说家亨利·詹姆斯的话——"作者创造他的读者，正如他创造了他的人物"——作为他的观点的佐证。他又转述了萨特的意思，认为："萨特声称每一件事物都是作者操纵的表现信号，这肯定是正确的。"他断然强调："虽然作者可以在一定程度上选择他的伪装，但是他永远不能选择消失不见。"[①]总之，小说的写作者在小说文本中是无时不在、无处不在的，正是他创造了全部的叙事话语，操控着整个的叙事过程，包括选择、确立和转换小说的叙述人及其讲述方式（例如确定采用纯叙述的方式，还是采用描写的方式，如前所说，采用纯叙述的方式就是让叙述人直接出面讲述故事，采用描写的方式就是让叙述人暂时隐退，使场景自行显露）。所以，在小说作品里，写作者（隐含的作者）和叙述人（故事的讲述者）是两种不同的身份，写作者可以看作是驾驭全局的"君主"，叙述人则是执行命令的"臣子"，不仅如此，写作者还在本质上决定着叙述人的人选，支配着叙述人的叙述过程。

那么，写作者或隐含的作者是如何确立他的小说的叙述人的呢？大体上有两种方式：一种是写作者直接出面担当叙述人，在这种情况下，写作者就是"一身而兼两任"，既是写作者，又是叙述人，同时以双重身份出现在小说中；另一种方式是写作者让自己暂时隐蔽在幕后，委托另一个他所假设的人物作为小说的叙述人，这个人物可以是小说故事中的人物，也可以是一个与小说故事没有太大关系的局外人和旁观者。在这种情况下，写作者和叙述人就是分开的，写作者只能隐藏幕后操纵着叙述人。以上我们是从理论上讲了两种截然相异的比较

---

① 参见[美]W.C.布斯：《小说修辞学》，华明等译，北京大学出版社1986年版，第96页、第1页、第21页、第23页。

纯粹的情况，事实上在具体的作品中，我们还可以发现在这两种不同的情况之间的种种不同的复杂变化，如从写作者与叙述人之间的完全重合，到部分重合，再到部分分离，直到完全分离，这些中间状态的复杂变化，都应充分估计到，不能给以简单的理解。写作者和叙述人完全重合的情况，我们可以举出《阿Q正传》作为一个例证。《阿Q正传》应该说是鲁迅先生最著名的小说，这篇小说在叙事上的一个突出特点，就是在小说的开头加了一章议论性的序言，这章序言是用第一人称写的，使我们感兴趣的是，这个第一人称的“我”是谁？首先，这个“我”显然就是作者本人，更确切地说是作品中隐含的作者本人。因为这种议论性言说方式的采用就说明了作者一开始就迫不及待地从后台走到了前台，直接地、公开地露面了。作者在这个序言里佯装不能确定他的故事的主人公的姓名、籍贯，极力表明主人公的许多事情他还弄不清楚，暗地里却用一种幽默的笔调把主人公的基本情况都介绍给读者了，使读者知道了主人公实际上是一个不配立传的、不配姓赵的、居无定所的、社会地位极为低下的小人物。同时，作者还通过这种“佯装不知”的方法，反而提高了读者对他的信任程度，也为下面就要讲述的故事的可信性作了有力的铺垫。其次，序言中的这个“我”不仅是作者本人，而且顺理成章地成为了从第二章开始的故事的叙述人。因为在第一章序言里他以作者的身份直接出面对主人公的一般情况作了评述，接下来主人公的故事就开场了，“阿Q不独是姓名籍贯有些渺茫，连他……”，这里的故事的叙述人，只能是序言里的那位主人公的评述者，这一点也可以从小说后来的叙事过程中又多次出现的几个评论性段落得到证实。如第四章开头的一段和小说的最后一段，都是议论性的文字，说明小说的作者已转化为叙述人，并与叙述人融为一体，必要时他还可以暂时抛开叙述，再次公开露面对所讲叙的事件加以评述。只不过作者在小说的第二章从主人公的评述者转成故事的叙述人时，叙事的人称发生了变化，由第一人称的“我”变成了第三人称的“他”。这种变化是必然的，当作者作为主人公的评述者时，他发表的是他自己对主人公的看法和见解，所以要用第一人称；当他作为故事的叙述人出现时，他只是故事的知情者而不是故事中的一个人物，所以必然要用第三人称。有意思的是，当他用第一人称评议主人公时，他竭力表白自己对主人公的家世和身世都不太清楚。但他用第三人称讲述同一个主人公的故事时，却俨然成为一个全知全能的叙述人，他显示出他对故事中的一切都了如指掌，不仅知道主人公的所作所为，甚至连主人公的内心所想也非常清楚。如小说中经常出现“阿Q知道……”“阿Q想……”“阿Q觉得……”等字眼，这表明作者运用人称变换的叙事技巧，顺利地完成了由作者身份向叙述人身份的转换，尽管这种转换的跨度较大(从半知情的作者到全知的叙述人)，却使得读者于不知不觉中认可和接受了这种转换，自然而然地投身于故事所讲述的情境中去了。由此我们可以断定《阿Q正传》这部小说里，讲述故事的人和写作作品的人是同一个人，也即是小说的叙述人和作者是完全重合的。而鲁迅先生的另一部重要小说《孔乙己》则是叙述人和写作者完全分离的典型个例。我们知道，《孔乙己》是采用了第一人称的“我”来讲述故事的，这个“我”当然就是故事的叙述人。那么这个“我”是不是作者呢？显然不是。“我”只是作者在小说中设置的一个人物，是咸亨酒店的一个小伙计。“我从十二岁起，便在镇口的咸亨酒店里当伙计”，所以“我”熟悉常来喝酒的孔乙己，可以作为孔乙己故事的当事人和见证者。正因为这样，小说的作者没有采取直接出面作为叙述人讲故事的方式，而是虚设了故事中的一个人物——“我”，让他充当故事的叙述人。这样处理的好处是，因为“我”是故事的亲历者，通过“我”的口讲述这个故事可以产生更强的可信性和感染力。这样，在《孔乙己》这篇小说里，作者和叙述人就处于完全分离的状态中了，在这种状态中，作者不可能直接出面说话，他只能作为隐含的作者躲在隐蔽处控制着另一个叙述人，通过这种隐蔽的控制来实现他的种种艺术构思和目的。

现在我们已经辨清了故事的讲述者并不一定就是小说的作者，他只能是小说的叙述人。小说的作者作为全篇叙事的组织者，必要时他当然可以亲自出面担当小说的叙述人。但在有的时候，为了艺术表现上的需要，他往往委托另外一个人物充任小说的叙述人，这个人物或者是他所虚构的小说中的某个人物，或者是其他的某个知情人。在后一种情况下，小说的作者和叙述人就是分开的，不容混为一谈，否则就分辨不清到底谁在写，谁在讲，谁是真正的讲述故事的人。除此之外，要准确地分辨出故事的讲述者，还须弄清另外一个问题，即谁在以谁的眼光讲述故事。这个问题换个问法，就是要分辨出在故事的叙述中到底是谁在讲、谁在看。这意思就是说，在讲述故事的过程中，叙述人并不总是以他自己的眼光讲述故事的，有时候，叙述话语仍旧是由叙述人发出的，但叙述眼光却转移到了其他人物的身上。这就是说，叙述人不是用他自己的眼光、而是用别的什么人的眼光讲故事的。在这种时候，小说中的叙述人没有变，提供叙述视角的人却发生了变化；换个说法就是，小说中的“叙述声音”(Narrative Voice)没有变，“叙述眼光”(Narrative Sight)却发生了变化。这样，小说中就出现了叙述声音与叙述眼光的偏离和错位。这种偏离和错位，在传统的小说中并不多见(例如在巴尔扎克、列夫·托尔斯泰等人的小说里，叙述声音和叙述眼光往往是同一的)，而在强调叙述视角变化的现代小说作品那里，却是随处可见的。

举一个简单的例子。现代英国著名作家康拉德(Josph Conrad)写过一篇题名为《特务》(The Secret Agent)的小说,小说的主题涉及现代社会中人与人之间可怕的异化关系,描写了一对夫妇之间由相互隔膜发展到相互仇恨,妻子竟对丈夫起了杀心,拿着一把切肉刀要杀死她丈夫。这时,小说里这样写道:

> 维洛克先生听到地板咯吱咯吱地响,感到心满意足。他等待着。维洛克太太过来了。(Mr. Verloc heard the creaky in the floor, and was content. He waited. Mrs. Verloc was coming.)

这篇小说是以第三人称讲述的,在这一小段里,叙述人把叙述眼光突然转到了维洛克先生那里,让故事在维洛克先生的视角中展开,是维洛克先生而不是叙述人在听、在看、在感受。因而在这一段中叙述人所讲述的情景是按照维洛克先生所想象所理解的样子呈现出来的:忙碌了一天的维洛克先生,此时又累又饿,他听到了地板的响声,以为他的妻子给他送晚饭来了,所以他很满意、很高兴,看着他的妻子一步步向他走来。但他万万想不到的是,太太并不是给他送晚饭,而是怀揣着一把利刃要来杀他,他已死到临头却还浑然不觉。这一切实情叙述人是清楚的,但叙述人不按他所知道的说出实情,而是按维洛克先生的错误看法来讲述,这就是叙述声音和叙述眼光的分离和错位。如果叙述人以他自己的眼光叙述这一段,似乎应该是:

> 维洛克先生听到地板咯吱咯吱地响,以为他妻子给他送晚饭来了,他心满意足地等待着。其实,这时维洛克太太正拿着一把切肉刀一步步地走近他。

这样的叙述显然不如小说中的叙述更能制造一种反讽和恐怖的效果,由此也可看到小说叙事中叙述眼光的变化所能起到的重要艺术作用。

叙述眼光的变化不仅大量地存在于用第三人称叙述的小说里，即使在用第一人称叙述的小说里也有不少的体现。请看下面一例。

> 我给汽船加了点速，然后向下游驶去。岸上的两千来双眼睛注视着这个溅泼着水花、振摇着前行的凶猛的河怪的举动。它用可怕的尾巴拍打着河水，向空中呼出浓浓的黑烟。

这是康拉德最著名的小说《黑暗的心》第三章中的一段。这一段第一人称叙述人"我"是汽船的船长马洛，第一句是从叙述人的眼光写的，第二句和第三句却暂时转换成了站在两岸观看的非洲土著人的眼光，因为船长马洛不可能把汽船理解成"河怪"，而土著人从未见过汽船，只有在他们的眼里看起来汽船才像"河怪"似的。所以，从他们的眼光去写，就更能反映出土著人看到汽船时的震惊和畏惧的情绪。但这样一来，叙述眼光就与叙述声音分开了。第一人称叙述中叙述声音与叙述眼光的分离还有更复杂的情况，例如美国作家菲茨杰拉德(Francis Scott Fitzgerald)的名篇《了不起的盖茨比》第三章中有一段这样的描述：

> 我们正坐在一张桌子旁边，同桌的还有一位年龄跟我差不多的男人和一个动不动就放声大笑的喧闹的小姑娘。我现在很开心。

在这段话里，叙述人是追忆往事的第一人称"我"，叙述声音就是由这个"我"发出的，但叙述眼光却不是正在追忆往事的"我"的眼光，而是所叙述的往事中的"我"的眼光。这就是说，在这里出现了从正在追忆往事的"我"的眼光向正在经历往事的"我"的眼光的转换，或者说，出现了从"叙述自我"的眼光向"经验自我"的眼光的转换。我们之所以这样认为的理由是，叙述人没有说"我们那时……""我那时……"，而是用了"我们正坐在……""我现在……"这样的字眼。如果用前一种说法就是作为叙述人的“我”的眼光，而用后一些字眼则转成了正在经历往事的“我”的眼光。这种转换也显然造成了叙述眼光与叙述声音的错位，使叙述眼光远离了叙述声音。

综上所述，从小说叙事的角度看，“怎么讲”首先取决于“谁在讲”，而要确定“谁在讲”又需要把“谁在讲”与“谁在写”“谁在看”区分开来。也就是在叙事话语的层面上，把作品外的作者与作品中“隐含的作者”区分开了，把叙述人与“隐含的作者”区分开来了，把叙述声音与叙述眼光区分开了。所以，到底谁在讲述故事绝不是一个像初看起来那样简单的问题，对小说文体的诸多误解，差不多都来自对这一问题的简单化处理。譬如，把叙述人与“隐含的作者”混为一谈，进而又把“隐含的作者”与现实中的作者混为一谈，就是一种对小说文体的最常见而又最严重的误解。这种误解导致的后果就是，仅仅把小说文体归结为对现实的现象的或本质的再现和反映，而对于小说之所以为小说的“叙事性”则多有忽略。再譬如，叙述声音与叙述眼光的混淆不清，也是小说解读中常见的错误之一。我们知道，叙述声音来自叙述人，叙说眼光就不一定是叙述人的了。如果对其中的区别分辨不清，不仅搞不清谁在以谁的观点讲故事，而且也难以准确地把握故事的错综复杂的细节和内容以及充分地领略小说叙事技巧所显示的种种奥妙和效果。这一切的误解，归根结底，都需要通过对小说叙事性的深入研究尤其是对小说叙述人的正确辨认给以澄清。

（八）

解决了叙述人的问题之后，我们需要进一步探讨的是叙述人与故事的关系。叙述人是讲故事的人，他怎样讲这个故事，首先取决于他与故事处于一种什么样的关系之中。借用一个空间概念来说，就是叙说人站在什么位置上讲这个故事的。叙述人的“站位”是至关重要的。叙述人所站的位置不同，他与故事所构成的关系也就不同；他与故事所构成的关系不同，他对这故事的讲法也就不一样。这就像我们看一座山，是站在山外还是站在山内，是站在山前还是站在山后，是站在山下还是站在山上，看的结果是很不一样的，尽管山还是这座山。总括起来看，叙述人的站位有这样两种情况，一是站在故事的外面或是里面，二是站在故事的远处或是近处。这就是说，叙述人的站位有个“内外”问题和“远近”问题。这是两个既有联系但又不同的问题，让我们分开来讲。

所谓内外问题，其实是个比喻的说法，它的实际意思是指，叙述人是作为故事中的一个人物、作为当事人讲述故事，还是仅仅作为虚构和编织故事的作者的“代言人”讲述故事。前者就是在故事之内讲述故事，后者就是在故事之外讲述故事。这种相对于故事来说的叙述人“内”与“外”的不同站位，在叙事学中一般称为“叙述视角”（Narrative Angle of Vision）。但在我们看来，用“叙述视角”这样一个说法，极易把“谁在讲”和“谁在看”的问题混淆了，也就是把“叙述声音”和“叙述眼光”混淆了。我们说过，叙述声音和叙述眼光并不总是统一的，有时统一，有时不统一。在两者统一的情况下，叙述人的站位和叙述眼光自然是一致的，就是说叙述人站在一定的位置上用他自己的眼光看待故事，在这种情况下，把叙述人的“站位”和他的“眼光”合起来，笼统地称为“叙述视角”尚勉强可以成立。但如果是在两者不统一的情况下，叙述人的“站位”与“叙述眼光”就是分离的，叙述人并没有用自己的眼光讲故事，再把这种情况称为“叙述视角”就显然是不合适的了。准确地说，“叙述视角”指的是“叙述眼光”而不是指叙述人的“站位”。为了避免混淆不清，我们将不再用“叙述视角”这种说法，而提出“内位叙述”和“外位叙述”的概念取代之。

“外位叙述”就是通常所说的“第三人称”(Third Person：he，she，it，they)的叙述，即叙述人“跳”出了故事的圈子之外与作者(作品中隐含的作者)合为一体，全然成为作者的“代言人”。所以，“外位叙述”的叙述人是作者，是作者借用叙述人的口在讲述，这样的叙述人讲到故事中的人物时必然要称呼第三人称的“他”或人物的名字。从这个意义上看，所谓“外位叙述”就是第三人称的叙述。可见，第三人称的叙述仅仅意味着叙述人代表作者站在故事之外讲述故事，但叙述人站在故事之外还可以选择各种不同的位置和角度，由此形成了第三人称叙述的三种基本模式，即全知型叙述模式、有限全知型叙述模式和客观型叙述模式。全知型叙述模式就是叙述人不设立固定的位置，而是处于上下、左右、前后全方位的运动中“观照”和“透视”故事，因而他是绝对自由的、无所不知的，他完全可以根据小说创作意图的需要不受限制地讲述人物的过去、现在和将来，甚至可以洞悉人物的内心世界，知道他们在想些什么，打算做些什么，还可以就人物的言行代表作家直接发表评论。这是一个“无所不知的叙述人”(Omniscient Narrator)，以这样的叙述人讲述故事就称为“全知型叙述模式”。第三人称的全知型叙述模式在传统小说创作中占有极为重要的地位，许多经典作品都是运用这种模式写出的。如列夫·托尔斯泰的《安娜·卡列尼娜》，开篇第一句就是评论性的话语：“幸福的家庭家家相似，不幸的家庭个个不同。”我们首先要问这句话是谁说的？表面上是叙述人说的，实则是作者公开露面借助叙述人说的，而且这句话还预示着这位叙述人将用自己的(其实是作者的)叙述眼光讲述故事，而且这种叙述眼光的视点和视界也必是全方位的，就像阳光普照着大地一样。接着这句话之后的一段叙事也完全证实了这一点。叙述人对所讲的故事了如指掌，他知道“奥布朗斯基家里一片混乱”,他知道造成混乱的原因,他还知道这种混乱给家人们的内心带来了怎样的影响:“大家都觉得,他们两个这样生活在一起没有意思,就算是随便哪家客店里萍水相逢的旅客吧,他们的关系也要比奥布朗斯基夫妻融洽些。”叙述人都钻到人物的内心中去了,一切都明明白白,一切都确定无疑,一切都可以由叙述人给我们提供,这就是比较典型的全知型叙述模式。

第三人称的有限全知型叙述模式较之全知型叙述模式,其相同之处在于叙述声音是一样的,都来自作为作者代言人的全知型叙述人;其不同之处在于叙述眼光发生了变化,时常由全知型的叙述人转向了故事中的某个人物。就是说这种叙述模式的叙述眼光是处于变换交替状态的,有时属于全知型叙述人,有时属于故事中的人物,有时也可能是混合不清的,所以被称为“有限全知型叙述模式”。我们知道,现代小说理论一般认为传统的全知型叙述模式是极为可疑的,尤其是认为那种无所不在、无所不知、无所不能的“上帝式”的叙述人更是难以置信的。在这种理论的影响下,20 世纪以来的小说开始消解全知型叙述模式的权威性,而越来越多地采用了有限全知型叙述模式。可以说,在以第三人称叙述的现代小说中,全知型叙述模式的重要地位已逐渐被有限全知型叙述模式所取代。下面我们举个简单的例子具体看看有限全知型叙事模式的特点。凯瑟琳·曼斯菲尔德的短篇小说《一杯茶》中有这样一段叙述:

> 她出了商店,站在台阶上,呆呆地看着这个冬日的黄昏……刚刚亮起来的路灯显得悲哀。对面屋子里的灯光也同样悲哀,暗暗地亮着,好像在为什么事感到遗憾。行人躲在讨厌的雨伞下匆匆走过。罗斯·玛丽感到了一种莫名的痛楚。

这段共有五句话,第一句是叙述人依照他自己的眼光说的,讲述了女主人公的行动,“呆呆地”这个副词隐隐透露出女主人公的忧伤的心情,可以看作是全知型叙述。第二、三、四句,叙述声音没有变,还是叙述人的,但叙述眼光显然转换成女主人公的了。“路灯”和“屋子里的灯光”都显得“悲哀”,是从谁的眼里显得悲哀呢?雨伞是“讨厌的”,是从谁的眼里看起来讨厌呢?这一切显然是从女主人公的眼里看出的,是女主人公以为如此的。因而这三句是以女主人公的眼光讲述的,不再属于全知型的叙述,而变成了一种有限视角的叙述。最后一句总述了女主人公的内心感受,是叙述人认为女主人公内心感到“痛楚”的,因而叙述眼光又转回到了叙述人,又与叙述人的声音合为一体,又变成了全知型的叙述。叙述人的声音不变,叙述眼光却在叙述人和人物之间来回转换,这就是有限全知型叙述模式。

第三人称的客观型叙述模式有两种表现形态。一种与全知型叙述模式相近,叙述人实际上也是“全知全能”的,但为了制造某种叙事效果故意佯装成不知,采取了一种客观地叙述故事的方式。这种叙述方式,特别是在许多全知型小说的开端是经常可以见到的。例如,威拉·卡瑟(Willa Cather)的短篇小说《雕塑家的葬礼》一开篇就这样写道:

> 在堪萨斯的一个小镇上,一群镇民站在火车站的旁轨处,等着夜班火车,车已经晚点二十分钟了。……他们不时朝东南方向张望,那儿铁路沿着蜿蜒的河岸伸向远方。他们低声交谈,焦躁不安地四处徘徊,似乎不明白究竟要他们干什么。

读到这里,读者一定很纳闷,车站上的这伙人在等谁?其实小说的叙述人是清楚的,因为他在下文马上就交代了谜底:车站上的这群人正在等早年从他们镇上出去的一位雕塑家的遗体,说明他原本就了解事情的全部经过。但在小说的开头叙述人故意“卖关子”,假装不知道，只是客观地描述了事件的现象。这样的叙述表面看是一种客观叙述，但实际上这种客观叙述仅仅体现为一种叙事技巧，目的不过是为了造成某种叙事效果。就这篇小说看，客观叙述技巧的运用，就是为了制造悬念，希望小说一开始就能紧紧抓住读者的注意力。当然，也有内容表现上的目的，以便更有力地揭示出镇民们的浑浑噩噩与浮躁不安。与此不同，客观型叙述模式的另一种形态，不是作为一种叙事技巧，而是建立在一种现代小说理念的基础之上的。这种小说理念或者认为对世界的认识只能通过实验的、实证的方式（如自然主义），或者认为世界从根本上说是不可知的（如“新小说”），因而竭力反对作者在小说叙事中的无限度介入，尤其反对“无所不知”的叙述人的存在，提倡一种冷静的、客观的叙事态度和方法，即只描摹“眼中所见”的世界表象，不涉及“心中所想”，不流露情感态度，更不公开发表意见。这种客观叙述与前一种客观叙述有着根本的不同：前一种客观叙述的叙述人是原本知道却“佯装不知”，实际上是一种以“客观”作为掩饰的全知型叙述；而后一种客观叙述的叙述人是“确实不知”或“宁肯不知”，因而是一种名副其实的客观叙述，与全知型叙述相比，除了“外位叙述”这一点相同外，在其他方面均正好相反。让我们比较下面的两段叙述，具体看看两种叙述模式的区别。我们可以假设这样一个生活片断：一个长期流浪在外的人正在思念家乡的老母亲。用客观叙述的模式讲述应是：

> 他伫立在窗前，若有所思的样子。窗外下着小雨，稀疏的雨点滴落到地上的青草上。他回转身，拿起桌子上的一张已经微微发黄的小照片，照片里是一位老年妇女的头像。他看着看着，眼里流出了泪水。

用全知叙述的模式则是另外一种讲法：

他伫立在窗前，苦苦地思念着家中的老母，她老人家还好吗？现在正在干什么？窗外下着小雨，疏落的雨点击打着地上的青草，好似击打着他隐隐作痛的心。他回转身，拿起桌子上母亲的旧照片，看着老人家那微笑的面容，脑海里又浮现出一幕幕令人心酸的往事，眼里禁不住流下泪来。

这两段都是第三人称的“外位叙述”，但前一段叙述人只描述了事件的现象，事件的实情留给读者去推测；在后一段里，叙述人则将事件的实情和盘托出，甚而深入人物的内心所想，他连人物此时的所思所想都知道。这就是客观型叙述模式与全知型叙述模式的实质性区别之所在。

著名的结构主义者托多洛夫曾在《叙事作为话语》一文中提出叙述人与人物的三种类型：叙述人大于人物，叙述人等于人物，叙述人小于人物。第一种类型是指叙述人知道的比人物多，并且不用向读者解释他凭什么知道。第二种类型是“叙述者和人物知道得同样多；对事件的解释，在人物没有找到之前，叙述者不能向我们提供”。第三种类型是说“叙述者比任何一个人物都知道得少”，好像一个不了解内情的旁观者。① 我们可以用这个理论解说第三人称叙述的三种模式。这三种叙述模式的叙述人都是作者，都在人物之外，都与人物相分离，不同仅在于叙述眼光的变化。其中全知型叙述模式的叙述人大于人物（叙述眼光可以透视人物内心），客观型叙述模式的叙述人小于人物（叙述眼光只停留在人物的表象），有限全知型叙述模式的叙述人总体上大于人物，但有时又等于人物（叙述眼光时常转向人物）。

如果说“外位叙述”就是通常所说的第三人称叙述，那么，所谓“内位叙述”就大致与“第一人称”（First Person：I，we）叙述相当。如前所

---

① 参见张寅德编选：《叙述学研究》，中国社会科学出版社1989年版，第298～299页。

说,“外位叙述”的叙述人是处于故事之外的旁观者,一般情况下,也是作者的代言人,或者说作者直接出面担当故事的叙述人,这样的叙述人讲故事时称“他”。而“内位叙述”的叙述人则是处于故事之中的当事人,是故事中的人物,也就是作者委派故事中的人物充当叙述人,这样的叙述人讲故事时当然就称“我”。布斯在论到小说人称问题时,曾提出“非戏剧化的叙述者”和“戏剧化的叙述者”的概念。前者是指叙述人退出故事之外,与作品中隐含的作者合而为一,“一部小说并不能直接归结于这个作者,就此而言,作者与隐含的、非戏剧化的叙述者之间并无区别”。后者是指“叙述者与创造他的隐含作者”的分离,叙述人进入故事情景,扮演其中的一个角色,从而与故事中的某个人物合而为一,“大多数作品都具有乔装打扮的叙述者,他们用来告诉读者那些需要知道的东西,但他们似乎只在表演自己的角色”。布斯认为,“非戏剧化”和“戏剧化”的区别对于小说的叙述效果来说是至关重要的。“在叙述效果中,最重要的区别或许取决于叙述者本身是否戏剧化了,取决于叙述者的信仰和特征是否与作者共有”,因而,叙述人称的研究应以此种区别为核心展开。① 布斯说的叙述人的这种“非戏剧化”与“戏剧化”的区别,与我们所说的“外位叙述”(通常用第三人称)和“内位叙述”(通常用第一人称)大体一致,可以相互参照。布斯进而指出,同是“戏剧化的叙述者”,但戏剧化的程度又有着诸多的差别。只要叙述人进入故事扮演其中的一个人物,就是布斯所说的叙述者的“戏剧化”,“在某种意义上说,甚至是那些最缄默的叙述者,一旦把自己作为‘我’来提及时……他也就被戏剧化了”。至于戏剧化的程度,则取决于“我”介入故事的程度,即取决于“我”仅是故事的旁观者,还

① 参见[美]W. C. 布斯:《小说修辞学》,华明等译,北京大学出版社 1986 年版,第 168～171 页。

是故事中的次要人物，抑或主要人物？由此他把“戏剧化的叙述者”看作是从“纯粹的旁观者”到“叙述代言人”的全部变化。“作为叙述者，被戏剧化了的诸种类型，其变化范围几乎与其他小说人物的变化范围一样广”，“在戏剧化的叙述者中，有纯粹的旁观者……也有叙述代言人，后者对事件的发展过程产生某些可以估量的影响”[①]。这就是说，“纯粹的旁观者”是戏剧化程度最低的叙述人，“叙述代言人”是完全戏剧化的叙述人，而这种不同的戏剧化程度，又决定了所谓“内位叙述”所能产生的种种不同的叙事效果。

下面我们举出鲁迅的同样是第一人称的“内位叙述”的三篇小说，来说明不同的戏剧化程度所产生的不同的叙事效果。第一篇《孔乙己》，叙述人是酒店的小伙计，作者之所以选择这样一位叙述人，主要是为了给读者造成一种较为客观的、具有一定间离性的叙述效果。因为小伙计还是少年，涉事不多，文化也不高，他不可能对事件和人物有较深的感受和理解，只能作为一个与己无关的旁观者，从一个小孩子的观感去述说他所耳闻目睹的孔乙己的故事。选择这样的叙述人，有一个好处，就是借用一种平淡的、略有些童稚气的语调讲述一个悲惨的故事，更容易产生反讽意味和同情效果。第二篇《祝福》的叙述人的戏剧化程度明显比《孔乙己》更深入了一步，小说中的“我”不再是一个事不关己的旁观者，他与主人公有些交流，又亲眼目睹了她惨死的过程，对她一生的经历也比较了解。尤其是这个“我”还是一个知识分子，他对主人公的遭遇有自己的感受、态度、思考和判断。所以，这位叙述人虽然不是主人公，但至少是一位“介入”故事较深的重要人物，这可以从小说中的“我”数次作自我内心解剖和直接发出感慨和议论

---

① 参见[美]W. C. 布斯：《小说修辞学》，华明等译，北京大学出版社 1986 年版，第 170 页、第 172 页。

中看出。《祝福》是一篇思想性很强的小说，设立这样一个处于“纯粹旁观者”和“叙述代言人”之间的叙述人，有利于激活读者的思索，更深入地理解作品丰富的思想内涵。再来看鲁迅的另一篇著名小说《伤逝》。《伤逝》的叙述人是故事中的男主人公“我”（涓生），“我”讲述了“我”与女主人公的爱情悲剧，在这里，“我”既不是旁观者，也不是主人公之外的次要人物，而是与女主人公同等重要的男主人公，是故事的自始至终的亲历者和第一当事人。这就是说，“我”在讲“我”的故事，“我”作为叙述人已被完全戏剧化了，“我”已彻头彻尾地成为“叙述代言人”，在整篇小说里，都贯穿着“我”的声音，“我”的感受，“我”的思想和“我”的情感。“如果我能够，我要写下我的悔恨和悲哀，为子君，为自己。”这是小说的第一句，仅这一句就足以代表了全篇的叙述基调，一种凄婉忧伤的情调从一种低沉的、耳语般的叙述声音中缓缓地流溢出来了。所以，使用这样的叙述人，不仅方便了“我”的情感的直接吐露，而且还使得这些情感显得更为真切、热烈，对读者更具有情感上的冲击力和感染力。

由上述例子可见，作为第一人称的“内位叙述”，其叙述人在故事里居于何种地位（叙述人戏剧化的程度），是一个非常重要的问题，它直接关系到一篇小说的总体的叙事效果，有必要给以认真研究。同时，我们还看到，第一人称的叙述人在故事中的地位也显示出一个较大的选择、迂回、变动的空间和范围，情况比较复杂。比如第一人称的叙述人，可以充当的角色是多种多样的，他既可以充当故事里的局外人、旁观者，也可以充当故事里的次要人物、一般人物，还可以充当故事里的重要人物、关键人物直至主人公。在这些不同的角色中，叙述人介入故事的层次、所处的位置、所起的作用（即戏剧化的程度），都是不一样的，因此而造成的叙事效果也是不一样的。对这些不同的情况，也必须给以仔细的辨识。

第一人称的“内位叙述”还有一个重要问题需要探讨，这就是“内位叙述”中的“双重眼光”问题。这个问题在谈论“叙述声音”和“叙述眼光”的区分时，已稍有涉及，现在让我们对此再作一点更详细的分析。我们说过，在第一人称的小说中，特别是在那些第一人称的“我”就是故事的主人公的小说中（如鲁迅的《伤逝》），或者在那些回忆录式的小说中（如普鲁斯特的《追忆似水年华》），“我”既是故事的叙述人，又是故事的主人公，实际上就是“我”在讲“我”的故事。这样，在这些小说里，“我”的存在就是双重的，一重是正在讲故事的“我”，一重是故事中被讲到的“我”。有些论者把前者称为“叙述自我”，把后者称为“经验自我”。在第一人称的“内位叙述”中，区分“叙述自我”和“经验自我”并不困难。例如有这样一段叙述：

我记得那时我疯了似的冲出门外，奔向河边。我在河边毫无目标地、疾步地走着。月光下，河水闪亮着滚滚向前，发出怒吼声。河对岸，远山的轮廓生硬地突起，最终迷失在四周无尽的暗夜中。

很明显，这段里的第一个“我”是“叙述自我”，以后提到的“我”则是“经验自我”。但如果结合“叙述眼光”来看，事情就变得复杂起来。因为，在第一人称的“内位叙述”中，“叙述”声音自然出自“叙述自我”，“叙述眼光”却不一定总是“叙述自我”的，他可以在“叙述自我”和“经验自我”之间来回转换，这样就构成了所谓的“双重眼光”。在这里，重要的问题就是弄清：“叙述自我”是仅仅在用自己的眼光讲述呢？还是也在用“经验自我”的眼光讲述。弄清这个问题的关键在于，从叙述话语的分析出发，把“叙述声音”和“叙述眼光”区分开来，把叙述时的“叙述自我”的眼光和故事进行时的“经验自我”的眼光区分开来。还是看上面的例子，从“我记得……”开始，我们就听到了“叙述自我”的声音，这个声音是贯穿始终的。但在以后的叙述中“叙述眼光”显然发生了变化。如果说这个叙述段的开头是按照“叙述自我”的眼光展开的，是“叙述自我”在回忆时的所感、所想（那时我如何冲出门外，如何奔向河边，等等），那么，在叙述到“经验自我”在河边奔走时，“叙述眼光”就在不知不觉中转换了。说河水“发出怒吼”，说山的轮廓“生硬地突起”，这到底是用谁的眼睛看出的？到底是谁这样感受？是“叙述自我”还是“经验自我”？稍微分析一下叙述话语，就不难看出，“叙述眼光”是后者的而不是前者的。就是说这些独特的感觉和感受，是“经验自我”当时经验到的，此时，“叙述自我”已换成了“经验自我”的眼光在讲述，意思是说，在那时的“我”看来河水是“怒吼”的，山“生硬地突出”。这种转换，使得往事的回忆与读者的距离猛地拉近了，所渲染的情绪氛围骤然浓烈，感染力也愈加增强。如果“叙述眼光”没有转换，这里的叙述似应是：“月光下，河水在流淌着，远山的轮廓依稀可见。”这样叙述就显然平淡多了。

需要特别指出的是，第一人称“内位叙述”中的“双重眼光”有时是缠绕、混合在一起的，很难将它们泾渭分明地区分开。这是因为，“叙述自我”和“经验自我”虽然在思想和观感方面存在着诸多差距，但从根本上看，又是同一个自我本体在不同时间和不同情境中的体现，总还有某些精神上的因素依然保持着一致性。正是这种一致性的存在，造成了叙述中“双重眼光”的相互缠绕和模糊不清。例如有这样一个叙述句：“我走着，走着，无形中感到前面的路开阔起来。”不用说，这里的“我”是指“经验自我”，是从“经验自我”的眼光看，感到了“前面的路开阔起来”。但细究一下，我们又可发现，其中似乎也混含着“叙述自我”的眼光，因为，即使正在讲故事的“叙述自我”从他此时的眼光看，也同样认为那时的“我”“前面的路开阔起来”。在这里，来自“叙述自我”和“经验自我”的两种眼光，至少部分地交叉融合为一体，变成了一种“双重眼光”的交混状态，我们很难也没有必要把这两种眼光区分得一清二楚。然而，在第三人称的“外位叙述”中，叙述人和故事中人物的两种眼光的分野，一般都是清晰可辨的。例如，同样是上面那句话，我们可以把它改写成第三人称加以对照。那句话改写成第三人称就是：“他走着，走着，无形中感到前面的路开阔起来。”显然，这里也有两种“叙述眼光”，一种是叙述人的，一种是“他”的，也就是人物的。但这两种眼光不是同时交混的，而是先后交替的，因而区分得非常清楚。就是说，句子的前一半“他走着，走着”，是叙述人说的，也是从叙述人的眼光看的。而后半句叙述眼光就转换到人物身上了，“前面的路开阔起来”只是“他”的感觉，是从“他”的眼光看的。两种眼光转换的轨迹很清晰，所以衔接的边界也很分明，没有丝毫的混合模糊之处。在这点上，与第一人称“内位叙述”中的“双重眼光”形成了鲜明的对比。但是，我们也要知道，“双重眼光”的交混状态一般来说并不是叙述中出现的混乱和失误，而是叙述人有意而为的一种叙述策略。即如上面列举的句子，“双重眼光”的糅杂和含混不定，恰恰增强和丰富了叙事话语的深层内涵和信息量。

（九）

叙述人的“站位”问题，除了内外之别外，还有远近之别。“内外”和“远近”不是一回事，不能认为处于故事外面，就一定离故事远，进入故事内部，就一定离故事近。这就像一个人去视察一座房子，他在房子的外面，即可以远观，也可以近看，他走进房子的里面，同样也可以远观或者近看。譬如他可以总体上看看房内的整体结构，也可以分别仔细察看房内的客厅、卧室、卫生间等各个构成部分，这就有了远观和近看的区别。所以“内外”和“远近”还不是一回事，无论处于“外”还是居于“内”，都有个“远近”问题。

叙述人相对于故事的“远”或“近”，在叙事学中，一般被称之为“叙事距离”(Narrative Distance)。也就是说，叙述人在讲述故事时，并不总是保持与故事的同等距离的，正如我们用摄像机拍照时可以把镜头拉远拉近一样，叙述人也要根据叙事的具体情况和需求，选择和调整远近不同的距离讲述故事。所以，叙述人在叙事时就显示出了远距离和近距离的区别和变化。许多著名的叙事学家，如布斯、热奈特等，都提出过叙事距离问题。他们认为这一问题的重要性就在于，叙事距离的不同直接决定着叙事中所采用的言说方式的不同。本章的第六节，我们曾谈到叙事的两种基本的言说方式，即被柏拉图称之为“纯叙事”和“模仿叙事”的“叙述”和“描写”。如果从叙事距离角度看，所谓“叙述”就是远距离的，所谓“描写”就是近距离的，叙事的言说方式取决于叙事距离的远近。因而，叙事的距离问题和叙事的言说方式问题虽然也是两个问题，前者是从叙述人的“站位”方面说的，后者是从叙事话语的样式方面说的，但两个问题之间又有着极为密切的关联，叙事采用何种言说方式总是以叙事距离的选定为前提的。

事实上，叙述人与故事的距离可以有从极远到极近的无限划分，但在理论上我们可以归纳为两种，即近距离的叙事和远距离的叙事，犹如摄影中的近镜头和远镜头。总起来说，远距离的叙事体现为“全局概观”，而近距离的叙事体现为“局部审视”，这大概是远近两种距离叙事的根本区别之所在。鲁迅的短篇小说《风波》是我们熟知的，这篇小说的第一段和最后一段分别选用了近距离和远距离的讲述，我们可以对照起来具体看看两种讲述的区别。小说的第一段是这样写的：

> 临河的土场上，太阳渐渐地收了它通黄的光线了。场边靠河的乌桕树叶，干巴巴的才喘过气来，几个花脚蚊子在下面哼着飞舞。面河的农家的烟囱里，渐渐减少了炊烟，女人孩子们都在自己门口的土场上泼些水，放下小桌子和矮凳；人知道，这已经是晚饭时候了。

这段话语，用语上很精练，但对景物的描写却相当生动和细腻。我们读过后，不仅对晚饭前农家土场上的情形有了具体的了解（场边有乌桕树，许多蚊子在飞舞，农家在土场上摆出桌子吃晚饭，摆桌子之前还要泼点水，等等），而且还知道了一些更加细微的情况，譬如知道了那里的蚊子是花脚的，甚至听到了它嗡嗡叫着从耳边飞过，看到了被烈日晒了一整天的乌桕树的叶子，此时也开始"喘过气来"，不再是那种"干巴巴"的样子。毫无疑问，这样的描写，叙述人必须靠近所描写的对象，并给对象以细致入微的审视，才能做得到。这就是所谓近距离的叙事。我们再看小说的最后一段：

> 现在的七斤，是七斤嫂和村人又都早给他相当的尊敬，相当的待遇了。到夏天，他们仍旧在自家门口的土场上吃饭；大家见了，都笑嘻嘻的招呼。九斤老太早已做过八十大寿，仍然不平而且康健。六斤的双丫角，已经变成一支大辫子了；伊虽然新近裹脚，却还能帮七斤嫂做事，捧着十八个铜钉的饭碗，在土场上一瘸一拐的往来。

这一段，除了"笑嘻嘻的招呼""捧着……饭碗，在土场上一瘸一拐的往来"等少数几处描写外，其余的都是远距离的叙事。叙述人好像退到很远的地方观望着他要讲的故事，他能够纵观到故事的全景、全貌、全过程，因而也能三言两语地（如果他愿意的话）概述出故事的来龙去脉。如果说"描述"是近距离叙事的主要特点，那么"概述"就是远距离叙事的主要特点。自从皇帝“不坐龙廷了”以后，七斤家的情况怎么样了？故事的叙述人对此都一一作了简要的讲述。特别是从“九斤老太早已做过八十大寿”和“六斤的双丫角，已经变成一支大辫子了”两句来看，这段追述的故事时间至少在三年以上，但叙述人却用了极少的话语（四句话）就将其交代清楚了，充分体现出远距离叙事“全局概观”的性质。

上述例子证实了远距离叙事和近距离叙事的根本区别在于：一为“全局概观”，一为“局部审视”。由此一根本区别，又导致了其他方面的诸多区别。首先，远距离叙事是简要的“概述”，近距离叙事是详尽的“描述”。这一点我们已经通过上面的例子说明过了。现在要特别指出的是，无论是“概述”还是“描述”，都存在着一些程度上的差别，这种差别是与叙述人“站位”的远近程度成正比的，站得越远，“概述”得越简略，站得越近，“描述”得越详细。我们说过，《风波》的第一段属近距离叙事，但这种近距离叙事，只能代表它所达到的一定程度，我们尚可举出其他许多比《风波》第一段“描述”得更详尽的例子。比如沃尔夫（Virginia Woolf）的《墙上的斑点》，其中对那个“斑点”的描绘，可以说细致入微到了无以复加的程度。小说从各个方面、各个角度反复多次地描绘“斑点”，“墙上的斑点是一块圆形的小迹印，在雪白的墙壁上呈暗黑色，在壁炉上方大约六七英寸的地方”，这是说明了“斑点”所处的位置。至于这个斑点是什么，小说里的描写就更多了，“它不像是钉子留下的痕迹。它太大、太圆了”，“可是墙上的斑点不是一个小孔，它很可能是什么暗黑色的圆形物体，比如说，一片夏天残留下来的玫瑰花瓣造成的”，“在某种光线下面看墙上那个斑点，它就像是凸出在墙上的。它也不完全是圆形的。……它似乎投下一点淡淡的影子”，“现在我越仔细地看着它，就越发觉得好似在大海中抓住了一块木板”，等等，类似的描写不胜枚举。如此琐细详尽的描写，让我们觉得叙述人好像手里拿着放大镜贴近墙壁在审视那个“斑点”，而在《风波》第一段中，给我们的感觉则是，叙述人只不过站在土场边，描述他肉眼所能看到的情景。由此可见，同样是近距离叙事，同样是细致的“描述”，程度上的差别有时可能很大。自然，远距离的叙事也是如此，也存在着程度上的差别，对此我们就不再举例赘述了。

其次，远距离的叙事由于是一种对故事全局的高度概括的叙述，因而在叙述节奏上就可以无限制地加快，就可以自由自主地超越所述故事的时空的限定。而近距离的叙事则刚好相反，它的“局部审视”的性质决定了，它的叙述节奏必然很慢以至于停顿，它只能局限甚至定格在一定的故事时空之中。我们还是以《风波》的第一段和最后一段为例，对照起来加以说明。《风波》的最后一段，以所述故事的时空来看，至少有三四年的时间，并涉及三个人物：七斤、九斤老太和六斤。但正如我们所知道的，这一段作为远距离叙事，从总体上对故事进行了简略的“概述”。叙述人仅用了四句话，就讲清了一个长达三四年之久的故事过程，其间涉及了三个人物的结局。叙述的节奏应该说是比较快的，除了第二句稍作过渡之外，其他三句每一句讲了一个人物。这样的叙述节奏突破了故事本身的时空限制以便快速推进叙述进程，显得非常紧凑和随意，而且也给读者提供了较大的信息量。而《风波》的开头一段则是近距离的叙事，所描述的是一个动态的场景，这个场景的主要内容是农家开晚饭之前的临河土场上的情形，其中又有诸多组件构成，如太阳的“通黄的光线”“靠河的乌桕树叶”飞舞着的“花脚蚊子”“面河的农家烟突”摆饭桌的“女人孩子”，等等。叙述人的讲述就被限定在这个场景里了，他无法超越这个场景快速地推进故事的叙述，他只能暂时逗留在这个场景里，并对这个场景里的各个组件一一加以描绘。这样一来,叙述的节奏就明显地变慢了。慢节奏的叙述能给人以鲜明生动的画面感和身临其境的逼真感。一般来说,一部小说的叙事节奏总是不断变化的,通篇都是快节奏或慢节奏叙述的小说极为罕见。因为只有把快节奏和慢节奏合理地结合起来,才能使小说的叙述错落有致、张弛有序、生动有趣。这就像我们观赏一个景点,不能老是走动,也不能停止在一个地方不动,应该一边走一边看,遇到好的景色就减慢速度或停下来多看一会。而小说叙事节奏的这种快慢交错的变化,从根本上看,又是由叙述人与故事的远近距离的变化所决定的。

再次,远距离叙事中的叙述人表现出较强的"主体性",而近距离叙事的叙述人表现出较强的"对象化"。这里说的"主体性"是指叙述人在叙事中的主导作用,这种主导作用使读者明显地感觉到叙述人的存在。这里说的"对象化"是指叙述人已化身为所叙述的对象,给读者的感觉好像叙述人一时隐退起来,不存在了。按这种理解,应该说无论远距离叙事或者近距离叙事,都有主体性的一面,也都有对象化的一面。因为凡是小说中的叙事,都必有一个叙事主体,这个叙事主体就是叙述人;又都必有叙述对象,叙述对象的存在将使叙述人或多或少地对象化。只不过远距离叙事更多地偏向于"主体性",而近距离叙事更多地偏向于"对象化"。让我们结合具体的例子说明这一区别。先比较下面的两段叙述。一段是:

> 在以后的几年里,她的生活发生了极大的变化,她结婚了,并且生了个男孩。遵照丈夫的意旨,她辞掉了律师所的工作,专心在家养护孩子。

另一段是:

> 有一天夜里,她被一个噩梦惊醒,就再也睡不着了。她眼睛

直视着天花板，那上面有一片水影在不停地晃动，一道道弯曲闪动的光线，合起来又分开了，分开了又合起来。她知道，那是因为外面的月光照着浇花池里的水又反射到天花板上的缘故而导致的。注视着那片不断晃动的水影，她的脑子里又渐渐混浊起来了。

这两段叙述，前一段明显属于远距离叙事，后一段则显然是近距离叙事。另外，从言说方式看，前一段是纯叙述，自始至终响彻着叙述人的声音；从叙述人称看，也是第三人称全知型的，叙述人无所不知，无所不能。所以给我们的感觉是，叙述人的主导作用非常突出，叙述人的主体意识也非常积极主动。从这段的第一句话开始直到最后一句，让我们感到叙述人的形象始终存在着，这种存在是鲜明的、确定无疑的。后一段虽然也是第三人称的全知型叙事，但由于它属于近距离叙事，属于具体的“描述”，叙述人细致地描写了“她”在梦醒之后的所感所想，这样，所描述的场面就突出到前景上来，暂时“掩盖”了叙述人的声音乃至存在，使我们感到，好像是场面自行呈示在我们面前，并不是由叙述人描述出来的，而叙述人的存在也好像是若隐若现，甚至是消逝不见了。正因如此，柏拉图才把这种“描述”称为“模仿”，就像戏剧那样让人物和场面自己展示自己。但把小说的“描述”比拟为甚至等同于戏剧的“模仿”，其实是不正确的。戏剧的叙事用的是演员的“形体”，可以直接呈现人物的活动和场面，当然可以看作是“模仿”；但是，小说的叙事用的是“语言”，必然体现为叙述人的“讲述”，靠听者或读者的解读重现讲述的人物和场面，不可能直接呈现人物和场面。正如热奈特说的：“我们说叙述，包括口头的书面的叙述，是一种言语行为，言语行为只能表示，而不能模仿。”①只是因为小说中近距离的“描

① ［法］热·热奈特《叙事语式》，《外国文学报道》1985年第5期。

述”，往往给人造成一种身临其境的逼真感，让人觉得好像是人物和场面自行呈现，好像是叙述人不存在了。实际上叙述人依然存在，他只是一时被“掩盖”在所描写的人物和场面中了，也就是他暂时“对象化”在他所描写的对象中去了。所以，我们认为，远距离的叙事偏向于叙述人的“主体性”的存在，近距离的叙事偏向于叙述人的“对象化”的体现，这也是两者之间的一个重要区别。

（十）

我们已经说过，在“叙述声音”不变的情况下，“叙述眼光”可以不断转换，既可以从叙述人转向人物，也可以从一个人物转向另一个人物。尤其是在现代小说中，“叙述眼光”的频频转换更是屡见不鲜的，这引起了现代叙事学家的高度重视，将其作为叙事学的一个重要问题提出。从根本上看，这种“叙述眼光”的转换是受作品中“隐含的作者”操控的，体现为“隐含的作者”出于某种叙事目的而施行的某种叙事策略，因而现代叙事学也把这个问题称为“叙述视点”（Narrative Point of View）的调节问题。

所谓“叙述视点”，就是指“叙述眼光”的发出者。在小说叙事中，“叙述视点”大致可归纳为这样几类：第一类是从空间上划分的，“叙述视点”是在故事之外，还是在故事之内。如果在故事之外，“叙述视点”就是叙述人的；如果在故事之内，“叙述视点”就是故事中人物的。热奈特把这类叙述视点又称为“无焦点”或“零度焦点”（叙述人的视点）和“内焦点”（人物的视点）。[①] 第二类是从时间上划分的，这里说的时间是指“叙述视点”出现的时间。“叙述视点”可以出现在故事完结之后，也可以出现在故事进行之中。在本章的第八节，我们曾提到“内位

① 参见[法]热拉尔·热奈特《叙述语式》，《外国文学报道》1985 年第 5 期。

叙事”中的“双重眼光”，也就是“我在讲我的故事”。如果“叙述眼光”出自前一个“我”，就是故事完结之后的“叙述视点”；如果“叙述眼光”出自后一个“我”，就是故事进行之中的“叙述眼光”。例如这样一段话：

> 我清楚地记得，那一天我起得很早。外面的空气很清新，我深吸了几口，像喝了几口甘泉水。红艳艳的太阳从东方的地平线上正在升起，世界染成了令人惬意的玫瑰色。

这段前一句的“叙述视点”是作为叙述人（回忆故事的人）的“我”的，是在故事发生之后出现的；后两句的“叙述视点”是作为故事中的人物的“我”的（可以从“甘泉水”“令人惬意的玫瑰色”的感受见出），是存在于故事正在进行之时的。这种按时间划分的“叙述视点”，在第三人称的“外位叙事”中也是经常出现的。如“几年之后，他失去了报社的工作，接着又生了一场大病，差点儿死去”，这是故事发生之后的“视点”。再如“星光下，他看到一个人影向他走近了，步子迈得很大，急匆匆的样子。他万万没想到，来人就是他的哥哥本杰”，这两句的后一句也是故事发生之后的“视点”，但前一句则显然是从“他”当时的眼光看的，属于故事正在进行时的“视点”。乔纳森·卡勒把以时间划分的“叙述视点”称作“焦聚时间”，他认为：“焦聚时间的选择可以创造出极不同的叙述效果。”[①]比如侦探故事为了造成悬念，往往选择故事正在进行的“叙述视点”，而故事的结局要等到高潮时再和盘端出，当然，这时就要换用故事发生之后的“视点”了。最后一类“叙述视点”是根据视点发出人的知情程度划分的，如“全知视点”“客观视点”以及处在这两者之间的“有限视点”。“他一点都不知道两个小时之后他将被一辆

---

① ［美］乔纳森·卡勒：《当代学术入门——文学理论》，李平译，辽宁教育出版社、牛津大学出版社1998年版，第93页。

马车压死,而他所有的计划都将化为泡影”,这是“全知视点”,视点发出者不仅知道“他”内心的计划,连他两个小时后将要发生的惨剧都一清二楚。“那个老人点燃了一支香烟”,这是对人物外在行为的描述,没有讲他的内心情感和隐秘动机,属于“有限视点”。如果把这句话改成这样,“那个有着花白头发的人,把一根燃烧的小白棍衔在嘴里,然后一团烟雾从那根小白棍里飘散开来”,这显然是一个不知香烟为何物的人说的话,只讲眼睛所见的表象,属于“客观视点”。在乔纳森·卡勒看来,这类视点的“不同变化形式对于决定小说的整体效果起了很大的作用”,全知观点“能造成世界可知的感觉”,而有限视点和客观视点则“可能会造成极强的世界不可预知的感觉”①,这些感觉都势必极大地影响着小说叙事的效果。

现代叙事学中讲的“调节视点”(Focalize),就是指小说中“隐含的作者”为了达到某种叙事效果,而对上述各种叙述视点的有意识的选择和变换。一般说来,叙述视点的调节有下面几种方式:一是整部小说一旦选定了某种视点之后,就始终固定在这一视点上,不再加以变化。典型的例子有前面提到的《孔乙己》,全部的故事都是从“我”的眼光讲述的,视点一直是讲述人“我”的,“我”是酒店的小学徒,对故事的主人公并无很深的了解,选用“我”的视点讲述故事,能够产生特殊的反讽效果。再就是亨利·詹姆斯(Henry James)的《梅茜所知道的》(What Maisie Knew)更具代表性,小说从头至尾都贯穿着小女孩梅茜的视点,固定在不懂事的孩子的视点上讲述成人的故事,就更能显示出成人世界的另一种新面目。这就是“固定式”的视点调节。第二种方式可称为“变动式”的视点调节,就是“叙述视点”在叙述人和人物之

① [美]乔纳森·卡勒:《当代学术入门——文学理论》,李平译,辽宁教育出版社、牛津大学出版社1998年版,第95页。

间以及人物与人物之间不断变换，这方面的例子我们可以举出福楼拜的《包法利夫人》。这部小说一开始的"叙述视点"是作为叙述人的"我们"的，后来转向了查理，再后来又转向了爱玛。司汤达的《红与黑》的"叙述视点"更是变化多端，让人有些眼花缭乱。在故事的发展进程中，频频变换视点，也可以造成许多特殊的效果，譬如深化人物的塑造，丰富故事的内涵，等等。视点调节的第三种方式是所谓"交叉式"，即同一个故事在不同的视点变化中被反复讲述。福克纳（William Faulkner）的《喧哗与骚动》是这种方式的著名例子，小说先后用了四个不同的视点，从四个不同的侧面讲述了发生在康普生家的故事。先是由康普生家的三兄弟（班吉、昆丁与杰生）以有限型的"内视点"，各自讲一遍自己所了解的故事，最后又用全知型的"外视点"把故事再次讲了一遍（以迪尔西为主线）。小说之所以选用这样的叙述方式，是为了显示这样的叙事意图：我们所生存的这个世界是错综复杂、变幻莫测的，我们很难探知到它的真相，我们不能对这个世界采取独断论的态度，应该容忍和倾听来自各个角度的感受和理解，甚至包括那些神经不健全的人的感受和理解。这就像新闻记者报道一个事件，他总要先尽可能多地采访事件的亲历者、见证人和旁观者，让他们每个人都讲一讲自己的所知，这样做比记者自己来叙述，应该说更能接触到事件的真相，更显得真实可信。总之，在小说叙事中，视点的调节问题不仅是叙事的技巧和方法问题，而且体现了视点调解人对故事的基本思考和理解，甚至关系到视点调解人的世界观、价值观，正如华莱士·马丁（Wallace Martin）说的："在很多情况中，如果视点被改变，一个故事就会变得面目全非甚至无影无踪。"①

① [美]华莱士·马丁：《当代叙事学》，伍晓明译，北京大学出版社1990年版，第158页。

（十一）

下面我们要探讨的是“叙事时间”和“故事时间”的关系问题，这个问题，最早被俄国的托马舍夫斯基所提及，他说：

> 在艺术作品中，需要区分情节时间和叙述时间。情节时间是被述事件大约完成的时间，叙述时间是通读作品所费的时间。……后一种时间概括为作品的容量。①

后来的叙事学家，如热奈特、托多洛夫等，又对此问题作过详细的论述。托多洛夫甚而把“时间范畴”视为叙事理论的三大范畴之一，其他两大范畴是“语体范畴”（大致相当于我们探讨的言说方式、叙述声音等）和“语式范畴”（大体相当于我们探讨的叙述站位、叙述眼光以及视点调节等），而时间范畴所讨论的就是“表现故事时间与话语时间的关系”②。

按托马舍夫斯基的解释，故事时间的所指比较好理解，就是指小说中所叙述的故事从开头到结束的全部时间。这个时间，有的小说会明确标示出来，有的小说没有明确标示，读者可以按照叙述的线索推算出来，还有些小说的故事时间从叙述本身看就比较模糊，但也可以通过某些相关的提示给以大约的估计。总之，凡是小说中叙述的故事，都必然占有一定的时间区段，这一时间区段的长短，参照小说的有关标示是不难被划定的。但是，叙事时间的概念就比较复杂，需要作进一步的解释。首先，叙事是一种活动，具体地说是一种“说话”的活动，像所有的活动一样，“说话”要一句一句地说，也有一个先后的次序

---

① [俄]鲍里斯·托马舍夫斯基：《主题》，[俄]什克洛夫斯基等：《俄国形式主义文论选》，中译本，三联书店 1989 年版，第 123 页。

② [法]托多洛夫：《叙事作为话语》，张寅德编选：《叙述学研究》，中国社会科学出版社 1989 年版，第 294 页。

和过程，也要占用一定的时间。但这个时间显然不能以作者写作的时间来测定，因为作者写作的时间是经常间断的，其中包括大量的准备时间和思考时间，因而远远超过了纯粹"说话"的时间。所以，纯粹"说话"的时间的测定，不能以作者写作的时间为根据，应该以不间断地阅读这篇话语的时间为标准。这就是说，所谓的叙事时间就是指匀速地阅读整篇作品的时间。按照这样的理解，我们即可清楚地看到，叙事时间并不必然与故事时间等值，譬如我用一个小时的时间可以讲述包含二十年时间的故事，也可以讲述包含几分钟时间的故事，这样就产生了一个故事时间与叙述时间的关系问题。

关于叙述时间和故事时间的关系，可从以下几个方面讨论：首先是次序(order)。事件与事件之间的因果联系，决定了故事本身固有的先后进程：从开端，到发展，到高潮，直到结局。但是，在叙事的时候，叙述人不一定非按照故事原有的顺序讲述它，他可以原原本本地讲述这个故事，也可以打破原有的顺序重新安排顺序讲述这个故事。如果叙述人打破了原有的故事顺序，就必然造成叙事的先后次序与故事的先后次序的错位和不一致。这种错位和不一致大体有这样几种情况：一种是把后来发生的事件提前讲述，如鲁迅的《祝福》，先讲了祥林嫂的死，然后再回过头来讲她的一生。祥林嫂的死原本是故事的结局，提到开头讲了，这就是一般所说的倒叙。再一种情况是，把将来发生的事件放到现在讲述。如：

> 奔波了一天的他，此时正悠闲自得地躺在沙发上，随便翻着一本有插图的杂志，翻动书页的声音在静谧的夜晚簌簌地响着。此时的他做梦也不会想到，几分钟后，他将被一把钢刀刺穿胸膛，而且钢刀的尖端正好扎进他那突突跳动的心脏。

这就把叙述人预知的而当事人还蒙在鼓里的事件，预先讲了出来，在叙事学里，这也称为“预叙”。还有一种情况是所谓的“补足性倒叙”，就是暂时中断故事的主要线索的叙述，插入别的事件加以叙述，这别的事件可以和主线没有太大的关系，讲述它只是为了调节气氛；也可以是给主线添进某些先前漏掉的东西，现在讲述它是为了给以补充性的说明。例如鲁迅的《故乡》，故事的主线是讲，“我”回到故乡搬家到谋生的异地去并遇到儿时的好友闰土的过程。故事一开始和母亲谈话时提到了闰土，这时“我”中断了和母亲谈话的叙述，插进了一段小时候与闰土交往的回忆，讲了少年闰土多么的活泼、机灵、可爱，然后又接续上与母亲谈话的叙述。这段插入的回忆就是“补足性倒叙”，目的是给中年闰土的后来出场作铺垫并与之构成鲜明的对照。对于次序问题，华莱士·马丁认为：

> 当我们进入一个人物的记忆时，次序安排可能变得更为复杂，因为对前一阶段的回忆可能会引发对更早阶段的回忆，而在回忆中对叙事“现在”的涉及则将成为闪前。[①]

所以，“次序”问题在回忆性和心理性小说中显得更为突出，如《墙上的斑点》，小说表面上只是描写一个小小的斑点，但伴随着这种描写的是“我”的被触发的杂乱的回忆和联想，这样就使得故事顺序和叙事顺序的关系变得极为复杂，须认真辨析才能理清。

其次是“持续”(duration)问题。无论叙事过程，还是故事过程，都是持续不断的。但在叙事过程的某一区段，这种持续的时间是有快有慢、快慢不一的，而故事的持续时间则是匀速的，这就造成了叙事的持续时间与故事的持续时间的不相对应。换句话说，就是叙事过程和故事过程在时间持续上有差距，所以，这个问题也被称为叙事的“时距”问题。请看华莱士·马丁引述菲尔丁在《汤姆·琼斯》中说的话：

---

① [美]华莱士·马丁：《当代叙事学》，伍晓明译，北京大学出版社1990年版，第150页。

> 一旦任何异乎寻常的场面露了头……我们就将不惜笔墨地将它尽量向我们的读者展示；但是，如果失去的大量岁月没有产生任何值得注意之事，我们也不怕在我们的历史中出现空白。[①]

参照这个说法，我们可以把叙事时间的持续状态分为这样几种情况：一种是细致入微的描写，譬如，“桌子上零乱地堆着好多书，有几本已经翻开了，桌子的一角摆着一盏早已过时的破旧的台灯，黄色的塑料灯罩已经发黑，罩面上布满了厚厚的一层灰尘……这就是他的书桌”，故事时间的持续毫无进展地停滞在书桌上，几乎等于零，而叙事时间的持续却在不断地延长，给我们的感觉是，故事时间暂时休止了，直到书桌的描写结束之后，它才重新开始。这种情况是叙事时间大于故事时间。第二种是场景性的描写，主要指人物言行的直接呈现，如：“他大手一挥，喊道：‘我走啦！’”人物言行的时间和叙述人物言行的时间大致持平，也就是叙述时间和故事时间基本相等。第三种情况指一切概略的叙述，比如“感激万端的国王把女儿嫁给了王子，国王去世之后，王子继承了王位，统治着这个国家，幸福地过了许多年”，叙事不过持续了一句话的时间，故事却度过了许多年，也就是说，一句话容纳了许多年的时间，叙述时间远远少于故事时间。最后一种情况指叙事上的空缺和省略，故事仍在进行，叙事人却有意忽略过了，什么也没讲。例如在讲述了主人公第一次来到某个小镇的故事以后，另一行，接着说：“二十年之后，他再次来到了这个小镇上，发现一切都变了样。”从“他”第一次来到这个小镇，到“他”再次来到这个小镇，中间经过了二十年。这二十年“他”是如何度过的，叙述人什么也没有说。叙事时间是“零”，故事时间是二十年。这就是叙事中的“省略”，或者叫“无叙述”。由此可见，叙事时间与故事时间的差距是由叙事的详略造成的，

---

① ［美］华莱士·马丁：《当代叙事学》，伍晓明译，北京大学出版社 1990 年版，第 150 页。

而叙事的详略,又取决于叙述人对构成故事的各个事件重要性程度的认识,重要的事件当然需要近距离的详写,不重要的事件则采取远距离的略写甚至不写。这样就必然出现叙事进程和故事进程的时间差距。

叙述时间和故事时间的关系问题的最后一个方面是"频率"(frequency)。这里说的频率是指故事中的事件被讲述的次数。通常,一次发生的事件被相应地讲述一次,数次发生的事件被相应地讲述数次,但在特殊情况下,也可能出现讲述次数的变化。比如,一次发生的事件可能讲述数次,而数次发生的事件也可能只讲述一次,这就是所谓讲述频率的变化。数次讲述一次发生的事件,也称为"重复叙事"(Changeable Narration),常见于第一人称回忆性的小说中,譬如普鲁斯特的《追忆似水年华》。热奈特认为普鲁斯特有一种对"重复的陶醉",他时常故意模糊回忆中的时间概念,在小说里多次描述同一事件,以反映他对日常生活的单调平庸的感受,"时间、日子、季节的返回、宇宙运动的周而复始,既是最经常的样式,又是我情愿称作普鲁斯特反复主义的最恰如其分的象征"①。一次讲述数次发生的事,如"他每天都看到她……""他们经常见面……""他们频繁地谈论此事……""他反复地说道……",等等。华莱士·马丁称这种叙事为"累积概述"(Iterative),并充分肯定了"累积概述"在叙事中的重要性,他说:

……对于反复发生的某种事件的一次性描述——这种现象之所以令人感兴趣是因为,当它被命名以后,它在叙事中被频繁使用的情况变得引人注目了,而且这还让人们注意到传统范

① [法]热拉尔·热奈特:《叙事话语》,王文融译,中国社会科学出版社 1990 年版,第 92 页。

畴——场面、概述、描写、阐明(exposition)——区分中的一个弱点。[①]

这意思是说,“累积概述”打破了传统概念之间的严格分界,把场面、概述、描写、阐明都统统融为一体了。譬如,我们可以这样说:“他每天都看到她,她喜欢穿紫色的长裙,走路的姿态很轻盈,看起来像一朵悠悠飘动的云彩……”这句话总体上是累积概述(总述反复发生的事),但也是具体场景的描写(写到了她的服饰和走路的情形),也是一种一般性的阐明(因为不是描述单独哪一次走路的情形)。马丁认为,累积概述的发现和研究,动摇了传统概念的区分模式,促使人们对这一模式重新给以思考。

(十二)

如前所说,我们认为小说语言是一种叙事语言,我们主要从叙事学的角度讨论了两大问题,一是小说讲什么,二是小说怎样讲。这两个问题换个提法就是:什么是故事?什么是叙事?要彻底搞清这两个问题很不容易,涉及对大量已有概念和范畴的清理和辨析,尚有待于更精细、更深入的研究。最后我们还想谈谈叙事话语的功能问题,作为对上述两个问题的补充性说明。

叙事话语有什么作用?或者换个问法,人们为什么要讲故事和听故事?故事给人们带来了什么?首先,故事给人们带来了愉快和满足。像一切文学话语都具有审美特性一样,小说的叙事话语也具有审美特性。无论讲故事或是听故事,都是一种本身就能给人带来审美愉悦的活动。只要人存在着,故事就存在着。因为故事能给人以审美的愉悦。这是一种特殊的审美愉悦,它产生于故事的本质特性。故事本质上反映了人的

① [美]华莱士·马丁:《当代叙事学》,伍晓明译,北京大学出版社1990年版,第151页。

欲望及其命运。欲望是人的生命活动的第一推动力，人的生命活动也不可遏止地指向于欲望的满足。而故事就是对人的欲望及欲望在现实中的种种遭遇的记录和回顾。每个生命个体都不能不关切自己的欲望及其满足，由此一关切必然推及对故事的关切。这种关切又产生了一种新的欲望，即一种人类独具的"好奇心"和"求知欲"。这正如乔纳森·卡勒说的：

> 叙述的快乐、满足是与欲望相关联的。情节讲述的是欲望和欲望的命运，而叙述本身的发展是受以强烈的"认识欲"的形式出现的欲望驱使的，是想知道的欲望：我们想要发现秘密，想要了解结局，想要掌握真情。①

正是这种"想知道的欲望"的存在，驱使人们喜欢讲故事和听故事；也正是这种"想知道的欲望"的满足，产生了人们讲故事和听故事的审美愉悦。儿童是幼稚的，总是虚幻地想象这个世界，但有一点他不会弄错的，这就是肚子饿了就想吃东西，身体疼痛了就哇哇哭叫，他以这个经验去推知他人，很想知道他人是不是也和自己一样。所以，一个人从小就喜欢听故事，故事中的主人公遇到危难，他替他着急，故事中的主人公化险为夷了，他也高兴得开怀大笑，他乐此不疲地纠缠着大人讲故事，一个劲地追问"后来怎样了，后来怎样了"。这个爱好一直保持下来，直到长大成人，并可能在这个爱好的基础上，又发展出编排故事和讲述故事的能力，这就是小说家。小说家就是专门讲故事的人，他使人类用语言讲述故事的技能和魅力不断获得发展。故事以及讲故事的人之所以存在的首要的合理性，就在于故事能给人带来审美的愉悦。

---

① ［美］乔纳森·卡勒：《当代学术入门——文学理论》，李平译，辽宁教育出版社、牛津大学出版社1998年版，第96页。

此外，故事还具有另一种功能，就是教给人们认识他所生存的这个世界。由于人们总是以个体的形式存在着，通常他只能从个人的角度看世界、看他人，尤其是他很难洞见他人隐秘的思想和情感。小说中的故事，通过不同的视点调节方法，从各个角度向我们展现了世界的无限丰富性，并且直接向我们袒露出人物的内隐的思想动机，从而为我们提供了充分了解世界和他人的可能性，弥补了我们在现实生活中对世界和他人可能存在的局限和无知。这就是说，小说和故事在给我们带来愉快和满足的同时，又加赠给我们另一件可贵的"礼物"，这就是知识。回想一下，一个人从小到大，从故事和小说里学到了多少为人处世的知识啊！而且故事和小说对人的思想和感情的巨大影响，又常常是了无痕迹而又切切实实的，就像丝丝细雨滋润着人的"心田"，这就是所谓的"润物细无声"吧。不仅如此，在乔纳森·卡勒看来，故事和小说的认识功能还体现在其他许多方面，比如"小说表现强烈的愿望是怎样被驾驭的，以及如何使欲望适应社会实际"，因而"小说是一种使社会准则内在化的有力方式"，但同时小说"也提供了一种社会批评的方式。他们揭露世俗成就的空洞虚伪，揭露世间的腐败，说明它不能满足我们最高尚的愿望。他们在那些吸引读者的故事中，揭露被压制者的困境，通过认同使读者明白某些处境是不可容忍的"①。这是指小说对人的道德和政治方面的影响以及社会批判的作用。尤其是小说的社会批判作用，使得小说冲破了"纯艺术"的范畴，具有了更突出的社会价值。小说不仅仅是一种给人以审美享受的艺术的话语结构，它还具有丰富的社会内容，它不断地提醒人们关注自己的生存状况，并激励人们为获得良好的社会处境而奋争。这个方

---

① ［美］乔纳森·卡勒：《当代学术入门——文学理论》，李平译，辽宁教育出版社、牛津大学出版社1998年版，第96～97页。

面，在那些19世纪的批判现实主义以及某些现代主义的作品中，得到了最充分的体现。

但是，关于故事和小说的认识功能，乔纳森·卡勒也提出了一个值得思考的问题：既然小说的故事是虚构的，那么它提供的知识是否可靠？"叙述究竟是知识的来源，还是幻觉的来源？"这个问题其实我们在前面讲文学语言的"虚指性"一节中已经触及了，我们的总的看法是，文学语言的"虚指性"和"真值性"是可以统一的，小说作为文学语言的一种文体类型也不会例外。但乔纳森·卡勒却认为，"即使它的确有一个答案，看来我们也不大可能回答这个问题了"，因为"要回答这个问题，我们既需要掌握独立于叙述之外的这个世界的知识，也需要有一定的基础以确信这些知识比叙述所提供的更加可信。不过，是否存在这种有别于叙述且具有高度可信度的知识恰恰是正在争论的问题：叙述究竟是知识还是幻觉的根源？"[①]乔纳森·卡勒的这种不可知论的观点，正是他的只讲解构不讲建构的解构主义立场的一种反映。

三、抒情的诗歌语言

（一）

把诗歌语言与小说语言对照一下，我们会发现，两者之间最突出的差别恐怕要算一为有韵的语言一为无韵的语言了。的确，凡是诗歌都是有韵律的，都要分行书写，而小说则不需要韵律，也不必分行，只要分开段落书写就可以了。但这种差别只是外在特征的差别，还不是

① [美]乔纳森·卡勒：《当代学术入门——文学理论》，李平译，辽宁教育出版社、牛津大学出版社1998年版，第97页。

内在本质的差别。要寻求这种本质的差别，还须进一步追问，为什么小说是无韵的，而诗歌是有韵的？造成这种外在特征差别的根源是什么？简言之，小说语言“言说”的是什么，诗歌语言“言说”的又是什么？因为言说的方式总是以言说的内容为前提的，两者的本质区别应该体现在言说内容上。从言说内容看，如果说小说是“叙事”的，那么诗歌就是“抒情”的。当然，我们也不认为这种差别是绝对的。小说中也有抒情，甚至在现代小说中还产生了所谓诗化小说；诗歌中也有叙事，自古以来就有所谓的叙事诗。但小说中的抒情，无论其含量多大，都只能是叙事的手段，最终目的仍旧是为了叙事。同样，诗歌中的叙事，也都是作为抒情的手段存在的，实际上就是一种特殊的抒情方式。所以，即使诗化小说，只要还是小说，它的本质特性就是叙事；叙事诗也一样，只要还是诗歌，它的本质特性就是抒情。

关于诗歌的抒情特性，古代的诗学理论早已认识到并反复论述过，特别是中国古代诗论更是有“诗言志”“诗缘情”的明确界定，这都是我们所熟知的。标榜反传统的现代诗论，虽然极为看重诗歌的语言形式，甚而把诗歌界定为“反常化”的语言（俄国形式主义），或者界定为有韵律的语言构成（“新批评”），但对诗歌的抒情特性依然不敢轻易否认，有的论者甚或也加以特别的强调。例如，托马舍夫斯基一面在说“诗是大幅度变形的语言”，一面又承认“诗语是情绪高昂的语言”[①]。“新批评”派的维姆萨特和比尔兹利说得更为明确和详尽：

> 诗是使情感固定下来的一种方式，可以说是让世世代代的读者都能感受其情感的一种方式，当不同文化环境中客观事物的功能经历了变化，或者是当客观事物作为单纯的史实，由于丧失了

① ［俄］什克洛夫斯基等：《俄国形式主义文论选》，方珊等译，三联书店 1989 年版，第 172 页、第 173 页。

其迫切的时间性而丧失了情感价值的时候，尤为如此。[①]

连形式主义的理论家们，都如此肯定了诗歌的抒情特性，因而，我们认为，用“抒情”和“叙事”把诗歌语言与小说语言区分开来，应该说是抓住了问题的根本之所在。两者之间的根本不同就在于，一者偏于叙事，另一者偏于抒情。

像叙事一样，抒情也出自人的本性中固有的一种欲求。我们知道，人是有感情的动物。“人禀七情，应物斯感，感物吟志，莫非自然。”[②]人的感情，无论是喜、怒、哀、乐，还是更高级的情感，都是一种以肉体为基础的愉快或痛苦的感受。这种感受必然造成内心的紧张度，产生要表露出来的冲动和内驱力。情感只要表露出来，就能感染他人，从而达到一种相互的理解和同情，情感造成的心理紧张也就随之得到了缓解和释放。由此看来，人超出动物之处，并不在于有情感，而在于人的情感可以通过以人的方式的表达，而达到相互感染和相互同情。那么，人的情感是如何表达的？也就是人是如何抒情的？人的抒情与叙事不同，叙事必须要有语言，而抒情未必非有语言不可。早在语言产生之前，猿人已经在通过各种方式抒情了，譬如用表情、手势、姿态、呼叫，等等。因此，抒情应该是比叙事更古老的一种人类的精神文化活动。从这个意义上看，抒情很可能是语言起源的最早的动力因素之一，最有力的证明就是，人类最原始的语言形态总是与猿人抒情时的呼叫有着直接的渊源联系。人的抒情活动促进了语言的产生，而语言的产生，又使得人的抒情活动具有了真正属人的高级性质。从此以后，人们可以借助语言诉说他的情感，这显然比其他非语言的方式可以更精确、更充分、更生动、更具感染力地抒发和传达他的情感。

---

① 赵毅衡编选：《“新批评”文集》，中国社会科学出版社 1988 版，第 247 页。

② 刘勰：《文心雕龙·明诗》。

那么,这是不是说只要是借助语言的抒情就意味着诗歌语言的产生呢?按照列夫·托尔斯泰的意见,一个人正在体验某种情感的时刻诉说他的情感,这还不是艺术,因而也不是诗。他认为,只有当一个人把已经体验过的感情"重新唤起",并用某种语言形式诉诸他人,使他人也受到这种情感的感染,这才是艺术,这才是诗。他这样说:

> 在自己心里唤起曾经体验过的感情,在唤起这种感情之后,用动作、线条、色彩、声音,以及言词所表达的形象来传达出这种感情,使别人也能体验到这同样的感情——这就是艺术活动。[①]

托尔斯泰在这里泛指所有的艺术(这个观点值得商榷,此处悬而不论),其中当然也包括诗歌,意思是说,真正的诗歌语言就是抒情的语言,而所抒发的情感首先必须是真挚的,是抒情者确实体验过的,"艺术家的真挚的程度对艺术感染力的大小的影响比什么都大","艺术家越是从心灵深处汲取感情,感情越是真挚,那么它就越是独特",托翁认为,感情的真挚是诗歌之所以为诗歌的首要条件。[②] 的确,诗歌中的情感和小说中的故事不同,小说中的故事可以而且必须虚构,但诗歌中的情感不能虚构。虚构故事,即如亚里士多德所说的"描述可能发生的事"是为了提供更具普遍性的思想,不能视为对读者的欺骗;但如果情感是虚构的,不是出自真心,而是出于其他目的有意捏造的,则肯定是对读者的欺骗,违背了最起码的艺术良心和道德,这在托翁看来是绝对不能允许的。所以,一切未经自己体验过的、凭空编造的、故意煽情的情感的"诉说",都不能列入真正的诗歌语言,而真正的诗歌语言都必须首先是对真实情感的"诉说"。

---

① [俄]列·托尔斯泰:《艺术论》,伍蠡甫、胡经之主编:《西方文艺理论名著选编》中卷,北京大学出版社 1986 年版,第 413 页。

② [俄]列·托尔斯泰:《艺术论》,伍蠡甫、胡经之主编:《西方文艺理论名著选编》中卷,北京大学出版社 1986 年版,第 424 页、第 425 页。

但仅仅是对真实情感的诉说，就一定是诗歌语言吗？泼妇骂街的情感也是真诚的，但那些骂出来的话恐怕不能与诗歌语言相提并论吧。因而，托翁进一步提出，艺术的、诗歌的语言不能是“当下”情感的诉说，而是体验过的而又“重新唤起”的情感的诉说，而且还要寻求某种恰切的语言形式诉说出来。这样一来，真正的诗歌语言，除了感情的真挚外，至少还要有两点保证：一是所抒发的情感因为是“重新唤起”的，所以多少要经过理智的反思和“过滤”。就是说，并不是所有的真感情都一股脑地袒露无遗，在质上要有所选择，要有主次的合情理的搭配，在量上要有所控制，要掌握好适当的分寸。也就是说，一个诗人在抒发他的情感时，当然不能抒发假情感，也不能有意隐瞒情感，但他要对他所抒发的情感进行一定审视、梳理甚至修整。他应该多少知道，他在这首诗里将抒发什么样的情感，哪些情感因素是主要的，那些是次要的，它们分别应抒发到何种强度。如果对这一切没有丝毫理智上的自觉和控制，情感的抒发就变成了某种类似于“泼妇骂街”的东西，变成了纯粹自发的情感发泄，这样说出的话语也就不是诗歌语言了。当然，理智对情感的反思和“过滤”也有一个“度”的问题，也不能过度。过度的理智控制必将扼杀情感固有的“热性”和“活力”，甚至改变了内在情感的“本色”，使情感变成了“概念”，使抒情变成了虚假的“煽情”。这样写出的作品也不能称为诗歌语言。二是所抒发的情感必须要用一种恰切的语言形式诉说出来。所谓“恰切的语言形式”就是诗歌的语言形式。诗歌的语言形式当然不是一成不变的，需要不断地改革和创新。但是，诗歌之所以成为诗歌的那些基本的文体格式，则是不能轻易改变的。譬如韵律、分行书写、特有的措辞方式和修辞方式，等等。一个人把经过了反思的真实情感诉说出来，还不一定就是诗，还要看他是否采用了诗歌特有的基本的语言形式。况且，诗歌在诸种文体中又是一种最注重语言形式的文体，正如休姆说的："诗歌形式的选择和那些构成诗歌的独立的感情片断一样重要。"[①]所以，只有既诉说了真实的情感，又用诗歌的形式去诉说，这样说出的话语才可能是诗歌语言。

（二）

我们已经确定，诗歌是人们用来抒情的一种艺术的方式，它的本质特性是抒情。即使是叙事诗，和小说比较起来，也具有极为浓重的抒情色彩，其最终目的也是为了抒情，因而不宜归入叙事类文体的范畴，应该归入抒情的诗歌范畴。我们还知道，诗歌是用语言来抒情的，用语言抒情就是对情感的诉说，那么首要的一个问题是：谁在诉说？当然是诗人在诉说。但是，诗人在诗歌作品中体现为抒情主人公，所以，更准确的说法应该是抒情主人公在诉说。同一个诗人在不同的诗歌作品中体现为不同的抒情主人公，例如李白在《静夜思》中有一个抒情主人公的形象，在《行路难》中又有另一个抒情主人公的形象，在《战城南》《赠汪伦》等作品中又分别有不同的抒情主人公形象。这些抒情主人公形象，都是李白在作品中的不同的化身，但又不能简单地等同于作品外的李白。所以，要问谁在作品中诉说，更准确的回答应该是作品里体现出来的抒情主人公。那么，更进一步的问题是，抒情主人公怎样诉说？或者说，用语言的抒情有哪几种言说方式？基本的言说方式不外乎两类，一类是直接抒情，一类是间接抒情。

直接抒情就是抒情主人公运用语言直接诉说内心的情感，即通常所说的"直抒胸臆"的言说方式。比较典型的例子有陈子昂的《登幽州

---

① [英]休姆：《语言及风格笔记》，赵毅衡编选：《"新批评"文集》，中国社会科学出版社1988年版，第284页。

台歌》：

前不见古人，
后不见来者，
念天地之悠悠，
独怆然而涕下。

诗人一开口就是他的内心独白，中间没有任何遮掩，直接诉说了他的内心感受，一种深沉而又博大的历史沧桑感和悲怆感，随着诗人话语的展开而流泻出来，犹如空谷足音，给我们的心灵以极大的震动。直接抒情的好处是，容易产生较强的情感冲击力和感染力，但也由于情感过于直露，往往流于空泛而经不住回味。所以单独使用直接抒情的方式，很难写出好诗。像陈子昂的这首诗，单靠直接抒情就达到了如此高的艺术成就，这在文学史上是不多见的。

间接抒情就是抒情主人公不直接诉说自己的内心感受，而是通过对某种有形的东西的形象化描述，间接地暗示或烘托出自己的情感感受。一般来说，情感只是一种体验和感受，它本身是抽象的、无形的，又加之它经常处于流动变化的状态，且它的内涵往往又是极为复杂和多向度的，令人难以捉摸，因而也往往难以用言词直接诉说和传达，只能借助形象的描述间接地表示出来。而形象的描述之所以能表示情感，一是因为情感本身虽是无形的，但它在被激发起来时又总是伴随着大量的表象，这些表象与这种情感肯定有着密切的关联，在某种程度上它们可以起到印证和标示这种情感的作用；二是因为，从“格式塔”心理美学的观点看，情感可以表现为一种“心理场”的构成，表象也可以表现为一种“心理场”的构成，如果这两种“心理场”恰好对应，那么人们就可以用直观的表象传达情感。例如，一棵垂柳之所以能表达悲哀的情感，并不是因为它看起来像一个悲哀的人，而是因为垂柳的表象与悲哀的情感在“心理场”上是“异质同构”的，是相互对应的。因为上述的原因，情感通常要靠形象来表现。

所谓形象无非是指与我们有着密切关系的那些人、事、景、物的形象，依照所借用的形象的不同，间接抒情又可进一步区分为三种：第一种可称为“景象抒情”。景象是指景物的形象，“景象抒情”就是通过对眼中所见的景物的描绘表现内在的情感，即通常所说的“借景抒情”“情景交融”。在中国古典诗词中，此种方式的抒情大量存在，可举的例子比比皆是，如陶渊明的名句“采菊东篱下，悠然见南山”，于东篱采菊、抬头见山的场景描写中，见出了诗人的一种高远的恬淡之情。再如王维的《渭城曲》的前两句“渭城朝雨浥轻尘，客舍青青柳色新”，一种依依惜别的情感在这一特定景色的描写中流溢出来。第二种是“意象抒情”。意象不同于景象，景象是诗人选取眼中所见的景物加以描写而成，借以表现自己内心的某种情感；意象则是诗人通过创造性的想象所设定的形象，并赋予这一形象以特定的意义。比如，李煜的“问君能有几多愁？恰似一江春水向东流”，在这里，滔滔不绝的、向东流淌着的一江春水就是一个意象。诗人由自己所感受到的无休无止的愁绪，联想到了不断向东流逝的一江春水，并用这一江春水的形象比拟自己的无限愁绪。这样，一江春水的形象就不再是一种景象，而成为一种意象。这就是所谓的意象抒情。再如，白居易的名句“离离原上草，一岁一枯荣。野火烧不尽，春风吹又生”，也属于意象抒情，诗人创造了一个枯而复生的古原野草的意象，用以象征着友情的地久天长。第三种是“事象抒情”，诗人借以抒情的形象既不是景象，也不是意象，而是一系列的人和事的形象，诗人通过对某些人和事的讲述，间接地表露他的有关的情感态度。“事象抒情”主要体现在叙事诗里，如杜甫的《三吏》《三别》等，特别是《石壕吏》更具代表性。在这首著名的叙事诗里，诗人讲述了他“暮投石壕村”后亲眼所见的一件事：夜里突然有公差来抓夫，房东老翁急忙爬墙逃走，老太太出面应付，经过苦苦哀求，结果老太太还是被抓走了。诗人讲述这个事件，不像小说家那样着重在事件本身，而是仅抓住几个小细节加以突出，如老翁的逃走、吏的凶暴、老妇的苦求，目的是为了表达他的对民间疾苦的强烈的同情之心以及对战乱和暴政的愤懑之情。这一点也可以从诗人讲述中不断夹杂着的带有明显倾向性的词语中看出，如“吏呼一何怒，妇啼一何苦”“夜久语声绝，如闻泣幽咽”。此为“事象抒情”。

总而言之，诗歌抒情的言说方式不外乎两类四种，即直接抒情、景象抒情、意象抒情、事象抒情。后三种都是借助形象的抒情，属于间接抒情。每一种抒情方式产生的审美效果是不一样的，直接抒情可以直接激发情感，迅速给人以强烈的审美感受，但又因为情感的过于直露而缺乏回味。后三种抒情方式，中间都隔着形象，需要经过形象的导引、提示、启发才能激发起情感，但因此也造成了含蓄蕴藉、回味无穷的审美效果。这四种抒情方式，在具体的诗歌写作中常常是交混使用的，当然，其中的某一种方式也可能占有主导地位，例如，叙事诗自然以事象抒情为主导方式，而咏物诗、田园诗等，则是以景象抒情为主导方式。

（三）

我们已经探讨了诗歌语言的本质特性——抒情以及抒情的四种言说方式，以下我们将要探讨诗歌语言的外部特征。所谓外部特征就是本质特性的外在体现，因而讲外部特征也离不开与本质特性的内在联系。从诗歌语言的外部特征看，主要涉及反常化、韵律、意象性和修辞这样几个问题。先看反常化的问题。

众所周知，反常化这一概念最早是由俄国形式主义者提出的。我们在“文学语言的特性”那一章中，吸取了这一概念，认为所有的文学语言都多少具有反常和变异的特点。但实际上，最能体现反常化特点的还是诗歌语言。俄国形式主义讲的反常化也主要是针对诗歌语言的。俄国形式主义的领袖人物什克洛夫斯基在提出艺术的反常化时，首先谈到的就是诗歌语言，指出“诗语也常常是陌生的”，“诗就是受阻的、扭曲的言语”。另一位俄国形式主义的代表人物托马舍夫斯基，也认为“诗是大幅度变形的语言”[①]。所谓诗歌语言的反常化主要是指对语言常规的偏离和冲犯。这里说的语言常规不仅仅指标准语言的即成规范，还包括诗歌语言本身的即成规范。这就是说，诗歌语言的反常化实际上包含两个方面的变异，一是对现有的标准语言的变异，一是对现有的诗歌语言本身的变异。前一种变异主要体现在语音、词汇、句法等语言的各个方面。如在语音方面，诗歌语言讲求韵律；在词汇方面，诗歌语言可以打破常规地使用一个词，使这个词的词性或词义发生变化，还可以造出词典里面没有的新词；在语法方面，诗歌语言可以颠倒正常的语序，可以省略某些必要的句子成分，如此等等。后一种变异主要体现为对诗歌的既有成规和惯例的改革和创新，如破除旧的和创造新的韵律，创造新的意象，创造新的隐喻，直至创造新的诗歌样式。这两种变异所造成的一个总的效果就是诗歌语言的新颖和独特。诗歌语言最忌讳陈词滥调、最讲求独创性的语言。诗语需要锤炼，需要琢磨，需要推敲，需要苦吟，需要别具一格，需要惊人之句，需要引人注目，总之，诗语是另一种语言，是不同凡响的语言，这一点连对反常化理论毫无所知的古代诗人们，也早已从感性上认识到了。被称为中国“诗圣”的杜甫就发出过“语不惊人死不休”的誓愿，尽管他又

---

① [俄]什克洛夫斯基等:《俄国形式主义文论选》，方珊等译，三联书店 1989 年版，第 8 页、第 9 页、第 172 页。

最强调诗歌的现实内容和社会作用。清代的剧作家兼戏曲理论家李渔也认为，作诗的诀窍就在于“同是一语，人人如此说，我之说法独异。或人正我反，人直我曲，或隐约其词以出之，或颠倒字句以出之，为法不一”①。在李渔看来，为诗之道最关键处就是：我的说法与别人不一样（我之说法独异）。这其实就是反常化理论的一种经验性的精粹表述。所以，用反常化概括诗歌语言的新颖、独特、别致、突出、醒目、引人注意等诸如此类的特征，应该说还是切中肯綮。

但是，是不是说诗歌语言越反常了越好呢？不是的。诗歌语言的反常化还有个“度”的问题。如前所说，反常化就是对语言的正常规范的偏离，而在偏离正常规范之前，必须要对正常规范有所了解。一个对某种语言的正常规范毫不了解的人，说出来的话（如果能被称为“话”的话）也必然是反常的，但这种语言的反常化是毫无意义的。诗人追求语言的反常化是主动的、自觉的，是为了制造某种言语的效果，如果他对正常规范不了解，他就不能清楚地知道，他对语言的反常运用将会产生怎样的效果。英国当代语言学家克里斯特尔（D. Crystal）就特别强调，反规则地使用语言，必须要以对规则的掌握为前提。他指出：

> 当一个作家巧妙灵活地使用语言时，我们会本能地联想到我们自己的口语规范，而最终效果还要取决于我们对这些规范的认识以及它们与语言特征的关系。按现代语体学的说法，我们看出这些特征如何“突出”——从规范的、平淡无奇的惯用法中脱颖而出引人注目。

他还引用另一个语言学家的话说，一个诗人“在试图改变或突破

① 李渔：《窥词管见》。

语法规则之前必须先掌握它”[①]。譬如，杜甫在写出“香稻啄余鹦鹉粒，碧梧栖老凤凰枝”这个反常化的句子时，心中一定清楚正常语序应该是什么样子，因为他肯定是在对照了正常语序并看出了反常语序所能产生的效果之后，才决定这样写的。此外，诗人对语言的反常化使用也不是毫无限度的，他不可能偏离全部的语言常规，他只能在接受绝大部分语言常规约束的前提下，对少量常规给以有限度的突破。否则，他的反常化的语言将是不可理解的。克里斯特尔曾提出“语言的边缘”的概念，以说明语言反常化的限度。他认为：

> 作家在将语言推向极限时，是要冒风险的。如果他突破过多的规则，就会滚下边缘，陷入晦涩。

为了说明这一点，他还举出“ago”加名词短语表示不同时间意义的用法的例子。“several hours ago”（几小时前）、“many moons ago”（许多月以前）等，是这一语言结构的常规用法；而下面的一系列短语，则是这一语言结构的不断升级的反常化用法：“ten games ago”（十次游戏前）、“several performances ago”（几次演出前）、“a few cigarettes ago”（几支烟前）、“three overcoats ago”（三件大衣前）、“two wives ago”（两个妻子以前）、“a grief ago”（一次悲伤前）、“a humanity ago”（一种人性以前）、“an incompleteness ago”（一次不充分前），等等。很明显，随着反常化程度的加强，读者“碰到的困难也渐次增加”。克里斯特尔引用别人的话指出，当这种反常化的加强达到一定的限度，超越了“语言的边缘”，“语者就将陷入滥用词语，沉溺于荒唐的胡言乱语，堕入规则荡然无存的空虚”，而“读者面对诗歌语言愈来愈偏离的

---

① ［英］戴维·克里斯特尔：《剑桥语言百科全书》，任明等译，中国社会科学出版社1995年版，第114页。

用法”，也会“索性放弃理解其意义的努力”[①]。诗歌说到底是情感的传达和交流，最终要依靠对诗歌语言的意义的理解，如果反常化导致了对意义理解的不可克服的障碍，那么，这种反常化本身也就无意义了。

与此相关的另一个问题是：我们不能对诗歌语言的反常化作脱离内容的纯形式主义的理解，我们不能像某些极端形式主义者那样，认为反常化仅仅是语言突显自身的“自指性”的体现和手段，而与语言所指涉的意义毫无关系。我们不能赞同这种观点。就连创造这一术语的什克洛夫斯基也承认，诗歌语言的反常化是指向于强化人对事物的感觉的。那种被称为艺术的东西的存在，正是为了唤回人对生活的感受，使人感受到事物，“艺术的手法是事物的‘反常化’手法，是复杂化形式的手法，它增加了感受的难度和时延”，“它是专为使感受摆脱机械性而创造的”，“目的就是为了使感受在其身上延长，以尽可能地达到高度的力量和长度”[②]。什克洛夫斯基把反常化与人对事物的感受联系起来，实际上也就是把反常化与作品的意义和内容联系起来了。“新批评”派的休姆也强调说，诗歌“选择新鲜的形容词和新颖的隐喻，并非因为它们是新的，而对旧的我们已厌烦，而因为旧的已不再传达一种有形的东西，而已经变成抽象的号码了。一个诗人说一只船‘横跨海洋’以得到一个有形的意象，来代替‘航行’这个号码式的字”[③]。这是说，反常化的词语并非只是为了让人感的新奇，而是为了让人重新感觉到“一种有形的东西”，因为只有反常化的词语才能把这种有形

---

① [英]戴维·克里斯特尔：《剑桥语言百科全书》，任明等译，中国社会科学出版社1995年版，第114～115页。

② [俄]什克洛夫斯基等：《俄国形式主义文论选》，方珊等译，三联书店1989年版，第6页、第8页。

③ [英]休姆：《浪漫主义与古典主义》，赵毅衡选编：《“新批评”文集》，中国社会科学出版社1988年版，第19页。

的东西传达出来。同什克洛夫斯基一样，休姆也是紧密结合作品的内容来理解反常化手法的。

在我们看来，反常化不过是诗歌语言的一种外部特征。什克洛夫斯基虽然看到了反常化具有强化感觉的作用，但他同时又把反常化手法视为诗歌语言的本质特性，这样的观点极易导致对反常化手法的极端形式主义的理解。我们认为，反常化作为诗歌语言的一种外部特征，只能是诗歌语言的本质特性的一种外在体现。正如我们已论证过的，诗歌语言的本质特性就是抒情，而不是韵律、意象、隐喻等，也不是反常化的词语。这一切其他的特性，包括反常化的词语，从根本上说都是诗歌语言抒情本性的体现和表征。抒情性的话语总带有或多或少的反常和变异的特点，这完全可以从一个人在日常生活中情感激动时说的话得到印证。情感激动时说的话显然跟情感平静时说的话不一样，这无论从语音、语调、语速等方面看，还是从措辞、句式、修辞格的运用等方面看，都会发生很大的变化，都可能出现大幅度的变异。譬如，一个人在盛怒时说的话比平时的声调要高得多，语速急促且不连贯，句子简短甚至有残缺，感叹句、呼告句、诘问句、反复句等明显增多，乃至不合情理的用语和语无伦次的现象也频频发生。为什么情感亢奋时的话语会出现如此大的变异？这与情感本身的一些特点有着直接的关联。首先，情感是极具个体性的。情感和思想不一样，思想依据的是普遍的逻辑，因而带有普遍性，而情感则完全是从个人的遭遇中产生的，因而没有普遍的情感，只有具体的情感。同样是愤怒，每个人的愤怒的具体内涵是不一样的，每个人每一次愤怒的具体内涵也是不一样的。其次，情感又往往带有非理性的色彩。情感可以受理性的节制，但它本身却不是理性的。情感的产生和发作基本上是个感时应物的自发的过程，而不像思想那样是个逻辑的过程。特别是激情具有更突出的自发性，它在一种强烈的内驱力的支配下，该行即行，当止则止，几乎全然不顾理性的约束和控制。再次，情感常常是复杂多变的。特别是未经理性梳理过的情绪性的东西，更是给我们以混杂不清和转瞬即逝的感受。上述三方面的特点综合到一起，就造成了述说和表达情感的语言必然多少带有反常化的特征。所以，诗歌语言的反常化，如果离开了它所表达的独特的情感内容，是不可能得到真正合理的解释的。反常化的语言，从一开始就与它所表达的情感有着不可分割的联系。当然，我们并不否认，诗歌语言的反常化在其后来的发展中，因其自身的历史传承性和前后关联性，逐渐获得了某种超越内容的独立发展的地位。正是这种独立发展的地位，给人造成了一种假象，好像诗歌语言是专为反常化的程序而存在的，诗歌语言就是反常化语言本身。但实际上，从更深的根源上看，反常化只是诗歌语言实现自身的手段，不是诗歌语言为反常化存在，而是反常化为诗歌语言存在。反常化的独立地位只是相对的。反常化过去、现在、将来都只能是根植于诗歌抒情本性之上才能开出的绚丽的花朵。

（四）

阅读文学作品，最先接触到的是作品语言的声音，但是对某些作品来说，声音这个层面并不重要。譬如阅读小说，声音不过是引导我们进入故事情景的顺畅的通道，我们好像并没有特别感到声音的存在。但阅读诗歌就完全不一样了，我们首先感到的就是声音这个层面的存在，我们觉得诗歌语言的声音构成与自然语言明显不一样，它读起来顺口，听起来悦耳，这一点立即引起了我们的注意。这就是说，诗歌语言的声音一般都有整齐和谐的韵律。所以，整齐和谐的韵律应该说是诗歌语言的最为鲜明、最为突出的表征。

诗歌韵律(metre)的构成包括两个要素,一个是节奏(rhythm),一个是押韵(be in rhyme)。节奏是指语音以有规则的间隔相互交替而造成的一种抑扬顿挫的听觉感受。不同语言的诗歌,其节奏构成的模式也不一样。拉丁语诗主要是长短音相间构成节奏,英语诗主要是轻重音相间构成节奏,汉语诗主要是高低音相间构成节奏。此外,节奏的构成还涉及音节的数量,一定数量的音节以某种语音相间的形式循环出现,就形成了某种语言的诗歌的诸种节奏类型。如,汉语古典诗有四言诗、五言诗、七言诗等节奏类型。五言诗就是五个音节一行,而且这五个音节又是按照一定规则由高低音(平仄)相间组合而成的。七言就是七个音节一行。其他节奏类型,依此类推。英语古典诗的节奏类型主要有四种:抑扬格(一个重音和一个轻音相间)、扬抑格(一个轻音和一个重音相间)、抑抑扬格(两个轻音和一个重音相间)、扬抑抑格(一个重音和两个轻音相间)。每行诗按其所含重读音节的数量,又有单音步、双音步、三音步、四音步、五音步、六音步之分。押韵是指相似或相同的语音有规律地反复出现。比如李白的《静夜思》:

床前明月光,
疑是地上霜。
举头望明月,
低头思故乡。

第一、二、四行最后一个音节的韵母都发"ang"音,因而这三行诗就是押韵的。当然,押韵并非只是押尾韵,相同音的重复也可能出现在每行诗的开头或者中间,也是押韵。这种押韵在英语诗中比较常见。一定的节奏模式与某种押韵形式交和在一起,就构成了一首诗特有的韵律。

现在需要进一步研究的问题是,韵律在诗歌语言中到底起着什么作用？许多诗人和诗论家都承认，韵律是诗歌语言不可缺少的要素，没有韵律就没有诗歌语言。但在具体论述到韵律的作用时，他们又往往只是片面地强调某一个方面的作用。我们认为，韵律之所以对诗歌语言特别重要，就是因为它在诗歌语言中有着不可替代的多方面的作用，应该给以综合的把握和认识。总括起来说，韵律在诗歌语言中主要发挥着三方面的作用：第一方面是，和谐的韵律可以独立地产生音乐性的审美效果。我们知道，语音是用来表义的，但按照索绪尔提出的任意性原则，语音和语义之间并没有必然的联系，语音的语义属性是人们赋予它的，而语音的自然属性则是它的物理属性（表现为一定频率的声波振动）。语音固有的这种物理属性，就使得语音具有了一种超越了语义的相对独立性。诗歌语言是讲求韵律的，所以，它的语音所产生的声波振动相对于人的耳朵是和谐的，能够给人的听觉造成一种舒适愉快的感受，这样，就产生了诗歌韵律的如歌般的（音乐性的）审美效果。黑格尔认为，诗的这种审美效果对于诗所能产生的魅力来说，具有头等重要的意义，他不无感叹地说："音乐和韵是诗的原始的唯一愉悦感官的芬芳气息，甚至比所谓富于意象的富丽辞藻还更重要。"[①]韵律美之所以"更重要"，就是因为在诗歌的欣赏中它先于辞藻美、意象美等而存在，最早作用于人的感官。但是，这里需要辨明的是，韵律美虽然是超语义的，但却不能理解为纯形式的纯感官的享受。正如许多论者已经论证过的，和谐的韵律给人带来愉快，并非仅仅因为它听起来好听，而是因为它同时满足了人的一种深层的心理需要。譬如节奏感，就是人类在长期的审美实践中形成的心理积淀，对于个体来说，就是一种与生俱来的心理需求。须知，环绕着人的自然界以及人的自然本身，无不显示出节奏的律动。布鲁克斯和沃伦就说过：

① [德]黑格尔：《美学》第三卷下册，朱光潜译，商务印书馆1986年版，第68页。

> 事实上，我们居寓其间的大千世界总是搏动着各种节奏——视觉的、听觉的、触觉的节奏：四季的交替轮转、月亮的满盈亏缺、潮汐的涨落、候鸟的迁徙。人类的身体自身也充满了节奏的轨迹：心脏的怦怦跳动，呼吸的一吐一纳，醒和睡，作和息，餍饱和馑饥。

而且，不仅如此，在他们看来，“节奏是一切生命和一切活力的天然要素，理所当然地人类情感的体验和表达也深刻地包含了节奏……各种人类情感，爱、恨、痛苦、快乐或者悲伤，它们的表达无论是口头的还是其他方式，都不可避免地趋向于有节奏的形式”[①]。由此看来，诗歌语言作为人类的一种艺术的抒情语言，必然趋向于对节奏和韵律的强烈追求，这既是人对韵律感的内在需求的一种体现，又是人对韵律感的内在需求的一种满足。人们从诗歌的韵律中再次感受到了大自然生命以及自身生命的律动，也再次感受到了自身情感的律动。这就是诗歌韵律能给我们带来强烈的审美愉悦的真正根源。而且这种审美愉悦表现为听觉的形式，但又不是纯听觉的，而是直接与听觉汇合为一体的心理上和情感上的愉悦。这即是说，诗歌韵律虽是一种音响的组织形式，但仅仅是这种音响的组织形式（不联系语义因素），就足以显示出丰富的情感意蕴。也正因如此，日尔蒙斯基告谕诗人们，不要过分地依靠“词的逻辑上的实质内容”，应该巧妙地使用“词的读音”，“来向听众暗示朦胧的抒情情绪”，因为在他看来，诗原本就是为了“用如歌的词的组合向听众展示言词无法形容的情绪”[②]。在诗歌语言里，要想把语音与语义之间的联系彻底割断，当然是不可能的。但日

---

① ［美］克林思·布鲁克斯、罗伯特·潘·沃伦：《诗歌作为一种言说方式》，见《延边大学学报》（哲社版）1993 年第 1 期。

② ［俄］什克洛夫斯基等：《俄国形式主义文论选》，方珊等译，三联书店 1989 年版，第 297 页。

尔蒙斯基在表露了他的形式主义偏向的同时，也正确地指出了韵律的情感内涵及其审美价值的独立性。仅从这点看，我们赞同他上述的观点。

韵律的第二方面的作用表现为功利性的，即韵律以其独特的音响形式和对感官的愉悦，给人以深刻的印象，从而使诗句便于传诵和记忆。凡是能够长久地流传的诗歌，除了其他方面的优势外，韵律的和谐也应该是一个不可缺少的条件。兰色姆特别强调了诗韵的记忆作用，他甚至认为，韵律原本就是专为诗歌的记忆而设置的，诗歌“由于害怕我们忘记那些词语，所以就使它们具有了韵律，好强迫我们去注意它们”①。布鲁克斯和沃伦进而认为，人们最初创造有韵律的词语形式，并非出自纯粹的审美目的，显然有功利性的一面。他们指出：

> 在前文学文化里，一个部落的神话和历史，巫术咒语以及宗教仪式都进入某些语词形式，从而促进一代代的传达。在这一点上，形式具有一种保存和传递的实际功效，但我们应该记住，这种形式同时也把传达材料的要求与节奏的要求，有时候还有押韵、头韵等等的要求结合起来了。②

布鲁克斯和沃伦的观点不无道理，这也可以从以下事实见出：韵律的记忆功能，尤其是在那些从远古时代流传下来的民歌和童谣中得到了最为充分的体现。如：

豌豆粥儿烫，
豌豆粥儿凉，
豌豆粥儿在锅里，
煮了九天九夜长。

---

① ［美］约翰·克娄·兰色姆：《征求本体论批评家》，见赵毅衡编选《“新批评”文集》，中国社会科学出版社 1988 年版，第 76 页。

② ［美］克林思·布鲁克斯、沃伦：《诗歌作为一种言说方式》，见《延边大学学报》（哲社版）1993 年第 1 期。

这首儿歌，从所表达的内容看，既没有微言大旨的寓意，也没有意味深长的意境，只是因为韵律的和谐，而获得了极为长久的传诵。为此，乔纳森·卡勒评论道："我们记住了'豌豆粥儿烫'，而不会费神去问豌豆粥儿为何物。"因为"富有韵律的组织使语言得到智慧的掩护，并且使它能牢牢地镶在机械的记忆之中"①。可以设想，远古的人类在没有任何其他传记手段的情况下，却发明了韵律，使得相当数量的韵文材料得以流传下来。如此看来，像结绳记事一样，韵律也可以看作是最古老的词语传记手段之一，只是到了后来，它的审美功能才越来越凸显出来。

韵律的最后的、也是最重要的一个作用是：通过自身的音乐性的审美效果，导引读者进入诗歌语言的语义层面，并进而实现诗歌语言的抒情目的。韵律的审美效果近似于音乐，但又与音乐不同。音乐建立在纯粹的乐音之上，而韵律则是以语音为依托的。语音又总是同语义紧密相连的，两者之间的关系就是索绪尔所说的能指和所指的关系，恰如一张纸的两面，撕开了一面，就意味着撕开了另一面。既然这样，韵律作为好听悦耳的语音，虽然有独立的审美价值，但又不可能与语义彻底分开。因此，韵律不是单纯的乐音，它必然与诗语的意义相关联，也必然与诗语所指向的情感相关联。日尔蒙斯基在批评某些现代诗歌流派的"音韵化和向音乐接近"的创作倾向时指出，"这种表述仍然只是一种比喻"，他认为，"语言艺术是没有能力与作为声音艺术的音乐相竞争的"，但是从另一方面看，"如歌抒情诗在自己的特殊领域里，较之音乐拥有无可替代的优越性；它借以影响听众的并不是声音本身，而是发声的词语，亦即与意义相联系的声音；在如歌抒情诗

---

① ［美］乔纳森·卡勒：《当代学术入门——文学理论》，李平译，辽宁教育出版社、牛津大学出版社1998年版，第83页。

中，使我们为之激动并唤起抒情‘情绪’的，正是渲染着激情的言语”，而言语的声响也同样地“渲染着一定的心理色调”①。在这里，日尔蒙斯基正确她把韵律与纯音乐区分开来，并且指出这种区分的主要依据是：韵律不是纯乐音，而是言语的声响，因而与言语所传达的情感有着不可分割的关系。韵律本身是一种悦耳的声响，也蕴含着情感的意味，但它同时又借助于语音意指着某种意义和情感。再以李白的《静夜思》为例，这是一首按五言绝句的格律写成的诗，押上声“ang”韵，诗的音韵本身自然是极为悦耳动听的，并且透露出一种沉宕而又嘹亮的情调，而这种情调又显然是与诗句所表达的悠悠思乡之情相呼应的。韦勒克作为“新批评”后期的代表人物，对诗歌的韵律问题自然也十分关注，对此做过大量专门而深入的探讨。他充分肯定了俄国形式主义的有关研究成果，譬如承认“他们在实验室的格律理论与音乐性格律理论的纯主观性之间找到了一条通道”，但他依然认为，他们“并没有建立起语调在‘可歌唱的’诗歌中具有组织力量的核心论点”，“许多东西仍是朦胧的、有争论的”。他着重指出的问题就是，韵律学应关注“语言学与语义学的必然联系”，提出“声音和韵律必须与意义一起作为艺术品整体中因素来进行研究”②。韦勒克特别强调了，在诗歌语言里韵律和意义是一个不可分割的整体，这种观点还是很有见地的。乔纳森·卡勒也极为重视韵律与意义的联系，他解释了韵律是如何导向意义的，他认为“通过韵律的组织和声音的重复达到突出语言，并使语言富有新奇感是诗歌的基础”，同时，韵律所造成的“突出”和“新奇感”也是通向意义的桥梁，“诗歌是一种能指的结构，它吸收并重新建构所

---

① [俄]什克洛夫斯基等：《俄国形式主义文论选》，方珊等译，三联书店 1989 年版，第 346 页。

② [美]韦勒克、沃伦：《文学理论》，刘象愚译，三联书店 1984 年版，第 184～185 页。

指。在这个过程中它的正式风格对它的语义结构产生作用，吸收字词在其他语境中的意义并使它们从属于新的组织，变换重点和中心，变字面意义为比喻意义，根据对应的格式把词语组合起来”[①]。我们阅读诗歌时的实际经验也印证着卡勒的观点。譬如我们读《静夜思》这首短诗，我们并没有感到它那优美的韵律把我们与诗的所指分开，相反，优美的韵律给予我们的新奇感和愉悦感，却激发了我们对诗句本身的高度注意以及进一步探究它的欲望。我们会依照自己的理解重构诗句的意义及其所包含的情感，我们会在这种重构中获得更高层次的愉悦和满足。这就是借助于韵律的审美感受进入到意义的领悟，而意义的领悟又反过来提升了审美感受。可见，韵律绝不是超然于诗外的纯形式，而是诗歌实现自身的凭借和基础。

（五）

我们讨论诗歌的间接抒情方式时，曾提到景象、意象、事象三种形象。这三种形象的性质是不一样的。其中，景象和事象是在记忆表象的基础上而形成的描摹性形象。而意象则是联想、想象、幻想的产物，是一种创造性的形象。按照韦勒克的说法，“视觉的意象是一种感觉或者说知觉，但它也‘代表了’、暗示了某种不可见的东西、某种‘内在的’东西”。为了印证自己的观点，韦勒克还转述了意象主义大师庞德(Ezra Pound)的意见：“庞德对‘意象’作了如下的界定：‘意象’不是一种图像式的重现，而是‘一种在瞬间呈现的理智和感情的复杂经验’。是一种‘各种不同的观念的联合’。”[②]无论是韦勒克还是庞德，他们都

① [美]乔纳森·卡勒：《当代学术入门——文学理论》，李平译，辽宁教育出版社、牛津大学出版社1998年版，第83页。

② [美]韦勒克、沃伦：《文学理论》，刘象愚译，三联书店1984年版，第202—203页。

认为意象不是记忆表象的简单复现，而是被赋予了某种意义和意思在里面的一种创造性的幻象。意象不是纯粹的"象"，它还包含着"意"的一面。事实上，宽泛地讲，景象和事象也是意象，因为它们都是经过了诗人选择和加工的结果，也被赋予了一定的意义和意思，只是不如狭义的意象带有更强烈的主观创造的色彩。从这个角度看，意象应该是诗歌抒情的最普遍、最经常使用的方式，可以说，诗歌语言就是一种意象语言，和韵律一样，意象也是诗歌语言的突出特征之一。对意象主义诗歌理论有重要影响的休姆，就特别看重意象在诗语中的地位，他说：

> 诗不是号码式的语言，而是一种看得见的具体语言。……在诗中，意象不仅仅是装饰，而是一种直觉的语言的本质本身。①

休姆敏锐地看到了意象在诗语中的突出地位，但他又把这种地位抬高到"本质本身"，这恐怕就有些失之偏颇了。因为在我们看来，诗语的本质是抒情，意象只能是诗语的重要的外部特征之一。比较起来，还是韦勒克的看法更妥当一些，他认为：

> 像格律一样，意象是诗歌结构的一个组成部分，按我们的观点，它是句法结构或者文体层面的一个组成部分。总之，它不能与其他层面分开来研究，而是要作为文学作品整体中的一个要素来研究。②

如果说韵律属于诗语结构最外在的"言"的层面，那么，意象则属于中间的"象"的层面，还有一个最深层的"意"（情感意蕴）的层面。我们赞同韦勒克的观点，意象的研究应坚持整体的观念和原则，从诗歌

---

① ［英］T. E. 休姆：《浪漫主义与古典主义》，见赵毅衡编选《"新批评"文集》，中国社会科学出版社 1988 年版，第 19 页。

② ［美］韦勒克、沃伦：《文学理论》，刘象愚译，三联书店 1984 年版，第 234～235 页。

语言的三个层面的整体联系中，去探讨意象问题。

首先，从“言”的层面到“象”的层面，涉及意象的创造问题。这个问题实际上包含两个方面，一是意象是如何被构思的，也就是意象所运用的思维方式；二是意象是如何被说出的，也就是意象的言说方式。这两个方面是相互对应、紧密联系的。思维方式支配着言说方式，言说方式又印证和强化着思维方式。关于意象的言说方式，我们已经知道，意象是一种间接的抒情方式。要诉说的是一种情感，但不直接诉说它，而是通过设置和描述某种意象暗示和渲染出这种情感。这种方式在修辞学里被称为“隐喻”(metaphor)，即欲说此物而不明说，以说他物暗指此物。故而，意象的言说方式就是隐喻。那么，隐喻是依据什么原则进行的呢？这就涉及了意象所使用的思维方式。简单地说，隐喻的原则就是“比拟”。通过比拟看出不同事物间的相近或相似之处，正是根据这种相近或相似之处，使一物代表和暗指另一物。如此看来，意象所使用的思维方式就是比拟。

按照现代文化人类学的观点，比拟的思维是人类原始思维的重要特征之一，也是人类最古老的思维方式。原始的神话、巫术、仪式、禁忌等这些人类最古老也最有特色的文化成果，就是凭借比拟思维而创造出来的。原始的人类还无法客观地认识自然界，他只能从自身出发，以自己比拟他物，由自己推及他物，以为他物和自己一样也是一种有生命、有意识、有灵魂的存在物。这就是原始人类的比拟的或拟人化的思维，几乎所有的史前文化(神话、巫术等)，都是靠了这种思维而被源源不断地创造出来。与比拟思维相联系的是隐喻言语。比拟的思维必然产生隐喻的言语。最早的言语都是隐喻性的，这可以从各民族语言的那些最基本的词汇构成中看出，诸如桌腿、河床、针眼、山脚之类，无不是隐喻的产物，即使一些抽象的概念词也显然是从隐喻中生出的，如英语中的“abstract”（抽象），含有“draw”（拉取、抽取）的意思；而“right”（正确）和“wrong”（错误）也包含着“stretched”（伸开的）和“straight”（笔直的）以及“wringing”（绞拧）或“sour”（酸臭的）的意义。只不过这些词由于经常被使用，它们的隐喻内涵已经不被觉察，变成了所谓的“死隐喻”了。众所周知，在启蒙主义时代，原始的思维、语言及其文化被视为蒙昧、野蛮、迷信的象征，因而，与之有着密切联系的诗歌中的意象，也长期不受重视，甚至被认为是一种多余、有害的东西而屡遭贬责。然而，19 世纪后期以来，随着象征主义、意象主义等现代诗歌流派的兴起，诗歌中的意象和隐喻又重新引起人们浓厚的兴趣，逐渐成为诗歌研究的一个热点。人们不再把意象和隐喻看作是纯装饰性的、可有可无的东西，反而因为它们与原始文化的紧密关联而认为它们可以与一种伟大的、带有神秘色彩的精神相贯通，甚而认为它们就是诗歌的本质本身。如前所说，这种无限拔高意象和隐喻的观点是我们所不能苟同的。我们认为，与原始的思维方式和言说方式的联系，既不能降低也不能提升意象和隐喻在诗歌中的身份和地位，只是说明原始的思维方式和言说方式在诗歌的意象和隐喻中获得了新的发展，而意象和隐喻依然属于诗语结构整体的中间层面的要素，因而也只有把意象和隐喻放回到这个整体中去认识，才能得到较为确切的结论。

总之，诗歌中的意象是以比拟的方式构思出来的，是以隐喻的方式言说出来的，如此创造出来的意象可以称为“隐喻性的意象”。请看莎士比亚的一首著名的十四行诗：

在我身上你可以看到这样的秋天，
当黄叶凋零已尽，或者几片空悬，
瑟缩的枝头，打着冷颤——

这荒凉的唱诗坛上再没有鸟儿甜蜜的吟唱。
在我身上你可以看到这样的傍晚，
夕阳的日光沉落于西天，
赶走它的黑夜将慢慢出现，
这死神的化身，把一切笼于睡眠。
在我身上你可以看到灼热的火焰，
寂灭，寂灭在他青春的灰烬里，
在他死亡的床榻上余息奄奄，
最后枯萎，渐渐缩进灰的一片，
看出了这些，你的爱会更加火热，
因为他转瞬之间就要辞你长往。

这首诗似乎讲了这样一个意思：我正在一天天衰老，人生是短暂的，相爱要不失去时机。但是，诗人并没有直说这个意思，而是选取了自然界的三个现象（秋天、黄昏、火焰）与之相互对照，诗人看到了这三个现象与他要表达的意思之间存在着某种共同之处，这就是他们都意味着“一个过程就要到达终点”。正是依据这个相似点，诗人设置了三个隐喻：我是秋天，我是黄昏，我是渐渐熄灭的火焰。由此就构成了这首诗歌的三组意象，一是秋天的意象（黄叶凋零，光秃秃的枝头，荒凉的唱诗坛）；二是黄昏的意象（夕阳西沉，慢慢出现的黑夜，死神，睡眠）；三是渐渐熄灭的火焰的意象（寂灭，青春的灰烬，死亡床榻上的余息，枯萎，灰的一片）。这三组意象分别从三个不同的方面强化着同一个主题：我正在衰老，我一步步走向死亡，我渴望热烈的爱情这个例子再次说明了意象不是景象的描写，也不是事象的叙述，而是用隐喻说话，它总是启发、暗示、意味着某种意思，这就是意象的隐喻或隐喻的意象。

除了隐喻性的意象，我们还常常听到象征性的意象的说法。但事实上，象征性的意象并非自成一体，而是寄生或依附于隐喻性的意象的。这就是说象征来自隐喻，反复使用的隐喻往往定型化为象征(symbol)。韦勒克谈到象征与隐喻的区别时说道："一个'意象'可以被转换成一个隐喻一次，但如果它作为呈现与再现不断重复，那就变成了一个象征，甚至是一个象征(或者神话)系统的一部分。"[①]隐喻是某一事物的形象的比喻，如果这形象的比喻反复不断地使用，就可能固定为某一事物的形象的替身、代表、标志甚至符号，这就从隐喻的意象转变成象征的意象了。比如，玫瑰花之为爱情的象征，十字架之为基督教的象征，鸽子之为和平的象征，黄昏之为暮年的象征，红旗之为革命的象征，等等。这些象征一开始使用时都是隐喻，当这种隐喻被普遍认同后也就变成了象征。

其次，从诗歌的"象"的层面到"意"的层面，还涉及诗歌意象的审美价值问题。诗歌所具有的魅力，其实主要来自两个方面，一为韵律，一为意象。如果没有韵律，诗歌的"形采"尽失；如果没有意象，诗歌的"神采"尽失。对诗歌来说，"神采"应该比"形采"更内在，因而也更重要。韵律需要通过意象才能接近作为诗的核心的情感，而意象本身就包容着诗的核心——情感。意象就是诗的情感意蕴的隐喻和象征。但是，意象又不是与他所喻指的情感完全对应的，因为意象是一种可直观的形象，它本身包容的内涵可以是无限的，它所能传递的情感意蕴总是远远超出它所喻指的情感意蕴。譬如，艾略特的《普鲁弗洛克的情歌》一诗开篇的名句：

当黄昏展开遮没了天空

像一个麻醉在手术台上的病人……

---

① [美]韦勒克、沃伦：《文学理论》，刘象愚等译，三联书店1984年版，第204页。

(When the evening is spread out against the sky
Like a patient etherized upon a table……)

这是一个具有双重比喻的诗句,“展开的黄昏”这个意象,喻指着一种末世的情怀,而“麻醉的病人”这个意象,又喻指着“展开的黄昏”。前一个比喻,显然取“临近黑暗的末路”的意思,但“展开的黄昏”的形象本身所包容的内涵却大大超出了这一意思,不仅暗示着“临近暗夜”,还含有“霞光满天,绚丽多彩”的美好的一面,以及其他的一些意蕴。同样,在后一个比喻中,喻体和本体也只是与“孱弱无力,被动无奈,毫无生机”这一方面的内涵相通,至于喻体中的其他方面的内涵(如“麻醉的病人”尚有绝处逢生的希望,因而也隐含着“摆脱困境,获得新生”的意味),则是无法与本体的意义一一对应的。属于“新批评”派的布鲁克斯指出:“诗人必须靠比喻生活。但是比喻并不存在于同一平面上,也并非边缘整齐地贴合。”①这就是所谓的“形象大于思想”——意象所寓含的内涵总是大于所喻指的内涵。正是这一点,充分显示出了意象所具有的独特的审美价值,也是诗歌所具有的最重要的艺术魅力之所在。

意象的审美价值主要表现在两个方面。第一个方面就是意象的多义性。意象本质上是一种具体可感的形象,这一点决定了它的内涵的不确定性和含混性,尽管我们在主观上可以赋予它某一种确定的含义,但在客观上它总要同时表现出多种多样的含义。例如庞德的著名的两行诗《在大都市的车站上》:

人群中许多面孔的显现:
潮湿、青黑的枝头上的点点花瓣。

① [美]克林思·布鲁克斯:《悖论语言》,赵毅衡编选:《“新批评”文集》,中国社会科学出版社1988年版,第320页。

(The apparition of these in the crowd;

Petals on a wet, black bough.)

诗歌把两个极不相同的意象叠加在一起,一个是"地铁车站里昏暗的灯光下拥挤的人群、簇簇晃动的面孔",一个是"沾浸着雾水的、几近干枯了的枝条上残留的花瓣"。这两个意象的叠加无疑愈加造成了意义的增值和膨胀。那么,从这两个意象的对比中,我们到底看出了什么意思?是说现代人生活的沉闷单调,还是说在现代人的生活中尚存有一线生机;是说现代社会中人与人之间的难以沟通和隔膜,还是表达了对某种美好前景的祈求和渴望;是流露了无可奈何的悲观情调,还是张扬了积极进取的乐观精神。好像觉得什么也有点,但又觉得什么也不能肯定。这大概就是意象的多义性的表现。我们知道,燕卜荪是研究诗歌多义性(他称为"复义性")的专家,他对"复义性"的解释是:"'复义'本身可以意味着你的意思不肯定,意味着有意说好几种意义,意味着可能指二者之一或二者皆指,意味着一项陈述有多种意义。"[①]在他看来,诗歌中的复义现象"牵涉到极为丰富的内容和强烈的效果","而复义的作用是诗歌的基本要素之一"[②]。布鲁克斯进而强调诗语的"悖论性",认为诗语不仅是多义的,而且是所言非所指的、自我矛盾的、包含着悖论的。他指出,悖论就是诗歌语言(比喻)的"各种平面在不断地倾倒,必然会有重叠、差异、矛盾"[③],他甚至把悖论看作是

① [英]威廉·燕卜荪:《复义七型》,赵毅衡编选:《"新批评"文集》,中国社会科学出版社1988年版,第310页。

② [英]威廉·燕卜荪:《复义七型》,赵毅衡编选:《"新批评"文集》,中国社会科学出版社1988年版,第307页。

③ [美]克林思·布鲁克斯:《悖论语言》,赵毅衡编选:《"新批评"文集》,中国社会科学出版社1988年版,第320页。

“诗歌不可避免的语言”，“诗人要表达的真理只能用悖论语言”[①]。在我们看来，布鲁克斯所说的悖论不过是多义性的极端表现，对于诗歌来说，具有普遍意义的不是悖论，而是多义性。真正具有较高审美价值的诗，不一定含有悖论，但一定是多义性的，一定具有不断增值和无限衍生的意蕴和内涵。

第二个方面，就是意象的含蓄性。含蓄性与多义性直接相关，因为意象是多义的、难以确定的，所以在意象和它所传递的情感意蕴之间就如同隔了一层薄薄的“纱缦”，使我们在观照意象时，好像雾中看花、水中望月一般，影影幢幢，似见似不见，这就是意象的含蓄效果。中国的古典诗词特别讲究意境的创造，所谓意境其实就是由多种意象组合而成的意象系统，意境所追求的主要审美效果就是含蓄蕴藉。宋代的严羽说：

> 盛唐诗人，唯在兴趣，羚羊挂角，无迹可求。故其妙处莹彻玲珑，不可凑泊，如空中之音，相中之色，水中之月，镜中之象，言有尽而意无穷。[②]

严羽认为，诗歌的极妙之处就在于它的含蓄蕴藉，就在于它创造了一种玲珑剔透的、含有无限韵味的、可望而不可即的艺术境界。清代的叶燮也说，诗歌“妙在含蓄无垠，思致微渺，其寄托在可言不可言之间，其指归在可解不可解之会，言在此而意在彼，泯端倪而离形象，绝议论而穷思维，引人于冥漠恍惚之境，所以为至也”[③]。所谓“冥漠恍惚之境”，就是一种涵盖万有而又不可凑泊的含蓄之境。这种诗歌之境，可以引发人的无限遐思，可以让人流连于其间而回味无穷，这也就

---

① ［美］克林思·布鲁克斯：《悖论语言》，赵毅衡编选：《“新批评”文集》，中国社会科学出版社1988年版，第314页。

② 严羽：《沧浪诗话》。

③ 叶燮：《原诗》。

是诗歌的含蓄之境所产生的特殊的审美效果。法国当代理论家魏菲尔就从语言学的角度谈到诗语的含蓄性所造成的审美效应，他说："诗歌中的名词含蓄，耐人联想，具有象征的性质。它是一个听任读者把自身由于诗人所遣用的动词而唤起的幻景注入其内的容器。"①含蓄的诗语之所以能成为一个"容器"，而不是一个有确指的符号，就是因为它表述了一个隐喻，它描绘了一个意象或一个意境，它的含义丰富而又朦胧，它开启了读者的想象，并引导读者以他的想象去填充它本身所具有的无限的艺术空间。而这也正是诗语的妙趣之所在。例如柳宗元的《江雪》，这首诗最吸引我们的地方并不是因为它描写的景色多么美，而是它的意境的深邃和含蓄。我们感到了这首诗极富内涵，但要确定它的含义，又觉得把捉不定，正是这种困惑把我们导向了诗的境界，我们的思绪在"千山""万径"的广阔空间中翱翔，每一次都有收获，每一次又似乎都不能穷尽。这大概就是这首诗常读常新富有魅力的原因吧。

（六）

平时我们使用语言说话、写文章，除了追求表达和交流的效率（以尽可能少的语言把要传达的信息准确、清楚地传达出来）外，还往往追求所说的话语产生某种效果，如必要的生动性以及一定的说服力和感染力。要产生这样的效果，就得运用一些语言技巧以构成一些巧妙的表达方式。语言学里，把这种为了某种表达效果而使用的语言技巧及其特殊的表达方式称为"修辞"(rhetorlc)，把在长期的修辞实践中形成的较为定型的表达方式称为"修辞格"(rhetorical figures of

---

① [德]魏菲尔：《名词与动词——诗学笔记》，刘小枫主编：《现代性中的审美精神——经典美学文选》，学林出版社1997年版，第900页。

speech)。我们知道，诗歌语言是一种抒情语言，是一种反常化的语言，是一种讲究韵律的语言，是一种充满着隐喻和意象的语言，这种语言必然更加追求措辞用语的巧妙性和生动性，更加追求艺术的感染力量，因而也就与修辞有着更加密切的关系。可以说，诗歌语言是大量使用各种修辞手段的语言，无论是诗歌的抒情，还是韵律、意象、反常化等等，都需要通过修辞手段的使用才能实现。从这个意义上看，诗歌语言就是一种“花言巧语”，当然这里说的“花言巧语”不是贬义的，而是褒义的。日尔蒙斯基说：

> 诗的材料不是形象，也不是激情，而是词。诗便是用词的艺术，诗歌史便是语文史。[①]

这段话，除去它的极端的形式主义倾向，应该说是基本正确的。诗确实是“用词的艺术”，也就是修辞的艺术。乔纳森·卡勒更明确地说道：“诗歌与修辞学相关：他是使用大量修辞手段的语言，并且是极富感染力的语言。”所以，卡勒不无道理地认为，“诗歌学科已被看作延伸的修辞学的一部分，这种延伸的修辞学对各种语言活动的资源进行研究”[②]。在古希腊，诗歌语言的修辞学性质是备遭贬责的，特别是以柏拉图为代表的一派，更是因此而把诗歌视为有意欺骗和误导公众的不道德的语言，而给以猛烈的攻击和诋毁。但是20世纪中期以后，现代诗歌理论的某些流派，却对诗歌的修辞学性质大加肯定和推崇，从而使诗歌的修辞学研究急剧发展起来，并且取得了一系列令人注目的成果。

诗歌常用的修辞方式都是与增强词语的生动性和感染力有关的，

---

① [俄]日尔蒙斯基：《诗学的任务》，[俄]什克洛夫斯基等：《俄国形式主义文论选》，方珊等译，三联书店1989年版，第217页。

② [美]乔纳森·卡勒：《当代学术入门——文学理论》，李平译，辽宁教育出版社、牛津大学出版社1998年版，第73页，第73～74页。

譬如前面已谈及的节奏的调配、韵律的安排以及比喻、象征，等等。比喻可说是诗歌最常用的修辞方式，是创造诗歌意象的最重要的手段。比喻是按照事物之间相似和相近的原则设置的。如“我的爱人像一支旋律/奏出甜蜜和谐的声音”，使用的是相似性的比喻，取喻体和本体间的共同点（一个漂亮的女人与一首乐曲一样都是美的和令人称心如意的）为依据。而这样的诗句“王杖和皇冠必将滚落/在尘埃中它们就等于/可怜的镰刀和铁锹”，则属于相近性的比喻，喻体和本体存在着某种时间或空间上的联系，“王杖”和“皇冠”都是皇帝惯用的装备，以此指喻皇帝的至高无上的地位；“镰刀”和“铁锹”都是劳动群众常用的工具，以此代表着下层老百姓的地位。这种比喻也被称为“转喻”。相近性的比喻还有一种叫“提喻”的，一般是用某一事物的部分代指它的全体，如“过尽千帆皆不是，斜晖脉脉水悠悠”，以“帆”（船的一部分）指代船，是为提喻之例。比喻在表述形式上还可分为明喻和隐喻。明喻的喻体和本体之间有比喻词连接着，如“离恨恰如青草，更行更远还生”。隐喻则无比喻词的连接，甚至也可没有表述本体的词语。如“老骥伏枥，志在千里；烈士暮年，壮心不已”，此句没有比喻词；“蚍蜉撼大树，可笑不自量”，既没有比喻词，也没有被喻指的本体（以微弱之力抗拒不可抗拒的力量的人和事）。以上两例皆为“隐喻”。

诗歌里，为了表达较强烈的情感，也常常运用拟人和夸张的修辞手段。拟人就是把无生命的东西当作有生命的东西来写，其实拟人也是比喻的一种变体，即以生命现象比拟无生命的现象。如李白的名句“我寄愁心与明月，随风直到夜郎西”，把明月写成可以传送诗人的离情愁绪的信使，以表达诗人强烈的思友之情，这是拟人。夸张就是故意说出“言过其实”的惊人之语，以达到突出特征、加强印象、耸动情感的表达效果。夸张一般依附于比喻之上并与比喻交混使用的。如李白的“白发三千丈，缘愁似个长”，整句是个比喻，以白发之长喻指愁情之大，而白发又长至“三千丈”，显然是夸张之言，极言愁情之强烈，比喻与夸张并用了。再如，白居易的“安得大裘长万丈，与君都盖洛阳城”，也是比喻之中有夸张，以大裘覆盖洛阳城，比喻让天下的穷人都穿上新衣服，诗人又希望这件大裘能“长万丈”，这又在比喻中加上了夸张，愈加强化了诗人同情人民疾苦的博大的人道主义情怀。

以上讲的几种修辞方式主要用于诗歌的间接抒情，总的效果是追求意象的生动性和感染力。至于诗歌中的直接抒情则经常使用另外的一些修辞方式，诸如呼告、重复、排比、拈连等。这些修辞方式，主要体现为人称、句式的特殊变化，而不直接涉及意象的设置。呼告是直接抒情最常见的修辞手段，如雪莱的名诗《秋风颂》里的句子，“哦，不羁的西风哟，你秋神的呼吸”，“哦，你吹舞我如波如叶如云吧”，激烈的情感使诗人暂时离开了与读者交流的轨道，转而向不在场的“西风”说话。西风作为一种无生命的自然现象，当然听不懂诗人的话语，这些话语只能作为一种祈使的行为存在，但这种祈使行为显然更有利于诗人的不可遏止的情感的直接抒发，这就是呼告的修辞方式。重复是指某一字词、语句的反复出现，如，李清照的名句“寻寻觅觅，冷冷清清，凄凄惨惨戚戚”，连用十四个叠字；余光中的《乡愁四韵》：

给我一瓢长江水啊长江水——
酒一样的长江水，
醉酒的滋味，
是乡愁的滋味。
给我一瓢长江水啊长江水……

反复出现“长江水”“滋味”等语句。运用重复的修辞手段，可以使诗中某些重要的思想情感突出，还可以加强诗歌的韵律感。排比与重复相近似，不同仅在于，重复是指同一字句的复现，而排比是指相似的句式的复现。比如杜甫的《前出塞》：

挽弓当挽强，
用箭当用长。
射人先射马，
擒贼先擒王。

四行诗的句式基本相同，同一句式接连四次出现，不仅读来上口，增强了节奏感，而且造成了一种环环相扣、层层递进的不可阻挡的气势，不断加强着情感的冲击力和思想的说服力。

总之，修辞就是把话说得更动听一些、别致一些、生动一些、美妙一些，所谓“巧言”“美言”是也。修辞对文学语言尤其是对诗歌语言来说，是不可缺少的。中国古典诗词最讲词句的“锤炼”，实际上就是最讲修辞。但是，修辞在诗歌语言中只是手段，而不是目的。修辞以它自身所造成的种种独特的效果，使语音更好听（对韵律的作用），使语词更突出（对反常化的作用），使语象更生动（对意象的作用），使诗歌所抒发的情感更具感染力（对诗歌的抒情本性的作用）。这就是说，修辞作为手段是与目的密切相关的，修辞作为“怎么说”是与“说什么”密切相关的。修辞的作用首先体现在韵律、反常化、意象等诗语的外部特征上，并通过这种作用最终为诗语的抒情本性服务。上述原则，应该是我们研究诗歌的修辞问题时特别注意的。

四、对话的戏剧语言

（一）

戏剧语言是主要指构成戏剧剧本的语言，谈论戏剧语言不能不涉及对剧本在戏剧艺术中的作用以及对戏剧艺术本身的理解。戏剧是综合运用各种艺术手段的艺术。要创作一部戏剧，需要各种艺术家的共同参与，譬如要有剧作家写出剧本，要有美术家设计服装、道具、布景，要有音乐家配置乐曲（古典戏剧和歌剧中都有歌唱），要有工艺美术家制造灯光和音响效果，还要有演员在舞台上演出剧情。如此看来，戏剧是一门集文学、美术、音乐、表演等诸种艺术于一身的综合性艺术。在戏剧所综合的各种艺术要素中，演员的表演最为重要，因为戏剧的故事和情节就是靠演员的表演在舞台上直接呈现出来的。“戏剧”（drama）一词，它的希腊语的本义就有“扮演”“表演”的意思。亚里士多德在他的《诗学》（西方第一部研究悲剧的专著）中就指出，“悲剧是对于一个严肃、完整、有一定长度的行动的模仿”，而它的模仿的方式“是借人物的动作来表达，而不是采用叙述法”[①]。小说采用“叙述法”，所以小说是文学；戏剧“借人物动作来表达”，也就是靠演员的表演来表达，所以戏剧是以舞台表演为根本的艺术。日本戏剧理论家河竹登志夫给戏剧下的定义就是：

> 所谓戏剧，是以演员的形体为媒介、并在观众面前加以表现为其首要使命的。这是古、今、东、西永恒不变的本质，戏剧的优劣成败、剧作家的创作及归宿，盖出于此。[②]

这个定义突出强调了戏剧的舞台表演性，并且认为戏剧中包括文学在内的其他艺术要素，都是以舞台表演性为“归宿”的。所以，戏剧虽是一种综合性艺术，但其根本要素是舞台表演。要真正搞清戏剧语言的特性，就必须紧密结合舞台表演这一戏剧的根本要素来认识才行。这正如托马舍夫斯基在谈到戏剧体裁时所说的：

---

① ［古希腊］亚里士多德：《诗学》，罗念生译，人民文学出版社 1962 年版，第 19 页。

② ［日］河竹登志夫：《戏剧概论》，陈秋风等译，中国戏剧出版社 1983 年版，第 39～40 页。

> 戏剧文学是适于舞台表现的文学。戏剧表演的使命便是它的基本特征。因此,在研究戏剧作品时,不能不谈将其搬上舞台的条件,也不能不谈它的形式对舞台表演形式的依赖。①

戏剧语言的形式取决于舞台表演的形式,那么,舞台表演的形式是怎样的呢?

舞台表演是指演员按照剧情与角色的规定在舞台上所设置的一定场景中演示角色的言语和行为,它由演员表演和周围的舞台设施构成,而演员表演又是由道白和动作构成的。因而,总起来说,舞台设置的场景(包括道具)、演员的道白以及动作是舞台表演的两大要素。这两大要素的实现,必然要求其他艺术种类的配合,如要求美术、音乐等为舞台演出配置布景、道具、灯光和音响效果以及乐曲和歌唱等,当然,也要求文学预先为舞台演出提供一个可以参照的剧本。由此也决定了剧本写作的基本原则,这就是剧本一般由两个部分组成,一部分是剧情说明,一部分是剧中人物的道白。所以,剧本的写作跟小说不一样,小说的故事情节完全是靠叙述人的叙述展开的,小说里主要是对场景、人物的心理和言行以及事件的过程的叙述和描写。而戏剧的故事情节是用舞台表演的方式直接展示的,之所以需要剧本,并不是让它负担叙述故事的任务,而是让它为舞台演出提供必要的文字的依据和参照,具体地说,就是说明舞台场景的设计和变化及在这一场景中演员的行为,创作演员要说的台词及伴随的表情、手势,以方便戏剧主题在舞台上的演示。这样,就形成了剧本的两个主要的构成部分。托马舍夫斯基说:

> 戏剧作品的正文分为两部分。一部分是人物的道白,为了念

---

① [俄]鲍里斯·托马舍夫斯基:《主题》,[俄]什克洛夫斯基等:《俄国形式主义文论选》,方珊等译,三联书店 1989 年版,第 148 页。

诵的方便,道白一般写得很详细。另一部分是情景说明,它们为舞台表演的领导人——导演指明该用的舞台手段。①

在托马舍夫斯基看来,剧本是一种非常特殊的文学样式,它可以被阅读,但它又不像其他文学样式那样是专为阅读而写的,它首先是为导演和演员而写的,是为舞台上的演出而写的,它在写法上只涉及人物道白和情景说明两个部分。所以,托马舍夫斯基这样界定剧本作品:"采用角色道白加情景说明的方式写出的作品,就是'戏剧形式'的作品。"②按照这个界定,戏剧语言是以两种形态存在的,一种形态表现为角色道白,一种形态表现为情景说明。下面我们就对这两种形态分别加以论述。

(二)

道白是演员在舞台上说的话,又称为"台词"。道白分为独白和对话。独白是演员在没有其他角色在场时说的话,或者说是演员的"自言自语"。独白一般出现在剧情发展的特殊时刻,是人物内心世界的自我袒露,或是追述故事的来龙去脉。独白,无论对表现人物性格,或是推动剧情的进展,都起着重要作用。如莎士比亚的《哈姆雷特》第三幕第一场中哈姆雷特的那段著名的独白,"生存还是毁灭,这是一个值得考虑的问题;默然忍受命运的暴虐的毒箭,或是挺身反抗人世的无涯的苦难,在奋斗中扫除这一切,这两种行为,哪一种更高贵……"直接透露出悲剧主人公内心深处的矛盾,正是这一矛盾导致了他行动上的迟疑不决。独白大都抒情意味较浓,远远偏离日常口语,是戏剧语言中最接近诗歌语

① [俄]鲍里斯·托马舍夫斯墓:《主题》,[俄]什克洛夫斯基等:《俄国形式主义文论选》,方珊等译,三联书店1989年版,第150页。

② [俄]鲍里斯·托马舍夫斯基:《主题》,[俄]什克洛夫斯基等:《俄国形式主义文论选》,方珊等译,三联书店1989年版,第150页。

言的部分。

对话是两个表演者之间的话语交流，对话的内容主要是问答、劝导、探询、讨论、争执等，反映了人物之间的错综复杂的关系。剧情主要是在人物的对话中不断展开的。对话是戏剧语言的主体。克里斯特尔在批评把戏剧语言混同于诗歌语言或小说语言的观点时说：

> 但是戏剧毕竟不是诗歌或小说。它首先是对话。除少数例外，戏剧没有叙述框架，只有剧中人物的语言和人物在其中活动的可视场景提供剧情。作为不可能像在小说中常有的那样回顾、插议或提供观点。一切都必须由对话完成。[①]

在这里，克里斯特尔提出，把戏剧语言与诗歌语言和小说语言区分开来的主要之点就是对话，对话就是戏剧语言的最突出的特征，因为戏剧是靠演员表演展示剧情的，而演员表演主要就是对话。正是因为这一点，我们才把戏剧语言称为“对话的”。小说语言主要是叙事的，诗歌语言主要是抒情的，戏剧语言主要是对话的，三者间的区别大致如此。所以，讨论戏剧语言主要是讨论它的对话性。

依照亚里士多德的意见，戏剧的演出是一种模仿。模仿就要尽量接近于被模仿物，人物的对话也要尽量显得像日常生活中的对话。但是从另一方面看，戏剧的模仿又是一种艺术的创造，人物的对话既要体现戏剧艺术的风格，又要体现演员表演的风格，因而本质上属于艺术的文学语言（舞台语言），与日常对话又有着较大的出入，更何况古代戏曲和歌剧的台词，时常以唱词（韵文）的形式出现，更是与日常语言不一样。英国批评家福勒（Roger Fowler）认为：

> 演员与观众的关系是一种双重关系：他必须模仿男男女女，

① ［英］戴维·克里斯特尔：《剑桥语言百科全书》，任明等译，中国社会科学出版社1995年版，第119页。

使观众看了感到逼真；同时他又必须体现我们扮演某种角色的欲望。可是当我们扮演一个角色时，我们只能是我们自己，这无疑是一个矛盾。要体现第一层关系，他的语言必须像人们的日常的言语一样，而要体现第二层关系，他的语言就不必模仿平常的言语。①

舞台上的对话，既不能太反常了，也不能太平常了，应根据剧种与风格的不同，在反常和平常之间掌握一个恰当的分寸。克里斯特尔也认为：

戏剧对话也必须具有代表性，令人信服。但令人信服并不见得真实。没有一个剧作家会推出日常言语录音似的东西，满是犹豫口吃、句法零乱、词义含糊的表达。②

总之，受戏剧舞台表演性的规定，剧中人物的对话比日常生活中的对话，语音上要更响亮、更上口，结构上要更精练、更紧凑。除此之外，剧中人物的对话一般还要符合以下几个方面的要求：

首先，人物的对话要能表现出他们各自的个性。“言为心声”，人物的身份、职业、气质、性格不同，说出的话也就不一样。在日常生活中，我们往往可以通过一个人说的话来推知他的个性，所谓“未见其人，先闻其声”是也。剧中人物的对话，其中一个重要作用，就是表现人物的个性。所以描写人物的对话，就应尽可能使用合乎这个人物的身份和性格的语言，以便让人在言谈中见出人物的性格。我国清初著名戏曲理论家李渔对台词的写作问题，曾提出“语求肖似”的主张。他认为，要写活人物的语言，就要“说一人肖一人，勿使雷同，弗使浮泛”，

---

① [英]罗杰·福勒：《现代西方文学批评术语辞典》，周永明等译，春风文艺出版社1988年版，第257页。

② [英]戴维·克里斯特尔：《剑桥语言百科全书》，任明等译，中国社会科学出版社1995年版，第119页。

“说张三要像张三，难通融于李四”[①]。戏剧和小说不一样，小说家可以综合运用多种手段塑造人物性格，但剧作家受舞台演出规定性的限制，他只能用人物对话的描写表现人物性格。因之，对剧本创作来说，写活人物对话尤为重要。剧作家老舍在《话剧的语言》一文中说：

> 要知对话是人物性格的“声音”，性格各殊，谈吐亦异。作者必须苦思熟虑，如此人物，如此情节，如此时机，应该说什么，应该怎么说。

老舍本人的作品一个突出的特点就是人物语言的个性化。如他的《龙须沟》最后一场，新沟建成了，住在龙须沟的人们都欢欣异常，即使在这种情况下，作者让每个人物说出的话也各具特色。娘子是旧社会受过苦的劳动妇女，性格又比较直爽，首先提议为新建的龙须沟凑钱立纪念牌坊。二春是一位朝气蓬勃、活泼热情的青年女性，立即响应道：“这是好意见！”四嫂也是受过苦的妇女，但没有娘子那般的豪气，所以她说：“要凑钱，我捐一斤小米儿！”二春的母亲王大妈是个老年妇女，对新沟落成也很高兴，但思想不免有些保守，只是说：“沟修好了，我可以接姑奶奶啦！”特别是程疯子的语言更是充满了翻身做主人的喜悦，因为他会说“数来宝”，又有些文化，借此进行宣传，他热情地唱道：“听着啊啊——给诸位，道大喜，人民政府了不起！了不起，修臭沟，上手儿先给咱们穷人修。……修了沟，又修路，好教咱们挺着腰板儿迈大步。迈大步，笑嘻嘻，劳动人民努力又心齐。齐努力，多做工，国泰民安享太平！”这些人物面对的是同一件事，甚至怀着同一种心情，却说出了不同的话语，从而体现出了他们各自不同的个性。

其次，人物的对话要具有动作性。这里说的动作包括两个方面：一是指与对话伴随的动作，如表情、手势、语调、内心活动等；二是指对

---

① 李渔：《闲情偶寄·词采》《闲情偶寄·宾白》。

话引起的行为，如因争执而厮打，合谋共商之后采取的行动，等等。戏剧的表演受时空的限制，时间不能太长，限于两三个小时之内，空间也仅限于在舞台范围内的活动。受舞台时空的局限，人物的对话不能像小说那样自由而从容地叙写，而应该尽量简短、紧凑，造成一种热烈而又有张力的氛围，以便迅速地推动剧情的发展。否则，既不能有效地适应舞台的演出，也不能在规定的时间内不断地吸引住观众的注意力。为此，就要求戏剧中的对话，必须与动作紧密配合，必须伴随动作并激发动作。俄国的别林斯基说：

> 戏剧性不在于仅仅的对话，而是在于谈话的一方对另一方的生动影响……戏剧首先应该避免长篇的对话，让每一个字表现为一种事件。……其中每个人物都追求自己的目的，并且只为自己而行动，从而不自觉地促成这出戏的整个事件。[①]

别林斯基在这里说的，对话的戏剧效果在于"一方对另一方的生动影响"以及对话要"表现为一种事件"，就是指对话要具有动作性。伟大的启蒙主义思想家狄德罗对某些剧作给以肯定的评价时，也往往从对话的动作性着眼。他称赞道："对动作的描绘，使作品增添魅力。……你看对动作的描绘给台词以何等的力量，何等的意义，还有何等的感染力！人物犹如在我的眼前；无论他在说话，或保持沉默，总是在我眼前；而他的行动比他的语言更感动我的心。"[②]让我们举个例子看看戏剧中的对话是如何体现动作的。高尔基的《布雷乔夫和别的人们》第一幕中有一段对话是这样的：

> 舒拉：那你来教教我呀，好叫我懂了，好不叫有人来拦我……

---

① [俄]别林斯基：《诗的分类和分型》，《别林斯基论文学》，梁真译，新文艺出版社 1958 年版，第 191 页。

② [法]狄德罗：《论戏剧艺术》，《文艺理论译丛》1958 年第 2 期。

布雷乔夫：咳，这……不是教能教得会的！你有什么事，克谢尼亚？你总这么转来转去的做什么，寻找什么？

克谢尼亚：医生已经来了，巴希金也在等着。列克山大拉（注：舒拉的简称），把裙子拉好，看你是怎么个坐法？

布雷乔夫：（坐起来）好吧，叫医生进来吧。躺下对我不好，躺着就更难受。

哎哟。……快跑开吧，舒里诺克（注：舒拉的卑称）！不要扭了脚腕子，当心！

医生：您好！觉得怎么样？

这段对话主要涉及三个人。布雷乔夫是一家之主，已经生了癌症，不久会死去。舒拉是他的私生女，平时他最疼爱她。克谢尼亚是他的妻子，很担心他死后遗产会落到舒拉的手中。对话是在家中的饭厅展开的。先是布雷乔夫躺在长椅上教训他的爱女舒拉。克谢尼亚悄悄走进来，默不作声偷听他们的谈话，唯恐与遗产有关。布雷乔夫发现了她，很了解他的心思，先问她“你有什么事”，后又大声吼叫“你转来转去寻找什么”，实际上是暗示她我知道你在偷听。克谢尼亚平日很害怕丈夫，再加上心虚，一时不知说什么好，慌乱中只得回答“医生来了”，但把一肚子怨气发在舒拉身上，埋怨舒拉坐相不好，让她“把裙子拉好”。当舒拉又蹦又跳地走开时，布雷乔夫又大叫“不要扭了脚腕子”，看得出他对舒拉又疼爱又不放心。总之，这是一段极富行动性的对话。从这短短的对话里，可以看到每个人物的心理活动，也可看到他们各自的性格，还可看到他们彼此之间的关系和家庭气氛。与此同时，这段对话也预示了他们各自的下一步的行动，以及随之而来的剧情的进展。

以上两点主要讲了剧中的对话与日常对话的相接近的一面，目的是为了像现实生活一样，使人物的对话能表现人物的性格，推动剧情的进展。但剧中人物的对话毕竟不是日常语言，而是一种艺术的戏剧语言，它还存在着有别于日常对话的一面。特别是有时为了追求某种特殊的戏剧效果，剧中的对话还会使用一些特殊的语言技巧，显示出明显地超越常规的反常化和变异。根据语言学的研究，人们日常生活中的有效的口语交际是按照一定的规则进行的，即对话的双方或各方要遵守一种"合作原则"(Cooperative Principle)，其中包括：(1)"数量准则"，即所说的话应达到为实现交谈目的所必需的信息量；(2)"质量准则"，即所说的话应准确地表达出所要表达的意思，不说违反逻辑或自知虚假的话；(3)"关联准则"，即对话应有内在联系，不能答非所问，不能毫无联系地转换话题；(4)"风格准则"，即谈话应简明扼要，尽量避免晦涩和歧义。但在仔细分析戏剧语言时，我们发现，剧中人物的对话并不严格遵守上述规则，而且还时常有意违反上述规则，由此产生了一种所谓的言外之意，在语言学中被称为"会话含义"。让我们举几个例子来看看。《哈姆雷特》第三幕第四场中，有哈姆雷特和他母亲之间的一段对话：

哈姆雷特：母亲，您叫我有什么事？

王后：哈姆雷特，你已经大大得罪了你的父亲啦。

哈姆雷特：母亲，你已经大大得罪了我的父亲啦。

王后：来，来，不要用这种胡说八道的话回答我。

哈姆雷特：去，去，不要用这种胡说八道的话问我。

王后：啊，怎么，哈姆雷特！

哈姆雷特：现在又是什么事？

王后：你忘记我了吗？

哈姆雷特：不，凭着十字架起誓，我没有忘记你；你是王后，你的丈夫的兄弟的妻子，你又是我的母亲——但愿你不是！

这段对话的第三句和第五句，是哈姆雷特回复她母亲的话，但这两句回复都显然违背了一般对话的“关联原则”，哈姆雷特并没有正面回答他是不是“得罪了父亲”，他是不是“胡说八道”，而是仿照母亲的口气，反说他的母亲“得罪了父亲”，他的母亲“胡说八道”。这种“答非所问”的对话，不仅符合一个佯装疯癫的人说的话，而且还暗示出了话语之外的某种意思，这就是，哈姆雷特认为克劳狄斯并不是他的父亲，而是杀害他父亲的仇人，但他的母亲却成为他的仇人的妻子，他对此极为愤慨，所以反唇相讥他的母亲得罪了他的父亲，他的母亲胡说八道。由此可见，戏剧的对话有时正是通过违反一般对话规则而造成一种“弦外之音”的效果，使听众获得更多的回味余地和艺术的享受。再如，曹禺的《雷雨》第二幕里的一个场景，鲁侍萍向周朴园亮出了真实身份后，提出要见见亲生儿子周萍。在这种情况下，两人的对话如下：

周朴园：他现在在楼上陪着他的母亲看病，我叫他，他就可以下来见你。不过是——（顿）他很大了，——（顿）并且他认为他母亲早就死了的。

鲁侍萍：哦，你认为我会哭哭啼啼地叫他认母亲么？我不会那样傻的。

值得注意的是周朴园的答话，这段答话有两次停顿，吞吞吐吐，该说的不说，这就违背了会话的“数量准则”；同时，这段话也显然违背了会话的“质量准则”，掩饰了真实意图，表现出言不由衷，找借口搪塞对方。这种对会话常规的违背，在人物那里是很自然的，因为周朴园知道不能拒绝鲁侍萍与亲子见面的请求，但又害怕他们母子相认，揭露了真相，这个意思又不好明说，所以就用了上面那种支吾搪塞的说法，以暗示鲁侍萍可以见见儿子，但不能相认。这种说法既增加了话语本身的内涵(多了一层“会话含义”),又给观众留下了更多的思索空间,以便使观众更深入地揣摩人物的心理和个性。再者,还有一些象征意味很强的现代戏剧,如被称为现代第一剧的贝克特的《等待戈多》,人物的对话更是古怪离奇甚至荒唐、不着边际,让人听了摸不着头脑。而实际上,剧作者恰恰通过这些不合逻辑的、无意义的话语,揭示“生活是荒诞的,人们总是在作无望的期待”这一戏剧主题,揭示“人类在一个荒谬的宇宙中的尴尬处境”这一象征意义。另外,在戏剧的人物对话中,还经常出现“省略”“沉默不语”这样的有违会话常规的现象,这其实也是剧作家有意为之的,在这些“省略”“沉默”的背后往往都隐藏着一定的“潜台词”,都是为了制造出“此时无声胜有声”的舞台效果。

戏剧语言包括人物道白和情景说明两个部分,人物道白(主要是人物对话)构成了它的主体部分,而情景说明也是必不可少的。情景说明分为舞台场景的说明和表演说明,前者指明剧中人物活动的时间、地点、场景设置、环境氛围、表演所需的各种物品以及舞台上的视觉效果(灯光的明灭、黎明、日出、月光等)和听觉效果(雷声、雨声、铃声、枪声、各种噪音、乐器声等等);后者指明各个角色的举动、手势和表情。托马舍夫斯基认为:“情景说明是向演员及导演传达艺术构思的辅助手段,一般用散文语,写得较为朴素。”①如果说人物对话是戏剧语言中最富于艺术特色的部分,需要详细叙写,那么情景说明则属于附加的说明性文字,通常都写得简明扼要。舞台场景说明加在每一幕的开头处,对时间、地点,场景布置、出场的人物等作简短的交代;表演说明一般插在人物名字之后和台词中间的括号里,只用一两句话甚至

① [俄]鲍里斯·托马舍夫斯基:《主题》,[俄]什克洛夫斯基等:《俄国形式主义文论选》,方珊等译,三联书店1989年版,第150页。

一两个词给以扼要的提示。

当然，对不同的剧作者或不同的剧种来说，情景说明的格式、篇幅、语言风格也不尽相同。有时我们也能见到采用艺术语体写的情景说明，如曹禺的《北京人》第三幕第一景的舞台场景说明就是这样，不仅篇幅长，用语也极富特色。以下是这个说明的第一段：

在北平阴历九月稍尾的早晚，人们已经需要加上棉绒的寒衣。深秋的天空异常肃穆而爽朗。近黄昏时，古旧一点的庭院就有成群成阵像一片片墨点子似的老鸦在老态龙钟的榆钱树的树巅上来回盘旋，此呼彼和，噪个不休。再晚些，暮色更深，乌鸦也飞进了自己的巢，在苍茫的尘雾里，传来城墙上还未归营的号手吹着的号声。这来自遥远、孤独的角声打在人的心坎上，说不出的熨帖而又凄凉，像一个多情的幽灵独自追念着那不可唤回的渺若烟云的以往，又是惋惜，又是哀伤，那样充满了怨望和依恋，在薄寒的空气中不住地振抖。

可以看出，这绝非一段简单的舞台说明，作者的目的显然是想传达出一种特殊的氛围和情调，所以作者满怀深情地、委婉动人地描绘了北京城深秋黄昏的景象，尤其是对老鸦、号声的描写，用了比喻、拟人等手法，大肆渲染，更显得细致入微、情深意长，读起来就像一首诗。这种写法在舞台说明中虽不多见，但也别有一番风味。表明作者很善于通过舞台说明揭示剧情发生的典型环境，传达浓郁的情感和某种象征意义。

相比之下，田汉的《获虎之夜》的舞台说明就是另一种写法，极为平实简明，很能代表一般舞台说明的风格。这段说明文字如下：

时间：某年冬夜。

地点：长沙东乡某山中。

人物：(略)

布景：魏福生家的“火房”（即乡人饭后之休息室，客来时之应接室，冬夜之围炉向火处）。开幕时魏福生坐炉旁吸水烟。其母老态龙钟坐围椅上吸旱烟。莲姑十八九岁好女子，虽山家装束而不掩其美。将泡好之茶用盘子托着先奉其祖母，次奉其父，次托盘四杯出“火房”送给其家的佣工。福生目送其女出去，对其妻低语。

这样的舞台场景说明，分项列举，用语精练，一目了然。布景一项，采取了动态描述，一开幕就指明了每个人物的动作，寥寥数语就使每个人物活动起来，很自然地进入了剧情。

表演说明更是体现为简短的提示语，一般插入人物的对话中，用以指出与人物的对话相伴随的表情和动作。它的主要作用固然是指导演员的排练和演出，但也往往与人物语言结合起来，对揭示人物性格、推动剧情发展起到某种积极的作用。例如《雷雨》第二幕里，周朴园与侍萍不期而遇，随着谈话的深入，往事的原委真相逐步揭开，周朴园的表情也随之发生了一系列的变化。当侍萍谈到梅姑娘跳河时，他（苦痛地）“哦”；当侍萍说“她是个下等人……在年三十夜里投河死的”时，他（汗涔涔地）“哦”；当侍萍说“这个人现在还活着”时，他（惊愕）“什么？”当侍萍说“那个小孩也活着”时，他（忽然立起）“你是谁？”当侍萍说“我是从前伺候过老爷的下人”时，他（低声地）“是你？”，他（不觉地望望柜上的相片，又望望侍萍。半晌。）（忽然严厉地）“你来干什么？”对周朴园的这一连串的表情动作的提示，并非只是有利于演员的表演，有时也标示着剧情的急速发展和紧张的舞台气氛，使读者感受到了周朴园激烈的内心活动和变化，这对于深刻地理解人物性格的复杂性和矛盾性无疑有着极大的帮助。托马舍夫斯基甚至认为，表情说明的重要性不亚于对话，他说：

这种富于表现力的表情有时可能是话语的等价物（替代物）。

比如，头和手的动作能够无言地表达肯定、否定、同意、不同意、心灵活动等等。甚至全剧都可以只用表情来演(哑剧)。①

可见，表情说明在剧本中虽然只是体现为简单词语的提示，但构思和写作时，却不能掉以轻心，应该给以必要的重视。

(四)

戏剧语言虽然有着基本的文体规则，但这种规则也不是一成不变的。戏剧语言不仅随着创作的流派、风格以及创作个性的不同，而有着诸多的变化，而且，更为重要的是它还随着时代的不同，而体现为不同的历史形态。从西方古代看，戏剧是由韵文来表演的，表演形式上要有合唱队的参与。所以，古代的戏剧语言主要表现为韵文的形式，像诗歌一样要讲韵律，还要插入为数不少的合唱队的唱词，这只要浏览一下古希腊留存下来的大量剧本，就可以对古代戏剧语言的这种特征有个大体的了解了。因而，有人认为古代的戏剧就是"一首供演出的诗"，被称为诗剧。亚里士多德研究悲剧的专著就题名为《诗学》，看来，在古代，戏剧写作因为它的韵文形式是被归入诗学来研究的。中古以后，戏剧语言的最显著的变化是逐渐趋向于散文化，这种变化可以从文艺复兴时期的剧本中清楚地看出。例如在莎士比亚的剧作中，早已取消了合唱队的演唱形式，舞台表演趋向于个性化和性格化，由于悲喜剧的合流，口语化的俗言俚语开始进入人物的语言中，但诗语化的人物独白依然大量地存在于莎士比亚的那些最有名的剧本中，这可以看作是戏剧语言由韵文向散文过渡时旧有模式的遗留和残迹。经过了文艺复兴、古典主义和启蒙主义等时代长期的发展演变，特别

---

① [俄]鲍里斯·托马舍夫斯基:《主题》，[俄]什克洛夫斯基等:《俄国形式主义文论选》，方珊等译，三联书店 1989 年版，第 149 页。

是以易卜生为代表的现实主义戏剧兴起之后，戏剧语言终于完成了它的散文化过程，其主要标志就是，以采用加工过的日常语言为特征的话剧已成为现代戏剧的最重要、也是最有代表性的剧种。

所以，从古至今，戏剧语言的确是发生了很大变化的。古代戏剧主要是韵文语体，现代戏剧主要是散文语体。当然，我们并不否认，即使是在现代的话剧语言中，也不乏诗化语言的存在，况且在某些具有象征性和梦幻性的现代派戏剧语言中，还出现了诗化的倾向。但是这种诗化语言和诗化倾向，只是作为个别的、局部的成分和因素存在的，不足以改变现代话剧语言总体上的散文化特征。我们也不否认，除了话剧之外，现时代仍然保留和发展着诗剧、歌剧等韵文语体的剧种，但是这些剧种作为一种古典的戏剧形式，已失去了往日的主导地位。在现时代占主导地位的戏剧形式，只能是近代以来新兴的散文体的话剧。这正如托马舍夫斯基所说的："与心理小说和风俗小说的演变相呼应，话剧有力地排挤着 19 世纪的其他体裁。"[①]因而，我们现在研究戏剧语言，应当以话剧的散文语体为主要对象，应当着重研究话剧的散文语体与小说和一般散文不同的区别性特征。至于诗剧和歌剧的韵文语体，似应归属于诗学研究的范围。顺便提一下，中国传统戏曲也是一种歌舞剧，其做、唱、念、打的独特的表演形式，决定了它的剧本语言也是极为特殊的，主要是曲词和宾白相兼，而以曲词为主。曲词与一定的曲调紧密配合，在写法上有些特殊的要求和规则，也不同于一般的诗歌语言，需要给以专门的研究。

---

① [俄]鲍里斯·托马舍夫斯基:《主题》,[俄]什克洛夫斯基等:《俄国形式主义文论选》,方珊等译,三联书店 1989 年版,第 154 页。

五、自由的散文语言

（一）

广义的散文(prose)概念，无论在西方还是中国，都是指与韵文对称的一切无韵的、散体排列的文体和文章。这样的散文概念包括的范围就相当广泛无垠了，不仅小说、话剧属于散文，就连各式各样的论文、公文、纪实文、散体抒情文等都应归于散文的范畴。但我们在这里所说的散文是指狭义的散文，这种狭义散文的概念是近代以后才形成的，它的外延范围已大为缩小了。首先是那些非文学性的散体文章，诸如论文、公文等，已被排除在外；其次那些虽为散体但已独立成体且有鲜明特征的文学文体，诸如小说、剧本等，也被排除在外了。这样一来，我们说的散文是指除去诗歌、小说、剧本之外剩余下来的一切具有文学性的文本。许多写散文的优秀作家也都是这样理解散文概念的。比如，巴金认为：

> 只要不是诗歌、又没有完整的故事，也不曾写出什么人物，更不是专门发议论讲道理，却又不太枯燥，而且还有一点点感情，像这样的文章我都叫做"散文"。[①]

所谓"不太枯燥""有一点点感情"，是对文学性的规定。叶圣陶也明确指出："除去小说、诗歌、戏剧之外，都是散文。"[②]可以看到，即使狭义的散文，其包括的文章种类也是非常繁杂的，如随笔、小品、杂论、时评、游记、特写，甚至日记、偶感等等，无论是记事的、议论的、抒情的，

---

① 巴金：《谈我的散文》，《巴金文集》第14卷，人民文学出版社1962年版，第466～467页。

② 叶圣陶：《关于散文写作》，俞元桂主编：《中国现代散文理论》，广西人民出版社1983年版，第156页。

只要有文学性，又不是诗歌、小说、剧本，都可以归入散文这个范围。这些归入散文的文章，由于种类混杂繁多，除了散体排列和多少有些文学性这两点之外，我们很难再找到他们之间还有什么其他的共同性。所以，对于散文来说，我们只能给它一个否定性的定义，只能说它不是诗歌、小说、剧本，至于它是什么，就很难给以确定的概括了。由此可以说，散文作为一种文学文体，是最无定式、定型、定则的，如果说它有特征，那么，它的最突出的特征就是不拘一格、自由自在。它不像诗歌那样非要有一定的韵律，也不像小说那样非要讲一个完整的故事，也不像剧本那样一定要为演出写出台词。诗歌、小说、戏剧在写法上都有些惯例和成规，这些惯例和成规早在作者写作之前就已存在，作者的文体创新只能在文体规范的基础上进行，因而总要受到或多或少的限制。但散文在写法上基本没有非要遵守的既定成规，或者说它的成规就是无拘无束、散漫自由，可以随意挥洒、率性而为。在文学体裁的大家族中，散文是一种最不讲固定的格式、章法的体裁。它的篇幅一般比较简短，但也可以有鸿篇巨制，如某些文学价值较高的历史散文、长篇报告文学等；它的取材范围极为广阔，上至天文地理，下至社会人生，小到花鸟鱼虫、身边琐事，大到民族命运、历史巨变，无所不可，几乎没有限制；它在语言表达方面也毫无限制，只要作者觉得需要，所有的语言表达方式，无论叙事、抒情、论理、摹状，都可任其使用。总之，散文的最突出的特征就体现在一个“散”字上，这里的“散”并非仅指散体的形式，而是意味着开放、杂容、流动、不断地变化，散文就是这样一种无定式的自由自在的文学体裁样式。散文文体的特性也就是散文语言的特性。作为古代散文大家的苏轼，在谈到他的散文写作时说：

吾文如万斛泉源，不择地而出，在平地滔滔汩汩，虽一日千里无难。及其与山石曲折，随物赋形，而不可知也。所可知者，常行于所当行，常止于不可不止，如是而已矣。①

这段话虽是苏轼对自己文章写作的经验描述，却也道出了散文语言的最重要的特性。散文语言由于没有文体定式的束缚，可以直接从作者的心田流出，犹如从泉眼中流出的泉水，向四外自由地蔓延流淌，遇山石则回旋激荡，遇高坡则顺势急注，遇洼地则渗入地下自行销迹。这个比喻说明了散文语言的最重要的特性就是自由性。散文家萧云儒认为，“散文贵散”，但“形散神不散”。“形散”即是指散文语言“运笔如风，不拘成法，尤贵清淡自然、平易近人而言”②。这里所谓的“形散”也是指散文语言的自由性。散文语言的自由性就体现在：言情、状物、说理、叙事这几种言说方式，既可以单独使用某一种，也可以混合使用好多种，不像小说那样只能偏于叙事，不像诗歌那样只能偏于抒情，也不像戏剧那样只能偏于对话；在措辞用语方面，也是全凭兴之所至，信笔挥洒，只要说清了要表达的意思，不用考虑所言之音是否合乎韵律，所叙之事是否完整，所写之人是否丰满，所议之理是否成体系。在散文语言面前，一切成规都形同虚设，都终将失去效力。也许，散文语言的唯一成规就是自由地表达自己。

（二）

散文语言因无一定之规而显得自由荡放，正是这一点，却历来成为某些论者诟病和攻击散文的口实。以杂文大家著称的鲁迅就曾在一篇文章中谈到，某位“高超的学者”指责散文小品“形式既绝对无定型，不受任何文学制作之体裁的束缚，内容则无所不谈，范围更少有限

① 苏轼：《文说》。

② 萧云儒：《形散神不散》，《人民日报》1961 年 5 月 12 日。

制”，故而不是“严肃的工作”，应将其清扫出文学作品之列。对此，鲁迅反唇相讥道：“但他所谓‘严肃的工作’是说得明明白白的：形式要有‘定型’，要受‘文学制作之体裁的束缚’；内容要有所不谈；范围要有限制。这‘严肃的工作’是什么呢？就是‘制艺’，普通叫‘八股’。”①鲁迅的意思是说，散文的无定型、无束缚、无限制的自由性，不仅不是它的缺陷，恰恰正是它的长处。鲁迅的观点无疑是正确的，至于散文的长处何在，鲁迅除了说散文不是“八股”，未作更进一步的说明。

我们认为，认定散文是一种自由的文体，并不是说散文可以毫无章法地信口雌黄，而是说散文基本解除了固定规则和格式的挤压和捆绑，因而最有利于作者创作个性的自由而充分的发挥。散文语言的自由性正是散文创作个性的自由性的体现。所以，散文语言并非真的毫无章法，它只是没有来自外部的、强制性的、既定的章法，它的章法来自内部，这种内部的章法全然取决于散文创作者的个性。如前所说，萧云儒曾提出，散文贵散，但形散神不散。他又进而指出，这个统领散文的“神”就是文章的“中心思想”或“主题思想”，因此，散文的写作，在语言结构上可以自由一些，但必须“中心明确，紧凑集中，不赘述”，“是用自己精深的思想红线把生活海洋中的贝壳珠粒，穿缀成闪光的项链”②。这个观点不能说错，而且很有代表性，直到今天仍有许多论者认为，散文的“形散神不散”就在于主题思想的统领作用。但是，任何文学作品都有主题思想，真正把散文与其他的文学作品区分开来的并不是有没有主题思想，而是有没有固定的文体规范，有没有可以自由发挥的创作个性。所以，对散文来说，更深刻地起着统领作用的不是主题思想，而是从固定的文体规范中解放出来的自由的创作个性。所

---

① 鲁迅：《做“杂文”也不易》，《鲁迅全集》第 7 卷，人民出版社 1981 年版，第 685～686 页。

② 萧云儒：《形散神不散》，《人民日报》1961 年 5 月 12 日。

谓"形散神不散"就是指散文语言既是自由的,又是有章法的。之所以有章法,是因为每一篇散文都有某一特定的创作个性贯穿始终;但创作个性又是千差万别、千变万化的,从这方面看,散文语言又是没有章法的,至少没有统一的、固定的章法,可以自由地创造。可见,散文语言的自由是一种有章法的自由,而这种有章法的自由又是以个性化为基础的。当我们说散文语言是自由的,实际上就是说散文语言是最具个性化的,最能体现个人风格的。散文语言无定式的自由性之所以是一个长处,就是因为这种自由性的存在更能激活作者个人创造性的充分发挥。

当然,诗歌、小说、戏剧的语言也要有个人创造性的发挥,但这种发挥总会或多或少地受到已有文体规范的限定,难以得到充分的展现。唯有散文的语言,虽然也要接受来自读者、社会的某种规定性,但由于摆脱了文体规范的这层束缚,遂使个人的创造性得到了最大限度的展示。所以,在诸种文类中,散文语言应该说是最有创造性的、最能体现个人风格的语言。阅读散文作品,我们不仅可以明显地感受到每个作家的语言特色和风格的差别,甚至能够觉察到某一位作家在风格上的细微变化。如果说小说的特殊魅力在于故事性,诗歌的特殊魅力在于抒情性,剧作的特殊魅力在于戏剧性,那么,散文的特殊魅力则来自它的多样化的个体风格。散文可以没有故事,可以没有人物,可以没有冲突,但不可以没有独具风格的语言。散文是以独具风格的语言取胜的。那些轻视、反对散文的论者往往以为散文没有一定的文体规范的限制,因而最容易写作,最容易成名,好像只要去写,人人都可以成为散文家。实际的情况绝非如此。现代散文大家梁实秋深有体会地说:"散文是没有一定格式的,是最自由的,同时也是最不容易处置,因为一个人的人格思想,在散文里绝无隐饰的可能,提起笔便把作者的整个性格纤毫毕现地表现出来。”[①]散文虽然卸去了“一定格式”的枷锁，从“一定格式”的束缚中解放出来，获得了自由，但同时又承担起了为这种自由负责的重任。在散文面前，写作者无处藏身，他既不能化身为故事的叙述人，也不能化身为故事中的人物，他只能赤裸裸地展露自身，将自己的全部个性真诚地、毫无保留地灌注到他所写作的作品中去。中国古代所说的“文如其人”，也许并不完全适合于诗歌、小说和戏剧，但却完全适合于散文。散文就是散文家这个人。散文家这个人体现为他的作品独特的题材、思想、情感、结构，并最终体现为他的作品独特的语言风格。的确，每一个略通文字的人都可以写出一篇散文，但要写出一篇真正具有较高审美价值的散文，却非要写作者全身心地投入、并显现为独特的语言风格不可，而这正是散文的“不容易处置”之处，需要写作者具有突出的个性特征和强大的创造力和表现力。这里，让我们以朱自清的著名散文《绿》为例，做点具体的说明。文中这样描写梅雨潭的绿：

> 我的心随潭水的绿而摇荡。那醉人的绿呀，仿佛一张极大极大的荷叶铺着，满是奇异的绿呀。我张开两臂抱住她；但这是怎样一个妄想呀。——站在水边，望到那面，居然觉得有些远呢！这平铺着、厚积着的绿，着实可爱。

读过这段如诗如画的描写，给我们的最强烈的感受，首先是语言的那种特殊的节律和格调——低回婉转中透露出被抑压的激奋昂扬，仿佛暗夜中回荡着的号角声，浑厚而又悠长，使我们想起作者的另一篇散文《荷塘月色》的语言情调；其次是从这段文字所描写的带有象征意味的情景中，流溢出来的深沉而又执著的爱的情感。这又使我们想

---

① 梁实秋：《论散文》，俞元桂主编《中国现代散文理论》，广西人民出版社 1983 年版，第 35～36 页。

起《背影》中表现出来的作者对父亲的那种“寸草难报”的幽幽深情；最后是与独特的语言风格和独特的情感体验相印合的作者个性的凸现，文中的那些词语及其所表现的那种情调和情感，这一切都使我们真切地感到，作者的写作无异于生命的投放，文字是从他的心田中汩汩地流出来的，个性也就浇铸在他的文字之中。我们从中看到的是一个超然物外而又悲天悯人的对真善美无比向往和苦苦追求的人格形象。而当代散文家宗璞同样写到绿色的散文《西湖漫笔》，却显然表现出了另一种个性。下面是文中的一段描写：

几天中我领略了一个字，一个绿字，只凭这一点就使我流连忘返。雨中去访灵隐，一下车就觉得绿意扑眼而来。道旁古木参天，苍翠欲滴，似乎飘着的云丝也是绿的。飞来峰层层叠叠的树木，有的绿得发黑，深极了，浓极了；有的绿得发蓝，浅极了，亮极了。峰下蜿蜒的小径，布满青苔，直绿到石头缝里。

这里写的绿是一种动态的、跳跃的绿，反映了作者轻松、欢快而又惬意的心情，语言的节律和格调偏于明快亮丽，展露了作者个性中的外向的、活泼的一面，这与朱自清所描写的那种宁静的、凝重的绿形成了鲜明的对照。

（三）

尽管散文不易写好，但问津者、尝试者却确实颇多，这就无怪乎有的论者把散文比作一个“大客厅”，说道：

在文学这个公寓里，各种文学的形式都有各自的居室，被墙隔开；只有散文没有自己的居室，它是客厅。谁都可以到客厅里来坐坐，聊聊天，包括文学以外的人，但是客厅不属于谁，客厅是大家的，它的客人最多，主人最少。[①]

这个比喻无疑是贴切的，它极为生动地说明了散文作为一个客厅不是私人的，而是公共的，在这里进出自由，不需要门票，也不必检查任何证件，于是在此驻足歇息者就必然多了，而在“文学公寓”的其他房间里，都制定了严格的活动规则，不了解这些规则的人就不敢贸然进入。由此也可看出，造成散文“谁也可以写写”的原因与散文“难以写好”的原因是一样的，都是因为散文不拘一格、可以自由地表现个性的缘故。所以，常常出现这样的情况，许多原本写小说、诗歌或剧本的作家，时常为了满足自由表达的需要，也会涉足散文的写作，并因此写出传世的散文来，如中国现代作家中的鲁迅、郁达夫、茅盾、冰心、徐志摩、老舍，等等，即是如此。这也使得散文不仅是最自由的文体，也是包容性最强的文体。南帆曾提出，散文的文体特征就体现在“散”字上，而散文的“散”就“意味着敞开防线和混合多种成分”[②]。散文的这种无限定的开放性和包容性，既造成了散文的极为多样的形态和鱼龙混杂、参差不齐的复杂面目，同时，也使散文变成了一个多种形式、多种风格争奇斗妍的实验场和竞技场。许多新的题材、新的主题、新的表现手法、新的语言风格乃至新的创作理念和原则，往往首先在散文领域里酝酿成形，萌生出幼芽，而后移植到其他的文学样式里，并在其他的文学样式中生根、开花。秦牧认为，散文的领域没有确定的边界，因而与其他的文学体裁在区别中也都有些内在的关联，他说，散文“也许是文艺性的政治、社会论文，和‘社会科学’隔壁居住，然而一墙之隔，使这些‘杂文’仍然是文学的子女。它或者是个人抒情气氛很强烈的东西，和‘诗歌’隔壁居住，然而一墙之隔，使这些抒情文和它的堂姊

---

① 周涛、张占辉：《散文的前景：万类霜天竞自由》，《中国作家》1993年第2期。

② 南帆：《文学的维度》，三联书店1998年版，第287页。

妹那叫做‘诗歌’的性格嗓门，仍然大有分别。它或者是包含着一个故事，和‘短篇小说隔墙居住，然而这‘小品文’的声音笑貌，又和它的堂兄弟大有不同”，因为散文和其他所有的文学样式都“一墙之隔”，都有交叉混合之处，所以，“散文的文风怎样，也一定会影响其他体裁的文学创作”①。从文学发展的历史看，散文的繁荣常常成为诗歌、小说、戏剧等其他文学样式将要获得巨大发展的先兆，甚至预示着一个新的文学时代的到来。如，伴随着欧洲十七八世纪散文创作的繁荣，出现了 19 世纪的小说创作的繁荣，而中国“五四”时期散文的风行，也显然对这个时期的文学写作的崭新气象发生过积极的影响。这一切都表明，散文的兼容并包的开放性，又导致了它的极强的外向的播撒力和增值力。散文吸纳着八面来风，同时又将新鲜的空气不断地吹向文坛。某种意义上，我们甚至可以说，散文简直就是文学嬗变的“策源地”和“辐射点”。

与上述散文的内在包容和外在辐射的特性相对应，散文的语言不仅是自由自在的、完全个性化的，而且还具有多种形式混合杂交的、不断变异和不断更新的特点。在散文语言里，既有小说的叙事语言的因素，也有诗歌的抒情语言的因素，也有戏剧的对话语言的因素，还有论文的论说语言的因素。散文语言把这一切的语言表达的因素杂糅交混起来，使它自身具有了真正“杂多的统一”的形态。凡是语言可能有的所有表达方式、句法结构、修辞手段，散文几乎都可拿来游行自如地运用，并在这种综合的运用中，创造出文学表达的新样态、新形式、新风格，从而又反过来导引其他文学体裁的语言范式的改变。散文语言的这种混杂性、多变性以及对其他文类的文学语言的积极的渗透性，即使从同一位作家的身上也可以清楚地看出。例如鲁迅，作为中国现代文学史上最重要的作家之一，他的文学成就主要体现在小说和散文

---

① 秦牧:《海阔天空的散文领域》,《花城》,作家出版社 1961 年版,第 249～250 页。

两个方面。总起来看，他的所有的文学作品固然显示出了某种统一的语言风格，但他的散文语言却显然比他的小说语言更加形式多样，更加变化多端，因而也更多地给予他的小说语言以深刻的影响。他的小说语言主要展示了他的叙事才能，而在他的散文作品里，既有偏于叙事的《朝花夕拾》，又有偏于抒情的《野草》，更有大量议论性的随笔杂感和讽刺杂文，这不仅有利于展示他的创作个性的各个方面，而且也使他的语言表现的才能获得了全面的、充分的发挥。甚至从他的偏重于某一表达方式的单篇散文中，也能看到他对于多种语言表现手段的混合运用和频繁的转换。例如《藤野先生》一文，如同题目所标示的，是一篇写人记事的散文，语言表达上当然以叙事、描写为主。但散文的叙事、描写不像小说那样，非要写出一个完整的故事和人物不可，所以显得比较散漫、随意。文章一开始，作者宕开一笔，先写了“头顶上盘着大辫子”的“清国留学生”，又写了“中国留学生会馆”的混乱状况，还写了作者如何离开东京来到仙台，以及在仙台如何因为“物以稀为贵”而受到了优待，“不但学校不收学费，几个职员还为我的食宿操心”。然后才开始提到学校的课程，引出了藤野先生的出场，但文章至此已用去了全部篇幅的五分之一。即使这样，对藤野先生的刻画也是极为简约的，仅仅以作者与藤野先生的短短两年的交往为线索，选取了有代表性的几件小事和几个细节给以叙述和描写。而且在叙述和描写中还不时夹杂着议论，特别是文章的最后两段，渐至转成了抒情性的议论，使全文在充满了怀念之情的话语中结束。《藤野先生》作为一篇写人记事的散文，除了叙事和描写外，还大量运用了其他的语言表达手段。鲁迅散文对多种语言表达手段的交混使用，由此可见一斑。此外，鲁迅散文语言的风格也没有固定的程式，而是处于不断地发展流变之中。在某些散文里，鲁迅展现了他创作个性的某个侧面和某种语言风格;在另一些散文里,鲁迅又展现了他创作个性的另一个侧面和另一种语言风格。由于鲁迅创作个性的博大深厚,他的语言风格迂回变化的空间也极大。从《野草》到《朝花夕拾》,从《热风》《坟》到《且介亭杂文》,从《而已集》《三闲集》到《花边文学》,鲁迅散文的语言风格一直如风起云涌般地变幻莫测,真可谓一本一个模样,一篇一个姿态。而且,鲁迅散文的这种风格变化,又迅速地折射到他的小说创作中去,使他的小说语言也有多种风格的呈现。如《孔乙己》《祥林嫂》等篇什的语言,与其说是小说语言,不如说是更靠近《朝花夕拾》的散文化的语言;而《狂人日记》《伤逝》的语言风格,则显然与《野草》的语言风格相呼应;《故事新编》里的语言所表现出来的那种嬉笑怒骂的格调,又是与他的那些冷讽热嘲的杂文的语言一脉相承的。单从鲁迅一个作家的散文创作中,即可见出散文语言的包容性和多变性以及散文语言对其他文体语言的导向作用,更何况从不同作家的创作及其相互影响中,理当更能看到散文语言的这些特性。

总而言之,在诸种文学文体中,散文是一种非常特殊的文学体裁,它的特殊性就在于它没有一定的体裁规范的限制,任凭作者创作个性的随意发挥,由此决定了散文语言的自由性、多样性、多变性、开放性等特征。散文成了一所“公共客厅”,可以允许人们自由出入。也许正是因为这样,散文在理论上历来重视不够,散文理论远远滞后于诗歌理论、小说理论、戏剧理论。但事实上,散文的以创作个性为基准、无严格规范的特性,恰恰就是它的优势之所在,正是这一点使得散文在整个文学大家族中获得了举足轻重的地位,有力地影响着其他的文学样式。散文语言也以其多样化的、自由创新的形式,“润物细无声”地浸染着其他文类的语言。因此,如何更全面、深入地研究散文语言的特性,如何将散文语言理论提升到应有的高度,就成为今后文学语言的文类研究的一个重要课题。

主要参考书目

1.［美］韦勒克、沃伦:《文学理论》,刘象愚等译,三联书店 1984 年版。

2.［美］拉尔夫·科恩主编:《文学理论的未来》,程锡麟等译,中国社会科学出版社 1993 年版。

3.［意］贝内代托·克罗齐:《美学或艺术和语言哲学》,黄文捷译,中国社会科学出版社 1992 年版。

4.［英］罗宾·乔治·科林伍德:《艺术原理》,王至元等译,中国社会科学出版社 1985 年版。

5.［美］M. H. 艾布拉姆斯:《镜与灯》,郦稚牛等译,北京大学出版社 1989 年版。

6.［美］M. 巴赫金:《巴赫金文论选》,佟景韩译,中国社会科学出版社 1996 年版。

7.［德］恩斯特·卡西尔:《语言与神话》,于晓等译,三联书店 1988

年版。

8.[美]乔纳森·卡勒:《当代学术入门·文学理论》,李平译,辽宁教育出版社、牛津大学出版社 1998 年版。

9.[美]弗雷德里克·詹姆逊:《语言的牢笼》,钱佼汝译,百花洲文艺出版社 1995 年版。

10.[美]弗雷德里克·詹姆逊:《马克思主义与形式》,李自修译,百花洲文艺出版社 1995 年版。

11.[英]艾·阿·瑞恰慈:《文学批评原理》,杨自伍译,百花洲文艺出版社 1992 年版。

12.[法]R·巴特:《符号学美学》,董学文等译,辽宁人民出版社 1987 年版。

13.[美]刘若愚:《中国的文学理论》,田守真等译,四川人民出版社 1987 年版。

14.[美]苏珊·朗格:《艺术问题》,滕守尧等译,中国社会科学出版社 1983 年版。

15.[美]苏珊·朗格:《情感与形式》,刘大基等译,中国社会科学出版社 1986 年版。

16.[法]米盖尔·杜夫海纳:《美学与哲学》,孙非译,中国社会科学出版社 1985 年版。

17.[波兰]罗曼·英加登:《对文学的艺术作品的认识》,陈燕谷等译,中国文联出版公司 1988 年版。

18.[俄]什克洛夫斯基等:《俄国形式主义文论选》,方珊等译,三联书店 1989 年版。

19.赵毅衡编选:《“新批评”文集》,中国社会科学出版社 1988 年版。

20.[德]H. R. 姚斯等著:《接受美学与接受理论》,周宁等译,辽宁人民出版社 1987 年版。

21.[法]让一伊夫·塔迪埃:《20 世纪的文学批评》,史忠义译,百花文艺出版社 1998 年版。

22.[英]雷蒙德·查普曼:《语言学与文学》,王士跃等译,春风文艺出版社 1988 年版。

23.[美]罗伯特·司格勒斯:《符号学与文学》,谭大立等译,春风文艺出版社 1988 年版。

24.[英]特伦斯·霍克斯:《结构主义和符号学》,瞿铁鹏译,上海译文出版社 1987 年版。

25.[德]伽达默尔:《真理与方法》,王才勇译,辽宁人民出版社 1987 年版。

26.[瑞士]费尔迪南·德·索绪尔:《普通语言学教程》,高名凯译,商务印书馆 1980 年版。

27.[美]爱德华·萨丕尔:《语言论》,陆卓元译,商务印书馆 1985 年版。

28.[法]海然热:《语言人——论语言学对人文科学的贡献》,张祖建译,三联书店 1999 年版。

29.桂诗春编著:《实验心理语言学纲要》,湖南教育出版社 1991 年版。

30.[德]加达默尔:《哲学解释学》,夏镇平等译,上海译文出版社 1994 年版。

31.涂纪亮:《西方现代语言哲学比较研究》,中国社会科学出版社 1996 年版。

32.[法]保罗·利科主编:《哲学主要趋向》,李幼蒸等译,商务印书馆 1988 年版。

33.[美]A. P. 马蒂尼奇:《语言哲学》,牟博译,商务印书馆 1998 年版。

34.[英]约翰·斯特罗克:《结构主义以来》,渠东等译,辽宁教育出版社、牛津大学出版社 1998 年版。

35.[德]沃尔夫冈·凯塞尔:《语言的艺术作品》,陈铨译,上海译文出版社 1984 年版。

36.鲁枢元:《超越语言——文学言语学刍议》,中国社会科学出版社 1990 年版。

37.俞建章、叶舒宪:《符号:语言与艺术》,上海人民出版社 1988 年版。

38.张隆溪:《道与逻各斯》,四川人民出版社 1998 年版。

39.王一川:《语言乌托邦——20 世纪西方语言论美学探究》,云南人民出版社 1994 年版。

40.唐跃、谭学纯:《小说语言美学》,安徽教育出版社 1995 年版。

41.曾繁仁:《西方美学论纲》,山东人民出版社 1992 年版。

42.伍蠡甫、胡经之主编:《西方文艺理论名著选编》下卷,北京大学出版社 1987 年版。

43.王逢振等编:《最新西方文论选》,漓江出版社 1991 年版。

44.南帆:《文学的维度》,三联书店 1998 年版。

45.张毅:《文学文体概说》,中国人民大学出版社 1993 年版。

46.申丹:《叙述学与小说文体学研究》,北京大学出版社 1998 年版。

47.龚见明:《文学本体论——从文学审美语言论文学》,广西师范大学出版社 1998 年版。

48. 杨大春:《文本的世界》,中国社会科学出版社 1998 年版。

49. 王岳川:《艺术本体论》,三联书店 1994 年版。

50. 罗钢:《叙事学导论》,云南人民出版社 1994 年版。

51. 徐友渔等:《语言与哲学——当代英美与德法传统比较研究》,三联书店 1996 年版。

52. [英]W. C. 布斯:《小说修辞学》,华明等译,北京大学出版社 1986 年版。

53. [英]华莱士·马丁:《当代叙事学》,伍晓明译,北京大学出版社 1990 年版。

54. R. Selden, *A reader's guide to contemporary literary theory*, Brigh-ton: Harvester Press, 1985.

55. A. Cluyse Naar, *Aspects of literary stylistics*, New York: St. Martin's Press, 1975.

56. W. Nowottny, *The Language poets use*, London: Athlone, 1962.

后记

这部书稿是在我博士论文的基础上修改、扩充而成的，从开题到出版，前后经历了五年之久。当初之所以选定文学语言这个题目主要出于两个方面的考虑：其一是鉴于论者多从一家一派的立场出发“跟着说”或“顺着说”，因而想寻找一种新的研究途径，即通过综合各家各派的理论以便提出自己的一点看法；其二是试图给文学语言的研究寻求一个基本的理论立足点，这就是所谓的“语言在文学中的地位问题”及我提出的“中介论”，目的是为了把各派各自侧重研究的问题和观点“聚拢”成一个总体的理论框架和较为系统的知识。但在具体的论文写作中，我感到了什么叫“力不从心”，深知我的功力和我的目标之间尚存有较大的距离，仅仅通过这部书稿恐怕还难以完全实现我的初衷。尽管如此，我依然对我的两个初衷坚信不疑。在以后的日子里，我将继续我的研究，朝着既定目标一步步走下去。也许我最终不能实现我的目标，但我以为，只要活着，向前走的步伐就不应停止。

每本书问世后都自有它的命运，是好是歹，不是作者所能操纵的，只得随它去了。所以，在我的书稿即将发排印行的此时此刻，更多地萦绕在我心头的还不是书稿本身将会怎样，而是与书稿写作相关的那些难忘的记忆。首先让我深深怀念的是已故导师狄其骢教授。狄先生是我的硕士生导师，1996 年我又考取了他的博士生。万没想到的是，开学不久狄先生即身患绝症，仅半年后竟溘然长逝，永远离我们而去，使我们无缘再执弟子礼。狄先生学问精深，人品方正，律己严，待人宽，堪称为人师表的典范。先生正值学术盛年，却遽归道山，想来令人扼腕长叹。但他的著述长存人间，他的音容笑貌也时常在我心中重现，每当我重温他的遗作和追忆他的为人，依然获得许多思想的启迪和道德的感染。更使我难忘的是，狄先生在病重期间仍关心我的学业，文学语言的研究课题就是那时他用病弱的声音向我提议的，至今想起这一幕仍使我禁不住潸然泪下。作为一名后生晚辈，我无以回报狄先生多年教诲之恩，谨以此书献给他，聊表我无限的哀思和永志不忘的纪念。

狄先生去世后，我们的学业面临困境。我们请求正在给我们上学位专业课的曾繁仁教授接任我们的导师，曾先生并没有因为加重负担而推辞，从而使我们的学业得以正常接续和顺利完成。曾先生是我大学本科的老师，那时我曾跟随他学习西方美学，受益颇深，我之对美学理论的爱好就是从听他的课开始的。我读博士的这几年，曾先生正在校长任上，行政事务极为繁重，但先生仍挤出夜晚时间给我们开出了两门专业课。记得好几次，曾先生带病上课，一边咳嗽着，一边津津有味地给我们讲康德、讲黑格尔、讲尼采、讲克罗齐……那情形使我们既于心不忍又大为感动。曾先生以他的言传身教给予我们的不只是他的博深的学问，还有他对学问孜孜以求的认真、执著的精神以及他那极富感召力的人格力量。我的这篇博士论文，从题目的确定，到基本构架和基本观点的成型，再到具体的写作和修改，自始至终都得到了曾先生的密切关注和悉心指导。他的指导既切中要害、发人深省，又给我以激励和继续研究下去的勇气。没有曾先生的指导和时时鞭策，我是不可能克服论文写作中的诸多困难而完成这篇论文的。曾先生在公务缠身的情况下，还为我的论文、我的学业乃至我个人的生活琐事操心费力，付出了大量心血。每念及此，心中甚感"寸草难报"，我自当倍加努力，像老师那样认真地做人做学问，以期学得老师的仁德与睿智之一二，庶几才不枉负老师的关爱和厚望。

论文写成之后，董学文、杨守森、梁一儒、滕咸惠、谭好哲、马龙潜、陈炎、李戎等教授曾给以细心的评阅，并经由他们组成的答辩委员会的认真审议而获准通过。诸位先生在论文的评阅和答辩中所提出的宝贵意见，都对我以后的论文修改起到了重要的启发作用。特此谨向他们致以谢忱。在论文的写作和修改中，我还从杨端志、盛玉麒、张树铮诸位教授那里得到过可贵的指教和鼓励。本书出版前，某些章节的内容曾作为单篇论文在《文学评论》《齐鲁学刊》等刊物上发表。在此一并向所有这些支持和帮助过我的先生们深表感谢。

王汶成

2001 年 12 月 5 日

图书在版编目(CIP)数据

文学语言中介论/王汶成著. —2版.
—济南:山东大学出版社,2019.12(修订版)
ISBN 978-7-5607-2218-4

Ⅰ. 文…
Ⅱ. 王…
Ⅲ. 文学语言—理论研究
Ⅳ. I045

中国版本图书馆 CIP 数据核字(2002)第 005914 号

责任编辑:狄思宇
封面设计:张　荔

出版发行:山东大学出版社
社　址　山东省济南市山大南路 20 号
邮　编　250100
电　话　市场部(0531)88363008
经　销:新华书店
印　刷:济南华林彩印有限公司
规　格:720 毫米×1000 毫米　1/16
22 印张　260 千字
版　次:2019 年 12 月第 2 版
印　次:2019 年 12 月第 4 次印刷
定　价:38.00 元